ちくま文庫

最後にして最初の人類

オラフ・ステープルドン
浜口稔 訳

筑摩書房

LAST AND FIRST MEN

by

Olaf Stapledon

1930

まえがき——アメリカ版初版に寄せて

人間は種としての歴程における大きな危機の一つに陥りつつあるように思われる。その未来のすべてが、いや、そもそも未来があるのかどうかも、今後半世紀に起こる出来事の展開しだいで決まる。ありきたりな言い方をすれば、人間は自らの環境と本性を支配する新しく危険な道具を手に入れつつある。よくは分からないが、人間は事物界の成り立ちにおける自らの役割について新たなヴィジョンを得ようと、また人類としての新しい目標を見いだそうと手探りをしているのかもしれない。実際自らをどのように処したいのか、不幸にしてそれを悟るまでに時間がかかりすぎるかもしれない。澄み冴えた洞察を得る前に、神霊的不毛の巨大砂漠のただなかで呆然自失となるか、あるいは自らを物理的に葬り去るという大失態さえ演じるかもしれない。新しいヴィジョン、そしてそれによりもたらされる正気の新秩序、すなわち良識なくしては、人間を救いうるものは存在しないのだ。

アメリカは新しい秩序の創出において重要な役割を果たすかもしれない。とはいえヴィジョンが、とこしえに有益であるためには、経験の広さと深さを余す所なく体現しなくてはならない。荒削りであったり度を越していたり偏っていたりしてはならない。創意のみならず正気をもって思い描かれなくてはならないのだ。たとえ新たなヴィジョンを得たがために正気をどう位置づけるか改めなくてはならないにしても。

この本の最初の数章で、アメリカはあまり面白くない役を与えられている。わたしは荒削りのアメリカ人気質が、アメリカ文化における最良にして最有望なものをことごとく打ち破ると想像してみた。これが現実の世界で起こらぬよう祈りたい！　とはいえ、そうなる可能性は多くのアメリカ人自身すら認めていることなので、それを誇張して長大な〈人間〉ドラマの初期の転換点として用いても赦(ゆる)していただけるだろうし、そう願ってもいる。

はしがき——イギリス版に寄せて

この本はフィクションである。起こりうる人間の未来についての記録、あるいは少なくとも、絶対に起こらないとは言えない物語を創作しようと試みたものである。さらにこの物語を、今日人間の前途に起こりつつある変化に関連づけてみようとした。

未来についての物語は、驚異を売り物にしようと、節度ない思弁に浸りがちであるように思われる。とはいえ、この分野で節度ある想像をめぐらすことは、現在および現在が孕む未来について思い迷う人びとにとって実に貴重な修練ともなりうるだろう。今日、わたしたち人類の未来を思い描こうとする真摯な試みは、なんであれ歓迎すべきであり、それどころか研究すべきでもある。わたしたちを待ちかまえる実に多様で多くは悲劇に満ちた可能性の数々を摑み取るだけでなく、なによりもかけがえのない理想の多くが、より進化した人びとからすれば、子どもじみたものになるという確信に慣れ親しむためにも。それゆえ、はるかな未来について物語ることは、コスモスを背景に人類を直視し、新たな価値を受け容れるために、わたしたちの精神を鋳造することになるのだ。

しかし、もしそのように想像力によって築かれる可能的未来の数々を、なにはともあれ説得力あるものにするのであれば、わたしたちの想像力は厳しく鍛えられるに違いない。わたしたちは自らが生きている特定の文化的状況が許容する限界を超えないように努めなくてはならない。単なる空想では、わずかな力しか得られない。現実になにが起こるかを実際に予言してみるべきだというのではない。現段階のわたしたちには、そのような予言など、もっとも単純な事柄を除いては、間違いなく意味がないからである。過去ならぬ未来を予見する歴史家を装うというのではない。わたしたちにできることは、数多くの同じくらい確実な可能性の糸のもつれから一本の糸を抜き取るぐらいなものだ。とはいえ、ある目的をもって選り抜かなくてはならない。わたしたちが取り組んでいる活動は科学ではない。芸術である。それが読者にもたらす影響は、芸術がもたらす影響なのである。

とはいえ、この本の目的は単に美的に讃えうるフィクションを創造することではない。神話を成し遂げなくてはならないのは、単なる歴史でもなければフィクションでもない。神話なのである。まことの神話とは、ある種の文化（現存しようが消滅していようが）を帯びた宇宙において、その文化のなかで可能となる最上の讃美を、豊かに、そして多くはおそらく悲劇的に表現するような神話である。誤った神話とは、その文化的母型を土台にした信頼性の限界をはなはだしく逸脱するか、その文化の最良のヴィジョンを十分に讃えていない神話のことである。この本は、まことの神話でもなければ、まことの予言でもない。それでも、神話創造における一つの試みではあるのだ。

　ここで想像されるような未来は、わたしが思うに、まったくの空想ではないと思われるし、現代思想の概要に通じている今日の西洋人たちから見ても、ひとまずは無意味というほど空想的ではないはずだ。なんにせよ空想を少しも盛り込まない事柄を選んでいたら、まことしやかであるがゆえに、かえってまことしやかでなくなっただろう。未来に関しては、少なくともほぼ確実なことが一つある。すなわち、そのかなり多くが、わたしたちには信じがたいものになるということ。実際に重要な一点において、わたしはひょっとして不毛な放縦さへと踏み迷ったかもしれない。わたしは遠い未来の一住民が今日のわたしたちと意思をかよわせる様を想い描いた。その未来人が現在に生きている人びとを部分的に操る力を有し、本書はその影響下で書かれたものであると、そんなふりをしたのである。とはいえ、このようなフィクションにしても、わたしたちには考えられないことだと排除されるものではない。もちろん、表面的にはテーマをこれ以上変えることなく、それを省くのは容易であったかもしれない。それでも導入したのは、単なる便宜上の理由からではない。そんなひどく困惑的な細工を施してはじめて、時間の本質にはわたしたちが認識する以上のなにかが存在するという可能性を具象化できるのである。実際そのような細工をしないことには、わたしたちの現在の精神性が混乱と惑いに満ちた最初の実験にすぎないという確信に正しい評価を与えることができないのだ。

万が一この本が、未来の人間に、たとえば、先祖の残したガラクタを整理する次世代人類の誰かに発見されることがあれば、ほとんどがわけのわからない代物であるはずだから、間違いなく微笑みを誘うことだろう。そして実際、わたしたちの世代においてさえ、状況の変化は予想できぬほど急激なものになるだろうから、この本はすぐにも滑稽な代物になるかもしれない。それでかまわないのだ。今やわたしたちは、可能な限りわたしたちと宇宙との関係を想像しなくてはならない。たとえわたしたちの想像が未来の人びとからは空想的だと思われるに違いないとしても、現在ならそれなりに役立つかもしれないのだ。

わたしの物語を予言の試みと受け取る読者は、それを根拠のない悲観論とみなすかもしれない。しかしこれは予言ではない。神話である。あるいは神話の試みなのだ。わたしたちの誰もが、未来はわたしの描写以上に幸福なものになるようにと願望する。とりわけ現在のわたしたちの文明が、ある種のユートピアへと着実に前進するようにと願望する。文明が崩壊して没落し、その神霊的財産のことごとくが復元できぬまでに失われるとは、考えるだけで気が滅入る。それでも、少なくとも一つの可能性として直視しなくてはならないのだ。このような悲劇、すなわち一人類種の悲劇は、わたしが思うに、適切な神話の形であれば許されていいはずである。

それゆえ、わたしたちの時代には、絶望だけでなく希望の種も播かれていることを歓喜して認識しつつ、わたしたち人類が自滅する様を美的な目的のもとに想い描いてみたのである。現在、平和と国際的統合へ向けての実に真摯な動きが起きている。確かに運に恵まれ理知的に管理されれば、その動きは勝利するかもしれない。なによりも真摯な思いを胸に勝利することを願わなくてはならない。しかしこの本では、この偉大な動きが頓挫する事態を想い描いてみた。その動きでは相継ぐ国家間の戦争を阻止できないと、わたしは考えている。そして人類の精神性が転覆させられてはじめて統合と平和の目的が達成されるとしている。そうならねばよいのだが！　国際連盟、あるいはさらに堅固な全世界的機構が、手遅れにならないうちに勝利せんことを！　とはいえ、わたしたち人類の企図のことごとくが、結局のところは、おそらく同じように悲劇的な、さらに壮大なドラマにおける取るに足らない失敗談でしかないと考える余地を、わたしたちの精神や心のどこかに残しておこうではないか。

そのようなドラマを構想しようとするときは、なににせよ現行の科学が人間の本性や自然環境に関して述べる事柄を考慮に入れなくてはならない。自然科学に関するわたしの貧寒な知識は、科学に強い友人たちをわずらわすことで補ってみた。とりわけ、リヴァプール大学のP・G・H・ボズウェル教授、J・ジョンストーン教授、J・ライス教授との対話にはずいぶん助けられた。とはいえ、多くの意図的な誇大表現については、これらの方々に責任があるはずはない。これらの表現は本書の構想の目的に適うものではあるが、科学者にとっては神経に障(さわ)るものになるだろうから。

Ｌ・Ａ・リード博士の全般にわたる論評とＥ・Ｖ・リュー氏の数多くの非常に貴重な示唆には多くを負っている。本書の草稿の全編に目を通して下さったＬ・Ｃ・マーティン教授ならびに夫人の絶えざる激励と批評には、適切な感謝の言葉が見あたらない。妻の驚くほどの良識には、当人が想像する以上にはるかに多くを負っている。

このまえがきを締めくくる前に、読者には次のことに留意してもらいたい。これ以降の一人称単数の語り手は、現に存在している作者ではなく、途轍もなく遠い未来の一個人であると想定されている。

Ｗ・Ｏ・Ｓ

ウエスト・カービー

一九三〇年七月

最後にして最初の人類＊目次

図

最後にして最初の人類

序――〈最後の人類〉のひとりより

この本には二人の作者がいる。ひとりは読者と同時代人、もうひとりは読者にとって遠い未来となる時代の住人である。この文章を構想し書き綴っている脳は、アインシュタインの時代を生きている。しかしこの本の真の霊感源であるわたし、その脳に本書をもたらしているわたし、その原始的な存在による構想に影響を及ぼしているわたしは、アインシュタインにとって、まさにはるかな未来の一時代に生きているのである。

現実の作者はフィクションを考案しているだけだと思っている。それらしい物語を語ろうとはしているのだが、自分ではそれを信じてはいないし、他人に信じてもらえるとも期待していない。しかしこの物語は真実である。あなたたちが未来人と呼ぶようなある存在が、あなたたちと同じ時代の、御しやすい未熟な脳を掌握し、通常の脳の作用を未知の目的へと導こうとしているのだ。かくして未来があなたたちの時代と接触する。辛抱強く耳を傾けてもらいたい。〈最後の人類〉であるわたしたちは、〈第一期人類〉であるあなたたちと心の底から意思疎通したいのだ。わたしたちはあなたたちを助けられるし、わたしたちもあなたたちの助けが必要なのである。

信じられないことかもしれない。時間についてのあなたたちの知識はまことに不完全であり、したがって、あなたたちはそれを理解しそこねている。しかしそれは問題ではない。あなたたちにはかなり難解でも、永劫の果てのわたしたちが熟知しているこの真実について戸惑わないでもらいたい。未来にいる個人の思考と意思が、実に巧妙に、かつ苦心して、あなたたちと同時代の何人かの精神へ侵入するという発想を、単なるフィクションとして、ともかく楽しんでもらいたいのだ。これを信じ、以下に続く年代記が〈最後の人類〉からの真摯なメッセージであると、そんなつもりでいてもらいたい。そう信じることでどのような結果が得られるのか想像してもらいたい。そうでないと、わたしが自らの義務として語っていく大いなる物語にいのちを吹き込むことができないのだ。

あなたたちの時代の作家が未来について物語るとき、自分と同じ似姿の人びとが、お決まりの人間的本性にとって申し分なく好都合な環境のなかで最高の至福に包まれて暮している、そんな一種のユートピアへ向けて前進していく姿を、あまりにも安易に想像してしまう。わたしはそのような楽園を語ることはないだろう。その代わりに歓喜と悲哀の激しい揺らぎを、人間の環境だけでなく流動的な本性における変化がもたらす数々の結果を記録する。そしてわたしの時代に至って、ついには神霊的成熟と哲学的理性を勝ち取った人間が、いかにして思いもよらない危機によって不快で絶望的な企てに取り組まざるをえなくなったのかを語らなくてはならない。

それでは、あなたたちの時代とわたしの時代のあいだに横たわる永劫の歳月を経験する想像の旅へと赴こうではないか。〈銀河〉という飾り帯のなかの他のどの場所においても起こらなかった変化、悲嘆、希望、知られざる破局の歴史を熟視していただきたい。しかしまずはコスモス的出来事の大きさだけでもしばし考えてみるといいだろう。というのは、わたしが語らなくてはならない物語は圧縮されたものにならざるをえず、続発する冒険と災禍を詰め込んだものになり、その間の平和について語ることはないであろうからだ。とはいえ、人間の歴程は、実際には、岩間を流れ下る山中の急流というよりは、ごく稀(まれ)に急流に掻き乱される悠然たる大河のようなものであった。静穏と、多くは事実上の停滞の時代が、夥(おびただ)しい数の変わりばえのしない生活の単調な骨折りや苦労に満たされながら、種としての冒険という稀な瞬間によって中断されてきたのである。いや、これらわずかな急激と見える出来事ですら、実際には長たらしく退屈であることが多かった。こうした出来事は急いで物語ることで急展開するかのように錯覚してしまうのだ。

底知れない時空の深みは、原始的な精神性によっても実際には不完全ながら思い抱かれはするが、もっと豊かな存在(もの)たちでなくては想像できるものではない。山々の眺望は素朴な目からするとほとんど平板な絵でしかないし、星々の群れる虚空も光がぽつぽつと漏れている屋根なのである。しかし現実には、目の前の土地を一時間で歩くことができても、峰々が描く稜線に至るまでには幾つもの平原が横たわっている。時間も似たようなものだ。近い過去と近い未来には、その奥行きのさらに先の奥行きが見えるのに、はるか遠くの幾つもの時間的広がりは圧縮されて平坦に見えてしまうのだ。人間の歴史全体は星々の寿命に比べると瞬時でしかなく、はるか遠方の出来事には幾星霜もの年月が抱懐されていることは、単純な精神にはほとんど思い及ばぬことなのだ。

あなたたちは時空の大きさのなにがしかを自分たちの時代なりに算出するようになった。しかし、わたしの主題を正しく把握するには計算以上のことが必要である。こうした大きさを心に抱き、その大きさへと精神を引き延ばし、あなたたちの現存在や、あなたたちが歴史と呼ぶ文明期がいかに卑小であるかを感じ取ることが肝要なのである。あなたたちは、わたしたちとは違って、そのような巨大な広がりを十億はあるなかの一つとして想い描くことはできない。なぜならば、あなたたちの感覚器官は、それゆえにあなたたちの知覚は、あまりにも粗雑であるため、その広がりの全体的視野のわずかなひとかけらを識別できないからだ。しかし熟考しさえすれば、少なくともあなたたちは自らが算出した事柄の意味を、もっと揺るぎなく確実に把握することができるかもしれないのだ。

あなたたちの時代の人びとが自らの惑星の歴史を振り返るとき、時間の長さだけでなく生命進化が困惑するほど加速されていることに気がつくだろう。地球史の最初期にはほとんど停滞していたのに、あなたたちの時点においては歴史は猛然と突き進んでいるように思われる。あなたたちの精神は、知覚力、知識、洞察、讃美の繊細さ、意思の健やかさにおいて、以前より優れているだけでなく、世紀を重ねるにつれてより速やかに上昇しているとも言われている。それから、どうなるのか。もはや征服すべき高みがなくなる時が必ず来ると、あなたたちは考えている。

このような見方は誤りである。あなたたちは眼前に立つ山々ですら過小評価するし、そのはるか上の雲に隠れた断崖絶壁と雪の原野が現われるとは考えもしない。あなたたちの時代の太陽系における精神が未だ達成しえていない精神および神霊の発展は、すでに達成されているものよりもはるかに複雑で不安定で危険な状態にある。あるささやかな部分ではあなたたちは十分な発展を遂げてはいるが、あなたたちのなかの神霊のさらに高位の潜在力は未だ芽吹いてもいないのだ。

ならばわたしとしても、時間と空間の大きさだけでなく精神に可能な諸様態の莫大な多様性をも感取してもらうために、どうにかしてあなたたちを助けなくてはならない。とはいえ、助けるとは言っても暗示するだけで精一杯である。なぜなら、かなりの部分が、あなたたちの想像の域を完全に超えているからである。

あなたたちの時代に暮す歴史家は、時間の流れの一瞬間に取り組みさえすればいい。しかしわたしは、一つの書物のなかに、幾世紀ではなく数十億年という時の本質を示さなくてはならない。百万年という地球時間があなたたちの時代の歴史家にとっては一年にしかならない行程を漫然と歩くなど、明らかにできるものではない。わたしたちは飛ばなくてはならない。あなたたちが飛行機で大陸の広大な地形を眺めながら旅するように、わたしたちも旅しなくてはならない。とはいえ、飛翔する者には眼下の小さな住人はまったく見えないが、歴史を作るのは彼らなのだから、何度でも飛行を中断して降下し、いわば家の屋根をかすめ飛ぶだけでなく、肝腎なときにはひとりひとりと面と向かって言葉を交わすために降り立たなくてはならない。そして空の旅が細かく複雑な歩行者の視野から広大な視界へとゆっくり上昇しはじめるように、わたしたちもまずはあなたたち自身の原始的文明が頂点を迎えて崩落するわずかな期間を幾らか詳しく探索しなくてはならないのだ。

年代記

第一章　バルカン・ヨーロッパ

1　ヨーロッパ戦争、そして戦後

それでは〈最後の人類〉の目に映るがままの他ならぬあなたたちの時代を観察してもらいたい。

人類の神霊が目覚めて世界と自らを明瞭に認識するはるか以前に、それはときおり眠りのなかで身じろぎし、困惑気味に目をひらいて、ふたたび眠りに就くことがあった。こうした幾瞬もの貴重な経験の一つには〈第一期人類〉が野蛮から文明へと向かう全身全霊の努力も含まれている。その瞬間において、種としての頂点を極めようかという、ほとんどその刹那(せつな)に、あなたたちは立っている。この初期の文化があなたたちの時代を超えて前進しているようには少しも見えないし、あなたたちの時代においてすでに人類の精神性は崩壊の兆しを見せているのだ。

あなたたち自身の「西洋」文化の最初にして最大の（と言われている）達成は、行為にかかわる二つの理想を懐胎したことであり、二つとも神霊の豊かさには欠くことのできないものであった。ソクラテスは真実を実際的な目的のためだけでなく真実であるがゆえに歓喜し、偏りのない思考と、精神や言葉の誠実さを讃美した。イエスは身のまわりにいた現実の人間ひとりひとりに、そして自分のために世界に充満していた神性の香りに歓喜しながら、隣人と神への我執なき愛のために立ち上がった。ソクラテスは冷静な知性の理想へと目覚め、イエスは情熱的ではあるが忘我的な崇拝の理想へと目覚めた。ソクラテスは知性の完全性を、そしてイエスは意思の完全性を説いた。もちろん二人とも、はじめの力点は異なっていたが、互いを孕んでもいた。

不幸にしてこの二つの理想は、〈最初の人類〉の神経系では実際どうにもならないほどの活力と一貫性を人間の脳に要求した。幾世紀ものあいだ、この双子の星は、人間という動物のなかのより早熟な人間を誘い出そうとしたのだが、無駄だった。こうした理想の実践に失敗したために、人類のなかに崩壊の一因となった冷笑的な倦怠が生まれたのである。

他にも原因があった。ソクラテスとイエスを生んだ民族ははじめて〈運命〉を讃えた民族でもあった。ギリシアの悲劇とヘブライの聖なる法の崇拝において、これはインドの諦念においても同様であるが、人間ははじめは非常に漠然とではありながら、その全歴程をとおして幾度も、自らを有頂天にし困惑させもする、かの異質な天界の美のヴィジョンを経験した。このような崇拝と、〈死〉に闘いを挑む〈生命〉への妥協を知らない忠誠との対立は、結局は解消することができなかった。その問題を明瞭に意識していた者は皆無に近かったが、最初の人類種はこの至高の難問によって幾度も知らぬ間に神霊的成長を妨げられたのだった。

人間はこうした早すぎた経験に励まされ誘われていたが、その一方で世界の現実の社会制度は、物理的エネルギーの支配を増大させて急激に変化し続け、そのため人間の原始的な本性ではもはや環境の複雑さに対処できなくなっていた。野生のなかで狩りをし闘うために創られた動物が、いきなり市民となるように、それどころか世界‐共同体の市民となるよう求められたのだ。同時に、その動物は、ちっぽけな精神が用いるには不似合いなきわめて危険な力を所有していることに気づいた。人間は苦闘した。しかしのちに見るように、人間はその緊張下で砕け散った。

その当時〈戦争終結のための戦争〉と呼ばれていた〈ヨーロッパ戦争〉は、自らの本性を制御できない〈第一期人類〉の無能さをまことに悲劇的に露呈した、世界的紛争としては最初にして最小の破壊行為であった。発端は名誉とも恥辱とも言える動機のもつれ、それが紛争の火種となったのだった。両敵対国とも本気ではなかったのに紛争へ向けての準備は万全すぎるほどに整っていた。ラテン系フランスと北欧系ドイツの気性の実際的な違いは、ドイツとイギリスの表向きの敵対関係、そしてドイツの政府と軍司令部の数々の愚かな蛮行とも結びつき、世界を二つの陣営へと分断した。両陣営に根本的な違いなどあるはずはなかったのに。闘争の最中には、いずれの側も自分たちだけが文明のために決起したと信じ込んでいた。ところが実際には、双方とも正真正銘の蛮性に屈することが幾度もあり、勇敢な行為だけでなく〈第一期人間〉には稀であった度量あるふるまいを行うこともあった。澄明な精神にとっては単なる正気と思われた行為が、そのときは稀なヴィジョンや自己抑制によってのみ遂行されたからである。

苦悶の数ヶ月が続くうちに、戦う民族のあいだに、平和と世界統合への純粋にして情熱的なまでの意思が育まれていた。部族主義的な抗争のなかから、少なくともしばしのあいだ部族主義よりも高邁な神霊が生起した。しかしこの熱情には未だ明確な指針がなく、断固とした勇気を欠いてもいた。ヨーロッパ戦争のあとに訪れた平和は、古代人類史におけるもっとも有意義な瞬間の一つである。その平和は、兆しつつあったヴィジョンと根の深い盲目性、つまりはより高次の忠誠への衝動と、結局は表面的にしか人間的ではなかった一人類種の御しがたい部族主義の縮図となっていたのである。

2　英仏戦争

〈ヨーロッパ戦争〉が終結して一世紀も経たぬうちに、ある短いが悲劇的な事件が起こった。それが〈第一期人類〉の運命を決したと言えるかもしれない。この世紀のあいだに、平和と正気を求める意思はすでに歴史における重要な要因になりつつあった。その後の展開において記録されることになる数多くの実に不運な事故を別にすると、平和の党派はもっとも危機的な時期のヨーロッパを、さらにはヨーロッパを介して世界を支配したのかもしれない。この危うい時代に、ごくわずかな好運、あるいはかけらほどのヴィジョンや自制心があったなら、やがて〈第一期人類〉が沈滞することになる永劫の闇の時代は決して訪れなかっただろう。精神性の一般的な水準が深刻なまでに低落しはじめる前に勝利していれば、世界国家の達成は最終の目標ではなく、真の文明へ向けての第一歩とみなされたかもしれないのだ。ところが、そうはならなかった。

〈ヨーロッパ戦争〉ののち、以前は他の国々より明らかに軍国主義的であった敗戦国は、今ではどこよりも平和を愛し、啓蒙の砦ともなっていた。実際ほとんど至る所で深い心の変化が生まれていたが、主にドイツがそうであった。一方、勝利者たちは人間らしく寛容であろうとし、新世界を創設しようと心から切望しながら、一つには自身の臆病さから、一つには統治者たちの無分別な外交のせいで、自分たちが撲滅したと信じていた、あらゆる悪へと導かれたのだった。短期間ながら懸命になって相互の友好を装ったのち、勝利者たちはふたたび物理的な紛争にふけるようになった。これらの紛争のうち二つについて言及しなくてはならない。

最初の紛争勃発は、ヨーロッパにとって大した災厄とはならなかったものの、フランスとイタリアとの短期の醜い争いであった。古代ローマが没落して以来、イタリア人は軍事的な功績よりも芸術と文学に秀でていた。一方で、キリスト暦十九世紀のイタリアの勇敢な解放運動は、国家の威信、とりわけ敏感なイタリア人気質を培(つちか)ってもいた。そして西欧の諸国民のあいだで国家の活力が軍事的栄光でもって測られるようになると、弱体化した外国人支配に抗して勝利を収めたイタリア人は、戦事においては凡庸(ぼんよう)であるとの汚名をはらそうと躍起になった。しかしながら、ヨーロッパ戦争のあと、イタリアは社会不安と自己不信におそわれていた。続いて、仰々しいが生真面目な国家主義の政党が国家の支配権を掌握し、社会事業の改革と軍事政策にもとづく新たな自尊心をイタリア国民にもたらした。列車は時刻を厳守するようになり、街路は清潔になり、道徳は厳格になった。航空記録はイタリアが勝ち取った。軍服を着て本物の武器で遊ぶよう躾(しつ)けられた子どもたちは、国家の救世主として行動するよう教え込まれ、流血を奨励され、政府の意思を強制するのに利用された。全体的な気運はもっぱらひとりの男が仕掛けたものだった。その男は行動の才を雄弁や大雑把な思考と一体化させ、独裁者として大成功を収めた。その男がイタリアを効率的な国家へと訓育したのは、ほとんど奇跡だった。それと同時に、非常に情動的な影響力と信じがたいほどのユーモアの欠如でもって、イタリアの自尊心と「領土拡張」の意思を高らかに宣言した。ちなみにイタリア人は、人口制限の必要性をなかなか学ぼうとはしなかったので「領土拡張」は現実的な要望となっていたのだ。

かくして、アフリカにおけるフランスの領土を欲し、ラテン系民族を宰領するフランスの統率力に嫉妬し、イタリア人の「逆賊たち」がフランスで保護されていることに腹を立てていたイタリアは、近年の同盟国のなかで最強の相手と戦火を交える可能性をますます高めてしまったのだ。とうとうイタリア市民軍の小部隊が独断でフランスの領内へと急襲をかけたのだが、それは「イタリア国旗への侮辱」という国境での捏造(ねつぞう)された事件が原因だった。急襲者らは捕縛されたが、フランス人の血が流れた。その結果、要求された謝罪と賠償金は穏当なものであったが、イタリアの威信にとっては微妙に屈辱的なものだった。イタリアの愛国者は近視眼的な怒りを抱くようになった。〈独裁者〉は謝罪をするどころか、捕らえられた市民兵の解放を要求し、結局は宣戦布告をせざるをえなくなった。一度激しい戦闘があったあと、フランスの情け容赦のない軍隊が北イタリアに急襲をかけた。抵抗運動は最初は果敢なものであったが、すぐに混乱に陥った。

驚いたことに、イタリア人は軍事的栄光の夢から目を覚ました。人民は自分たちが宣戦布告を余儀なくさせた独裁者に反旗を翻したのである。独裁者は芝居がかった勇敢さでローマの群衆を統率しようとしたが、失敗し、そして殺された。新しい政府は速やかな平和政策を推し進め、すでに「保安」の名目で併合されていた国境の領土をフランスに譲渡した。

それより以降のイタリアは、ガリバルディの栄光をより輝かせようとはせず、ダンテ、ジョット、ガリレオに負けぬような栄光を勝ち取ることに関心を向けるようになった。

フランスは今やヨーロッパ大陸の完全な支配者となったものの、失うものを多く抱え込み、傲慢（ごうまん）かつ神経質にふるまった。平和がふたたび破られるまでに長くはかからなかった。

〈ヨーロッパ戦争〉の最後の古参兵が思い出話で息子たちを辟易（へきえき）させなくなった直後に、フランスとイギリスの積年の敵対関係は、フランス領アフリカ人兵士がイギリスの女性に働いたとされる性暴力をめぐる両政府間の論争において頂点を迎えた。この争いではたまたまイギリス政府が明らかに間違っていたのだが、おそらくは自分たちへの性的抑圧のせいで混乱していた。性暴力などまったくなかったのである。噂のもとになった真相は、フランス南部にいた自堕落で神経症的なイギリス女性が「野人」に抱かれたくてセネガル人の伍長を自分のアパートで誘惑したというものだった。そのあと男が女に飽きたそぶりを見せると、女は町外れの森で男に暴行を受けたと言いふらして復讐した。イギリス人なら誰もが面白がって信じ込みそうな噂だった。同時に〈英国新聞〉の経営者たちは、一般大衆の性向、部族意識、独善性に乗じて一儲けするこの好機に抵抗できなかった。イギリス在住のフランス人に対する悪口、ときには暴力が続いた。こうして、フランス国内において恐怖と軍国主義の一党が求めて止(や)まなかった好機がもたらされた。というのは、この戦争の真の原因には空軍が関係していたからだ。フランスは（そのとき判断力を喪失していた）国際連盟を説得し、ロンドンはフランスの海岸を容易に攻撃できる距離にあり、イギリスの手はパリに苦もなく届いてしまうとの論調で軍用機の数を制限させた。このような事態が長く続くはずがなかった。イギリスはその制限の撤廃を求めて執拗(しつよう)に世論を煽(あお)るようになった。一方ヨーロッパでは、空域の完全な非武装化が求められていた。フランスでは正気を保った党派が強かったので、その政策をフランス政府が呑むのは、ほぼ確実となるはずだった。したがって、この二点を考慮に入れながら、フランスの軍国主義者たちは機会がありしだい攻撃を仕掛けたがっていたのだ。

たちまちのうちに、こうした非武装化への努力の成果は、ことごとく灰燼(かいじん)に帰した。かつてこれら二つの国家の相互理解を不可能にしていた国民性の微妙な違いは、今回の挑発的な偶発事件により突如明らかに解決不可能な対立へと悪化していった。イギリス人はフランス人の誰もが好色だと決めつけるようになり、フランス人にとってイギリス人は、相も変わらぬ最低の偽善者に見えたのだった。両国の正気の人びとは、双方とも本来は人間的であることを主張したが、無駄だった。更生したドイツ人は仲介を買って出ようとしたが、無駄だった。今やかなり強大な威信と権威を帯びていた国際連盟は、強制どころか懲罰をもって両陣営に脅しをかけたが、無駄だった。イギリスが国際的な誓約を片っ端から破り、フランスをカレーからマルセイユまで破壊する巨大飛行機を製造しているという噂がパリじゅうに広まった。そして実をいうとその噂はまったくのでまかせではなかった。戦闘がはじまればイギリス空軍は予想よりもはるかに大規模な集中攻撃を遂行できると分かっていた。それなのに、イギリスは実際に戦争が勃発すると驚いた。ロンドンの新聞が宣戦布告のニュースを売り切った頃に敵機が市の上空に現われた。二時間も経たぬうちにロンドンの三分の一が廃墟と化し、人口の半分が毒ガスにやられて街頭で倒れた。大英博物館の脇に落ちた爆弾はブルームズベリー一帯をクレーターに変え、館内のミイラや彫像や写本は、商店の品物やらセールスマンや知識人の肉片とまぜこぜになった。こうして一瞬のうちに、イギリスでもっとも貴重な遺物と、もっとも生産的な頭脳の大部分が破壊されたのだった。

それから、出来事の展開をときに幾世紀も方向づける、些細ではあるが大きな誘因となる偶発事が一つ発生した。爆撃の最中にイギリス内閣の特別会議がダウニング街の地下室でひらかれていた。時の政権政党は、進歩的で穏健な平和主義者であり、臆病な世界主義者でもあった。党はまったくその気はなかったのにフランスとの紛争に巻き込まれていた。この内閣の会議で、ある理想家肌の党員が、イギリスの側から勇気と寛容のこの上なき姿勢を示さなくてはならないと、他の党員に力説した。イギリスの砲声とフランスの爆弾の破裂音に負けぬよう懸命に声を上げながら、以下のようなメッセージをラジオ放送するよう提案した。「イギリス国民よりフランス国民に告ぐ。あなたたちのせいでわたしたちは破局へと落ちた。この苦悶のなかで、わたしたちの憎しみと怒りは消えた。わたしたちの目はひらかれている。もはやわたしたちは自らを単なるイギリス人とは思わないし、あなたたちを単なるフランス人とも考えない。わたしたちはなによりも文明的存在なのだ。わたしたちが敗北したとか、このメッセージが慈悲を乞うものだとは考えないでもらいたい。わたしたちの武器は無傷であるし、資源は未だ潤沢にある。しかし本日わたしたちにひらめいた啓示のゆえに、わたしたちは戦いを放棄する。イギリスの戦闘機も軍艦も兵士も、これ以上敵意に満ちた行動を採ることはないだろう。あなたたちの気の済むようにやるがいい。全人類が混乱のただなかに投げ入れられるくらいなら、一つの偉大な民族が壊滅する方がましだろう。しかしあなたたちは攻撃を再開することはない。わたしたちの目が苦悶によりひらかれたように、あなたたちの目は今やわたしたちの兄弟愛によりひらかれるのだ。フランスとイギリスの精神は異なっている。双方の違いは深刻であるが、目と手に違いがある程度のことでしかない。あなたたちがいなければ、わたしたちは野蛮人となるはずだ。そしてわたしたちがいなければ、フランスの聡明な精神さえ半端にしか表現されないであろう。フランスの精神はわたしたちの文化のなかに、まさにわたしたちの呼びかけのなかにおいて蘇るからである。そしてイギリスの精神は、あなたたちから比類なき輝きと才気を引き出すものなのだ」

人類史の初期においては、このようなメッセージを真面目に採り上げる政府などあるはずがなかった。かつての戦争のさなかに提案されたのであれば、提案者は嘲弄（ちょうろう）され、嫌悪され、それどころか殺害されたかもしれない。しかしそれから多くのことが起きていた。通信の増大、文化交流の拡大、長年にわたる世界主義者の活発な運動が、ヨーロッパの精神性を変えていた。それでも政府が短い議論のあと前例のないメッセージを送るよう指示を出したときには、党員たちは自分たちの行為に怖じ気づいた。党員のひとりが表現したように、自分たちに取り憑いたのは悪魔なのか神なのか分からなかった。しかし取り憑かれていたのは確かだった。

その夜、ロンドンの人びと（生き残った人びと）は神霊の歓喜を味わっていた。都市生活の崩壊、途轍もない肉体的苦痛と憐憫（れんびん）、ひとりひとりがなにがしかかかわっていると感じていた前例のない神霊的行為に対する自覚。これらの影響が相俟（ま）って、破壊された帝都の喧騒と混乱のただなかにあってさえ、ロンドンっ子にとってはまったく未知の、ある種の節度ある熱意と深い心の平安がもたらされたのだった。

一方、被害を免れた北部は、政府が突然の平和主義をかかげたのは、臆病風に吹かれたせいなのか、すばらしい勇断によるものなのか判断できずにいた。しかしすぐに止むを得ぬこととして潔く受け容れ、勇断によるものと考えるようになった。パリは、そのメッセージのせいで、声高な勝利に酔う一派と、困惑して沈黙する一派へと分裂した。しかし時間が経つにつれ、前者が軍事政策を推し進めると、後者は「イギリス万歳、人間万歳」と声を上げた。今や世界主義への意思はきわめて強固なものとなっていたので、出来事全体の危うい展開をそれとは逆の方向へと傾斜させる事件がイギリスで起きなかったなら、ほぼ確実に正気が勝利する結末となっていたことだろう。

その空爆があったのは金曜の夜だった。土曜日にはイギリスの偉大なメッセージが諸国にこだましていた。じっとりとした霧の日の光とぼしい日暮れどきに一機のフランス機がロンドン西郊の上空を飛んでいた。それはしだいに降下していったが、見ていた人びとは平和の使者だと考えた。機体はどんどん降下を続けた。なにかが切り離されて落下した。数秒も経たぬうちに、大きな学校と王宮の近辺で大爆発が起こった。学校は見るも無惨に破砕した。宮殿は難をまぬがれた。しかし平和の大義にとっての一番の災難は、美しく絶大な人気を集めていた若い王女が爆発の巻きぞいを喰ったことだった。おぞましいまでにずたずたになってはいたが、写真入りの新聞のあらゆる読者に見分けがついた肉体は、都市を突っ切る大通りに面した高い柵に串刺しになっていた。爆発の直後、敵の飛行機は墜落炎上し、住民を巻きこんで破砕した。

少し冷静に考えてみれば、目撃者たちの誰もがこの災厄は事故であり、その飛行機は遅れて現われた落伍機で、憎悪の使者ではないと納得したことだろう。ところが、生徒たちの引き裂かれた肉体を目の当たりにし、その苦痛と恐怖に泣き叫ぶ有様に胸をえぐられた民衆は、理性を働かせうる状態にはなかった。しかも部族主義の圧倒的なまでに大きなセックスシンボルであった王女の無惨な死体が、崇拝者らの眼前にさらされていたのだ。

ニュースは瞬く間に国土を駆けめぐり、もちろん歪曲された。このような行為は海峡の向こう岸の色情魔の極悪非道の所業に違いないと確信してしまったのだ。一時間のうちに、ロンドンの空気は一変し、全イギリス国民は対ドイツ戦のときよりも、はるかに度を越した原始的憎悪の発作におそわれた。完全装備のイギリス空軍が命令を受けてパリへと飛んだ。

その間フランスでは、軍事政府が崩壊し、今や平和主義の政党が政権を握っていた。騒々しい支持者たちが街路という街路を埋め尽くしているときに、最初の爆弾が落ちた。月曜日の朝までにはパリは跡形もなくなった。敵対する軍隊どうしの戦闘と一般市民の殺戮(さつりく)が数日続いた。フランスは勇敢だったが、イギリス空軍のすぐれた組織力、機械的効率、そしてより周到な勇敢さにより、フランス空軍機はたちまち出撃不可能となった。

しかしフランスが壊滅したとき、イギリスも損傷を受け優位を保てなくなった。両国の都市という都市は、完全に無秩序に陥った。飢饉、暴動、略奪、とりわけ急速に蔓延し制御不能となった伝染病が両国家を崩壊させ、戦争を終結させたのだった。

実際、両国とも敵意が消えただけでなく、打撃が大きすぎてこれ以上は憎み合うことすらできなくなっていた。しばらくは飢饉や疫病による全滅を防ぐことに互いの精力のすべてが費やされた。再建が進むなか、両国とも外国からの援助に大きく頼らなくてはならなかった。二つの国の管理は当面国際連盟に委譲された。

このときのヨーロッパの気分と〈ヨーロッパ戦争〉後の気分とを比較することは重要である。以前は統合への現実的な努力があったのに、国家的な政策になると必ず憎悪と猜疑心が顔を覗かせた。損害補償と賠償金と安全保障をめぐってかなりの紛糾があったし、ヨーロッパ大陸全体は二つの憎み合う陣営に分断され続けた。もっとも、それまでの分断は純粋に恣意的で情緒的なものであった。ところが、英仏戦争後は非常に異なった気分が蔓延した。賠償金についての言及はなく、同盟が安全を求める見込みもなかった。極限的な災厄の影響下、愛国主義も当面は消滅した。敵対していた両国民は、国際連盟に協力して自国だけでなく相手国をも再建すべく働いた。こうした心境の変化が生じたのは、一つには国家組織のことごとくが一時的に崩壊し、一つには平和主義と非国家主義を掲げる労働党が両国で速やかに政権を掌握し、一つには国際連盟が戦争に関して調査し、その報告を余さず文書公開し、しかも遺憾の意を込めて両国の好戦主義者を内外に公表したからである。

わたしたちは今や、人間の歴史において、些細な原因が巨大な結末をもたらした、おそらくもっとも劇的な例として際立った偶発事について少し詳しく観察してきた。考えてほしい。なんらかの見込み違い、あるいは人間の道具の単なる欠陥により、フランス人飛行士が落伍したがために、平和のメッセージが送られたあとのロンドンにおける災難につながったのだ。この事故が起こらなかったなら、イギリスとフランスは決裂しなかっただろう。そしてもし戦争が発端で阻止されていたなら——ほとんどそうなっていたのであるが——世界じゅうの正気の党派が確固たる地歩を固めていただろう。すなわち、危ういながらも統合への意思が、正気の政党に欠けていた信念をもたらし、双方の国家的紛争の発作のあとの恐怖におびえる嫌悪の期間だけでなく、相互信頼にもとづく永続的な政策としても人類に君臨したことだろう。実際このときの人類の原始的衝動と進歩的衝動は絶妙な均衡のもとに置かれていたので、この些細な事故がなかったなら、イギリスの平和のメッセージからはじまった運動は、着実かつ迅速に人類の統合へと進展していったかもしれない。すなわち、その運動は、戦争という長い疫病から生じた精神的衰退期のあとではなく、その前に目標を達成したかもしれない。そうなれば、最初の〈暗黒時代〉は決して到来しなかったかもしれないのだ。

3　英仏戦争後のヨーロッパ

今や微妙な変化が惑星の精神風土の全体に影響を及ぼしはじめた。これは驚くべきことだった。なぜなら、たとえばアメリカあるいは中国から眺めると、この戦争はとどのつまりは、仲の悪い小国家どうしの口喧嘩とも言えぬほどの些細な騒ぎというか、老いた文明の崩壊の一挿話でしかなかったからだ。その損害をドルで表現すると、裕福な西洋と潜在的に豊かな東洋にとっては、どうということもなかった。実際、諸民族にとっての比類なき菩提樹（ぼだいじゅ）であった大英帝国は、それ以降は国際外交において力を失った。それでも帝国を束ねていた団結力は、そのときにはすっかり情緒的なものになっていたため、親である幹が災難に遭ったからといって帝国が分裂することはなかった。実をいうと、アメリカの経済的帝国主義に対する共通の恐怖は、すでに旧大英帝国領における忠誠心の維持に役立っていたのである。

とはいえ、この些細な口喧嘩は、実際には取り返しのつかない、はるかに広範囲に影響が及ぶ災厄であった。それというのも、イギリスとフランスは、戦争へと駆り立てられた気質に違いはあっても、両国ともたいていは無意識のうちに協調してヨーロッパの精神を調節し明晰にしたからである。両国の弱点が大きく災いしてヨーロッパの文明が破綻したわけだが、こうした悪を生んでしまう徳は、無批判な空想に傾きがちな世界を救うために不可欠だと考えられていた。国際政策におけるフランスの頑迷な無分別と卑劣漢ぶり、イギリスのさらに破滅的な臆病さにもかかわらず、両国の文化的影響力は有益であり、この時点においてもかなり必要だとされていたのだ。趣味と理想において極端に相違していたこの二つの民族は、概して他のどの西洋民族よりも懐疑精神があり、それぞれ最優秀の個人が冷静で創造的な知性を持ちえた点では、やはり似ていたからである。まさにこの民族性がそれぞれの明瞭な欠点をもたらしてもいた。すなわち、イギリスにあっては多くは道徳的に臆病なまでの用心深さ、フランスにあっては現実主義の仮面をかぶった、ある種の近視眼的な自己満足と狡猾さである。もちろん、それぞれの国でかなりの多様性があった。イギリス人の精神にもさまざまな類型があった。しかしそのほとんどがある程度は明らかにイギリス的だった。かくして世界におけるイギリスの影響は特有の性格を帯びたのだった。より自己満足的で熱意を欠く傾向があるせいで、比較的に冷静で、懐疑的で、用心深くて、実際的で、誰よりも寛容な、典型的イギリス人は、度量のあるところを見せたり意地が悪かったり、民族にとって重要だと分かった目標には勇敢にふるまうと同時に、臆病で冷笑的な無責任ぶりを見せたりした。フランス人とイギリス人の双方とも、人類に対して異なったあり方で罪を犯した。フランス人は自国を冷静に見る力を奇妙なほど欠いていたために盲目的な罪を犯した。イギリス人は臆病のせいで罪を犯したが、目はひらかれていた。両国とも常識とヴィジョンの統合においては他のどの国よりも秀でていた。しかし同時に、他のどの国にもまして、彼らは常識の見地から自らのヴィジョンに背を向けがちであった。かくして彼らは背信の烙印を押されたのである。

国民性や愛国的気運の違いは、この時期の人間のあいだのもっとも根本的な違いではなかった。それぞれの国において共通の伝統あるいは文化的環境があり、それが国民のすべてに一様性のようなものをもたらしていたが、いずれの国においても割合に違いはあれ、あらゆる精神の類型が存在した。人間のあらゆる文化的相違のなかでもっとも重要であったのは、部族主義者と世界主義者の違いであり、それは国を問わず存在した。世界中で、新たな全包括的な愛国主義にもとづいた新しい世界主義的「国家」が台頭しつつあった。今やあらゆる国土に目覚めた人びとの潮間陸地があり、気質や政策や表向きの信仰はどうあれ、一つの人類種として、あるいは冒険的な神霊として、人類に献身しようと心を一にしていたのだ。不幸にして、この新たな忠誠心は未だに古い偏見となりいまぜになっていた。人間の神霊を護ることは、あらゆる啓蒙の発祥地とされる特定の国を護ることと同じであると考える者たちがいた。社会的な不正は闘争的な労働者階級の忠誠心を煽るが、その忠誠心はもともと世界主義的でありながら、その擁護者と敵対者とを問わず党派的な感情で染めてしまうと考える者たちもいた。

世界主義に比べると不明瞭で意識されることの少なかったもう一つの気運も、個々の人間の精神のなかでなにがしかの役割を担っていた、すなわち、冷静な知性への忠誠心と、その気運により姿を見せつつあった世界への、どうやら人間がささやかながらも悲劇的な役割を担うべく運命づけられている、厳かで壮大で繊細な世界への、戸惑いを帯びた讃美であった。多くの民族において、昔から冷静な知性への誠意のようなものが存在していたのは間違いない。しかしこの点で抜きん出ていたのはイギリスとフランスだった。一方でまた、この二つの国においても、こうした忠誠心に反発する者は多く存在した。この二つの民族は、同時代のあらゆる民族と同様、ややもすると幾度となく狂ったような感情過多へと陥りがちだった。実際フランス人の精神は、たいていは非常に澄明な視野を有し、かなり現実的で、曖昧と蒙昧をひどく蔑視し、すべての最終的評価において真に超然としていたが、「フランス」という観念に憑かれたあまり、国際問題においては概して狭量であった。それでもイギリスとならんでフランスこそが、この二つの国の領土内だけでなく、ヨーロッパとアメリカの全域にわたり、西洋文化のもっとも稀有にして輝かしい織り糸である知的誠実さの主たる霊感源だったのである。キリスト暦の十七世紀と十八世紀においては、フランス人とイギリス人は他の諸民族よりもはっきりと、客観的世界そのものに関心を向け、物理学の基礎を築き、懐疑主義のなかから知的手段のなかでもっとも輝かしく建設的なものを創り上げた。のちの段階で、この手段により人間と物理的宇宙を真の比率のようなもので解明したのは、概してフランス人とイギリス人であり、この胸がすくような発見に歓喜することができたのも、主としてこの二つの民族の選ばれし者たちであった。

フランスとイギリスの凋落（ちょうらく）につれて、冷静な認識というこの偉大な伝統にも翳（かげ）りが見えはじめた。今やヨーロッパはドイツに率いられていた。そしてドイツ人は、実際的な才能、歴史への学術的貢献、輝かしい科学、そして厳格な哲学にもかかわらず、心の底ではロマン主義的であった。この傾向は長所であり弱点でもあった。そのおかげで彼らは洗練された芸術と深遠な形而上学的思弁の霊感へと導かれた。しかしそのせいで、しばしば自己に無批判となり横柄にもなった。存在の謎を解き明かすにあたっては他の西洋人よりも熱心であり、人間理性の力を疑わず、それに手に負えぬ事実を無視したり言い抜けしたりする傾向のあったドイツ人は、果敢な体系家だったのである。この方向での達成は大きかった。彼らがいなかったなら、ヨーロッパの思想は混沌としていたことだろう。ところが秩序への情熱、そして無秩序な現象の背後の体系的現実に情熱を傾けすぎて、彼らの理性は偏見に囚われることがあまりに多かった。星々まで手をのばそうと、ぐらつく土台の上に細工を施した梯子を立ててバランスをとった。かくして、ライン川と北海の向こう側からの絶え間なく口汚い批判がなかったら、チュートン族の魂は十分な自己表現を遂げられなかっただろう。自らの感傷主義と冷静さの欠如に漠然とした不安を抱いていたために、この偉大な民族は、ときに笑止千万な蛮行によって男らしさを誇示し、休みなく酷使され輝かしい成功を収めた商売によって夢見がちな生を埋め合わせようとした。しかし必要だったのは、もっと根本的な自己批判だったのである。

ドイツの向こうにはロシアがあった。ここに、ドイツ人以上に批判的知性のもとでの修練が必要な素質を有する民族がいた。ボリシェヴィキ革命以降、この広大な穀倉地帯と森林地帯に点在する町々に、そして大都市は言わずもがな、因襲破壊の情熱と潑剌(はつらつ)たる感性、そしてあらゆる私的渇望を超脱した、実に目覚ましく、本質的に神秘的で直観的なパワーが融合した芸術と思想の独創的な様式が立ち現われていた。アメリカと西ヨーロッパは、まずは個人的な人間生活に、そのあとようやく社会全体に関心を抱いた。これらの民族にとっては、忠誠心は不承不承の自己犠牲であり、理想とされたのは常にさまざまな能力において卓越した個人であった。社会はこのような宝石に欠かせない母岩であった。しかしロシア人たちは、それが生得のものか、長年の専制政治や宗教的献身や真の社会革命の影響によるものかはともかく、集団への自己卑下的な関心を抱く傾向というか、実際には社会であろうが、神であろうが、自然の盲目的な諸力であろうが、個人より高みにあると考えられるものならなんであれ崇拝する傾向にあった。西ヨーロッパ人は、人間を星々のなかの一異星人とみなせば、自らが取るに足らない的外れな存在なのだという明確な概念を、知性を介して理解し、このような立ち位置から、人間の努力のどれもが一つの貢献でしかないコスモス的主題を一瞥することができた。しかしロシアの精神は、正統のものであろうが、トルストイ的であろうが、狂信的なまでの物質主義であろうが、たゆみない知的遍歴を経たあとでなくても、直観的にも直接知覚によっても、まったく同じ確信に辿り着けたし、辿り着いてしまえば、それを喜んで受け容れたのである。とはいえ、このように知性から離反していたため、経験は混乱し、一貫性を欠き、誤解も多く、それが行為へもたらす影響は指標がなく突発的であった。ヨーロッパの東と西が互いを力づけ鍛え合う必要性はまことに大きかったのである。

ボリシェヴィキ革命のあとロシア文化に新しい要素が現われたが、それはどの近代的国家にも先例のないものだった。旧体制は真のプロレタリア政権に取って代わられた。その政権は少数独裁制であり、ときとして残虐で狂信的であったが、旧弊の階級的政治を廃止し、最下層の国民に大いなる共同体の一員として参画することに誇りを抱くよう奨励した。さらに重要だったのは、あまり物欲に囚われない生来のロシア人気質が、政治的な革命と相俟って、西洋からすると不可解なことに、富への俗物根性からの解放をもたらしたことだ。他の国なら蓄財や財産の誇示に奪われていた注意は、ロシアでは概して自然な本能的娯楽あるいは文化的活動に捧げられていた。

実際〈第一期人類〉の神霊が変転する世界の諸事実に新鮮で誠実な適応を遂げつつあったのは、都会の住人よりも、伝統の束縛がなかったロシアの町民たちのあいだにおいてであった。そしてそんな町の人びとから、新しい生き方のようなものが農夫にまで広まった。その一方、アジアの深奥の地では、頑強で、数を増しつつあった人びとが、社会組織だけでなく思想においても、ロシアにますます注目するようになった。あまねく蔓延しはじめていた人類の秋を、ロシアが新しい春へと変えるのではと思われる時期があったのである。

ボリシェヴィキ革命後、新生ロシアは西側の不買運動に会い、そのため自ら意識して消費をするようになっていた。共産主義と素朴な物質主義が、新たな改革に向けての無神論的教会のドグマとなった。あらゆる批判が抑圧されたが、それは他国における敵対者の批判よりずっと厳格ですらあった。しかもロシア人は自分たちを人類の救世主と考えるよう教化されていた。しかしながら、のちに経済的な孤立がボリシェヴィキ国家の妨げになりはじめると、その新たな文化はより柔軟になり広げられた。少しずつ西側との経済交流が回復し、それにつれて文化交流も増えていった。西洋の最良の思想における超然たる知性とのかかわりから、ロシアの直観的な神秘的超脱が輪郭を見せはじめ、そして強化された。因襲破壊に拍車がかかった。感覚的で衝動的な生活は、新しい批判的運動によって和らげられた。誤った解釈ではあったが、冷静な〈現実〉についての強烈で神秘的な直観から引き出された情熱を帯びた狂信的物質主義は、西側の稀有なる精華であった、はるかに理性的な禁欲主義と融合しはじめた。それと同時に、農村文化やアジアの諸民族との交流をとおして、新生ロシアは直観的理解という統合作用のなかでフランスやイギリスの深刻な幻滅と東洋の恍惚の二つを把握するようになったのである。

この二つの気分を調和させることは、いまや人類の主たる精神的要求だった。この二つを全抱括的な気運へと統合しそこねると、人類規模の狂気へ陥る他なかった。そしてほどなくして、そうなった。その間、この統合の課題はロシアの最高の精神にとって緊急の度を増し、もしこれらの人びとが西側の冷静な光によって長らく啓蒙されていたならば、最終的には達成されていたかもしれない。

しかし、そうはならなかった。すでにアメリカとドイツの手に掛かって経済的に凋落し動揺していたフランスとイギリスの知的な自信は、今やむしばまれていた。何十年ものあいだ、イギリスはこれら新参の国が自分の市場を奪い取るのを見てきた。その喪失は数多くの国内問題とともにイギリスを圧迫したが、根本的な外科処置を施さぬ限り決して治癒できないまでになっていた。その処置は希望を失った国民には不可能なほどの勇気と活力を必要とした。それからフランスとの戦争が勃発し、身を切られるような崩壊が続いた。フランスで起きたような混乱に襲われることはなかったが、その精神性のことごとくが変化し、ヨーロッパに冷静さをもたらす影響力を減少させたのである。

フランスの文化的生活は今や嘆かわしいほど衰退していた。実際には、貪欲な国家主義によって徐々に蝕（むしば）まれていなかったなら、最後の打撃から回復していたかもしれない。

フランスへの愛ゆえにフランス人は破滅した。フランス人はフランスの真に崇敬すべき神霊を賞讃するあまり、他のすべての国々を野蛮とみなしたのである。

そんなわけで、ドイツの体系家が産み落とした共産主義と唯物論のドグマは、ロシアにおいて批判されることなく生き残った。その一方で、共産主義の実践はしだいに損なわれていった。というのは、ロシア国家は、段々と西側の財政、とりわけアメリカの財政の影響下に置かれるようになったからだ。公式の綱領であった唯物論もまた、ロシア精神にそぐわぬものであったため、茶番と化した。かくして実践と理論の両面において深い矛盾が生まれた。かつての活力に満ち前途有望な文化は偽りのものと化したのである。

4　露独戦争

ロシアにおける共産主義的理論と個人主義的実践とのあいだの矛盾は、ヨーロッパに降りかかった次なる災厄の一つの原因であった。ロシアとドイツの両国間には機械類と穀物の交換にもとづいた緊密な共同関係があったはずだった。ところが、共産主義の理論が行く手をさえぎった。それも奇妙なあり方で。ロシアの産業組織はアメリカの資本抜きでは立ち行かなくなっていた。少しずつ、この影響は共産主義体制を変化させた。

バルト海からヒマラヤ山脈、さらにはベーリング海峡にまで及ぶ放牧場、森林地帯、機械耕作の穀倉地帯、油田、急増する産業町は、ますますアメリカの財力と組織に依存するようになった。ところが、アメリカではなく、個人主義から縁遠いドイツの方が、ロシア人の心のなかでは資本主義を象徴するものとなっていた。ロシアは自身の共産主義的理想への背信をドイツへの独善的な憎悪によって埋め合わせた。この片意地な敵意はアメリカ人によって増長させられた。個人主義と繁栄によって強大となり、今では侮蔑しながらもロシアの綱領に寛容になっていたアメリカ人は、ロシアの財政をわがものにすることだけに注力した。もちろん実際には、ロシアの自己背信を助長したのはアメリカだった。それはロシアの精神とは相容れないアメリカの精神だったのだ。しかしアメリカの富は今ではロシアには欠かせなくなっていた。かくして、アメリカに向けられるべき憎悪は、ドイツが肩代わりする羽目になったのである。

ドイツ人はドイツ人で、アメリカ人によって収益率の高い事業分野から、とりわけロシアのアジア方面の油田開発から閉め出されたことを不当だと怒った。人類の経済生活はしばらくは石炭に依存していたが、最近になって石油がはるかに便利なエネルギー源であることが明らかになっていた。惑星の石油埋蔵量は石炭の埋蔵量よりずっと少なく、石油の消費はまったく節操なく不経済になされていたので、すでに不足が感じられていた。かくして、残された油田を国家が所有することが、政治の中心的な要件となり、戦争を続発させる元凶ともなっていたのだ。自国の供給量を蕩尽してしまったアメリカは、今やロシアにおいてドイツの機先を制することによって、中国に掌握されている今なお豊富な資源の獲得に競り勝とうと切望していた。ドイツの怒りを買ったとしても不思議はなかったのだ。とはいえ落度はドイツにあった。ロシア共産主義が世界を変革しようとしていた当時、ドイツは個人主義的ヨーロッパを率いたイギリスの後継者となっていた。ロシアとの貿易に貪欲であった反面、ドイツは同時にロシア社会主義の教条に染まることを恐れていた。共産主義は当初ドイツの労働者のあいだで普及したから、なおさらだった。のちに、ドイツにおける穏健な産業再編により共産主義が労働者を魅了しなくなり無力化したときでさえ、共産主義を罵倒する傾向は根強く続いたのである。

かくしてヨーロッパの平和は、実践よりはむしろ理想において違いを見せていた二つの民族のいさかいのせいで絶えず危険にさらされていた。一方の民族は理論的には共産主義的でありながら、共同体内の権利の多くを進取の気性に富む個人に与えざるをえなかった。もう一方は理論的には民間企業を基本に組織されながら社会主義化されつつあったのである。

双方とも戦争は望んでいなかった。どちらも軍事的な栄光には関心を示さなかった。軍国主義に向かうことは、もはや褒むべきことではなかったからである。いずれも表向きは国家主義ではなかった。国家主義はいまだに力があったが、もはやことさら誇るべきものではなかったからだ。いずれもが国際主義と平和を代表すると主張し、相手を偏狭な愛国主義者と決めつけて糾弾した。かくしてヨーロッパは以前より平和であったのに、戦争へと運命づけられたのだった。

ほとんどの戦争と同じく、英仏戦争は平和への願いを募らせながら平和を危ういものにした。古くからの国家中心主義への不信だけでなく、人間の本性への荒んだ不信が、狂気への恐れのように人びとの心をとらえた。自らを心からヨーロッパ人と考えていた人びとは、いつなんどき馬鹿げた愛国主義の疫病に自らが感染し、ヨーロッパのさらなる破壊に関与してしまうか分からないと恐れたのだ。

このような恐れが一種の〈ヨーロッパ同盟〉設立の大義名分となったのだが、その際ロシアを除くヨーロッパ諸国は、共通の権威機関に統治を委任し、実際に軍備を共同負担した。この動きは表向きは平和を動機にしていた。ところが、アメリカはそれを自分たちに向けられた敵意と解釈し、国際連盟から脱退した。アメリカの「天敵」であった中国は連盟にとどまり、敵対国に抗するために連盟を利用しようと考えた。

実際外から見ると〈同盟〉は当初は団結の堅い一枚岩のように思われた。しかし内側からは危ういものと認識され、深刻な危機があるたびに瓦解した。この時代に頻発した小競り合いを観察するには及ばないだろう。もっとも、その小競り合いが累積した結果は、経済的にも心理的にも深刻だった。それでもヨーロッパは結局は気運において単一の国家のようになった。ただしこの統合は、共通の忠誠心というよりはアメリカに対する共通の恐怖によってもたらされたものだった。

最終的な統合は露独戦争の成果であったが、その原因は一部は経済的なもの、一部は気運によるものだった。ヨーロッパのあらゆる民族が、アメリカ合衆国によるロシアの経済的征服を恐怖に駆られながら長きにわたって注視し、自分たちも間もなく同じ暴君に屈するに違いないと恐れていた。ロシアへの攻撃は、アメリカの唯一無防備な急所を傷つけることになると考えられた。しかし戦争の実際的なきっかけは気運によるものだった。英仏戦争から半世紀は経った頃、ある二流のドイツ人作家がいかにもドイツ的な低劣な本を出版した。国はそれぞれに特有の美徳を備えているが、特有の愚行にも陥りやすい。この本は、存在の多様性のことごとくを、微に入り細をうがち、まことしやかに、とはいえ驚くほどの愚直さをもって一つの公式のもとで解釈する、才気煥発ながら突拍子もない著作の一つだった。その作り物の宇宙のなかではかなり明敏であったが、にもかかわらず、より広い視点からみるとかなり批判精神を欠くものであった。二巻の大著で作者が主張しているのは、コスモスは二元的であり、そこにおいては英雄的で、明らかに北欧ゲルマン的な精神が、自制心のない奴隷根性を有する明らかにスラヴ的な神霊を神の正義によって支配するというものだった。歴史、そして進化の全体がこの原理のもとで解釈され、現代世界については、スラヴ的な要素がヨーロッパを毒していると書かれていた。とりわけ、「ロシア亜人間の類人猿顔」という文句が、モスクワを激怒させた。

モスクワは謝罪と発禁を求めた。ベルリンはその侮辱には遺憾の意を表明したが、軽蔑は隠さなかった。そして表現の自由を主張した。続いてラジオが憎悪を煽り、そして戦争が勃発した。

この戦争は細かな点では太陽系の精神史を目論む立場からすれば取るに足らなかったが、結果は重大だった。モスクワとレニングラードとベルリンは空爆で壊滅した。ロシアの西部全域に最新の猛毒ガスが立ち込め、その結果すべての動植物が死滅しただけでなく、黒海とバルト海のあいだの土壌が何年も不毛となり居住できなくなった。一週間のうちに戦争は終結したが、それは戦闘員たちが生き物の生存できない広大な領土のなかで散り散りになったからだ。しかし戦争の後遺症は消えなかった。ドイツ人は停止できない事態を引き起こしてしまったのだった。ただよう毒は気まぐれな風によってヨーロッパ諸国や西アジアのすべての国々へと広まり続けた。春だというのに、大西洋の沿岸地帯を除いては、春の花は蕾(つぼみ)のまましぼみ、若葉の緑は残らずしおれた。人類も苦しんだ。もっとも、戦場の近辺を除いては、ひどく苦しんだのは総じて子どもや老人だけだった。毒は風向きが変わるたびに方向を変えながら数多くの国々をはるばると、巨大な茶色い髪のように大陸のすみずみに広がった。そして毒はどこに迷い込んでも、幼い目と喉と肺を枯死させたのだった。

アメリカは議論を重ねた挙句、ヨーロッパへ懲罰的な遠征を仕掛けてロシアにおける自国の権益を護ることに決めた。中国は軍隊を動員しはじめた。しかしアメリカは攻撃態勢を整えるずっと前に、大規模な毒ガス蔓延の知らせが届いて方針を変えた。懲罰の代わりに援助の手が差し伸べられた。これは申し分のない善意の行為だった。しかしヨーロッパにおいて明らかになったように、それは損失どころか利益をもたらしもした。必然的に多くのヨーロッパの国が、ますますアメリカの財政的な支配下に置かれることになったからだ。

こうして露独戦争の結果、ヨーロッパはアメリカへの憎悪による気運によって結束し、ヨーロッパ精神を決定的に劣化させた。こうなったのは、一部には戦争そのものが感情的な影響をもたらしたからであり、一部には毒が社会的な損傷をもたらしたからである。新しい世代のなかには命は取り留めたものの生涯の病に罹った者が出た。ヨーロッパとアメリカの戦争が勃発するまでの三十年間に、ヨーロッパは途轍もない数の病人に悩まされた。第一級の知性は総じて以前より稀になり、しかも再建という実際的な仕事により専念するようになっていた。

人類にとってなお悲惨だったのは、西洋の主知主義と東洋の神秘主義との調和という、ロシアの最新の文化事業が今や破綻したことであった。

第二章　ヨーロッパの没落

1　ヨーロッパとアメリカ

ヨーロッパの諸部族の頭越しに二つの強大な民族が憎悪を募らせつつ睨（にら）み合っていた。そうなっても仕方がなかった。一方は生き永らえた諸文化のなかで最古の洗練された文化を育み、数ある大国のなかで最年少の自信満々な方は、自分たちの新しい神霊こそが未来の神霊であると公言したからである。

〈極東〉では、すでに半ばロシア的であり、全体として東洋的でありながら、すでに半ばアメリカ化していた中国が、忍耐強く米作中心の国土を改良し、鉄道敷設を推し進め、産業を組織化し、世界全体に向けて堂々と発信していた。ずっと以前、中国は統一と独立を達成するあいだに好戦的ボリシェヴィキ主義から多くを学んでいた。かくしてロシア国家の崩壊後は東洋においてロシア文化が存続した。ロシアの神秘主義はインドに影響を及ぼした。社会的な理想は中国に波及した。中国は実際には共産主義の理論を継承したわけではなく、実践などはなおさらなかった。しかしこの国は活発で献身的で独裁的な党にますます信頼を寄せ、個人よりは社会全体の見地から考えるようになった。それでも個人主義の悪弊が浸透し、支配者側の意に反して賃金奴隷という最下層の絶望的な階級が沈殿していた。

〈極西〉では、アメリカ合衆国は惑星全体の守護者であることを公言してはばからなかった。企業活動では世界じゅうで恐れられ羨望され、どこでも一目置かれてはいたが、自惚れが強くて実に多くから蔑まれてもいたアメリカ人は、人類の生存の特質全体を急激に変えつつあった。このときまでには惑星じゅうの人類がアメリカの商品を利用していたので、アメリカの資本が労働を支えていない地域はなくなっていた。しかもアメリカの報道機関、蓄音機、ラジオ、映画、テレビは、惑星全域にアメリカ的思考を絶え間なく浴びせかけた。来る年も来る年も、ニューヨークの歓楽や中西部の宗教的熱狂が電波に乗って響き渡った。軽蔑されながらもアメリカが全人類を否応なしに鋳造していくとは、なんと奇妙なことだろうか。アメリカが自らの稀有にして最良なるものを与えることができていたなら、それ自体はおそらく問題ではなかっただろう。ところがアメリカの最悪な部分だけが避けがたく普及した。潜在的には偉大な民族の、もっとも俗悪な特徴だけが、これらの粗末な手段を介して異国の人びとの精神に侵入することができたのだった。こうして、この民族の卑俗な連中が流した毒の氾濫(はんらん)のせいで、全世界だけでなく、アメリカそのものの比較的高貴な側面までもが、それにより取り返しのつかぬまでに低落したのである。

アメリカの最良な部分は最悪な部分に抗するには弱すぎた。アメリカ人は人類的思考に実際多大な貢献をしていた。哲学を古代の足枷(あしかせ)から解き放つのに役立っていた。惜しみない資金を用いた厳密な研究により科学に奉仕していた。天文学では、高価な器具や清浄な大気に助けられ、星々と諸銀河の配置を解明するのに大きく寄与していた。文学では、野人のような荒っぽさを見せることが多かったが、ヨーロッパでは容易には評価されない新たな表現法や思考傾向を生み出してもいた。斬新できらびやかな建築を創り出してもいた。そして組織化の天分は他の民族では実践どころか思い抱くことすらできないような規模で発揮された。実際アメリカの最良の人びとは、若々しい天真爛漫さと勇気をもって理論と価値化についての古くからの問題に対峙したので、これら選りすぐりのアメリカ人がいるところでは、迷信の霧も払いのけられた。とはいえ、これら最良の人びとは結局は頑迷な自己欺瞞(ぎまん)者の群れる広大な荒野のなかの少数者だった。そこでは、驚くべきことに、使い古しの宗教的ドグマが若者たちの狭量な楽観主義とともに擁護されていた。本質的に聡明であるが発育の遅れた子どもの民族であったのだ。成長を可能にするはずのなにかが欠けていた。永劫の時を遡(さかのぼ)り、この遠い過去の民族をふりかえる立場からすると、彼らの運命は彼らの状況と性向にすでに織り込まれていたことが見て取れ、惑星を若返らせる能力に恵まれていると思われた人びとが、神霊を荒廃させ、その惑星を避けがたく老衰と長期の夜へと沈滞させてゆく、そんなぞっとするような冗談を察知することができるのだ。

避けがたいことだった。とはいえここに、他のすべての民族よりも生来の才能に恵まれ、比類ない前途を有する民族がいた。ここに、すべての民族から醸成され、どの民族よりも潑剌とした精神を有する民族が存在した。ここに、アングロ・サクソン人の頑固さ、チュートン人の細部と体系への才知、イタリア人の陽気さ、スペイン人の激しい情熱、そしてケルト人のより多感な情熱が渾然一体となっていた。ここにはまた、繊細で激烈なスラヴ人がおり、若々しい黒人魂の注入があり、かすかながら微妙に刺激的な先住民の痕跡があり、そして西部にはモンゴル人が少しばかり含まれていた。互いに対する不寛容が明らかにこれらの異なる血統をある程度孤立させたが、全体としては一つの民族としてまとまりつつあり、自らの個性、成功、世界への理想主義的な使命に誇りを抱き、宇宙についての楽観的で擬人的な見解を誇っていた。このエネルギーがさらに批判的に抑制され、そして生命の近寄りがたい側面にも注目するよう仕向けられていれば、達成できないものなどなかったかもしれないのだ！　直接的な悲劇の経験があれば、おそらくはこの民族の心を開いたかもしれない。より成熟した文化との交流が、その知性を洗練されたものにしたかもしれない。ところが、彼らは自分たちの成功そのものに酔い痴れ、それにあまりにも満足しすぎてしまい、繁栄を逃した競争相手から学ぶことができなかったのだった。

　それでも、この孤立が解消されると見込めそうな瞬間があった。イギリスが侮りがたい経済的競合国であったときは、アメリカは当然イギリスを油断なく見張っていた。しかしイギリスが文化ではなおも絶頂にありながら明らかに経済的な退潮を見せたとき、アメリカはイギリス的思考の最新のもっとも厳格な側面に、以前より多大な興味を抱いた。優秀なアメリカ人たちは、おそらくこの無敵の繁栄は結局は自分たちの神霊的偉大さや宇宙の道徳的な公正さを証す申し分ない証拠ではないのではと密かに囁くようになった。少数ながら不屈の作家たちの一派は、実際アメリカは自己批判を欠き、自分に対する冗談を解さず、後期イギリスではもちろん稀有ではあったものの最良のものであった超脱と忍従をまったく有さないと確信しはじめた。このような動きが、アメリカ人の野蛮な利己主義を和らげ、騒々しい人間界の彼方の沈黙にもう一度耳を傾けるために何が必要かを彼らに教え込むことになったのも無理はなかった。もう一度言うが、彼らが自らの物質的成功の不快な雑音によって聴く力を失ったのは、ごく最近のことだったのだ。そして実際、この時代全体をとおして大陸に分散して存在していた、まことの文化を奉ずる数多くの小規模化した孤立集団が、なんとか俗悪さと迷信の高波に呑まれずにいた。これらの人びとがヨーロッパに救いを求めて回復を図ろうとしていたのであるが、そのときにはイギリスとフランスはおびただしい数の最良の精神を根絶やしにし、自らの文化的影響力を永久に衰弱させる主情主義と殺人の狂宴へと踏み迷っていたのである。続いてヨーロッパを代表したのはドイツだった。ドイツはアメリカにとってあまりにも強力な経済的競合国だったので影響を受けることはなかった。そのうえ、ドイツからの批判は強硬なものであったが、多くは衒学的にすぎ、あまりにもアイロニーに乏しかったので、アメリカの自己満足の殻を突き破ることはできなかった。こうしてアメリカはますますアメリカ主義へと沈んでいったのだった。厖大な富と産業、そしてすばらしい発明も、子どもじみた目的だけに供された。とりわけ、アメリカの生活全体が、強い個人への崇拝、すなわちヨーロッパが最後の段階でようやく乗り越えはじめた、あの亡霊のような理想を軸にして組織されていた。この理想の実現に完全に失敗し、社会的階層のどん底にとり残されたアメリカ人は、未来に希望を抱いて自らを慰めるか、大衆的な人気者と自分を同一視することで象徴的な自己満足を得るか、あるいはアメリカ市民であることにほくそ笑んだり、自国の政府の不遜な外交を讃えたりした。権力を握った人びとは、ひたすらその権力を保持し、陳腐で傲慢な態度でそれを臆面もなく誇示できさえすれば、それで満足だったのである。

ヨーロッパが露独戦争の災禍から立ち直った頃には、アメリカとの戦争はほとんど避けられぬ情勢にあった。ヨーロッパは長いあいだアメリカの財力という鞍の下で苛立ち、ヨーロッパ人の日常生活は、アメリカの実業家が至る所で見せつける侮辱的な外国「貴族」ぶりによって息苦しさを募らせていたからだ。ドイツだけは相変わらず経済大国だったので、このような支配からは比較的自由でいた。しかしドイツにおいても、他の国と同様、アメリカ人との軋轢は絶えなかった。

もちろん、ヨーロッパもアメリカも戦争を望んでいなかった。戦争になれば、ビジネスの繁栄は終わり、ヨーロッパにとっても万事休すとなる可能性があることは、双方とも百も承知だった。人間の破壊力は近年増大しており、もし戦争が容赦なく遂行されれば、強者が弱者を壊滅させる可能性があると分かっていたからだ。それなのに大西洋の両岸に盲目的な怒りを誘発する「事件」が、ついに避けがたく勃発した。南イタリアでの殺人、ヨーロッパの報道機関の思慮を欠いた二、三の論評、アメリカ中西部におけるイタリア人リンチ事件に続くアメリカの報道機関の攻撃的報復記事、ローマで起きたアメリカ市民の無差別殺戮、イタリア占領のためのアメリカ空軍部隊の派遣、ヨーロッパ空軍部隊の迎撃、こうしてどちらが宣戦布告したのでもなく戦争へと突入していた。この空軍による軍事行動は、おそらくはヨーロッパにとって不幸なことに、アメリカの進攻を一時的に阻んだだけだった。敵方は鋭気を養い、いつでも壊滅的な一撃を加えるかまえでいたのである。

2 ある神秘の出来

アメリカ人が全面的な戦時体制を整えつつあったとき、戦争にからんで実に興味深い出来事があった。国際的な科学者協会がイギリスのプリマスで会合を開いていて、若い中国人物理学者が代表委員会に報告をしたいとの意向を伝えていたのである。その若者は物質の消滅によって核エネルギーを利用する手段を探るべく実験を続けていたので、四十人の国際的な代表団はいささか興奮気味に、指示のままにデヴォン州の北岸に赴き、ハートランド・ポイントと呼ばれる寂(さび)れた岬で落ち合った。

雨上がりの晴れやかな朝だった。北西方向十一マイル離れたランディ島の岸壁の岩肌が、いつもより細部まで見えていた。レインコートをまとった一行がウサギの喰い荒らした芝地に集って腰をおろすと、海鳥が一行の頭の近くを旋回した。

驚くべき一団であった。ひとりひとりが比類なき人物であったが、ある程度は各自の国の特徴で色分けされていた。そして全員がまぎれもなく当代一流の「科学者」だった。以前は「科学者」というと唯物論への無批判な偏愛と冷笑的な情熱を意味したものだが、今ではあらゆる自然現象はコスモス的精神の顕現であるという、同じように無批判な信念を表明するのが流行っていた。昔も今も、人間は自らの本格的な科学的研究の領域を超えるときには、まさに娯楽や食べ物を選ぶように好みに従って自らが信じるところを無責任に選択したのである。

出席した人びとのなかから、目ぼしいところを何人か選んでみよう。人類学者であるドイツ人は、長年にわたって確立された肉体と精神の健康に対する崇拝の産物であり、そのスポーツマンらしい容姿によって北欧系の男性に特有の特徴を誇示していた。老いてはいるが未だ才気煥発な心理学者であるフランス人は、古今の武器の蒐集（しゅうしゅう）という風変わりな趣味の持ち主であり、穏やかな冷笑を浮かべながら一連の動きを見守っていた。民族の残り少ない知識人のひとりであったイギリス人は、厳密な物理学の研究を補うように、それに劣らぬくらいの熱量で英語の虚辞や俗語の歴史の研究に打ち込み、苦心の成果を同僚に披露した。この協会の西アフリカ出身の議長は生物学者であり、人間と類人猿の交配で有名だった。

全員が着席したところで議長が会議の目的を説明した。実は核エネルギーの実用化が実現しており、公開実験の運びとなったのである、と。

黄色人種の若者が立ち上がり、ケースのなかから時代遅れのライフルによく似た道具を取り出した。若者はその物体を披露しながら、かつて教育を受けた中国人に特徴的だった奇妙に格式張った儀礼的様子を見せて次のように述べた。「わたしが発明した非常に精巧な製法について詳しく説明させていただく前に、この完成品でなにが可能であるかを見ていただくことで、その重要性を例証するとしましょう。わたしは物質の消滅を引き起こすだけでなく、遠距離から正確に照準を合わせてそれを実行することができます。しかもその消滅過程を抑止することもできます。わたしの武器は破壊の手段として非の打ち所がありません。人類の建設的なエネルギーの源として、それは無限の可能性を秘めています。皆さん、これは人類史における偉大な瞬間であります。わたしは人間の相互殺戮の闘争を永久に終結させる手段を、この組織化された知能集団に委ねたく思うのであります。これをもって、選ばれし者たちから成るこの大いなる協会が、慈悲深くこの惑星を統べることになります。この小さな道具でもって馬鹿げた戦争の幕を引き、完成間近のもう一つの道具で、必要があればいかなる場所でも無限の産業エネルギーを分け与えることになるのです。皆さんは、わたしが公開実験の栄に浴するこの簡便なる道具の助けを借りて、この惑星の絶対的支配者になることができるのであります」

このときイギリスの代表が自分にしか理解できない古語で「神のご加護を！」とつぶやいた。物理学者ではない何人かの他国人は、心のなかでこの風変わりな表現を新しいエネルギー源となんらかの関係がある専門用語として受け取った。

黄色人種の若者は話を続けた。ランディ島に向きなおると、彼はこう言った。「あの島にはもはや人は住んでいません。船舶にとっては危険な障害ですから取り除こうと思います」。そういうと、その道具の照準を遠方の絶壁に合わせながら話を続けた。「この引き金を引くと、あの岩の面の一点にある原子を構成する究極の陽電荷と陰電荷を刺激して相互消滅を引き起こします。これらの刺激された原子は隣接する原子に作用し、それが無限に連鎖します。しかしながら、二番目の引き金は進行中の消滅を停止させます。この引き金を引かなければ、おそらくは惑星全体が崩壊するまで消滅の過程は実際無限に続くことでしょう」

参観者たちに不安そうな動揺が走ったが、若者は注意深く照準を合わせ、二つの引き金をすばやく次々に引いた。その道具からはなんの音も聞こえなかった。晴れやかな島の景観にはなんの影響もなかった。イギリス人はくっくっと喉を鳴らすように笑い出し、それから黙った。まばゆい光点が遠方の絶壁に現われたからである。それは大きく輝きを増し、観察を続けようとしていた全員の目をくらませた。それは雲の下方を照らし出し、参観者たちの傍らのエニシダの茂みが落としていた影を消し去った。本土側に面している島の全景が、今や耐えがたいまでの灼熱の太陽と化していた。しかしながら、間もなくすると、その猛威は沸き立つ海から立ちのぼる蒸気の雲でおおわれた。すると突然、堅い花崗岩（かこうがん）から成る三マイルの島全体が飛散した。大きな岩の一群が上天へと飛び、あとから蒸気と石片から成る巨大なきのこ雲がゆっくりと膨らんできた。それから爆発音が聞こえてきた。誰もが手で耳を塞（ふさ）ぎながら、目は緊張したまま、岩石の落下とともに点々と白い痕を残す湾を見続けた。それと同時に、その混乱の中心から巨大な海の壁が押し寄せてきた。これが沿岸を航行中の船を呑み込んで、そのままビデフォードとバーンスタプルへと寄せていくのが見えた。

参観者たちはとっさに立ち上がってどよめきの声を上げたが、この混乱の若き当事者は勝ち誇りながら、自らの行為がこうまで大きな余波を生んだことにいささか驚いた。

会合はその研究の報告を聴講するために、こんどは近くの教会堂へと場所を移した。代表者らがぞろぞろと入場する頃には、蒸気と煙霧が晴れて、ランディ島が浮かんでいた地点に海が広がっていた。教会堂のなかでは大判の聖書がうやうやしく移動され、聖域臭さを幾らかでも払うために窓が開け放たれた。というのは、相対性と量子理論に関する初期の神霊主義的な解釈によって、今では科学者たちは宗教に敬意を払うようになってはいたものの、彼らの多くは、実際に聖域にいると、未だにある種の抑圧を感じてしまう傾向にあったのである。科学者たちが古風な固い長椅子に腰掛けると、議長は以下のような説明をした。教会堂の権威筋は親切にも会合を許可してくれたのであるが、それは科学者が物理学の神霊的基礎をしだいに認識するようになり、科学と宗教はこれより密接な同盟を結ばなくてはならないと悟ったからである。しかもこの会合の目的はこうした至高の神秘の一つについて議論することである。科学はそのような神秘の発見を、宗教はそれへの讃美を栄光とする。議長はエネルギー実験を行った若者の勝利を祝福し、会合の場で挨拶するよう求めた。

しかしそのとき、年老いたフランス代表が割り込んできて、発言を許された。百四十年近くも前に生を受け、再生の技術ではなく生来の精神力によって生き永らえてきたこの古老は、はるか昔の賢者の時代から語りかけているように思われた。衰退する文明にあっては、老人こそが誰よりも若々しい目で遠くを見るからである。老人は長たらしい美辞麗句を弄しはしたが緻密で理性的な語り口でこのように言葉を結んだ。「われらがこの惑星の知者であるのは間違いあるまい。自らの天職に献身するがゆえに、多少とも誠実であるのも間違いない。遺憾ながら、われらとて人間なのだ。小さな間違いをしでかすこともちょくちょくあるし、軽率なことをやらかしもする。われらがこのエネルギーを寄与され所有したところで、平和をもたらしはせんだろう。それどころか、国どうしの憎しみを際限のないものにするだろう。それは世界を混乱に陥れるだろう。われらの結束をむしばみ、われらを暴君に変えるだろう。しかも科学を荒廃させてしまうだろう。それに――まあ、結局なにかの些細な過ちで世界が砕け散ることにでもなれば、災厄は悔やみようがないものになるだろう。ヨーロッパが大西洋の向こう岸の元気なやんちゃ坊主のせいで、ほとんど確実に破滅しかかっていることは、わしも知っておる。これは悲惨なことになるに違いないが、もう一つの選択肢だと事態ははるかにひどいものになる。それはだめだ！　貴君のすばらしい玩具は高邁なる人びとにはふさわしい贈り物になるが、未だ野蛮の域を出ないわれらには――否であり、そうはならないに違いないのだ。そういうわけで、まことに残念ではあるが、貴君の作品を、そしてなろうことなら、貴君の見事な研究の記録も破壊するよう懇願する。しかしなによりも、その秘密の製法をわれらにも、他のいかなる人間にも漏らしてはならない」

そのときドイツ人は、拒むのは臆病者のやることだと抗議した。彼は組織化された科学のもとで組織され、科学的に組織された宗教の教理によって霊感を授けられる世界のヴィジョンを簡潔に描いてみせた。「そうですとも」とドイツ人は言った。「拒むことは、神からの贈り物を、すなわち、ごく最近、驚くばかりに明らかになった最微小量子のなかに示現した神の贈り物を拒むことなのです」。反対と賛成の発言が交互したが、ほどなく知恵が優位を占めた。科学者たちは今や間違いなく世界主義の気運のなかにいた。実際彼らは国家主義とはかなり距離をとっていた。このときアメリカの代表が、自国民に対して使用されるというのに、その兵器を受け容れるようにと促したのである。

しかしながら、最後には実際満場一致で、その会合は中国人科学者への深い敬意を記録に留めつつも、その兵器とそれについての解説の一切を破壊するよう要請した、というより、命令したのだった。

若者は立ち上がって、自分の作品をケースから取り出し、指でいじった。あまりに長いことその道具を見つめたまま黙って立ち尽くしていたので、会合は落ち着きをなくしていった。しかしながら、ついに若者は口を開いた。「会合の決定には黙って従いましょう。それでも、十年もの研究の成果を、これほどの成果を破壊するのは辛いことです。わたしは人類から感謝されると期待しました。それどころか、わたしは追放者です」。若者はふたたび押し黙った。若者は窓の外を見ていたが、そのときポケットから双眼鏡を取り出して西の空をうかがった。「やはり、そうだ。アメリカ人です。みなさん、アメリカの空軍が近づいてきます」

一同は飛び上がって窓へと殺到した。西の空高くに、まばらな点の連なりが限りなくはるばると南北へ延びていた。イギリス人が言った。「お願いです。あなたの忌まわしい道具をもう一度使ってください。さもないとイギリスは壊滅します。彼らは大西洋の向こうからわたしの同胞を粉砕してしまうに違いありません」

中国人の科学者は議長へと目を転じた。「阻止するんだ」と皆が叫んだ。老フランス人だけは反対した。合衆国の代表は声高に叫んだ。「あれはわが国の人びとです。あの空には友人もいます。わたしの息子がいるかもしれません。しかし彼らは狂っています。なにか恐ろしいことをやるつもりでいます。集団制裁でもやろうとしています。やめさせてください」。黄色人種の若者はなおも議長を見つめていた。議長がうなずいた。フランス人は老いの涙を見せて泣きくずれた。それから若者は、窓の下枠に身をもたせかけ、慎重に黒点を次々に狙い撃ちにした。一つ一つがまばゆい星となり、消えた。教会堂のなかは長い沈黙に包まれた。そして囁き声。不安と嫌悪をあらわに、皆はその中国人に一瞥をくれた。

続いて近くの野原で慌ただしい儀式が執り行われた。火がつけられた。くだんの兵器、そして同じくらい殺人的な草稿が焼かれた。それから憂い顔の若き中国人は周囲にいるすべての人びとに握手を迫って、こう言った。「わたしは自らの秘密を心に秘めたまま生きていくことはできません。いつの日か、もっとふさわしい人類がそれを再発見するでしょうが、今のわたしはこの惑星にとっては危険な存在です。ですから、愚かにも野蛮人とともに生きていることに無頓着であったわたしは、今は古老の知恵に従い、自らこの世を去ります」。そういうと若者は命を絶ったのだった。

3　抹殺されたヨーロッパ

噂は口コミやラジオで世界じゅうに広まった。一つの島が不思議な爆発をした。アメリカの編隊が不可解にも大空で全滅した。しかもこれらの出来事が起こった近辺に優秀な科学者たちが集っていた。〈ヨーロッパ政府〉は正体不明のヨーロッパの救世主を見つけ出して感謝し、その製法を確保しようとした。科学者協会の議長は例の会議と満場一致の投票について説明した。議長と科学者たちはただちに逮捕され、秘密を白状させようと、まずは道徳的な、続いて肉体的な「圧力」が加えられた。科学者たちは実際に秘密を知っていて、自分たちの目的のためにそれを隠しているのだと、世界は信じ込んでいたからだ。

ところで、アメリカ空軍の総司令官は、ヨーロッパ艦隊を撃破したあと、平和条約を締結しているあいだに、イギリス上空で単に「威嚇行動」するよう命令されていたことが分かった。アメリカの大企業は、もしヨーロッパで無益な暴力を行使したら協力をやめると政府を脅していたのである。大企業は今では非常に国際的な気運のなかにあり、ヨーロッパの破壊は必然的にアメリカの財政を破綻させると分かっていた。しかし勝利の軍隊にふりかかった空前の災厄によって、アメリカ国民は盲目的な憎悪を掻き立てられ、平和の党派は影をひそめた。かくして中国人科学者による一つの敵対行為はイギリスを救うどころか破滅へと運命づけたのだった。

数日のあいだヨーロッパ人たちは、いつなんどきいかなる恐怖が自分たちに降りかかってくるか分からずに、恐怖に身も世もなく暮していた。政府が科学者たちから秘密を訊き出そうと拷問に訴えたとしても不思議はなかった。四十人の関係者のなかのイギリス人が嘘をついて難を逃れたのも無理はなかった。彼は複雑な製法を「思い出す」ために最善を尽くすと約束したのである。厳しい監督下、中国人科学者の秘訣を探求すべく自らの物理学の知識を駆使して実験を行った。しかしながら、幸いなことに、間違った手掛かりをもとにしていた。そして実は当人もそれを知っていた。彼の最初の動機は単なる自己保身であったのだが、のちには研究を袋小路へと導いて危険な発見を永遠に阻止する策に出たのである。かくして、ひとりの優れた物理学者の権威をどうやら完全に不毛な研究へと誘導した彼の背信のおかげで、自制力のない、人類の名にあたいしないこの人類が自らの惑星を破壊せずに済んだのだった。

ときに優しすぎることもあるアメリカの人びとも、今やイギリス人をはじめ全ヨーロッパ人への憎しみで集団的狂気に陥っていた。冷徹な効率性でもってアメリカ人はヨーロッパじゅうに最新の猛毒ガスを撒き散らし、ついにはあらゆる国民が都市という都市で罠に掛かったネズミのように毒殺された。使用されたガスは三日も経てば効力を失うものだった。したがって、攻撃から一週間のうちにアメリカの衛生部隊が各首都を掌握できた。抹殺された沈黙の都市へとはじめて降り立った人びとの多くは、途方もない数の屍骸(しがい)を前にして動揺した。ガスははじめは地表で効力を発揮し、満ち潮のように上昇すると、最上階、尖塔、丘を呑み込んだ。かくして、第一陣の毒ガスで打ち倒された幾千もの人びとが街路に横たわり、あらゆる屋根と小尖塔には、ガスの潮位が届かない地点まで逃れようと空しい希望を抱いて足掻(あが)いていた人びとの死体が掛かっていた。侵略者たちが到着したときには、力尽き身悶えして逝った遺体があらゆる高さに見つかった。

かくしてヨーロッパは死滅した。知的生活のすべての拠点が抹消された。農耕地としては高台や山だけが無傷だった。これより以降、ヨーロッパの精神は、アメリカ人、中国人、インド人をはじめ世界の残りの人びとの心のなかに、断片的に混乱した形で残存したのだった。

大英帝国の植民地は実際にはあるにはあったが、今となってはヨーロッパ的というよりはるかにアメリカ寄りになっていた。もちろん、戦争により大英帝国は解体していた。カナダは合衆国寄りだった。南アフリカとインドは戦争勃発時に中立を宣言した。オーストラリアは、臆病風に吹かれたのではなく、忠誠心をめぐる紛糾のあと、間もなくして中立へと落ち着いた。ニュージーランド人は山岳地帯に逃げ込んで一年間は狂ったように勇敢な抵抗運動を続けた。素朴で雄々しいニュージーランド人には、ヨーロッパ精神などほとんど念頭になかったが、おぼろげながらも、またアメリカ化していたにもかかわらず、そのような精神に対して、あるいは少なくともヨーロッパ主義の一側面を象徴していた「イギリス」に対して忠実だったのである。実際、甚だしく忠実であり、あるいは生来の頑固さと不屈さもあり、これ以上の抵抗が不可能になると、彼らの多くが男女ともに降伏よりは自殺を選んだのだった。

しかしこの戦争でもっとも長く苦しんだのは、敗北者ではなく勝利者の方だった。アメリカ人は怒りが収まってみると、殺戮を行った事実からは容易には逃れられなかった。彼らは心の底では野蛮な民ではなく、むしろ優しかった。アメリカ人は世界を無邪気な娯楽場として、また自分たちを誰にも負けない娯楽の提供者とみなすことを好んだ。それなのに彼らは、どういうわけかこの異様な犯罪に巻き込まれた。これより以降は隅々まで広がった集団的罪悪感がアメリカ人の精神を歪めた。かつての見栄っ張りで狭量な国民性は、今や正気を失うほど度を越したものになっていた。個人としても集団としても、彼らはますます批判を恐れ、いよいよ責任転嫁や憎悪に傾き、なおさらに独善的になり、批判的な知性にはいやましに敵意を抱き、旧に倍して迷信深くなったのである。

かくして、このかつて高潔であった人びとは、呪いを受け、そして呪いの司祭となるべく神々に選ばれたのだった。

第三章　アメリカと中国

1　宿敵

ヨーロッパの崩壊ののち、人類の忠誠心は、二つの大きな勢力、すなわちアメリカと中国に対する国家的あるいは民族的な気運へと漸次結晶化していった。だんだんと、あらゆる愛国主義は、この二つの大きな忠誠心のいずれかの単なる地方版になったのだった。実際当初は数多くの相互殺戮的な紛争が発生した。この時期の歴史を仔細に見れば、北米が往古の「アメリカ南北戦争」のような統合の過程を繰り返しながら、いかにしてすでにアメリカ化していた南米のラテン系民族を組み込んだか、またかつては新興中国のいじめっ子だった日本が、いかにして社会革命によって無力となり、そのためにアメリカ帝国主義の餌食となったか、またこの屈従状態により日本がいかにして気運において過激なまでに中国化し、ついには果敢な独立戦争によって自由を勝ち得、中国の統率のもとに〈アジア同盟〉に加入したか、そんなところが明らかになるのである。

国際連盟の盛衰についても十分な歴史の記録がある。世界主義的政府ではなく、自国の統治に主眼を置いた各国政府の連合体であったこの巨大組織は、しだいに全加盟国に対する正真正銘の威信と権威を帯びるようになった。そして多くが根本的な組織にかかわる数多くの欠点にもかかわらず、人類への募りゆく忠誠心の大きな具体的焦点として非常に貴重であった。はじめのうち〈連盟〉の存続は危うかった。実際それは極度の慎重さをもって維持されていたにすぎず、「大国」にほとんど隷従(れいじゅう)しているに等しかったのだ。とはいいながらも、少しずつ道徳的な権威を獲得し、大国も、最強国ですらも、あえて公然かつ平然と〈連盟〉の意思に逆らったり〈最高裁〉の評決を拒んだりすることができなくなっていた。とはいえ、人間の忠誠心は相も変わらず世界主義よりは概して国家主義的であったので、一国家が理性を失って猛(たけ)り狂い、あっさり誓約を捨て去り、恐怖に駆られて侵略に出る状況は頻繁すぎるほど発生した。そのような状況下で英仏戦争が勃発したのである。諸国家が二つの陣営に分裂し、その分裂のさなかで〈連盟〉が一時的に忘れられたこともあった。同様のことが露独戦争でも起きたが、そうなったのはアメリカがロシアに好意を示し、中国がドイツに味方したからに他ならなかった。ヨーロッパの崩壊後は、世界はしばし〈連盟〉とアメリカへと二極化した。しかし〈連盟〉は中国に支配され、もはや世界主義の代弁者ではなくなっていた。そんなわけで、真に人類的な忠誠心を抱く人びとは、アメリカをもう一度古巣へと引き戻そうと尽力し、ついには成功したのである。

〈連盟〉は「大」戦を防ぐことには失敗したが、かつての人類の宿痾であった小競り合いを片っ端から手際よく阻んでみせた。〈連盟〉そのものがほぼ真っ二つに分裂したときを別にすれば、実際世界の平和は近年まったく安泰であった。不幸にして、アメリカと中国が台頭するにつれ、このような分裂的状況はますます広がった。北米と南米が戦争していたとき、あらゆる国家が共有の軍事力を管理する〈世界主義的統治機構〉として〈連盟〉を再編しようとしたことがあった。ところが、世界主義への意思は強くても、民族主義の方はさらに強固だった。〈連盟〉は結局は日本の問題をめぐって二つに分裂し、それぞれが旧〈連盟〉から全面的な統治権を引き継ぐと主張したが、実際には両陣営ともアメリカ寄りか中国寄り、ある種の超国家主義的な気運に支配されていたのである。

このようなことが、ヨーロッパの没落後一世紀も経たぬうちに起こった。二世紀が過ぎると、政治的にも精神的にも二つの体制へと明確に分かれていった。一方は、南アフリカ、オーストラリア、ニュージーランド、西ヨーロッパの老衰した残骸国家群、旧ロシアの魂をなくした国体の一部、そんな貧しい近縁国を従えた裕福で団結力のある〈アメリカ大陸連邦〉。もう一方は、アジアとアフリカであった。実際古くからの東西の違いが今や政治的な気運と組織を基礎づけていたのだった。

それぞれの体制内には、もちろん現実的な文化の違いがあったが、なかでも大きかったのは中国とインドの国民性の違いだった。中国人は外見的なもの、感覚的で都会的で実際的なものに関心を示し、一方インド人は、束の間の幻にすぎないと彼らが言う人生の背後に究極の実在を探そうとする傾向があった。そういうわけで、標準的インド人は現実の社会問題を生真面目に気に掛けたりはしなかった。現世を完全なものにするという理想は、インド人を夢中にさせる関心事ではまったくなかった。この世界は幻影にすぎないと信じ込まされてきたからだ。実際には、中国は精神的にはインドより西洋との共通点が多かった時代があったのだが、アメリカの脅威によって、この東洋の二大民族は結束した。彼らは交易商人や宣教師と野蛮な征服者が奇妙に混在した外来アメリカ人に、少なくとも非常に根の深い憎悪を抱いていた点で一致していたのである。

国力がどちらかと言うと弱体化し、アメリカ産業が国内に触手を伸ばしてきたことに苛立ちを覚えていた中国は、敵対国よりも国家主義的だった。実際アメリカは国家主義から脱し、世界の政治と文化の統合者になると公言した。しかしアメリカはこの統合をアメリカの体制下での統合として構想した。文化とはアメリカ主義を意味したのである。このような世界主義にアジアとアフリカは共感しなかった。中国は一致団結して自国の文化から外国的な要素を一掃しようとしてきた。しかしながら、表面的にしか成功しなかった。弁髪と箸が有閑階級のあいだで復活して流行るようになり、中国古典の学習がすべての学校でふたたび必須科目となった。なのに一般人の生活様式はアメリカ的なままだった。アメリカ製のナイフやフォーク、靴、蓄音機、家事を楽にする機械を使用し、おまけに文字はヨーロッパ風、語彙はアメリカの俗語にまみれ、新聞やラジオもアメリカ方式を採っていたのに、政治的には反アメリカだったのである。中国人は毎日家のテレビを通じてアメリカ人の私生活の一コマ一コマやアメリカの公開イベントを片っ端から見た。阿片（あへん）や線香よりもタバコやチューインガムを好んだのだった。

考え方も概してアメリカ思想のモンゴロイド版であった。たとえば、精神面では非形而上学的であったが、やはりなんらかの形而上学は避けられるものではなく、最初期の〈行動主義者〉が普及させていた素朴な物質主義の形而上学を受け容れた。この見解によると、実在するのは物理的エネルギーだけであり、精神は刺激に反応する肉体活動のシステムに他ならなかった。〈行動主義〉はかつて西洋における最高の知性から迷信を一掃するにあたり大きな役割を果たしており、実際一時期は主要な思想的成長点でもあったのだ。

極端ではあったが、この初期の、可能性に富んだ学説が中国に浸透していた。一方、その学説の生誕地では〈行動主義〉は口当たりのよい思想を求める人びととの要求に汚染され、最後には奇妙な心霊術へと変わっていた。それによると、究極的な実在とは実は物理的エネルギーのことであるが、そのエネルギーは聖なる神霊そのものであった。この時期のアメリカ思想のもっとも劇的な特徴は、〈行動主義〉と〈原理主義〉の融合、実はキリスト教の時代遅れで劣化した形態だったことである。実際〈行動主義〉自体は、もともとはある種の倒錯した清教徒の信条であり、それによると知的な救済とは、あるがままの唯物主義という教義を受容することだった。その教義は独善的な人びとには厭わしいものであり、初期の学派の知識人たちには不可解だからというのが主な理由だった。以前の清教徒は肉体的衝動のことごとくを抑圧したが、これら新参の清教徒も同じように独善的に霊的渇望を踏みつけにした。しかし物理学そのものが心霊的な傾向を募らせるようになると、〈行動主義〉と〈原理主義〉は合流点を見いだした。物理的な宇宙の究極の実体は、今や「神霊」の活動の多面的で恣意的な「エネルギー量子」と言われていたので、物質主義者と心霊主義者が同調するのは実に容易であったのだ！　実際のところ、両者は教義の上では対立していたが、気分においては違いはそれほどではなかった。ほんとうの亀裂は純粋に心霊的な見方と、心霊主義者・物質主義者とのあいだに存在した。キリスト教諸派のなかでもっとも物質主義的な人びとと、科学的な党派のどこよりも教条的な人びとは、ほどなく両者の統合を表現する方式を見つけたが、それはすなわち、人類の神霊として出現していたこれらのすばらしい諸能力のことごとくを否定するものであった。

この二つの信条は、自然なままの物理的運動に敬意を払う点では一致していた。そしてここにアメリカ人と中国人の精神のもっとも根深い違いが横たわっていた。アメリカ人にとっての活動は、いかなる活動であれそれ自体が目的であったのだが、中国人にとっての活動とは休息というか精神の平安という真の目的への前進に他ならなかった。活動を開始するのは、安定が乱されたときに限られた。そしてこの点では中国とインドは一つであった。両国とも活動よりは観想を好んだのである。

かくして、中国とインドにおいては富への情熱がアメリカに比べると乏しかった。富とは物と人々を動かす力だった。したがってアメリカでは、富とは神の息として、すなわち人間に内在する聖霊だと率直に考えられるようになった。神は至高の〈上司〉、つまりは普遍的な〈雇用主〉であった。神の知恵とは巨大な効率であり、神の愛は雇用主の寛大さへの愛だと考えられた。天分についての寓話が教育の第一歩となり、かくして金持ちであることが神の主要な作用因の一つとして尊重されることとなった。典型的なアメリカ人大企業家とは、ひたすら贅沢を誇示しつつ心の底では禁欲主義者であるような人物であった。自らの栄光を尊ぶのは、それがひとえに自らが選民であることを万人に宣伝するからだった。典型的な中国の金持ちとは、繊細で時間をかけた審美眼をもって自らの贅沢を愛好し、それを不毛な権力欲で犠牲にしたりはしない人物のことだった。

その一方で、アメリカの文化はどこまでも個人生活の価値に関係していたので、慎ましい個人の福祉に関しては中国人よりもきめ細やかだった。したがって、産業にかかわる条件は、中国の資本主義よりもアメリカの資本主義のもとにある方がはるかにましだった。しかも中国には二種類の資本主義が並存していた。中国人の熟練工がアメリカ方式のもとで繁盛するアメリカの工場があり、それに比べると熟練工が卑しむべき賃金奴隷となっている中国の工場があったのである。多くの中国人産業労働者が飛行機はおろか自動車を所有する余裕さえなかったために、アメリカの雇用主たちはかなり独りよがりな義憤を抱いていた。しかもこのような実情が中国に革命をもたらすこともなく、またアメリカの工場の条件の方がよかったにもかかわらず、中国人の雇用主が豊富な労働力を獲得できたことに戸惑いを覚えていた。しかし実をいうと、平均的な中国人労働者が欲していたのは、自分専用の機械を操って象徴的に自己顕示することではなく、生活の保障と気ままな余暇だった。「近代」中国の初期には実は深刻な階級憎悪の爆発があった。中国の巨大産業のほとんどの中心地では、その歴史のある時点に雇用主が大量に殺害され、それぞれの地域が自らを独立した共産主義な都市国家であると宣言した。しかし共産主義は中国とは無縁であったため、これらの実験はどれも永続的な成功とはならなかった。最近になって〈国家主義政党〉の支配が確立して最悪の産業悪が排除されると、階級意識はアメリカの干渉と性急さへの愛国的な嫌悪へと席を譲り、アメリカ人雇用主のもとで働く人びとは国賊と呼ばれることが多くなったのである。

〈国家主義政党〉は実のところ中国の魂ではなかったが、いわばそれは魂が支配原理として鎮座する中枢神経組織だった。〈党〉は強烈なまでに実際的でありながら理想主義的な組織でもあったが、あらゆる種類の宗教に暴力的なまでに敵対しつつも、半ば文官的な政庁であり、半ば宗教的な体制でもあったのだ。当初はロシアの〈ボリシェヴィキ党〉を範にして、旧中国に特有の文官的政庁だけでなく、イギリス帝国主義が東洋に残した最良にして唯一の貢献となった行政的清廉という伝統にも感化されていた。かくして、独自の路線により〈党〉はプラトン主義的な統治者の理想に到達した。入〈党〉が許可されるには、二つの試練をくぐらなくてはならなかった。西欧と中国の社会理論に関する非常に厳しい筆記試験に合格し、さらに実際の行政組織で五年間の研修期間を経る必要があったのだ。〈党〉外の中国は未だにひどく腐敗していた。公金横領や縁者びいきも、慎みよく隠している限りは咎められることはなかった。それでも〈党〉は滅私奉公の見事な実例をなしていた。この前例のない誠実さは権力の一源泉だった。〈党〉員は私事よりも社会的な事柄に心からの興味を抱いていることは広く知られていたので、結果的に信頼されていた。〈党〉員の忠誠心の究極的な対象は、〈党〉ではなく中国に、つまりは実際個々の中国人の集合――それに対しては自分自身とほぼ同じくらい無関心だった――でもなく、民族の法人的な統合と文化だったのである。

中国における行政上の全権は今や〈党〉員の手に委ねられ、最終的な立法の権限は〈党代議員会議〉にあった。この二つの制度の中央に〈主席〉が位置づけられていた。

〈主席〉は〈行政委員会〉の議長にすぎないこともあったが、〈総理大臣〉〈皇帝〉〈法王〉の役職を併せ持つ独裁者となることもあった。〈党〉の議長は国家の首魁（しゅかい）であり、古代の皇帝のように祖先崇拝の象徴的対象ともなったのである。

〈党〉の政策は中国人の文化に対する敬意によって支配されていた。ちょうど西洋諸国があまりにも頻繁に軍事的威信への意思のもとに組織されたように、新生中国は文化的威信への意思のもとで組織された。この目的のために、アメリカ人の国家は野蛮な卑俗性のこの上ない実例として酷評され、こうして〈党〉の文化政策を強化するために愛国主義が利用された。アメリカではあらゆる男女が物質的豊かさを求めて躍起になっているのに中国では知的な人間なら実のところ誰でも民族の文化的財産を享受できるというのが誇りだったのである。〈党〉の経済政策は全労働者に生計の保障と十分な教育の機会を与えるという原則の上に立っていた（しかしながら、アメリカ人の目からは、そんなふうに保障された生計は獣にさえ適してはいなかったし、提供された教育は時代遅れで反宗教的なものであったのだ）。〈党〉は十分な配慮のもとに、あらゆる階級から最良の人材を投入し、無知な大衆には学問への敬意と、彼ら自身が国の文化において多くのものを共有しているという幻想を抱くよう励ましたのである。

しかし実を言うと、一般の人びとが支配者層に見いだして崇敬し、自分たちの生活のなかで模倣したこの文化は、それが抗った権力への崇拝とほぼ同じく表面的なものであった。それはほとんど全面的に社会的な公正性と原典主義の学問の崇拝であった。つまりは古代中国に取り憑いていた純粋に文献中心的な学問ではなく、同時代の科学的教条、とりわけ純粋数学の巨大な集大成への崇拝だったのである。往時には官職の候補者は古典作家に関する詳細な知識を鵜呑みにして披露しなくてはならなかったが、今は物理学、生物学、心理学、とりわけ経済学と社会学理論に関する確立された方式を説明する際にも同じように不毛な機転を披露しなくてはならなかった。そして数学の哲学的基礎について頭を悩ますよう奨励されはしなかったが、その壮大な技能ゲームの、少なくとも一分野の細部には精通するよう期待された。研究者に強いられる情報量は厖大だったので、自らの知識にかかわる多様な分野どうしの相関的意味を考えるゆとりなどなかったのである。

それでも中国には魂があった。そしてこの捉え所のない中国の魂のなかに、今や〈第一期人類〉の唯一の希望が横たわっていた。〈党〉の至る所に、少数ながら独創的な精神の持ち主がおり、それが〈党〉の霊感源となり、この時期の人類的神霊の成長点ともなったのである。人間の卑小さを十分に承知していながら、これらの思想家たちはそれでもやはり自らを宇宙の頂点とみなした。実証主義的で通り一遍の形而上学をもとにして、彼らは社会的理想と芸術の理論を打ち立てた。実際、芸術の実践と鑑賞において、彼らは人間の最高位にまで到達した。人類のはるかな未来を悲観し、アメリカの福音主義を蔑みながら、公正な環境において精妙に統合された人間生活の模範の創出を人生の目的として受け容れた。至高の芸術作品である（彼らの言い分による）社会は、人間交流の繊細で儚い織物である。結局、個人の生活だけでなく人類の歴史全体が悲劇なのであり、悲劇的芸術の規範に従って評価される可能性を愉しみさえした。自らの神霊とアメリカ人の神霊とを対比しながら、彼らのひとりはこう述べていた。「贅沢な電気力を備えたプレイルームで遊ぶ発育不全の若者であるアメリカは、自身の機械仕掛けのおもちゃが世界を動かしているとうそぶいています。夕まぐれの庭を散策する紳士である中国は、外気に冬の初霜を感じ、抗いがたい野蛮の噂を耳に聞くからこそ、なおさら品性と秩序を讃えるのです」

このような態度には賛嘆すべきものがあり、この時点では切実なまでに必要だったのだが、致命的な欠陥もあった。その最良の提唱者においては、それは存在への超然としながら熱烈な敬意にまで高まりはしたが、すべてはあまりにも容易に無気力な満足に、さらには社交儀礼の礼讃へと堕してしまったのだ。実際には、それは外見ばかりを気にかける根強い中国的慣習のゆえに絶えず腐敗の危険にさらされていた。ある面では、アメリカの神霊と中国の神霊は相補的であった。なぜなら、一方が落ち着きを欠いていても他方は穏和であり、一方が熱狂的かと思えば他方は冷静であり、一方が宗教的であれば他方は芸術的であり、一方が見かけは神秘主義的あるいは少なくとも空想的であれば、他方は長く厳密な思考を続けるには太平楽にすぎたとはいえ古典主義的であり合理主義的でもあった。この二つの精神が協調すれば、かなりのことを成し遂げたかもしれない。一方両者には、同様のきわめて重大な欠陥があった。いずれの国も、真実への飽くなき欲望、批判的知性の自由な行使への情熱、現実への身を削るような探求に心を乱されることも啓発されることもなかった。これらはヨーロッパだけでなく、かつてのアメリカにとってすら名誉なことであったのに、もはや〈第一期人類〉には微塵も残っていなかった。さらにこの欠陥から帰結するものとして別の能力欠如が彼らを駄目にした。今では両国とも、前の世代の人びとが、互いにも、そして自らにも、それどころかもっとも神聖な価値に対しても好んで向けていた不敬な機知を失っていたのだった。

このような弱点にもかかわらず、彼らも幸運に恵まれれば勝利を収めたかもしれなかった。しかしあとで述べるが、アメリカの神霊は中国の高潔さをむしばみ、唯一の救済の見込みを破壊した。実際〈第一期人類〉に周期的に降りかかった災厄の一つは、半ば必然的に半ば偶然に生じたのだが、それはあたかも自らの劇的な創造を上演するために考え出した意識を持つ操り人形よりも、その創造の卓絶性そのものを好む神の明白な意思によるもののようだった。

2 紛争

ヨーロッパ対アメリカの戦争の終結後、まずは一世紀におよぶ小国どうしの紛争があり、それから緊迫した平和が一世紀続いた。その間にアメリカと中国はしだいに互いへの苛立ちを募らせていった。この時期の終わりには、大多数の人びとが理論的には国家主義者から脱皮して世界主義者となっていたが、根の深い部族的な神霊はなおもひとりひとりの心に潜んでおり、いつそれに取り憑かれてもおかしくなかった。この惑星は今や精妙に組織化された経済的な単位となっており、あらゆる国の大企業は愛国主義を明確に侮蔑していた。実際、その時期の成人世代は、誰もが世界主義者であり平和主義者であることを意識しており、それを隠さなかった。それなのに、この論理的には難攻不落の確信は、冒険的な生を求める生物としての欲望によって弱体化した。長く続いた平和と改善された社会条件は、生活する上での危険と困難を大幅に減少させたが、野生のなかで生きることに適応した動物としての原始的な勇気や怒りを発散するのに、戦争の代わりとなる無害な社会的代替物はなかった。人間は意識の上では平和を欲しながら、無意識下ではなおも戦争がもたらす武勇を必要としていた。そしてこの抑圧された攻撃的性向は、ときおり不合理な部族主義を爆発させて姿を見せることがあった。

とうとう深刻な紛争が避けがたく勃発した。やはり経済と気運が原因だった。経済的な原因は燃料の需要にあった。一世紀も前に、きわめて深刻な石油不足が人類を目覚めさせ、国際連盟は既存の油田のみならず炭田までも世界主義的な統制下に置けるようになっていた。同時に、こうした貴重な資源の利用には厳格な規制を課してもいた。とりわけ、石油は他のエネルギー源ではどうにもならない企業しか利用できないことになった。燃料の全世界的な統制はおそらく〈連盟〉の至高の達成であり、〈連盟〉が撤廃されたあともずっと人類の定められた政策として存続した。ところが運命の痛烈な皮肉によって、このきわめて健全な政策が文明崩壊の一大原因となったのである。その政策のおかげで、のちに明らかとなるように、ある時期まで石炭の枯渇を遅らせることができたが、そのときには人類の知能はひどく低落し、もはやそのような危機に取り組むことができなかった。人類は新しい状況に適応できず、あっさりと破滅したのである。

さて、わたしたちが今話題にしている時代に、南極大陸の厖大な埋蔵燃料を有効利用する方法が新たに発見された。不幸にして、この厖大な供給量は技術的には〈世界燃料統制会議〉の管轄能力を超えていた。アメリカはその分野では先んじており、南極大陸の燃料に、自国の進歩と、自らに課した惑星のアメリカ化のための手段を見いだした。アメリカ化を恐れていた中国は、新しい資源は〈会議〉の管轄下に置くべきだと要求した。数年にわたりこの点をめぐって感情的な激しさが増し、今や両民族とも荒っぽく古臭い国家主義的な気分へと舞い戻っていた。戦争はほとんど避けられないと思われはじめた。

しかしながら、実際の紛争の発生は、例によって偶発的なものだった。インドの某工場で働く若年労働者をめぐる醜聞が明るみに出たのである。十二歳に満たない少年少女が低賃金で搾取されていた。そのような絶望的な状況にあって、彼らの唯一の冒険は早熟な性交ぐらいしかなかった。アメリカ政府は抗議したが、それは自分たちが世界の道徳の守護者のつもりでいたからだ。インドは強行しはじめていた改善策をただちに掲げたうえで、アメリカに余計なお世話だと返答した。アメリカは「地球上の道徳心に満ちた全民族の合意のもとに」事態を収拾すべく遠征隊を派遣すると脅してきた。そこで中国は自分の競合国と友好国の和平を仲介しようと割って入り、悪行が排除されるのを見届けようとしたが、それはアメリカが東洋の良心に対する過度な中傷を控えるかどうかにかかっていた。しかし手遅れだった。中国内のアメリカ銀行が略奪され、支店長の生首が通りに抛り出されたのだ。人間の部族性がふたたび血の臭いをかいだ。西洋は東洋に宣戦を布告した。

参戦国のうち、アジアと北アフリカは、地理的に緊密な体制を形成したが、アメリカとその属国は経済的により組織化されていた。戦争勃発時には双方ともこれといって軍備は整っていなかった。戦争は長いこと「禁止されて」いたからである。しかしながら、そうだとしても同じことだった。この時期の戦争は、毒物、高性能の爆薬、病原菌、さらに致命的な「低生物的」有機体を搭載した民間機の大編隊を送り込めば多大な成果を上げられたが、その有機体は当時の科学では、ときにもっとも単純な生命物質、ときにもっとも複雑な分子複合体だと考えられていた。

戦争は暴力にはじまり、やがて沈静化し、その後二十五年だらだらと長引いた。この時期が幕を閉じる頃には、アフリカはほとんどアメリカの手中にあった。しかしエジプトは、南アフリカ人がナイル川の水源を毒で汚染することに成功したため、人間の住めない無人国となっていた。ヨーロッパは中国の軍事的支配下に置かれた。これは頑強な中央アジア人の軍隊によって強行された。彼らは自分たちは中国の支配者にもなれるのではないかと早くも考えはじめていた。中国語がヨーロッパのアルファベットといっしょにあらゆる学校で教えられた。しかしながら、イギリスには学校がなく人も住んでいなかった。戦争の初期にアメリカ空軍がアイルランドに常駐し、イギリスはくりかえし荒らされたからである。かつてのロンドンの上空を飛ぶ飛行士は、緑色と灰色が混在する廃墟にオックスフォード街とストランド街の輪郭を今なお見分けることができた。かつては都市文明の侵入を防ごうと、国立の「景勝地」のなかに用心深く保護されていた野生の自然が、今やイギリス全土で勢威をふるった。世界の反対側にある日本列島は、アメリカが敵国の心臓部に手が届く位置に空軍基地を維持しようと無駄骨を折っているうちに、同じように荒廃した。しかしながら、これまでのところ中国もアメリカも甚大な損害をこうむっていなかった。ところが最近になって、アメリカの生物学者が、これまででもっとも伝染力があり防ぎようがない新種の悪性病原菌を開発したのである。その作用により高度な神経組織が破壊され、その結果わずかでも感染した人間は誰もが知的活動ができなくなった。重症化すれば体が麻痺し、ついには死に至った。この兵器でアメリカ軍は中国の一都市をすでに精神病院へと変えてしまい、蔓延した病原菌は中国省内の政府高官の脳に侵入して彼らの行動を支離滅裂なものにした。自分の失敗をなんでもかんでも新種の微生物の感染のせいにすることがはやりはじめた。これまでのところ拡大を阻止する効果的な手段は発見されていなかった。この病気の初期段階では、患者は落ち着きなく動きまわり、見え透いた言い訳をしてどこまでも当てどなく旅してまわるうちに「アメリカの狂気」が中国の全土に広まるのではないかと思われたのだった。

ところで総じて軍事面では明らかにアメリカ人が優勢であったのに、経済的には多分、より多くの損害をこうむっていた。彼らの高水準の繁栄は外国での投資と交易に大きく依存していたからだ。アメリカ大陸の全土で今やほんとうの貧困がはびこり、階級闘争の深刻な徴候があったが、それは実際には民間の労働者と雇用主のあいだの闘争ではなく、労働者と、戦争により避けがたく生まれた閉鎖的制度を支配する独裁的な軍部とのあいだの闘争であった。大企業は最初のうちは愛国主義の熱気に屈していたが、すぐに戦争が愚かで商売に壊滅的な打撃をもたらすことを思い出していた。実際には双方の国で、国家主義の熱気はほんの二年しか続かなかったのだが、その後は冒険欲が単なる敵への恐怖に席を譲ってしまった。いずれの国の大衆も敵は悪魔であると信じ込まされていた。両国民が自由に行き来していた時代から二十五年も経つと、双方のあいだに常に存在した実際の精神的相違は、多くの人びとにとっては、ほとんど生物学的な種の違いのように思われた。そこでアメリカの教会は中国人には魂がないと説いた。中国民族がはじめて前人類的動物段階から進化したとき悪魔がちょっかいを出したのだとされた。悪魔は中国民族がずる賢く優しさのかけらもなくなるよう画策した。悪魔は中国民族を飽くことなき肉欲と、神に対して、つまりはアメリカの栄光である実にすぐれたエネルギー第一主義に対して、片意地なまでに目を閉ざすよう誘惑した。ちょうど先史時代に、新進の哺乳類が鈍重で野蛮で適応不全の爬虫類を一掃したように、今や若く活気に満ちたアメリカは、この惑星から爬虫類の黄色人種を排除するべく定められていると言われた。中国では、アメリカ人は生物学的な退化の典型であるというのが公式の見解だった。あらゆる寄生生物と同じように、アメリカ人は自らより高等な本性を犠牲にして低劣な行動をとるように特殊化することで繁栄してきたのであり、今では「惑星のサナダムシ」として、狂ったような物欲で人類の高邁な才知を枯渇させつつあるのだった。

そんなところが公然と言われていたことだった。しかし戦争による緊張は、双方の国に自国の政府への不信と、なんとしても平和を求める断固たる意思を生み出してもいた。両政府とも相手国よりも平和主義者たちを嫌悪した。自分たちの存在理由は今や戦争にかかっていたからだ。両政府は敵地での諜報活動によって明らかになった平和主義者の地下活動を互いに教え合うまでになった。

そういうわけで、太平洋を挟んだ両側で、大企業と労働者がついに一致団結して戦争を阻止しようと決意したときには、双方の代表者が会談することは、かなり難しくなっていたのである。

3 太平洋のある島にて

両国政府を別にすると、全人類が今や心から平和を望んでいた。アメリカの見解は、世界を経済と政治によって統合したいという一途な意思と、アメリカの文化を東洋に押しつけたいという狂信的な渇望との二つに引き裂かれていた。中国においても、平和と繁栄のために理想を犠牲にする純商業的な思惑と、中国文化を護ろうという意思の二つが併存していた。和平交渉のために秘密裡に会談をすることになった二人の人物は、それぞれ典型的なアメリカ人と中国人だった。二人とも商業と文化を動機にしていた。もっとも、今では商業の優先がかなり多くなっていた。

東洋と西洋から飛んできた二機の水上機が夜間太平洋のある島で合流し、人目につかない入江に上陸したのは、戦争がはじまって二十六年経ってからのことだった。のちの時代にこの赤道付近の全域を砕け散った欠片で覆うことになる月も、今は波をきらめかせるばかりであった。それぞれの飛行機から来訪者が出てきて、自らゴムの小舟を漕いで岸へと向かった。二人の人物はビーチで落ち合い、ひとりは慇懃に、もうひとりはやや不自然な愛想を見せて握手をした。太陽はすでに海の彼方から顔を覗かせて輝きと暑気を放っていた。中国人はヘルメットを脱いで、これ見よがしに弁髪を解き放ち、厚ぼったい上着を脱いで、黄金の竜の刺繍をほどこした空色の絹のズボンを見せびらかした。もうひとりは、このきらびやかな服装に嫌悪感をあらわに一瞥をくれながら外套を投げ捨て、この時期のアメリカの実業家が無意識のうちに清教徒主義への回帰を象徴していた慎み深い灰色の上着とズボンを誇示した。二人は中国人大使の煙草を吸いながら、この惑星を再編しようと腰をおろした。

会談は友好的に淀みなく進行した。実務的な施策については採択の合意を済ませてあったからである。両国の政府はただちに転覆されることになっていた。両代表は太平洋の両側で同時転覆も可能であると確信していた。いずれの国においても財政と国民は信頼できたからである。国家政府の代わりに〈世界財政理事会〉が創設される手筈になっていた。この〈理事会〉は世界の主要な商業と産業の事業主で構成されており、それに労働組合の代表も加わることになった。アメリカ代表が〈理事会〉の初代総裁に、中国の代表は初代副総裁になるはずだった。〈理事会〉は世界の経済的再編を運営することになった。とりわけ、東洋における産業状況はアメリカと足並みを揃える一方、南極大陸でのアメリカの市場独占は撤廃される運びとなった。この資源に富んだほぼ未開の地は〈理事会〉の管轄下に置かれることになった。

会談の途中で東洋と西洋の大きな文化的相違に触れることもあった。しかし両交渉者とも、商談に支障をきたすことがあってはならないので、これは瑣末な事柄であると懸命に信じようとしている様子だった。

そのとき、それ自体は些細ながらも大きな影響をもたらす数々の事件の一つが起きた。〈第一期人類〉は性分が不安定だったので、そのような事件に苦しめられる傾向があったが、とりわけ衰退期にはそうであった。

会談は岬をまわって小さな湾へと泳いできた人影の登場によって中断された。彼女は浅瀬で立ち上がり、水から出て〈世界国家〉の二人の創設者のもとへと歩いてきた。褐色の若い女が全裸で微笑みを見せながら、長距離を泳いだあとの胸を波打たせながら、ためらいがちに二人の前に立ちつくした。二人の男の関係にたちまち変化があらわれた。もっとも、二人とも当初はその変化に気づいていなかったのであるが。

「かぐわしき〈海〉の娘よ」と、中国人はアジア人が外国人と話し合うときに好んで用いる少々古めかしい、わざと非アメリカ的な英語で語りかけた。「われら二匹の卑しき陸上動物が、あなたのためにして差し上げられることは、ありませんでしょうか。わが友の代わりに応じるのではありませんが、少なくともわたしはこれより以降あなたの奴隷であります」。中国人の目は、無頓着でありつつも、いわば申し分ない礼儀を見せながら女の肉体をくまなく這いまわった。それから女は、惚れ惚れと見つめられていると感じているときに女を厳かな気品でつつむ優雅さを募らせながら、髪の毛から海水をしぼり出し、今しも口を開こうとした。

しかしアメリカ人は、このように抗議した。「どなたか存じ上げないが、邪魔をしないでいただきたい。わたしたちはほんとうに重要な問題について議論しており、忙しくてまったく時間がないのです。どうか行ってください。あなたの裸体は文明の作法に慣れている者には不愉快です。近代的な国家においては水着をまとわずに泳いではならないのです。この点ではわたしたちは敏感になっているのです」

濡れた褐色の肌にみるみる困惑した赤みが広がり、その侵入者は立ち去るそぶりを見せた。そこで中国人が叫んだ。「お待ちください！　仕事の話はほぼ終わりました。ここにいてわたしたちの気分を一新させてください。しばしのあいだ、あなたの腰と腿の非の打ち所のない花瓶のような描線をもっとよく見せてくださることで、わたしたちの議論を現実味のあるものにしていただきたい。あなたは何者なのですか。どの人種に属しているのですか。わたしの人類学の知識ではあなたを特定できません。陽の光をたっぷり浴びているのに、あなたの肌の色は島びとよりも白いのです。乳房はギリシア風です。唇は彫刻のようでエジプトを思わせます。夜だというのに、髪の毛は人を惑わせる黄金の色合いを帯びてきらめいています。そしてあなたの目。よく見せてください。わたしの国の女たちのように切れ長で霊妙であり、インドの魂のように底知れないのですが、あなたの新しき下僕にとっては、まったき黒ではないし、夜明け前の天頂のように紫色に映えています。実際この相容れないもののこの絶妙なる一体性に、わたしの心と悟性は屈服するのです」

この熱弁のあいだ女は落ち着きを取り戻したのだが、自分から目をそらしつづけるアメリカ人にはときどき一瞥をくれていた。

女は中国人と同じ言葉遣いで返答したが、驚いたことに古代英語のなまりがあった。

「わたしはまちがいなく混血児です。わたしのことを〈海〉の娘ではなく〈人類〉の娘と呼んでもかまいません。あらゆる人種の放浪者がこの島で種を播きましたから。わたしの肉体は、数々の特徴が入り乱れているので、さまざまな祖先が顔を覗かせていると承知しています。わたしの精神もおそらくは普通ではないでしょう。この島を離れたことがないのですから。実をいうと、生まれて二十五年も経ってはいませんが、おそらくわたしにとっては過去一世紀の方が今日の不可解な出来事よりも理解しやすいでしょう。

ある隠者がわたしを教育してくれました。その方は二百年前に、ヨーロッパで活発な生活を送っていらしたのですが、人生が終わりを迎えようかというときに、隠棲するためにこの島にやってきました。ひとりの老人として、わたしを気にかけてくれました。そして来る日も来る日もわたしに過去の偉大な神霊への洞察を与えてくれましたが、現在についてはなにも教えてはくれませんでした。老人は今はこの世にいません。なのでわたしは現在を知ろうと懸命になるのですが、やはり別の時代の観点からすべてを見てしまうのです。それで」(とアメリカ人に向きなおると)「もしわたしが今日の慣習に逆らったのでしたら、わたしの狭い心が裸を下品と見るよう教えられたことがなかったからです。わたしはとても無知で、ほんとうに野蛮です。あなたの偉大な世界を体験できさえすればいいのですが！　この戦争が終わるのであれば、わたしは旅をしなくてはなりません！」

「愉快だ」と中国人は言った。「見事なまでに均整のとれた、見事なまでに礼儀正しい野人だ！　わたしといっしょに現代中国に遊びにいらしてください。わたしの国では、美しければ、水着なしで泳いでかまわないのですよ」

女はこの誘いを無視したが、白日夢に落ちたように思われた。それからうわのそらで言葉を継いだ。「おそらくわたしもこのような落ち着きのなさというか、世界を体験したいという渇望にかられることはなくなるはずです。代わりに母であることを体験しさえすれば。多くの島びとがときどきわたしを抱いて心を豊かにしてくれました。でも、彼らとの子どもを産む気はまったくないのです。みんないとおしいのですが、根っからの子どもでしかないのです」

アメリカ人は落ち着きを失った。しかしふたたび中国人が低くて太い声であいだに割って入った。「わたしが」と彼は言った。「〈世界財政理事会〉の副総裁であるわたしが、あなたに母性の機会をお与えする栄に浴しましょう」

女は中国人に厳かに敬意を払うと、道理をわきまえないわがままな子どもに言い聞かせるように微笑みかけた。しかし、アメリカ人はやおら立ち上がり、絹物をまとった黄色人種にこう言った。「〈アメリカ政府〉はあなたの国民をひとり残らず、これまで以上の狂気へと追いやる毒ガス隊の第二陣を送っている最中なんですよ。この新兵器から身を護るすべはありません。あなたたちを救済するとなれば、わたしはこれ以上時を浪費するわけにはいかないのです。あなたにしても同じなはずです。わたしたちはただちに行動しなくてはなりません。目下のところ問題はすべて解決しました。しかしお別れする前に、これだけは申し上げておきます。この女性に対するあなたのふるまいを見ていると、中国人の考え方や生き方にはなにか欠陥があるのではないかと思わざるをえないのです。わたしは平和を熱望しますので、この点でのわたしの義務には目をつぶりました。〈理事会〉が設立されたあかつきには、世界とあなたのお国のために、わたしたちアメリカ人は、あなたたちがこうした悪習を改められるよう諭さなくてはならないでしょう」

中国人が立ち上がって言い返した。「これは地域問題として処理すべきことです。あなたたちがわたしたちの規範を受け容れるとは思っていませんので、わたしたちがあなたたちの規範を受容することも期待しないでいただきたい」。中国人は微笑みながら女のもとへと歩み寄った。その微笑みがアメリカ人を激怒させた。

そのときの二人の代表の口論を追う必要はない。二人ともある意味世界主義者としての気運のなかに置かれていたのに、互いの価値観を心から侮蔑していたのだ。アメリカ人はますます生真面目で独裁的になり、中国人はいよいよ不謹慎で皮肉っぽくなったと言えば十分だろう。ついにはアメリカ人が声をあらげて最後通牒を突きつけた。「わたしたちの世界連合の条約は」と彼は言った。「あなたたちが思い切った改革を約束する条項を一つ追加せぬ限り、署名されぬままとなるでしょう。その改革は、実を言うと、わたしの同僚たちが協力の条件として事前に提案していたものなのです。もしその改革が条約の支障となるのであれば、それは差し控えようと決めていたのです。しかし今や、改革は必須であると分かりました。みだらに堕落したあなたの民族を教育し、現代の科学的宗教を授けなくてはなりません。あなたのお国の学校と大学の教員に、原理主義にもとづく現代の物理学と行動主義に誓いを立てていただき、〈聖なる動因〉への崇拝を課さなくてはなりません。改革は困難でしょうが、わたしたちがお手伝いします。あなたたちには〈理事会〉の信任を得た〈調査官〉からの強力な訓令が必要でしょう。〈調査官〉は、あなたたちが〈聖なるエネルギー〉を浪費する浅薄な性の改革を受け持つのです。これに同意しないのであれば、戦争を阻止することができません。神の法は順守されなくてはならず、神の法を知る者はそれを強いなくてはならないのです」

女が割り込んできた。「教えてください。今おっしゃった『神』とはなんですか。ヨーロッパ人はエネルギーではなく愛を崇拝しました。エネルギーとはどういう意味でしょうか。エンジンの速度を上げたりエーテルを激動させたりするだけのものなのですか」

アメリカ人は教課を反復するように、きっぱりと答えた。「神は普遍的な運動の神霊であり、それが潜在する所ならどこにでも顕現しようとします。神は宇宙を機械化するために偉大なるアメリカの民を指名したのです」。彼は話を中断し、水上飛行機のきれいな輪郭をじっと見つめていた。それから力を込めてこう続けた。「では、来るがいいでしょう！　時間は貴重です。神のために働くか、さもなくば神の道から追われるか、そのどちらかなのです」

女はアメリカ人に近寄って、こう言った。「この情熱には確かにどこか偉大なものがあります。でも、どういうわけか、わたしの心はあなたは正しいと言うのですが、わたしの知性はまだ疑っているのです。どこかに誤りがあるに違いありません」

「誤りですって！」とアメリカ人は権力者の顔になって女を脅すように笑った。「人間の魂が活動であるならば、その活動が神であることに誤りがあるでしょうか。わたしは自動車修理工から〈世界総裁〉になるまで、全生涯を賭けて偉大なる神である〈エネルギー〉にお仕えしてきたのです。アメリカ民族の全体が、成功によってその信仰を証明したのではないでしょうか」

恍惚となりながら、なおも戸惑い気味に、女はアメリカ人を見つめた。「あなたたちアメリカ人にはひどく頑迷なところがあります」と女は言った。「でも、確かにあなたたちは偉大です」。女はアメリカ人をじっと見つめた。するとだしぬけに彼に手を差し延べ、確信を込めてこう言った。「今のままでいるなら、おそらくはあなたは正しいのでしょう。いずれにせよ、あなたは男です。真の男です。わたしを連れて行ってください。わたしの息子の父親になるのです。あなたとともに働くために危険なアメリカの都市へ連れて行ってください」

〈総裁〉は彼女に突然の肉欲を感じて驚いた。彼女にもそれが分かった。そこで彼は〈副総裁〉に向きなおって言った。「どちらに真実があるか、このご婦人は理解されています。あなたはどうですか。戦争ですか、それとも神のみわざに協力するのですか」

「わたしたちの肉体の死か、さもなければ精神の死か」と中国人は言ったが、言葉は確信を欠いた苦々しさをともなっていた。狂信者ではなかったからだ。「まあ、魂というのは肉体の行為の調和にすぎません。また、このような些細な諍いがあろうとも、わたしたちの活動の協調こそが今日この惑星でなによりも必要とされていることに同意したわけですし、わたしたちの気質の違いに関しては、このご婦人はアメリカに好意を示されました。さらにはアジア人の生き方になにがしか美徳があるとすれば、けちな宣教活動に屈服することなく、むしろ対立によって強められるでしょう。ようするに、物事というのはそんなものですから、あなたたちの条件を呑むとしましょう。それでも、この大きな変革が外から中国に強制されるとなれば、中国の威厳を損なうことになるでしょう。わが国由来の自発的な〈エネルギー主義者〉の党をアジアで形成するために時間をいただかなくてはなりません。その党があなたたちの福音を広め、言わせていただくなら、その福音に未だに欠けている優雅さを、おそらくはもたらすことになるでしょう。南極大陸の世界主義的管理を確保するためには、こんなことでも実行するとしましょう」

かくして条約は署名された。ただし新しい秘密の追加条項が作成され、これにも署名がなされた。この二つの条項には〈人類の娘〉が立ち会い、くっきりとした丸味のある古風な筆跡で連署した。

二人の手をとって彼女は言った。「さあ、とうとう世界は統合されました。どれくらい続くでしょうか。かつての師の咎める声が聞こえてくるような気がします。まるでわたしが愚かであったかのように。でも、師はわたしにとっては物足りないものになりました。わたしは新しい師である〈世界の覇者〉を選んだのです」

女はアジア人から手を離したが、あたかもアメリカ人を連れ去るためのようであった。そしてアメリカ人は、ニューヨークで自分を待ちわびている連れ合いと厳格な一夫一婦主義を貫いていたにもかかわらず、日に焼けた女の肉体を、その清教徒的な衣服に抱きしめたくてたまらなくなった。女は〈世界総裁〉を椰子林のなかへと引っぱった。〈世界副総裁〉は坐りなおし、煙草に火をつけ、微笑みながら思いに沈んだ。

第四章　アメリカと化した惑星

1　〈第一次世界国家〉の創設

今わたしたちが到達したその時点は、〈第一期人類〉の歴史において〈ヨーロッパ戦争〉から地球暦三百八十年ほど経ち、世界統合の目標がついに達成されたときであった。しかしながら、そのときには人類の精神は深刻なまでに損なわれていた。競合する独立国家群が〈世界財政理事会〉に一元管理されるまでの経緯をくだくだしく物語るには及ぶまい。アメリカと中国の協調行動と、世界主義的な大企業の消極的抵抗によって両国の軍事政府は骨抜きにされたと述べるだけで十分である。中国ではほとんど瞬く間にそうなって流血もなかったが、アメリカでは二、三週間深刻な混乱が生じ、その間うろたえた政府は戒厳令をしいて反逆者らを鎮圧しようとした。しかし今や国民は平和を熱望していた。企業の事業主が二、三人凶弾に倒れ、労働者の集団がほうぼうで無差別殺戮されたが、抵抗勢力は屈しなかった。たちまちのうちに政権党は崩壊したのだった。

新しい体制はギルド社会主義に似た巨大組織、しかし根底では個人主義的であった。個々の産業は理論上全員参加の民主主義によって運営されたが、実際には有力な個人が管理していた。あらゆる産業は〈世界産業評議会〉が調整し、それぞれの産業の主導者がこの評議会で惑星全体の諸問題を議論した。〈評議会〉での各産業の地位は、ひとつには世界における経済力によって、またひとつには世評によって定まっていた。というのは、すでに人間の活動は「高貴」か「野蛮」のいずれかだと評価されはじめており、高貴な人びとが必ずしも経済的に最強とは限らなかったからである。かくして〈評議会〉に高貴な「産業経営者」の内部同盟が生まれ、〈財政〉〈航空〉〈工学〉〈地上交通〉〈化学産業〉〈プロ競技〉が大まかな威信の序列を形成していた。とはいえ、真の権力の中枢は〈評議会〉でも〈評議会〉の内部同盟でもなく〈財政理事会〉にあった。これは、アメリカ人総裁と中国人副総裁を首座に十二人の大富豪で構成されていた。

このような権威ずくの委員会では内紛は避けられなかった。その体制発足から間もなく、〈副総裁〉は、今や〈人類の娘〉を自称していた有色人種の女との情事を公表して〈総裁〉を失脚させようとした。この手のスキャンダルは自国の英雄に対するアメリカ大衆の怒りを煽ると見込んだのだ。ところが〈総裁〉は天才的な手腕により自分と世界の統合を護った。告発を否定するどころか、〈総裁〉はそれを誇った。〈総裁〉は性的勝利のまさにその刹那に大いなる真理が啓示されたと語ったのだ。私的な純潔をこのようにあえて犠牲にしなかったなら、自分は決して真に〈世界総裁〉にふさわしくはならなかっただろう。ただのアメリカ人のままにとどまっていただろう。この女性の血脈にはあらゆる人種の血が流れており、彼女の精神にはあらゆる文化が混在している。足しげく通うことで強まった女との絆のおかげで〈世界総裁〉は東洋的精神への参入を教えられ、自らの職命に求められる懐の深い人間的共感を授けられた。私人としてはニューヨークにいる妻と一夫一婦主義を堅持し、また私人としては罪を犯したのであるから永遠に良心の呵責に苦しまなくてはならない、と彼は力説した。しかし〈世界総裁〉としては〈世界〉を伴侶とすべき義務がある。そしてなにごとも肉体の礎なしでは実体をもちえないので、この神霊的な絆は〈人類の娘〉との肉体の絆によって体現され、象徴化されなくてはならない。厳かな情感を帯びた口調で、その神秘の女性を前にして自分がいかに私的な道徳的逡巡を突如克服し、聖なるエネルギーが激増するなか、いかにして自分がバナナの木の下で〈世界〉との婚礼を遂げたかを、マイクロフォンを通じて物語ったのだった。

〈人類の娘〉の〈上品に服を着た〉美しい姿は、テレビを通じて世界のあらゆる視聴者に届けられた。アジアと西洋が混合した女の顔は、人類統合のまことに力強い象徴となった。この惑星のすべての男性が想像のなかで〈人類の娘〉の恋人となった。あらゆる

タイムスケール 1

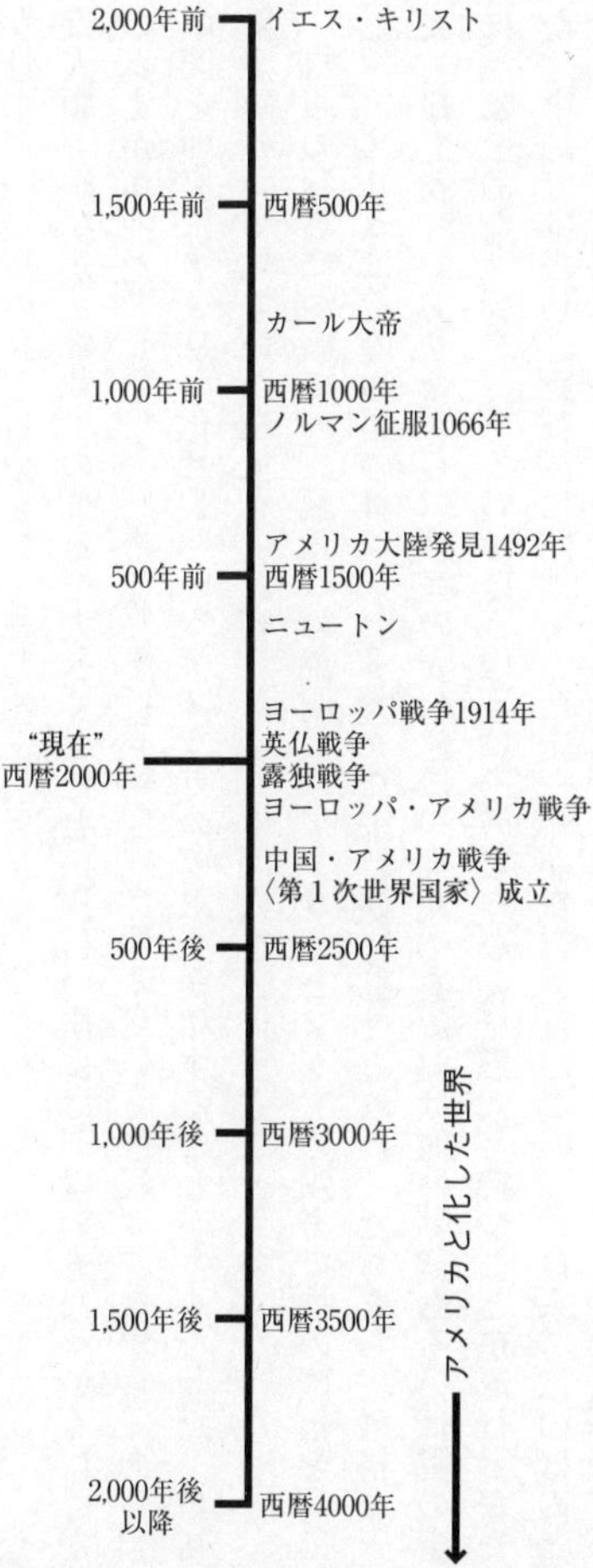
2,000年前
イエス・キリスト
1,500年前
西暦500年
カール大帝
1,000年前
西暦1000年
ノルマン征服1066年
アメリカ大陸発見1492年
500年前
西暦1500年
ニュートン
ヨーロッパ戦争1914年
“現在”
西暦2000年
英仏戦争
露独戦争
ヨーロッパ・アメリカ戦争
中国・アメリカ戦争
〈第1次世界国家〉成立
500年後
西暦2500年
1,000年後
西暦3000年
1,500年後
西暦3500年
2,000年後
以降
西暦4000年
アメリカと化した世界

女性がこの至高の女と自分を同一視した。〈人類の娘〉が〈総裁〉の度量を大きくしたという言い訳には、疑いもなくいくばくかの真実があった。〈総裁〉の東洋政策は思いのほか如才ないものになったからである。当初中国を即座にアメリカ化せよというアメリカの要求を緩和することが多くなった。当初疑念を抱いて見ていた政策を受け容れるよう中国人を説得することも多くなった。

自らの行為についての〈総裁〉の説明は、アメリカとアジアの双方で彼の威信を高めた。アメリカはその物語のロマンティックな宗教性に魅せられた。たちまち、厳格な一夫一婦主義者でありながら、家庭の妻の他に、東洋、あるいは他の町、あるいは隣の街に「象徴的な」妻を、あるいはほうぼうにそのような妻を幾人も持つことが流行となった。中国では当初〈総裁〉に向けていた冷やかな寛容さは、この一件以来、ほのぼのとした愛情のようなものへと変わっていた。そして幾分かは〈総裁〉の如才なさ、あるいはその象徴的な妻の影響によって、中国のアメリカ化が混乱もなく促進されたのである。〈世界国家〉設立ののち何ヶ月かは、中国はかつての敵が病原菌によってもたらした「アメリカの狂気」と呼ばれる精神病の蔓延との闘いに明け暮れた。中国北部の沿岸地域は完全な混沌状態にあった。産業も農業も交通も止まっていた。狂気に陥って飢えた大群衆は、ありとあらゆる植物をむさぼり食い、同胞の屍肉をめぐって争いながら国中を彷徨きまわっていた。疫病には長いこと対処のすべがなかった。実際その後幾年かが経つうちに、ある偶発的な出来事が勃発し、全土を恐慌に陥れたのである。

昔気質の一部の中国人にとっては、あたかも国民全体が病原菌によって緩やかに冒されたかのようだった。〈エネルギー主義者〉を名乗る、どうやら国内で自然発生したとおぼしい新派が、活動の聖性の観点から仏教の新解釈を説きはじめたからである。そして不思議なことに、この福音は驚くべき広がりをみせ、旧大学の反動分子との闘争をともなわずにはいなかったのだが、ついには二、三年のうちにすべての教育体制が信奉者に牛耳られるまでになった。しかしながら、奇妙なことに、この〈新しい道〉がおおむね受容され、また中国の若者たちは今やあらゆる形態の運動を讃えるよう教育され、労働者の誰もが機械の乗り物を所有するほど大幅な賃金上昇があったというのに、中国の大衆は相変わらず心の底では活動を休息のための手段でしかないと考えた。そしてついにある自国出身の物理学者が、エネルギーの至高の表現は原子内部の諸力の張りつめた均衡であることを指摘すると、中国人はその学説を自らにあてはめ、自分たちの無活動は強大な諸力の完全なる均衡によるものだと主張したのである。こんなふうに東洋はこの時代の宗教に寄与した。活動の崇拝は無活動の崇拝を含意するものとなった。そして二つとも自然科学の原理の上に築かれたのである。

2 科学の支配

今や科学は〈第一期人類〉の比類なき栄光の地位を得ていた。こうなったのは、遠い過去の最盛期に人類がこの分野で厳密きわまりない思考を繰り広げていたからではなく、科学を介して物理世界の本質になにがしかの洞察を得たからでもない。むしろ科学原理の適用によって人類の物質的環境を変革したからだった。かつては柔軟だった科学の教義は、今では融通の利かない複雑な教義へと凝り固まりはじめていた。それでも創意に満ちた科学的知性は産業の技術を改善するのに目覚ましい力をふるったので、純粋な知的好奇心が萎えていた人類の想像力を完全に支配してしまった。科学者は知識のみならず力の体現者とみなされた。科学の力についての伝説はどれも信じられぬほど幻想的なものではないように思われた。

第一次〈世界国家〉の創建から一世紀経った頃、科学的宗教の至高の秘密、つまり陽子と電子の対立の内に封じ込められたエネルギーを利用可能にする手段となるゴーデルパスの恐るべき神秘についての噂が中国で聞かれるようになった。遠い昔、物理学者にして聖者であった一中国人の発見したこの非常に貴重な知識は、以来選り抜きの科学者たちによって護られており、世界がそれを所有するにふさわしいと思われた暁に公表される手筈になっていると今や言われていた。〈エネルギー主義者〉の新党が主張するところでは、その若い〈発見者〉は他ならぬ仏陀の化身であり、世界は未だ至高の啓示にはふさわしくないからと、その秘密を〈科学者団〉に委ねていた。キリスト教の側でも、同じ人物をめぐって似たような伝説があった。今や西欧の教会でもっとも強力な〈再生キリスト友愛団〉は、その〈発見者〉を〈再臨〉にあたり聖なる力の秘密を公開して千年王国をもたらすべく指名された〈神の息子〉とみなした。〈最初の降臨〉のときに告知された原始的な愛の福音でさえも人びとは未だ実践できる段階にないと悟った〈発見者〉は、人類のために受難し、自らの秘密を科学者集団に委ねたのだった。

世界中の科学者たちはずっと以前から閉鎖的な団体を組織していた。〈国際科学大学〉への入学は、試験と高額の授業料を払うだけで許可された。会員になると「科学者」の称号と、実験をする権利を与えられた。それは数々の金になる地位を得るための必須の資格だった。会員に漏らさぬように誓約させる、ある種の専門的な秘密があるとも言われていた。裏切り者がほんの少しでも秘密を漏らすと、その直後に変死した例が少なくとも一件あるという噂まであったのだ。

自然に関する知識の実際的集大成である科学そのものは、今やきわめて複雑になっていたので、ひとりの頭脳ではほんのわずかしか習得できなかった。そういうわけで、ある科学分野の研究者たちは、分野が近い他の研究者の仕事については事実上なにも知らなかった。とりわけ〈原子核物理学〉と呼ばれる巨大科学がそうだった。これは一ダースもの研究に分岐し、その一つ一つがキリスト暦十九世紀の物理学全体と同じくらい複雑だった。これほど複雑になると、ある分野の研究者たちは他の分野の諸原理を批判するどころか理解しようとすることにも躊躇するようになった。狭量な学部はそれぞれ自らの領分を失うまいと警戒し、他学部の領分については小心翼々と敬意を払っていた。以前の時代であれば、科学はそれぞれの分野の指導者や専門の哲学者によって調整されたり、哲学的な批評を受けたりしていた。しかし厳密な専門科目としての哲学はもはや存在しなかった。もちろん、科学にもとづいた全人類の共通観念あるいは仮説の漠然たる枠組、科学者たちがよく用いる印象的な語句からジャーナリストたちがこしらえた通俗的な疑似科学は存在していた。しかし現場の科学者たちは、たとえ無意識裡にはそれを想定していたとしても、このような出来そこないの枠組を誇りをもって否定した。自分の専門分野は同僚の科学者にも理解できないはずだと、それぞれの科学者が主張したのである。

このような状況下で物理学者たちがゴーデルパスの秘密を知っているという噂が公になると、原子核物理学にかかわる各学部は、不承不承ながら自分たちについてはその疑念を明確に否定し、どこか別の学部が実際に秘密を保持しているようだと言わんばかりの態でいた。結果的に、科学者たちが組織的にそんな態度に出たために、彼らは知っているのに口を閉ざしているという世間の疑心を募らせてしまったのだ。

第一次〈世界国家〉創設から二世紀ほど経った頃、〈世界総裁〉が科学と宗教の正式な統合の機が熟したことを宣言し、この二つの偉大な分野の指導者たちから成る会議を召集した。世界主義的気運の中心地となり、今や頂上が雲に隠れるほど高層の〈平和の寺院〉となった太平洋の島で、仏教、イスラム教、ヒンズー教、再生キリスト友愛団、南米現代カトリック教会の長たちが、お互いの違いは表現の差異にすぎないことに合意した。活動態として、あるいは緊張した静止態として表現されようが、誰も彼もが〈聖なるエネルギー〉の崇拝者だった。誰も彼もが神格化された〈発見者〉を空前絶後の大預言者か、あるいは聖なる〈運動〉の真の化身として認めた。そしてこの二つの概念は、現代科学の観点からも同じであると造作なく証明されたのだった。

以前の時代であれば、異端者は摘発され炎と剣で根絶やしにされるのが慣例であった。しかし今や統一の悲願は、互いの違いをことば巧みに説明し、全員の拍手喝采をもって達成された。

〈会議〉は諸宗教の統合を議事録に収め、続いて宗教と科学の統合を確立しようとした。科学者のなかに至高の秘密を護りながら、抜け目なくそれを断固として認めようとしない者がいることは周知の事実であると〈総裁〉は言った。今や科学と宗教の組織が人類のよき指針となるべく一体化されるときが来た。そこで〈総裁〉は〈国際科学大学〉に、彼らのなかから〈教会〉のお墨付きを得た選り抜きの集団を任命するよう要望し、それを〈神聖科学結社〉と呼んだ。これら至高の秘密の守護者たちは公費で支援される手筈になっていた。彼らは全身全霊を傾けて科学に奉仕し、なによりも〈聖なるゴーデルパス〉を崇拝するための最高の科学的手段を研究することになったのである。

出席した科学者のなかには、明らかに居心地の悪そうな者が二、三人いたが、大多数は勿体ぶった思慮深そうな逡巡を見せながら、ほとんど喜びを隠せずにいた。僧侶たちにも二つの表情が見て取れた。とはいえ概して〈教会〉は、科学の比類ない威信をまとうことになり、利益が得られるに違いないと感じた。このような次第で、第一次世界文明の没落まで人類の諸事万般における支配力となる〈結社〉が創設されたのだった。

3　物質的達成

地方で小競り合いが頻発して〈世界警察〉にあっさり鎮圧されたりしたものの、人類は今や、四千年ほど一つの社会的単位として存続していた。この四千年の最初の千年期は少なくとも物質的な進歩は急激であったが、そのあとは最後の崩壊まで変化らしい変化がなかった。人類は自らの文明の活発な日常生活を一定の高さに維持することに全エネルギーを集中し、残り三千年のあいだ闇雲な浪費を続けた挙句、突然重要なエネルギー源の枯渇に直面した。この新しい危機に取り組む精神の機敏さはなくなっていた。社会秩序はことごとく崩壊した。

このすばらしい文明の初期段階についてはざっくりと要約して、致命的な変化が感じられはじめる間際の実情を吟味するのがいいだろう。

この時期の人類の物質的環境は、すべての先祖を、それどころか真の意味ではるかに文明化された人類をも驚嘆させたことだろう。しかしわたしたち〈最後の人類〉からは、物質的発展と文明をどこまでも混同しているばかりか、他ならぬわたしたちの社会の発展に比べると、自慢の物質的発展そのものが実に貧弱でもあることに、この上ない悲哀と喜劇性を見て取るのである。

実際あらゆる大陸が、今や細かな所まで人工化されていた。博物館や遊戯場として重宝されていた多くの野生保護区は別にして、一平方マイルの土地も自然状態では残っていなかった。農地と産業地区の見分けはもはやつかなかった。あらゆる大陸が都市化されていて、もちろん以前の時代の過密産業都市という形ではなかったが、それでもやはり都市化されてはいたのだ。工業と農業が至る所で互いに入り組んでいた。これが可能であったのは、一つには電波による交信が顕著な発達を見せ、一つには農業に少なからぬ改善が施されたからである。技術が長足の進歩を遂げたおかげで細長い塔のような建物が建設できるようになった。塔は高さ三マイルかそれ以上、深さは地下四分の一マイルにまで達することがしばしばであったが、建造物の平面図は差し渡し半マイル以下の場合もあった。断面を見ると、これらの建造物の多くは十字架状で、各階とも腕の長い十字架の中心部を飛行機の離発着地点にしており、今やあらゆる成人の生活に不可欠となっていた小型自家用飛行機が空からじかに出入りする場所になっていた。これら巨大な建造物の列柱は、将来さらに強大な構造物の到来を予感させながら、どの大陸においても広く点々と存在していたのである。これらの建物はその高さより短い距離内に隣接して建てることは滅多に許されなかったが、一方、北極地方を別にすると、二十マイル以上離れていることも稀だった。そういうわけで、各国の全体的な景観は概ね枝打ちされた巨大な樹々の幹が立ち並ぶ開けた森によく似ていたのである。雲はしばしばこれら人工の峰の中腹を取り囲み、あるいは低層階を除いてすべてを覆い隠した。最上階の住人たちは、急峻な建造物の島々がここかしこに点々と存在する、眩（まばゆ）いばかりの大雲海の絶景に慣れ親しんでいた。上階は非常な高所にあったので、ときには暖房装置だけでなく気圧や酸素の人工的な供給を維持する必要があった。

住居や産業施設から成るこれらの列柱のあいだの土地は、すべてが農地や公園や野生保護区となっており、季節ごとに緑や茶で彩られた。大型貨物車が行き交う幅広い灰色の公道があらゆる大陸を縦横無尽に走っていたが、軽めの荷物の運搬や乗客向けのサービスはもっぱら飛行機によっていた。より人口稠密（ちゅうみつ）な地域では、上空五マイルの高さまで常に飛行機がひしめき、巨大な定期旅客機が大陸間を往復していた。

すでに遠い過去の事業によって、あらゆる土地は文明化されていた。サハラ砂漠は湖水地方と化し、太陽を売り物にした保養地が密集していた。カナダの北極圏内にある島々は、熱帯地方の海流を導いて巧妙に温暖化され、活発な北方民族の拠点となっていた。南極大陸の海岸も同じように解凍され、後背地の豊富な鉱物資源の採掘に従事する人びとの定住地となっていた。

この文明を維持するのに必要なエネルギーの多くは、先史時代の埋蔵植物の化石から石炭の形で引き出された。〈世界国家〉創設以降の南極大陸の燃料は非常に注意深く有効利用されていたが、三百年足らずのうちに新たな石油の供給が見込めなくなり、人類は石炭から生成した電気を飛行機の動力にせざるをえなくなった。しかしながらすぐに、予想以上に豊かであった南極の炭田ですら無尽蔵にはないことが明らかになった。石油の枯渇は人類には大きな教訓となり、エネルギー問題の切実さを感じさせられていた。同時に、全人類を同胞とみなすことを学びつつあった世界主義的神霊は、一時的により広い視野を獲得し、物事を遠い未来世代の眼差しで見はじめてもいた。〈世界国家〉がもっとも健全であった最初の千年には、エネルギー消費で未来世代の非難を招くまいとする決意が広く受け容れられていた。こうして本格的な節約（初の大規模世界主義的事業）だけでなく、より永続的なエネルギー資源を利用する努力もなされた。風力が大々的に利用された。あらゆる建物に設置された夥しい風車が電気を生成したが、山という山にも似たような設備が据えられ、相当量の落水が力強くタービンを回転させた。さらに重要だったのは、火山やボーリング掘削から取り出したエネルギーを地熱として利用することだった。これにより、エネルギー問題はすべて解決されるだろうと見込まれた。しかし〈世界国家〉初期のより聡明な時期においても、創造的な天才は以前ほどはいなくなり、真に満足のいく方法は見つからなかった。結局は、この文明のどの段階においても、火山のエネルギー資源は南極大陸の驚くほど豊かな石炭層を補う程度のものでしかなかった。この地域の石炭はどこよりもはるかに深い地中に埋蔵されていた。というのは、なんらかの偶然により、ここでは地球中心の熱が地中深くの地層を（他の地域のように）黒鉛に変えるほど高くはなかったからだ。有望な別のエネルギー資源として潮汐が知られていたが、これを利用することは〈神聖科学結社〉によって禁じられていた。潮汐運動は明らかに天文学的作用を源にしており、神聖視されるようになっていたのである。

初期の、より活力に満ちた時代の〈第一次世界国家〉における自然科学の最大の達成は、おそらく予防医学だった。生物科学は基礎理論としてはとっくの昔に陳腐化していたが、数多くの実際的な恩恵をもたらし続けていた。男も女も、自分や愛する者たちに、癌（がん）、結核、狭心症、リウマチ、神経組織の疾患などの恐るべき災厄が及ぶことを怖がる必要はなくなった。細菌による突発的な惨禍は今や一掃されていた。出産は今となっては試練ではなく、女性であること自体が苦痛の種ではなくなっていた。慢性病患者の増大もなく、不治の肢体不自由者もいなかった。老衰だけはどうにもならなかったが、これすらも生理的な回春を施すことによって繰り返し緩和された。こうした太古からの弱点や悲惨の原因なるもの——かつては明白な恐怖、あるいは漠然として意識されにくい失望感で人類を無力化し、数多くの人びとを悩ませたもの——をことごとく取り除くことにより、今やかつての人びとには得難かった快活さや楽天主義がもたらされた。

4　〈第一次世界国家〉の文化

そんなところが、この文明が物質的に達成したことだった。この半分も人工的で複雑で豊かな文明が存在したためしはなかった。実際にはそれ以前の時代にも、このような理想が抱かれていた時代があったが、国家主義的な熱狂のせいで必要な経済統合を達成できなかったのだ。しかしながら、この後期文明は国家主義から完全に脱却し、地歩を固めながら幾世紀もの平和を継続させていた。しかしいかなる目標に向かっていたのか。窮乏や病の恐怖が消えたのだから、人間の神霊は自由を奪う重荷から解き放たれ、もしかしたら大いなる冒険へと乗り出していたかもしれない。ところが不幸にして、今や人間の知能は深刻なまでに低落していた。そんな次第で、この時代は悪評高い「十九世紀」よりもはるかに不毛な自己満足が顕著な時代となっていたのだ。

あらゆる個人が十分な栄養をとり、肉体的には健やかなヒト科動物であった。経済的にも自立していた。一日の労働時間は決して六時間を超えず、四時間だけということも多々あった。産業製品を公正に分け合って享受し、長い休暇がとれると自家用機で気ままに惑星じゅうを放浪してまわった。その当時は、運がよければ、そんな生活を送っていても四十歳には金持ちになれることがあった。幸運に見放されたとしても、八十歳になるまでには裕福になる見込みがあった。そこからさらに一世紀は活発な人生を期待することができたのである。

こうした物質的繁栄にもかかわらず、誰もが奴隷だった。労働にも余暇にも熱狂的に取り組み、気だるい無為の時間によって中断するたびに、それを罪深く不愉快なことと考えた。途方もない成功を収めた少数者のひとりでもない限り、瞑想と呼ぶにはあまりに実体のない思案、そして願望とは言っても盲目的すぎる憧憬に取り憑かれる傾向があった。自分をはじめ同時代人たちのすべてが、人間らしさを満喫する生活を送れなくなるという観念に支配されていたのだ。

その一つに進歩の観念があった。個人にとっては、宗教の教えが課した目標は、飛行機操縦の技量、合法的な性の自由、大富豪への道をたゆみなく進むことだった。その人類種にとって目標は進歩、それも知的とは言えない進歩だった。より華やかに遠くへと飛行する操縦術、より広範囲の合法的な情交、大規模化した製造と消費が、なおいっそう複雑に組織化された社会制度のなかで統合されていったのである。残りの三千年では、実際この種の粗野な進歩すらわずかであったのだが、これは遺憾というよりむしろ誇りの源泉となるものだった。これは目標がすでに達成されているということ、すなわち、聖なるエネルギーの秘密の開封を正当化する完全性、そして比類なく強大な活動の時代の幕開けを意味したのである。

人類への暴威となった普遍的観念は、運動への狂信的な崇拝だった。〈動力主因〉であるゴーデルパスは、自らの体現者である人間に速やかで複雑な活動態となるよう要求し、個人が永遠の生命を見込めるかは、このような義務を果たすか否かにかかっていた。奇妙なことに、科学はずっと以前に人間の心に備わっていた個人の不滅性への信仰を破壊していたのに、それを埋め合わせる信仰を生み出してもいた。すなわち、活動において自らを義とする者は、格別の奇跡によりゴーデルパスの速やかな神霊のなかで永遠に守護されたのである。したがって、幼児期から死までの個人のおこないは、自らの筋肉活動によろうが、自然エネルギーの制御によるものであろうが、可能な限り多くの運動を生み出す義務によって決められた。産業における階級制度では三つの職業が〈神聖科学結社〉にほぼ匹敵する栄誉を与えられていた。すなわち、飛行士、舞踊家、競技者である。宗教により義務づけられていたので、あらゆる人びとが多少なりともこの三つの技能を修練した。プロとしての飛行士や航空技師、そして専門職の舞踊家や運動競技者は、特権階級だったのである。

いくつかの理由から、飛行には比類なき栄誉が与えられた。交通手段としての飛行機にはきわめて実際的な意義があり、最速の飛行は至高の崇拝行為となっていたのだ。偶然にも機体の形状が古代キリスト教の主要なシンボルを想起させたため、飛行はなおさら神秘的な意味をまとった。キリスト教の神霊は失われていたが、それを象徴する多くのものは新しい信仰のなかに生きていた。飛行が支配的になった最大の要因としては、戦争はとうの昔に終息していたので、無償の危険飛行がヒト科動物がもつ生来の冒険志向の主要な捌け口となったことが挙げられる。若い男女はゴーデルパスの栄光と自己の救済のために熱狂的に危険を犯し、一方年配の者たちはこのような若々しい武勇の際限のない祝祭を見て代償的な満足を得た。実際、献身的な空中アクロバットのスリルがないまま、人類がかくも長く平和と統合を維持したとは考えにくい。頻繁に催された〈聖なる飛行の日〉には、そのつど集団飛行と単独飛行の特別の儀礼が、各地の宗教施設で行われた。このような機会には、非の打ち所ない隊列を組み、さまざまな高度で、たとえばある高さの演舞は別の高さの演舞を補うように、旋回し、宙返りし、急上昇し、急降下する、幾千もの飛行機が、空一面に複雑な絵模様を描いた。それはあたかも、アカアシシギとハマシギの数多くの異なった群れが自然な旋回を千倍は複雑にし、しかも単一の、絶え間なく展開する舞踊術の主題に従っているかのようだった。それから不意に全隊が炸裂するように地平線へ向かって飛散し、この上なくきらびやかな飛翔の花形役者たちのカルテットやデュエットやソロのための舞台が天空にひらかれた。夜になっても、彩色灯をともした飛行機の編隊が、絶え間なく変化する象徴的な炎の絵柄を天頂に記したものだ。こうした空中演舞の他にも、六千マイルの長さの飛行編隊が密集して飛ぶときに、ゴーデルパスの福音の聖なる文字を綴り、その生き生きとかがやく言葉が他の施設からも見えるようにすることが、八百年間、慣例となっていたのである。

ひとりひとりの人生にとって飛行は大きな役割を演じていた。人は生まれるとすぐに飛行の女司祭によって取り上げられ、パラシュートにしがみついた状態で落とされるが、父親が自分の飛行機の翼で巧みに受けとめることになっていた。こうした儀式は避妊（聖なるエネルギーへの干渉として禁じられていた）に代わるものとして機能した。多くの幼児が古代の猿の握り締める本能を衰えさせていたので、かなりの数の新生児が手を放し、父親の飛行機の翼に激突したからである。青年期は（男女を問わず）誰もがはじめて飛行機を一機与えられ、その後は生涯の節目節目に飛行試験を課せられた。中年以降というか百歳になり活発な飛行の階級制のなかでの出世がまったく見込めなくなると、今度は実用のために毎日飛び続けた。

舞踊や運動競技などの二つの儀礼的活動もほとんど同じように重要だった。必ずしも地上での演技とは限らなかった。大気中の飛行機の翼の上での演舞によって祝う儀礼もあったからだ。

舞踊はとりわけ黒人種と関連づけられたが、彼らは当時の世界で非常に特殊な地位を占めていた。実際には人類の肌の色は今や大差なくなりつつあった。空中での交際が増えるなか、黒、褐色、黄、白の人種が混ざり合ったために、どこに行っても今や人種の区別のつかない人びとが大多数を占めていた。人種の特徴の目立つ人間が大勢いる場所はどこにもなかった。それでも古代の人種の類型のどれかが、ときおり、とりわけ当の類型の祖国において単独の個体がひょっこり現われる傾向もあった。こうした「先祖返り」は特別の歴史的に適切な作法でもって扱われるのが慣例となっていた。そんなわけで、たとえば、もっとも神聖な舞踊は、紛れもなく黒人的な形質の「変種」に委ねられたのである。

国家の時代には、北アメリカにいたアフリカ出身の解放奴隷の子孫たちは、白人たちの芸術や宗教生活に大きな影響を与え、黒人種の舞踊のカルトの霊感源となり、それが〈第一期人類〉の終焉まで続いた。これは一つには黒人舞踊が性的で原初的な特徴を帯びていて、性の禁忌に支配されていた国では切に望まれていたからである。しかしさらに深い理由もあった。アメリカという国家は奴隷を捕獲によって所有し、長いあいだその子孫を踏みにじってきた。のちにアメリカは黒人の神霊への崇拝により無意識裡にその罪悪感を埋め合わせた。かくして、アメリカ文化が惑星を支配するようになると、純粋の黒人たちは聖なる身分を得た。市民としての権利の多くを奪われていたが、彼らはゴーデルパスの私的な奴隷とみなされた。黒人は神聖視され、かつ蔑まれていた。この二重の役割は、大きな国立公園の各地で年に一度催された野方図な儀礼のなかに集約されていた。白人女性と黒人男性の二人が舞踊の技量をもとに選抜され、長く象徴的な舞踊を演じる。それは狂乱状態の観客が見守るなかで実行される性暴力の儀礼行為において最高潮に達するのである。これが終了すると、黒人は生贄を剣で刺し、狂喜乱舞する暴徒に追われながら森のなかへと逃げていった。聖地まで到達できれば、残りの生涯は格別に神聖な存在となった。しかし捕らえられると、ずたずたに引き裂かれ、引火性の液剤を浴びせられて焼かれた。この時代の〈第一期人類〉はひどく迷信深かったので、この儀式への参加者に逡巡などほとんどなかった。両名ともゴーデルパスの永遠の生命を確約されるものと固く信じられていたからだ。アメリカでは、この〈聖なる私刑〉はあらゆる祝祭のなかでもっとも人気が高かったが、それは性と流血をともなうものであり、抑圧され秘められた性生活を送っていた大衆に凶暴な歓喜を与えてくれたからだ。インドとアフリカでは、そのような冒瀆行為は常に「イギリス男性」が担った。そのような稀少なイギリス血統種が見つかればの話ではあったが。中国では儀式の特徴全体に変更が加えられた。性暴力は口づけとなり、殺戮は扇子による接触となった。

他の民族としてはユダヤ人もやはり名誉と侮蔑をもって扱われたが、理由はかなり異なっていた。古代においては、ユダヤ人は概して知性が高く、とりわけ財政的能力があったため、故郷を喪失しながら協力し合っていた。今や〈第一期人類〉の凋落期に、厳密には事実ではないにしても、ユダヤ人たちは民族として完全であるという虚構にしがみついていた。不可欠で強力な存在でありながら依然として流浪の民のままであった。〈第一期人類〉が未だに尊重することができた唯一の知的活動は、個人的にも世界主義的にも財政管理にあった。世界国家を財政的に組織するに際して、ユダヤ人が自分たちの重要性を見せつけ、他の民族をはるかに凌駕したのは、彼らだけが純粋な知への密かな敬意を抱いていたからだった。それゆえ普通の男女のあいだで知が不名誉とみなされるようになって長く経ってからも、ユダヤ人にはそれが期待されていたのだ。普通の男女のあいだでは知は悪魔の狡猾と呼ばれており、ユダヤ人はゴーデルパスに奉仕するなかで利用される悪の力を体現するとみなされていた。かくして早晩ユダヤ人は知の「買い占め」なるものを実行したのである。この貴重な必需品をユダヤ人は自分たちの目的のために大々的に利用した。二千年もの迫害によって、彼らは意識的にではなくても潜在意識では常に部族的になっていたからだ。そういうわけで、日常業務ではなく独創性が要求される、わずかに残った業務を取り仕切るようになると、主として世界における自分たちの地位を強固にするためにこの長所を用いた。彼らは比較的聡明であったけれど、全世界を覆っていた人類の全体的な退化と限界にひどく苦しめられていた。目的を実現するための実際的な手段についてはある程度批判できたが、自民族を数千年にわたり支配してきた大目的を批判することは今ではまったくできなくなっていた。知は彼らのなかでは、部族主義にどこまでも奉仕するものになっていた。それゆえ、彼らが万人に憎悪され、身体的に拒絶さえされたことには、それなりの理由があったのである。彼らだけが部族主義から世界主義への大いなる前進を成し遂げることができなかった。世界主義は他の民族ではもはや単に理論的なものではなくなっていたのだ。ユダヤ人が敬意を払われていたことにも正当な理由があった。知性という際立って人間的な属性をある程度は維持し、ある程度は無慈悲に用いたからである。

原初の時代に人類の知性と正気が保たれていたのは、不健康な人間が生存できなかったからであった。人道主義が流行し、彼らが公費で介護されるようになると、こうした自然淘汰もなくなった。おまけにこうした不吉な人びとは思慮分別や社会的な責任能力がなかったので、際限なく子を産み、堕落により全人類を汚しかねない脅威となった。したがって、西洋文明が絶頂期にあった頃、劣等人間は不妊処置を施された。ところが、最近のゴーデルパス崇拝者たちは、不妊も避妊も聖なる潜在力への邪悪な干渉だと考えた。その結果、唯一の人口抑制策は飛行機からの新生児の吊り下げとなったのだが、それは虚弱児を排除はしたものの、健康な子どもたちのなかから、高度に進化した子どもではなく原始的な子どもを選り抜くような処置となったのである。かくして、人類の知能は着実に低落した。そして誰もそれを遺憾だとは思わなかった。

知性からの全般的な離反は本能崇拝の必然の結果であったが、今回のそれは活動への崇拝の一側面だった。人間の活力の無意識の源泉は聖なるエネルギーであり、自発的な衝動はできるだけ抑制してはならなかった。理知的活動は実際、公的な仕事の範囲内であれば個人に許されたが、それを決して超えてはならなかった。たとえ専門家であっても、特殊な研究を行うには、許可証を手に入れないと研究や実験に従事できなかった。その許可証は高額であり、当面の目標が世界の活動の増大につながることが明示できなければ許されなかった。古い時代には、物事を遂行する際の伝統的な方法をあえて批判し、〈神聖科学結社〉には不都合な「よりよい」方法の提示をあえて行う病的な好奇心を有する者がいた。これは阻止されねばならなかった。〈世界国家〉の第四千年期までには文明の運用は実に入り組んだ形で固定化していたので、大きな秩序に影響が及ぶような斬新な状況は決して起こらなかったのである。

実を言うと、財政の他にも、ある種の知的探究、すなわち、数学的計算に敬意が払われていた。すべての儀礼的な行為、すべての産業機構の動作、すべての観察可能な自然現象は、数学的に詳細に公式化されねばならなかった。その記録はファイル化されて

〈神聖科学結社〉の神聖公文書館に保存された。そしてそこに残置されたのである。数学的記述という大事業が科学者たちの主な仕事であり、運動という永続的でない事象をゴーデルパスという永遠の存在へと移し替えるための唯一の手段であると言われていたのだ。

本能への崇拝は無節操な衝動的生活の単なる結果ではなかった。そんなものではなかった。根本的な本能とは活動態としてのゴーデルパスへの崇拝本能であり、これは他のあらゆる本能を支配すると言われていたからだ。なによりも重要で神聖だったのは性の衝動であり、それはかつて〈第一期人類〉が神聖であると同時に猥褻とみなす傾向にあったものだった。したがって、性は今や実に厳格に管理されていた。性行動への言及は婉曲な表現以外は法律で禁じられた。宗教的舞踊の明け透けな性的意味について論じる者は厳しく罰せられた。個人は自らの翼を獲得するまでは性的活動も性の知識も許されなかった。倒錯し歪められたかなりの情報が、実際には宗教的な著作や実践を観察することによって当面得られたわけだが、これらの聖なる事柄のすべてに公的には形而上学的な、性的なものではない解釈が与えられた。〈翼の獲得〉という法的な意味での成熟は早ければ十五歳には訪れたが、四十歳になってもそれがないこともあった。その年齢になって試験に失敗する者には、性的な交合や情報は永久に禁じられたのだった。

中国やインドでは、こうした過剰な性の禁忌は幾分は緩和されていた。多くの呑気な人びとは、性の知識を「未成熟者」に与えることが間違っているのは、コミュニケーションの手段が聖なるアメリカ語であるときだけだと思うようになっていた。そこで彼らは地域の隠語を用いた。同じように「未成熟者」の性的活動は野生の保護区でアメリカ語を話さずに行われる限りは許された。とはいえ、こうした逃げ口上は、アジアにおいてすら正統派からは糾弾された。

男性は自分の翼を獲得すると、性の神秘と、性の「生物宗教的」奥義を正式に伝授された。「家庭の妻」を娶ることも許されたが、さらに厳しい飛行試験に受かると、何人でも「象徴的な」妻を迎えてよかった。女性も同様であった。このような二重の伴侶制には大きな違いがあった。「家庭の」夫と妻は公の場に連れだって出かけ、その絆は不動だった。一方「象徴的な」絆はどちらからでも解消しようと思えばできた。しかもその絆はあまりに神聖だったので、公に明かしたり、ちょっと口にすることさえできなかった。

かなりの数の人びとが性行動を認可する試験に受からなかった。これらの人びとは性体験のないまま終わるか、あるいは違法なだけでなく冒瀆的な性愛に耽溺した。他方、首尾よく受かった者たちは気軽な出会いをすべて性的に締めくくりがちであった。

このような状況下で、全人口のうち性的に抑圧されていた人びとのあいだに、過酷な現実から幻想世界への逃避を求める秘密のカルトが生まれたのも無理はなかった。これら違法な宗派のうちの二つはかなり広まっていた。一つは〈愛の神〉への古代キリスト教的信仰を曲解したものだった。あらゆる愛は性的だとされた。したがって、礼拝に臨んでは、公私を問わず、個人は神との直接の性交渉を求めなくてはならなかった。こうして、ひどく男根的な崇拝が生まれたが、それを必要としない幸運な人びとにとっては、実に軽侮すべきものだった。

もう一つの大きな異端は、一部は抑圧された知的衝動から派生したもので、自然な好奇心を有する人たちに実践されていたものの、彼らも知性の欠落という点では他と同じであった。こうした知への痛ましいまでの献身者たちはソクラテスに啓発されていた。かの偉大なる原初の人は、言葉の明確な定義なくして明晰な思考はありえず、明晰な思考なくしては存在の全容を見逃すと主張していた。これらの最後の弟子たちも師に負けぬくらい熱心に真実を讃えたのだが、師の神霊を完全に見逃していた。真実を知ってはじめて個人は不滅性を達成できる、すなわち、定義によってのみ知りうるものとなる、というのが彼らの言い分だった。したがって、秘密裡に集会し、違法な思想の科で逮捕される危険に絶えずさらされながら、彼らは事物の定義をめぐって際限のない議論を繰り広げた。しかし彼らが定義しようと関心を向けた事物は、人間思考の基本的な概念ではなかった。それはすでにソクラテスや直弟子たちによって明確に決着していると確信していた。したがって、これらの概念を鵜呑みにし、はなはだしい誤解をしてしまった最後のソクラテス主義者たちは、世界国家と公認宗教の儀礼のすべての手順、男女間のあらゆる感情、鼻、口、建物、山、雲など、実際に世界の外観の一切合財を定義しはじめた。こうして彼らは同時代の俗物主義から解き放たれ、来世におけるソクラテスとの友愛を確保したと信じるのである。

5 没落

この第一次世界文明が崩壊したのは、石炭の供給が突如途絶えたからだった。初期の炭田は数世紀も前にすっかり枯渇し、比較的近年に発見されたものも永続きはしないことが明らかだった。数千年のあいだ主たる供給地は南極大陸であった。この大陸はあまりに豊かだったので、無尽蔵な資源にはなんらかの神秘の力があるという迷信が無知な世界市民のなかで生まれていた。そういうわけで、どんなに深く試掘の限りを尽くしても、これ以上はいかなる植物由来の埋蔵物も発見できないというニュースが、厳しい検閲にもかかわらず漏れたとき、当初世界は半信半疑となったのだった。

まともな政策が施されていれば、共同体の資源を生産的な産業活動全体よりも多く費やした儀礼飛行のためのエネルギーの大量消費は廃止されていたことだろう。ところが、ゴーデルパスの信者たちにとっては、そのような方策はほとんど論外だった。しかもそれは飛行貴族制を危うくしてしまうだろう。今やこの権力階級は、聖なるエネルギーの秘密を開示する時が来たと宣言し、新時代の幕を切って落とそうと〈神聖科学結社〉を召集した。あらゆる土地で沸き起こった声高な煽動により科学者たちの進退はきわまった。科学者たちは啓示の瞬間は近づいてはいるが未だ訪れていないと公表することで時間稼ぎをした。なぜならこの石炭の枯渇は人間の信仰に対する至高の試練として課されたという聖なる告知を自分たちは受けているからと言うのだった。儀礼飛行によるゴーデルパスへの奉仕は、減らすどころか、むしろ増やさなくてはならなかった。現世的な事柄へのエネルギー消費をぎりぎりの最小限まで落としながら人類は宗教に専心しなくてはならない。ゴーデルパスが人類による献身と信頼の証しを受け取れば、科学者たちに人類の救済を許してくださるだろう。

科学の威信は非常に大きかったので、当初この説明は万人に受け容れられた。儀礼飛行は維持された。贅沢品の売買はことごとく廃止され、重要な公共事業までもが最小限に縮減された。かくして失業した労働者たちが農業へと転職せざるをえなくなった。農耕ごときに機械エネルギーを用いることは、できるだけ速やかに廃止しなくてはならないと考えられた。このような変化には、人類に残っていた力をはるかに上まわる組織化の能力が求められた。一部のユダヤ人による思慮深い組織化が試行された場所は別にして、混乱が発生した。

このような節約と自制という大きな動きは、まずは退屈な安寧の人生を送ってきた多くの人びとに神霊的目覚めにかかわるなにかを引き起こすことになった。これは広範に及んだ危機意識と切迫した驚異によって高められた。この時代の普遍的な権威であったにもかかわらず、内面的な経験というよりは儀礼の問題と化していた宗教が、数多くの心のなかで身じろぎをはじめていたが、それは実際には真の崇拝への動きというよりは、むしろ自己の過大視とないまぜになった漠然たる畏れとしてであった。

ところが、このような熱狂にも新味がなくなり、暮し向きが悪化の一途をたどっていくと、もっとも熱狂的な人たちでさえ、活動が途切れるごとに衝撃的すぎて口に出すのもはばかられる疑念を抱きがちになった。そして事態が悪化するにつれ、止むことなき活動の生活を続けても、この不愉快な悪夢を抑えることができなかった。

人類は今や慢性的に不健全となった精神状態に、経済的な災厄という衝撃が加わることで引き起こされた前代未聞の心理的危機にみまわれつつあった。かつては質問好きの子どもだった個々人が、好奇心は悪魔の囁きだからと避けるよう教育されていたことを思い出さなくてはならない。結果的に、全人類が知的衝動を抑圧されるという、ある種の倒錯した抑圧に苦しんでいたのだ。惑星じゅうのあらゆる階級に及んだ突然の経済的変化によって、これまで精神の最深奥に埋もれていた信じがたい好奇心、つまりは執着的な懐疑心に急に意識が向くようになったのである。

そのとき全人類を苦しめていた奇妙な精神障害を想い描くのは容易ではない。それは場合によっては実際に肉体的な眩暈の発作となってあらわれた。何世紀もの繁栄と慣例と正統的信仰が続いた挙句に、人間はだしぬけに自らを悪魔とみなす疑心の虜になってしまった。それについては誰も一言もなかった。しかしひとりひとりの心のなかで悪霊が囁くように顔をもたげはじめ、ひとりひとりが同胞の不安そうな眼差しにさいなまれた。実際には、人間の生活環境の全般的変化が人間の騙されやすさを嘲弄していたのである。

人類史のもっと初期であれば、このような世界的な危機は人間を正気へと目覚めさせるのに役立ったかもしれない。窮状下の初の重圧のもとで人類は自らの文化的浪費をやめたかもしれない。しかし今では太古からの生活様式があまりに深く根づいてしまっていた。その結果、献身的に、それどころか英雄的に、壮大な飛行ショーによる資源の浪費に没頭する一世界の幻想的スペクタクルを、わたしたちは観察することになるのだが、その飛行ショーは正義や効能への一途な信仰によるものではなく、ただ単に一種の捨鉢な自動的行為であった。少しずつ海が陸地を侵食して移住先が奪われ毎年何千匹も溺死する小型齧歯類のように、〈第一期人類〉はなすすべもなく儀礼行為を続けた。しかしレミングたちと違って、彼らは信仰喪失によって一斉に抑鬱状態になるほどには人間的ではあったが、その信仰喪失をことさらに認めようとはしなかったのである。

その間に科学者たちは忘れ去られた護符を発見しようという望みを抱いて、自分たちの科学にかかわる古文書を熱心かつ内密に調べていた。彼らは秘密裡に実験も行ったが、それは〈発見者〉と同時代の抜け目ないイギリス人が残した誤った手掛かりにもとづいたものだった。その結果、幾人かの研究者が毒死したり感電死したり、大きなカレッジが爆砕したりした。この出来事は一般大衆に強い印象を与え、人びとは事故は聖なる潜在力を無闇に用いたせいだと考えた。この誤解に奮い立った必死の科学者たちは、さらに印象的な「奇跡」を仕組み、しかもその「奇跡」を用いて飢えた産業労働者の募りゆく不安をぬぐい去った。たとえば、代表団が労働者のためにもっと多くの小麦粉を要求しようと、〈世界主義農業省〉の事務局の外に到達するや、ゴーデルパスは代表団が陣取っていた場所を奇跡の力で爆破し、彼らの遺骸を見物人たちのいる所へと吹き飛ばした。中国の農耕民たちが耕作機用に電力使用の正当な許可を得ようとストライキをすると、ゴーデルパスが有害な気体を用いて何千人も窒息死させた。そんな神の直接の介入が刺激となって全世界の疑い深い人びとの不忠実な分子に信仰と恭順の心が戻ってきた。こうして世界は、総じて飢餓と病が増大したことを別にすると、しばらくは過去四千年に匹敵するくらいの状態で、どうにか存続したのだった。

それなのに生活の条件が厳しさを増すにつれて、恭順の心は避けがたく自暴自棄に変わってしまった。食糧や衣服などの主要な生活必需品がかなり不足しつつあるところに、儀礼飛行への莫大なエネルギー支出は賢明なことか、それどころか敬神と言えるのかと、大胆な人びとは公然と疑念を表明しはじめた。このような無力な献身は神の目からは単なるお笑い種ではないのか。神は自ら努力する者を助けるのだ。死亡率はすでに危険なまでに上昇していた。憔悴しボロをまとった人びとが公共の場で物乞いをはじめていた。地域によっては全人口が飢えていたのに、〈理事会〉はなにもしなかった。刈り取り機の動力が不足したため収穫を無駄にした地域もあった。国土の全域で新時代の到来を求めて怒りの叫びが上がった。

　科学者たちは今や恐怖にかられていた。自分たちの研究からはなにも生まれてはおらず、将来は風力と水力を第一次産業に振り向けなくてはならないことが明らかだった。そうなっても、多くの人びとには飢えが待っていた。〈物理学協会長〉は〈理事会〉に儀礼飛行はゴーデルパスと折合をつけて、ただちに半減させるべきであると提言した。その直後、これまで内心でも認めようとする者がいなかった忌まわしい真実を、ひとりの著名なユダヤ人が電波に乗せて漏らした。聖なる秘密の古い伝説は真っ赤な嘘である。そうでないならば、どうして物理学者たちはのらりくらりと時間稼ぎをしているのか。狼狽と怒りが惑星全域に広まった。あらゆる地域で人びとが、科学者たちに、さらに科学者たちが支配していた行政府に反旗をひるがえした。虐殺と報復が相継ぎ、それは時を置かずに内乱へと発展した。中国とインドは自由な国民国家であることを宣言したが、国内統一は果たせなかった。アメリカでは、かつては科学と宗教の牙城であった〈政府〉がしばらくは権威を保ったものの、その拠点が安全でなくなると、やり方がますます冷酷になった。最後には毒ガスだけでなく細菌まで使用するという愚挙まで犯したのだが、医療科学の衰退ぶりは甚だしく、これらの兵器による惨害を抑える手段を考え出せる者はいなかった。アメリカ大陸全域が肺を冒す神経病の蔓延に屈してしまった。はるか以前に中国に対して用いられていた古代の「アメリカの狂気」が、今やアメリカを荒廃させた。水力と風力の巨大発電所は、行政府に関係するものならなんにでも報復しようとした狂気の暴徒によって破壊された。全人口が食人の乱痴気騒ぎのなかで消滅した。

アジアとアフリカでは表面的な秩序がしばし保たれていた。しかしながら、ほどなく「アメリカの狂気」がこれらの大陸にも伝播し、たちまちのうちに彼らの文明の生きた痕跡はすべてが影も形もなく消えた。

今や病に冒された生存者たちは、未開の沃野で辛うじて大地から生存の糧を得ることができるばかりとなった。他の地域はまったき荒廃。密林が楽々と大股で本来の状態へと戻って来た。

第五章　〈第一期人類〉の凋落

1　〈第一次暗黒時代〉

わたしたちはニュートン生誕五千年に満たない、人類史のとある時期に到達している。この章ではおよそ十五万年の期間を、次の章ではさらに一千万年を扱わなくてはならない。それによりわたしたちは、はるか昔の最初期の類人猿から〈第一次世界国家〉まで経過した時間と同じくらい遠い未来の地点に到達することになる。〈世界国家〉没落後の最初の百万年のうちの十分の一、すなわち、最初の十万年は、人類はすっかり凋落したままであった。わたしたちが〈第一次暗黒時代〉と呼ぶこの期間が終幕を迎えて間もなく、人類はふたたび未開状態から野蛮を経て文明へともがき出た。それからの復興期は比較的短かった。最初期の発端から終焉まで五千年しかなかった。その文明が最後の苦悶に喘(あえ)いでいるあいだに、惑星は実に深刻な打撃を受けたため、精神はこれ以降一千万年以上も深い眠りに沈潜した。これが〈第二次暗黒時代〉となった。そんなところが、この章と次の章で観察しなくてはならない舞台である。〈第一次世界国家〉が崩壊したのち、二、三世代もすれば復興したと思われたかもしれない。歴史家たちは実際この驚くばかりに完膚なき、しかも長期にわたった低落の原因について頭を悩ますことが多かった。生得の人間の性質は概して危機の直前も直後も変わらなかった。ところが、一つの世界文明を容易に維持してきた人びとには、古い秩序が崩壊したあとに新しい秩序を構築する能力が著しく欠けていた。人間の境遇は復興するどころか急激に劣化し、ついには卑しむべき未開状態へと落ちていたのだった。

このような結果となったのは、多くの原因があったからだ。原因のあるものは表面的で一時的であり、あるものは深刻で永続的だった。あたかもそれは予定された終幕へと出来事を導く〈運命〉が、多種多様な道具を利用したかのようだったが、そのうちのどれ一つとして単独では十分でなかった。やはり、そのすべてが同じように一斉に作用したのである。〈世界国家〉の現行の危機のあいだに人類が無力であった直接の原因は、もちろん細菌使用に起因する狂気の大規模伝染と、さらに広範な知能の劣化にあった。こうした突発性の病のせいで、人類は没落の最初期の、かろうじて制御しうる段階でそれを食い止めることができなかったのだ。のちに伝染病が終息したとき、たとえ文明はすでに廃墟と化してはいても、一致団結の献身的努力をすれば、ささやかな計画のもとで再建は成ったかもしれない。それなのに、〈第一期人類〉のなかで全身全霊の献身を捧げることができたのは、ほんの少数の人たちだけだった。大多数の人びとはあまりにも生来の個人的衝動に取り憑かれていた。しかもこの闇に包まれた時代においては幻滅と疲労は実に深刻だったので、通常の決断すらままならなかった。人間社会の構造のみならず宇宙そのものの構造までもが破綻したように思われた。反応するにしても、無気力な絶望ぐらいなものだった。四千年も惰性化した生活は人間の本性からあらゆる柔軟性を奪い去っていた。こうした状況で、なお彼らに行動全般を作り直すことを期待するのは、巣が水浸しになった蟻にゲンゴロウの習性を持つように期待するよりも馬鹿げたことであったのだ。

とはいえ、はるかに深刻で永続的な原因が、いったん没落した人類を長きにわたって運命づけた。「種の全般的老衰」とでも呼びたくなる微妙な生理学的変化が、人間の肉体と精神を損ねつつあった。個々人の化学組織体としての均衡はますます不安定となり、その結果、発育期の長い人類に特有の資質が少しずつ失われていった。以前よりもはるかに急激に人類の身体組織は生命のほころびを繕うことができなくなった。この災厄はもはや避けがたかったが、それは種の生体組織に特有のもろもろの作用によって引き起こされ、人間の手によって悪化したものだった。それというのも、数千年もの年月、人類は生物学的に不自然な環境のなかで過度の抑圧状態に置かれて生存を続けており、自らの本性への重圧を補正するすべを見いだせずにいたからだ。

それでは、〈第一次世界国家〉の没落ののち、各世代が黄昏から夜へと急速に滑落していく様を想像してみてほしい。この数世紀に生存することは、全世界的衰退を確信しながら強大な過去の伝説のもとで生きることだった。全住民のほとんどが旧秩序下の農業従事者に由来し、農業は怠惰な性質だけにふさわしい、不活発で卑しい職業と考えられていたので、惑星は今や無骨な人びとでひしめいていた。エネルギーも機械も化学肥料も欠いた状態で、これらの田舎者たちは苦労しながら生き永らえていた。実際大災害を生き延びたのは、ほんの十分の一の人数にとどまった。第二世代は文明を伝説として知るばかりであった。彼らは日々耕作に明け暮れし、略奪者と戦うために結束するだけで手一杯だった。女性はふたたび性と家事の奴隷へとなり果てた。家族あるいは一部の部族が最大の社会的単位となった。際限のない諍いや不和が、谷間と谷間、また農耕者と山賊集団とのあいだで発生した。狭量な戦い好きの専制君主が現われては消えたが、広大な領地を支配する永続的な統治単位として存続することはなかった。政府機関や規律正しい軍隊といった贅沢品に費やすための余分の富はなかったのである。

かくして、目ぼしい変化もないまま、惨めな骨折り仕事ばかりの千年が、足どりも重く過ぎたのだった。これら当世の野蛮人たちは、使い古しの惑星での暮しによって前進を阻まれていた。石炭や石油どころか、貧弱な道具や知恵で入手できる鉱物資源もほとんど残っていなかった。とりわけ、発達した物質文明の多種多様な活動に不可欠な稀少金属は、ずっと以前に地殻の入手しやすい深さからは得られなくなっていた。鉄そのものが機械に拠らないともはや採掘できず、今や得難いものになっていたため、耕作はなおさらできずにいた。人類はふたたび最初期の先祖と同じように石の道具に頼らざるをえなくなっていた。とはいえ古代人の技術も忍耐もなかった。旧石器の繊細な薄片も新石器の滑らかな均整もなかった。彼らの道具は単なる割れた小石であり、自然石を削り取って加工したものだった。そのほとんどに鉤十字もしくは十字の、同じように粗末なシンボルが彫りつけられたが、それを〈第一期人類〉は彼らの生存期間中さまざまな意味を有する聖なる紋章として用いていた。この場合の十字架はもともとは破砕した墜落機の形状に由来し、反逆者たちがゴーデルパスと〈世界国家〉の崩壊を象徴するものとして用いたものだった。しかしのちの世代はその紋章を聖なる先祖の親署として、また黄金期の形見として解釈しなおしたのであるが、その黄金時代から、人類は永遠に、あるいは神々の介入があるまで凋落を運命づけられた。この紋章を用い続けることで、最初の人類種ははからずも自らの二重性と自己阻害的性質を要約していたと言って差し支えないだろう。

抗いがたい崩壊の観念がこの時期の人類に取り憑いた。〈世界国家〉を没落させた世代は、過去の快適さと驚異の数々を語り聞かせて年少者らを憂鬱にし、若者にはそんな複雑なものを再建する知恵などないと決めつけた。世代を経るごとに、現実の生活の環境がみすぼらしくなり、過去の栄光の伝説はますます肥大化していった。科学知識まるまるすべてが野蛮な生活にも役立つわずかな断片を別にして急速に失われていった。古い文化の断片は、実際には地球を覆った民間伝承の網の目のなかに保存されはしたものの、理解できぬまでに歪められていた。かくして、世界は火ではじまり、生命は火から誕生したという信仰が広まった。類人猿が登場すると進化は止まり（と言われていた）、ついには聖なる神霊が降臨して雌の類人猿に憑依し、それにより人類を誕生させた。こうして、聖なる始祖の黄金期が到来した。ところが不幸にして、しばらくすると、人間の内なる獣性が神を駆逐し、そのため進歩は長期にわたる衰退へと席を譲った。それどころか衰退は今や避けがたいものとなり、ついに神々は降臨して女たちと同居し、もう一度人類を焼き払う頃合だと判断するに至った。神々の再臨への信仰は〈第一次暗黒時代〉をとおして至る所で存続し、衰退を漠然と確信していた人間たちを慰めた。〈第一次暗黒時代〉が幕を降ろしても、いにしえの高層住宅の塔の廃墟は、なおもあらゆる景観を特徴づけており、現行の野蛮人たちの小屋の上に老いさらばえた支配力を発揮することが多かった。生存を続ける諸民族は、かつては強大であった父親たちの足元で遊びまわる発育のよくない孫たちのように、これらの遺跡のもとで暮していた。過去の建造物は実に見事に築かれ、堅牢な建材を用いていたので、十万年経ったあとでも廃墟は人工の遺物と判別できるほどの外観をとどめていた。その高層の廃墟群はたいていは今や草と灌木に覆われた残骸の金字塔でしかなかったが、そのほとんどは屹立する壁の高さを保持し、そこかしこに運のいい塔がなおもぽつねんと、瓦礫（がれき）に埋もれた礎石から百フィートほどの、窓だらけの絶壁となってそそり立っていた。これらの遺跡をめぐっては今では幻想的な伝説が数多く伝わっていた。ある神話では古代の人びとは空を飛ぶ巨大宮殿を建造した。千年ものあいだ（これらの野蛮人たちにとっては永劫の時）、人類は結束し、そして神々に敬意を払いながら暮していたが、ついに自らの栄光に慢心するようになり、神々を光輝く御座から追放すべく太陽や月や星々の平原へと飛び立とうと企てた。しかし神々が人間たちのあいだに不和の種を播いたため、人間たちは空中で闘いを繰り広げ、高速飛行する宮殿が何千となく地上に墜落し、以後、永遠に人間の愚行の記念碑となったのだった。人間そのものに翼が生えていたという伝説まであった。彼らは鳩小屋式の石造建築物に居住し、その頂は星々を超えんばかりとなったために神々を激怒させ、そのせいで神々は人間を壊滅させた。このように、さまざまな形をとって語られた、古代の強大な飛翔人間たちの失墜という主題が、これら零落した人びとを責め苛（さいな）んだ。未熟な農業、狩猟、蘇った肉食獣に対する防衛は、いかなる道具を発明しても神々の怒りを買うという恐怖にかられるたびに妨げられたのだった。

2 パタゴニアの興隆

幾世紀か経るにつれ、人類は必然的にさまざまな地理的環境に合わせて多くの民族へとふたたび分かれていった。それぞれの民族は一群の部族から成り、各部族はすぐ隣の部族のことしか知らなかった。幾千年か過ぎると、このような系種と文化の広範な分岐によって生物としての若返りと再生が可能になった。ついには、多くの民族どうしの交配ののち人類の古代の尊厳をいくらか取り戻した民族が現われた。進んだ地域と遅れた地域、つまりは「原始的」文化と割合に啓蒙された文化とのあいだに明瞭な違いがふたたび生まれていた。

この再生は南半球で起こった。複雑な気候の変化は南アメリカ大陸の南方を文明に適した苗床に変えていた。さらにはパタゴニアの東と南の方角に地殻の巨大な褶曲（しゅうきょく）が起こり、それによりかつては比較的浅かった海域が、以前のフォークランド諸島とサウス・ジョージア島を経由してアメリカ大陸と南極大陸まで地続きになり、そこから大西洋の中心部に向かって東および北東に延びていく広大な陸地へと変化したのだった。

南アメリカでは民族の条件がたまたま他の地域より良好でもあった。〈第一次世界国家〉の没落後は、この地域でのヨーロッパ的な要素が衰退し、古代の「インディオ」とペルー人の系種が優勢になった。何万年も前に、この民族は独自の原始的文明を達成していた。スペイン人の手にかかって滅びたあと、その文明は崩壊して無価値となったと思われていたが、神霊的には奇妙なほど征服者たちからは超然としていた。二つの系種が解きほぐせぬほど入り組んでも、この大陸の奥深い地域では、支配的なアメリカ主義とは無縁の生活様式がずっと保たれていた。表向きはアメリカと化してはいても、それは根本では「インディオ」的であり、世界の他の地域にとっては理解できなかったのである。先の文明のあいだはこの神霊は冬の種子のように休眠していたのであるが、野生に戻るやいなや芽を吹き、あらゆる方角へと静かに伝播した。この古代の原初的文化と、古代の世界主義的文明からこの大陸に受け継がれた数多くの他民族の要素とが相互作用するなかから市民生活がもう一度はじまることになった。かくして、ある意味ではインカ民族が征服者たちに勝利することになったのである。

そのとき南アメリカで、とりわけパタゴニアの新しい未開の平原で、さまざまな要因が組み合わさって〈第一次暗黒時代〉が幕を降ろした。精神の偉大な主旋律が回復しはじめた。しかし調べは短調であった。深刻な病がパタゴニア人を阻んだからである。彼らは成人する前に老衰しはじめた。アインシュタインの時代には個々人の青春期は二十五年ほどあったが、〈世界国家〉期においては人工的に倍にされた。文明が低落したあとは、短くなるばかりであった個人の寿命は、技術的にはもはや阻みようがなくなり、

〈第一次暗黒時代〉の終わりには、十五歳の少年が早くも中年にさしかかっていた。パタゴニア文明の最盛期には、かなりの生活の安楽と安全がもたらされ、人間も七十歳どころか八十歳まで長寿をまっとうできたのだが、多感で柔軟な青春の最盛期は十五歳にも満たぬ頃に訪れた。そういうわけで、正真正銘の若者が根っからの中年になってしまう前に文化に貢献するなどできるはずがなかったのだ。十五歳になると明らかに骨がもろくなり、髪の毛も白くなり、顔には皺が寄った。関節や筋肉が硬直し、脳は新たに適応するにももはや俊敏ではなくなり、熱意も消えつつあったのだ。

　このような状況にありながら、人類がとにかくも文明を達成しえたこと、どの世代も年長世代のやり方を学ぶだけではなかったことは、不思議に思われるかもしれない。しかし実際には前進は決して迅速ではなかったものの着実ではあったのだ。この存在たちは若さの活力の多くを欠いてはいたが、若さゆえの熱情や気まぐれとはおおむね無縁であったことで、ある程度の埋め合わせにはなっていた。実際〈第一期人類〉は今や若気の放蕩を終えた人類だった。若気の至りでいささか駄目にはなったが、今では冷静かつ一途に目標を絞るという長所を持っていた。怠惰で、しかも浪費への一抹の不安を抱えていたので、先祖の功業に及ぶはずがなかったが、かつての文明を——衰退期にはそうでもなかったが——最盛期に苦しめていた無益な混乱や精神の葛藤の多くを免れていた。そのうえ動物的な本性はやや抑制されていたので、パタゴニア人は冷静な認識を持ちえたし、知性主義を重視する傾向もあった。単なる惰性や臆病さのせいで挫折しがちではあったものの、熱情にかられて理性的な行動を損なうような民族ではなかった。パタゴニア人にとって超脱は比較的容易であったが、彼らの場合は怠惰ゆえの超脱であり、人生への渇きという牢獄からの、さらに広大な世界への飛躍とはならなかったのである。

パタゴニア精神を特殊なものにした一つの理由は、性衝動がやや弱かったことである。多くの不可解な原因によって、あの溢れんばかりの性行動が抑制されていたのだ。その点では第一期の人類種は他のどの動物とも、さらには周年発情する類人猿たちとも異なっていた。その原因は多様であったが、それらが組み合わされ、その人類種の生命の最終段階において、過剰エネルギーの全体的な縮小が起こったのだった。暗黒時代には生存競争が過酷だったため、性的な関心は動物の心に占める程度の従属的な水準にまで落ちた。自己保存はふたたび切迫した、常に必要なものとなっていたのに、性交はたましか望まれない贅沢になった。ついには生活が楽になりはじめても、人類的な「老衰」にかかわる諸力が作用し続けていたため、性行動だけは依然として中途半端に衰えたままだった。かくしてパタゴニアの文化は〈第一期人類〉の初期の文化のどれと比べても気分において異なっていた。これまで人類の熱情の半分と幻想の半分を生み出していたのは、性行動と社会的禁忌との軋轢（あつれき）だった。勝利した人類の過剰エネルギーは、状況に応じて性の大河へと導かれたり、社会的な慣習によって堰（せ）き止められたりしながら、数多くの労働者のために幾つもの捌け口を与えていた。しばしばそれは堰を破って目前にあるものすべてを押し流しもしたが、たいていは福へと転じていた。実際それは常にあらゆる方角へと流れ出て自らのために幾つもの水路を切り開く傾向にあったが、それは伐採された樹木の切り株が一本ではなく幾本もの新芽を出すようなものだった。かくして、初期の民族の豊かさ、多様性、矛盾、暴力的で不可解な欲望や情熱が生まれたのだ。パタゴニア人にはそのようなエネルギーの豊饒さはなかった。パタゴニア人はそれほど性的ではなかったが、それ自体は弱点ではなかった。以前はたまたま性の水路へと溢れたエネルギーの源泉そのものが枯渇していたことが問題だったのである。

ではここで、古代の港湾都市バイアブランカの東に成立し、幾世紀もかけて平原を越え、峡谷沿いに前進していった小柄で奇妙なまでに覚めた民族のことを想い描いてほしい。ほどなくその民族は、かつてはサウス・ジョージア島であった高原まで到達してその周囲をめぐり、一方でブラジルの高地へと、そしてアンデス山脈を越えて北へ西へと広がっていった。近縁のどの民族より決定的に高度であり、明らかに活気に満ちて明敏であったパタゴニア人には重大な競争相手などいなかった。そして平和で融和的な気質を有していたので、好戦的な帝国主義や国内紛争によって文化的進歩が停滞することはほとんどなかった。北半球の先行の民族と同様、彼らは分裂と統合、後退と復興の段階を経たが、彼らの歴史はそれまで起きたことに比べると概して着実に前進し、劇的なものとはならなかった。初期の諸民族は野蛮状態から文明生活へと飛躍したが、千年も経たぬうちにふたたび没落した。パタゴニア人の悠然たる歩みは、部族的組織から市民的組織へと移行するのに十倍もの期間を要したのだった。

ついに彼らは自治的な州から成る広大で高度に組織化された共同体を形成した。政治と文化の中心は旧フォークランド諸島の北東の新しい海岸地区にあり、一方その周縁の野蛮な地域にはブラジルやペルーの大半が含まれていた。この「帝国」の諸地域間に深刻な紛争がなかったのは、彼らには生来の平和的な性向があり、一つには組織化の才に恵まれていたからである。これらの影響を強固にしたのは、世界主義、あるいは人類の統合というきわめて強力な伝統である。この伝統は〈世界国家〉時代の前の分裂の苦悶のなかで産声(うぶごえ)を上げ、人間の心に強く焼き付けられていたので、〈暗黒時代〉においても神話の一要素として存続していた。この伝統は非常に強力であり、パタゴニアの帆船が遠くアフリカやオーストラリアに植民地を建設したときでさえ、これら新しい共同体はなお本国と心を一つにまとまっていた。新しい温和な気候の南極大陸沿いにおけるほとんど北欧的な文化が、古代の中心地を凌駕したときでさえ、人類種としての政治的な調和は決して危機に陥ることがなかったのである。

3　若さの崇拝

パタゴニア人はかつての人類が体験した神霊的段階をひととおり通過したが、それは独特の装いを帯びていた。彼らの信仰は暗黒の過去に由来し、自然の諸力への恐怖にもとづいた原始的な部族宗教だった。一神教的な〈力〉を懲罰的な〈創り主〉として人格化していた。もっとも敬愛された民族的英雄は、古い恐怖の宗教を廃したひとりの神‐人だった。彼らにも敬虔(けいけん)な儀礼の段階があり、合理主義の段階があり、やはり経験主義的な好奇心の段階があった。

彼らに特有の精神性を理解する歴史家にとってなによりも重要なのは、神‐人の主題である。それはまことに奇妙にも、第一の人類種の古代文化における同様の主題と似てはいたが異なってもいた。その神‐人は永遠の若者であり、神託によりあらゆる男女の息子と考えられていた。〈年長の兄弟〉からはほど遠い〈寵愛されし子ども〉だった。実際彼はその民族が失いつつあると自覚していた若々しいエネルギーと熱意を集約していた。この民族の性的関心は弱かったのに、親的な関心は奇妙なほど強かった。とはいえ、〈寵愛されし子ども〉への崇拝は単に親的なものではなかった。個々人の失われた青春への渇望と、民族そのものが老衰したという漠然たる思いを二つながらに表現してもいたのだ。

　その預言者は実際潑剌とした青年のまま百年は生きてきたと信じられていた。〈成長を拒んだ少年〉と呼ばれていた。そしてこの意思の強さが可能となったのは、民族の微弱な生気が彼のなかに何百万倍も凝集されたからだと言われていた。彼はこれまでもこれからも親的な情熱すべての成果であったが、だからこそ神聖だったのである。なによりも〈人類の息子〉であると同時に神であった。というのは、この宗教においては神は根源的な〈創り主〉ではなく人間の努力の賜物であったからだ。〈創り主〉とは荒ぶる力であり、その力が図らずも自分より高貴な存在を産み落とした。敬愛すべき神は、時間に囚われた人間の労働の永遠の成果であり、人間自身がそうなるべき永遠の具現者であった。このような崇拝は若々しい精神の未来への意思にもとづいていたのに、実際にそのような未来は決して訪れることなく、人類は老いて死に、神霊は朽ちていく肉体を支配できぬまま衰えて消滅するという恐怖というか、ときに確信に近いものが満ち満ちていた。〈聖なる少年〉の神託を心に刻むことによってのみ、人間はこの運命から逃れる希望を持つことができると言われていたのだ。

　以上がその伝説であった。その実情を調べるのも有益だろう。〈寵愛されし息子〉というこの神話のもとになった実際の個人は、まことに非凡であった。南アンデスの羊飼いを両親にして誕生したその少年は、はじめは夢想的な「若さの運動」の導師として名を馳せていた。彼は生涯のこの早い時期に信者を得たのだった。少年は若者たちに、年長者の模範となり、慣習に屈しない生を送り、楽しみ、懸命に短時間働き、誠実な同胞となるよう力説した。とりわけ、神霊の若さを保つための宗教的な勤めを説いた。老いることがないように熱心に念じ、魂が眠りこけぬように保ち、あらゆる若返り作用に心を開き、老衰のあらゆる兆しに背を向け続けさえすれば、誰も老いる必要はないと少年は言った。魂の奥からの歓喜は大いなる回春剤であり、それにより愛し愛される存在として生まれ変わるのだと説いた。もしもパタゴニア人が互いの美を嫉(ねた)むことなく評価しさえすれば、民族は若さを取り戻すだろう。拡大を続ける〈若さの教団〉の伝道とは人間の回春に他ならなかったのである。

　この魅力的な福音は見かけ上の奇跡も幸いして広まった。預言者はパタゴニア人のなかでも生物学的に独特であることが明らかになった。同世代の人びとの多くが老衰の兆しを見せても肉体の若さを保っていた。しかもパタゴニア人からすると奇跡と思われるほど精力絶倫だった。そのうえ性の禁忌などなかったので、きわめて盛んに性交を実践し、そのため村という村に情婦を囲い、今では子孫は何百人を数えるまでになっていた。追従者たちはこれに倣(なら)おうと懸命に頑張ったが、大した成功は得られなかった。預言者が若さを保っていたのは肉体だけではなかった。著しい精神の敏活さをも保っていたのだ。性の放蕩は同世代人からは驚異であったが、当人にとっては余剰エネルギーの控え目なほとばしりであった。消耗どころか、それは元気回復につながったのだ。しかしながら、ほどなくこの性の充溢（じゅういつ）は労働と瞑想という、より冷静な生活に席をゆずった。この時期になると、預言者は自分と追従者は精神において違いがあることを悟りはじめた。というのは、二十五歳になると、ほとんどのパタゴニア人が精神的な型に深くはまってしまうのに、彼はなおも次々に寄せてくる着想の波に取り組み、未知の領域へと突き進んでいたからである。四十歳を迎える前に、なお若い頃の盛時と変わらぬ肉体を保っていた彼は、力を振りしぼって成熟した福音を教え伝えた。存在についての考え抜かれた見解であったこの福音は、パタゴニア人にはほとんど理解できなかった。ある意味でそれは彼ら自身の文化を表現したものであったが、彼らが誰ひとりとして到達できない生命力の水準の上に表現されたものであったのだ。

クライマックスは、こんなふうに訪れた。首都の至高の寺院での儀礼のさなか、礼拝者たちが打ちそろって〈創り主〉の巨像を前に平伏していると、年齢不詳の預言者が祭壇へと大股で歩み寄り、まずは会衆に、続いて神に目を向けると、朗々と腹の底から大笑し、神の像に響きわたるほどの平手打ちを食らわせ、こう叫んだ。「醜き者よ、わたしは讃えよう！　万能の神としてではなく、あらゆる道化師の至高の存在として。そんな顔貌をして、なお讃えられるとは！　かくも空（むな）しくありながら、なお恐れられるとは！」たちまちどよめきが起こった。しかしその若き偶像破壊者の神のごとき輝きと自信と意想外なふるまいが、かくも甚だしく、奇跡の〈少年〉としての名声が甚大であったがゆえに、預言者が会衆へと目を転じると、一同は静まり返り、彼の叱責に耳を傾けた。

「愚者たちよ！」と彼は叫んだ。「老いぼれた幼児らよ！　神があなたたちのへつらいと、この乱痴気騒ぎを実際好むとしたら、それはあなたたちと、御自身を嘲（あざけ）って楽しまれるためなのだぞ。あなたたちは真面目すぎる。なのに十分に真面目ではない。厳かにすぎるし、なにもかもが幼稚な目的に向けられている。生を切望しながら、真に生きているとはいえない。若さを惜しむあまり、とり逃がしてしまっているのだ。少年の頃のわたしは『若さを保とう』と言った。あなたたちは喝采し、自分たちのおもちゃをただ抱きしめて、成長を拒んだ。わたしの言葉は少年には悪くなかったが、十分ではなかった。今やわたしは大人である。なので、こう言おう。『後生だ、大人になれ』と。もちろん、若さは保たなくてはならない。なのに、成長することなく、また成長を拒むのをやめないのであれば、若さを保ったところで無益なことだ。若さを保つことは間違いなく柔軟かつ鋭敏であることなのだ。成長するとは、単に頑迷になり幻滅することでは断じてない。人生というゲームのなかで活動するためのわざを弛（たゆ）みなく磨くことなのだ。成長の一部となるものが他にもある。すなわち、生とはどのつまりはゲームであること、ひどく真剣なゲームには違いないが、そうは言いながらゲームにすぎないと知ることだ。避けてはならないゲームをするとき、わたしたちは勝つためにあらゆる筋肉を張りつめさせる。その間ずっと、勝つことよりもゲームそのものに注意を向ける。そうすることで、ますます上達するのだ。未開人たちがパタゴニア人チームと対戦するときは、それがゲームであることを忘れ、勝とうとして気が狂ったようになる。そんなとき、わたしたちはどれほど彼らを軽蔑することか！　彼らは負けると野蛮になり、勝ったら勝ったで騒がしい。いずれにしても、ゲームは損なわれ、かけがえのないものを屠(ほふ)り去っていることに彼らは気がつかない。しかもどれほど審判を悩まし悪態をつくことか！　もちろんわたしも今日まで、ゲームではないが人生において、そのようにふるまってきた。わたしも実際に生の審判に悪態をついた。どうせなら、その方がいい。ひいきを当て込んで贈り物で審判を侮辱するよりは。しかしそれは、あなたたちが額突(ぬかず)いたり誓ったりすることで現にやっていることなのだ。わたしは決してやらなかった。審判を憎んだだけだ。のちにわたしは審判に対して、いやむしろ、あなたたちが審判の代わりに築き上げたものを笑うようになった。しかし今やついにわたしははっきりと審判にまみえ、ゲームの精神を忘れた自分自身を審判とともに笑いのめすのだ。なのに、あなたたちはどうなのか。審判に媚びへつらい、泣き言をいい、ひいきしてもらおうと、ここにやってきているのだ！」

　このとき人びとは預言者を捕まえようと駆け寄った。ところが憎もうにも愛さずにはいられない若々しい笑い声が人びとを阻んだ。預言者はふたたび声を発した。

「わたしがどうやって教えを学んだか、聞いてもらいたい。わたしは高い山を登るのが不思議なくらい好きだ。あるときアコンカグア山の雪原と断崖を登攀（とうはん）していたとき大吹雪に襲われた。山のなかの嵐がどのようなものか、知っている者もおそらくはいるだろう。風は激しい吹雪に変わった。わたしは呑み込まれ拐（さら）われてしまった。何時間ももがいた挙句、雪の吹きだまりへと転落した。這い上がろうとしたが、何度も落ちて、とうとう頭まで埋まってしまった。死ぬのかと思うと怒りがこみあげてきた。やりたいことがまだたくさんあったからだ。狂ったようにあがいたが、無駄だった。すると突然、どう表現したものか、わたしはゲームに負けつつあるのだと悟った。けっこうだ。勝つも負けるも同じことだ。重要なのはゲームであって勝つことではなかった。そのときまでのわたしは勝利に心を奪われた奴隷だった。突然わたしは解放され、そして視界がひらけた。今や審判の目を介して、わたし自身が、そしてわたしたち全員が見えたのだ。あたかも役者が自らの役柄とともに劇の全体を作家の目で客席から観るかのようだった。ここにわたしが登場し、自らの不注意から志なかばにして災難にあった一人の快男児を演じている。劇の登場人物であるわたしにとって状況は忌々（いまいま）しかった。しかし劇を観ているわたしにとっては卓絶したものになっていたのだ。それも、さらに大きな卓絶美のなかにおいての。それはわたしたち全員についても、また諸世界についても同じだと分かった。わたしたちとともに偉大なショーに参加している千の世界が見えるような気がしたのだ。そして穏やかな日で、つまりは劇作家の、歓喜しながら、ほとんどは嘲笑するように、それでも無慈悲ではない目でもってすべてを見たのだ。「よろしい、どうやら退場の時だと思われた。ところが、違った。まだ演技を続けるよう合図があったのだ。どうしたわけかわたしは物事についてのこの新たな観点に力づけられたのか、雪の吹きだまりからもがき出た。かくして、わたしはふたたびここにいる。しかしわたしは生まれ変わった。わたしの精神は自由だ。少年であった頃のわたしは『もっと溌剌と生きよ』と言った。しかしあの当時のわたしは、青春期の微かな光よりもはるかに強烈な生気、つまりは静かな白熱のようなものがあることに少しも思いが及ばなかった。わたしの言わんとすることが分かる者はここにはいないのか。少なくとも、この先鋭なる生を欲する者はいないのか。まずは、こうした生そのものへの追従や、こうした〈力〉への物乞いのような媚びへつらいから脱することだ。来るがいい！　そんなものは捨てるのだ！　あなたたちの心のなかの馬鹿げた像を破壊するのだ。では、わたしがこの偶像をぶち壊してみせよう」

そういうと預言者は大きな燭台を取ってその偶像を粉微塵にした。ふたたびどよめきが起こった。寺院当局は預言者を逮捕した。ほどなく預言者は神聖冒瀆の咎で審理されて処刑された。この最後の滅茶苦茶な言行は数々の無分別が絶頂に至ったものにすぎなかったので、権力者たちはこの聡明だが剣呑な狂人を抹殺するための明らかな口実を見つけて喜んだ。

しかし〈聖なる少年〉の崇拝はすでにかなりの人気を博していた。預言者の初期の教えはパタゴニア人の根本的な渇望を表わしていたからだ。この最後の不可解な神託ですら、真意は理解されなかったものの追従者たちに受け容れられた。預言者の訓戒の精神よりはむしろ偶像破壊の行為に焦点が集まったのだった。

幾世紀か経るごとに、新宗教は、そんな具合に文明世界にくまなく広まった。そして民族は蔓延した情熱によりある程度神霊的に若返ったように思われた。肉体にもある種の回春作用が及んだ。この比類ない生物学的な「変種」というか、かつての生命力を蘇らせた預言者は、死ぬ前に何千もの息子や娘を誕生させていたからである。今度は子どもたちが遠く広く良質の種を播く番だった。疑いもなく、この新しい血統こそが、民族の物質的条件を大きく改善し、北方の諸大陸へと文明をもたらし、新たな情熱で科学と哲学の諸問題に取り組むパタゴニアの黄金時代をもたらしたのだった。

それなのに、その再生は永続きしなかった。預言者の末裔たちは粗暴な生活をして思い上がっていた。肉体的にも性的にも精神的にも無理をしすぎて弱体化した。そのうえ少しずつその強力な血統は希薄化し、数多くの生来的「老衰者たち」との性交によって壊滅した。その結果、二、三世紀も経つと、民族は中年層的な気分へと逆戻りした。それとともに〈聖なる少年〉像は次第に歪んでいった。それは当初は若さのあるべき理想であった。すなわち、熱狂的な忠誠、無責任な歓楽、同胞意識、肉欲、そこそこの無分別で織り上げられた絵柄であった。ところがそれは、知らぬまに、老いへの悲しみから若さに期待するものの絵柄となったのだった。かの暴力的な若き英雄は、老人たちが純朴で従順な子ども時代に寄せる像として感傷的に想い描かれた。暴力的であったものはことごとくが忘れ去られた。残ったのは、親的な衝動に対する風変わりで魅力的な刺激だった。同時にこの幻影は中年層が文句なく賞讃する節度と慎重さも備えていると信じられたのだった。

この歪んだ若さのイメージがその民族の現実の若い男女の重荷となるのは避けられなかった。それは模範的な社会の美徳として支持された。ところが、それはもはや若さの表現ではまったくなかったから、自分たちの最良の本性を冒瀆しないことには決して承認できない模範だった。かつての時代には女性が理想化され束縛されたように、今は若者がそうなってしまったのである。

パタゴニアの歴史において、預言者の澄明なヴィジョンに到達した者も、実際にはわずかながらいた。預言者の最後の神託の神霊に分け入った者は、なおのこと少なかったが、その神託のなかで彼は不朽の若さによりパタゴニア人にはありえない成熟を遂げたのだった。この民族の悲劇は「老衰」よりも成長を抑制したことだった。老いを感じたのか、パタゴニア人はふたたび若さを切望した。ところが、精神の未熟さを決定づけられていたがゆえに彼らには決して認識できなかったことがある。すなわち、若さへの情熱的な渇望を期せずして真に満たすことは、若さそのものの目的の単なる到達ではなく、より目覚めた先見的な生命力へ向かって前進することなのである。

4　大惨事

パタゴニア人が先行する文明を発見したのは、ここ最近のことだった。恐怖の古代宗教を拒否するなかで、彼らは遠い昔の壮大な伝説をも放棄し、自分たちを精神の開拓者とみなすようになった。故郷となった新大陸には、もちろん古代秩序の遺跡はなく、もっと古い地域に点々としてあった廃墟は、単なる自然の気まぐれとして説明されてきた。しかし最近、自然についての知識が進むにつれて、考古学者たちは忘れられた世界について少しばかりのことを再現していたのである。そして中国の崩壊した塔の地下に、彼らが（途轍もなく頑丈な人工物で作られた）多数の金属板を発見したとき危機が訪れた。金属板にはびっしりと文字列が彫り込まれていた。これらの物体は実は版木であり、それをもとに千世紀も前に本が印刷されていたのだった。すぐに他の埋蔵物が発見され、少しずつ廃れていた言語が解読された。三世紀も経つと、古代文化の輪郭が明るみになった。ほどなく、人類の興隆と没落のすべての歴史が、この最近の文明の上に降りかかったのだが、それはあたかも古代の塔が足もとのテント村へと倒壊したかのようであった。開拓者たちが発見したのは、自分たちが骨身を削って野生から勝ち得た地盤のことごとくが、遠い昔に征服され、そして失われたということ、また物質的な水準では自分たちの栄光は過去の栄光と比べると無に等しいこと、さらにはその精神面においては、自分たちが二、三の植民地しか確立していない場所にかつて帝国が存在したことだった。自然についてのパタゴニア人の知識体系は、ニュートン以前のヨーロッパと比べても進んでいるとは言えなかった。科学的精神を思い抱き、迷信を少しばかり捨て去るのが精一杯だった。そして今、突然、彼らは突然大きな思想的遺産を相続することになったのだ。

これ自体は知的好奇心の旺盛な人びとにとってきわめて心騒がせる経験だった。調査を進めるうちに彼らに明らかになったことは、いよいよもって圧倒的であった。すなわち、過去は輝かしいばかりでなく常軌を逸しており、結局は狂気の要素が完全に勝利を収めていたのである。今やパタゴニア人の精神は正気と経験に囚われすぎており、検証しないことには古代の知識を受容できなかった。考古学者の発掘物は物理学者をはじめ他の科学者らに渡され、絶頂期のヨーロッパやアメリカの堅固な思想と価値観は、ほどなく〈世界国家〉の低劣な所産とは区別されたのだった。

より進んだ文明からのこうした衝撃は、劇的で悲惨な結果をもたらした。パタゴニア人が、保守派と反逆者、すなわち、新しい知識は悪魔の嘘であるとの見解に執着する人びとと、事実を直視する人びとの二つに分裂したのである。前者にとってはその事実はまったくの憂鬱であった。後者は恐れおののきはしても、その事実に荘重な威厳と同時に希望をも見てとった。地球が星雲に浮かぶ塵（ちり）だというのは、新しい学説のなかでも衝撃的でない部類に入った。パタゴニア人はすでに地球中心的な見解を捨て去っていたからである。反動家たちにとって悩ましかったのは、以前の人類は遠い昔に自分たちが渇望してやまない生命力を所有し浪費していたという説であった。一方、進歩的な党派は、この壮大な新知識は利用すべきであり、これを身につければ、パタゴニアはより優れた正気によって若さの欠如を補うことができるかもしれないと力説した。

こうした思惑の分裂によりパタゴニア世界にこれまで決して起きることがなかった物理的紛争がもたらされた。国家主義のようなものが台頭した。より活発な南極大陸の沿岸地方が近代化され、パタゴニア本国は古い文化に執着した。戦争が頻発した。しかし南極では物理学と化学が進んでいたので〈南方人〉は〈北方人〉が太刀打ちできない戦争機械を発明することができた。二世紀も経たぬうちに新しい方の「文化」が勝利を収めた。世界はふたたび統合された。

それまでのパタゴニア文明は中世的な様相を帯びていた。それは物理学と化学の影響のもとで変貌しはじめた。風力や水力が発電のために利用されはじめた。大々的な採鉱作業が地中深くでしか生成されない金属や鉱物を求めて着手された。建築に鉄が用いられはじめた。電気駆動の飛行機が製造されたが、実際には成功しなかった。そしてこの失敗は象徴的だった。パタゴニア人は、たとえ飛行機の性能がよくなったとしても、飛行術を修得するほど無鉄砲ではなかったからだ。当然、彼ら自身は、失敗はひとえに古代のガソリンのように便利な動力源を欠いているからだと考えた。実際の話、この石油や石炭の欠如が絶えず彼らの前に立ちはだかった。もちろん火山のエネルギーも手に入ったが、もっと才覚のあった古代人でも実際にはそれを制御しきれなかったという事実は、パタゴニア人をすっかり打ちのめしたのだった。

実をいうと、風力と水力だけで必要なものはなんでも手に入った。惑星全体の資源が入手できたし、総人口も一億を超えていなかった。これらの資源ではかつての〈世界国家〉の贅沢には実際及ぶべくもなかったが、ユートピアのようなものを実現したとしてもおかしくはなかった。

しかし、そうはならなかった。産業化はごくゆるやかな人口増加をともないながら、そのうち彼らの先祖を破滅寸前にまで追い込んだ社会的不和のほとんどを生み出した。彼らからすれば、あらゆる困難は物質的な力さえ大きくすれば解決されるように思われた。この力強くはあったが理性的とは言えない確信は、彼らを支配した妄念、すなわち、増大した生命力への渇望を示すものであった。

このような状況下で古代史における出来事と挫折がパタゴニア人を魅了したのは自然なことだった。かつて無限の物質エネルギーの秘密が明らかにされ、そして失われた。パタゴニア人がそれを再発見し、自分たちのより優れた正気のもとで、地上に天国をもたらすため利用してならないはずがあるだろうか。明らかに古代人はこの危険なエネルギー源を賢明にも避けたのだが、穏健で一途なパタゴニア人は恐れる必要はなかった。実をいうと、生物としての老衰を阻止する手段を発見する方が、エネルギーを探索することより重要だと考える者もいたのだ。ところが不幸にして、物理学は急激な進歩を遂げていたのに、より精妙な生物科学は、多くの場合、古代人自身にしても彼らなりのやり方だけで精一杯であったため、停滞したままだった。かくして、パタゴニアのもっとも聡明な人びとは、報奨金にも魅せられて物質の問題に注力した。国は実験施設の設立と資金援助によってこの研究を奨励したが、実験施設ではそれだけに取り組むことが目的であると明言していたのである。

その問題は困難だった。パタゴニアの科学者は知的ではあったが、いささか気概を欠いていた。断続的な研究を五百年ほど続けて、ようやく秘密が、あるいはその一部が解き明かされた。エネルギーの初期段階における大規模消費により、ある稀少な原子の正と負の電荷を消滅させることが可能だと判明したのだった。しかしこのような制限はまったく問題ではなかった。人類は今や容易に操作し容易に制御できる無尽蔵のエネルギー源を所有したのである。とはいえ、その新しい贈り物は制御可能ではあったが、絶対に安全と言えるものではなかった。それを用いる者が愚かな用い方をし、不注意から手に負えぬものにしてしまいかねない保証はなかった。

不幸にして、新しいエネルギー源が発見されたとき、パタゴニア人は昔よりも分裂していた。産業主義はその民族の生来の御しやすさと結びついて、次第に古代世界の産業主義よりも極端な階級分裂を、ただし奇妙なまでに異なった分裂をもたらした。標準的なパタゴニア人の強烈な親的性向のおかげで支配者階級による野蛮な搾取はかつてのように生じなくなっていた。産業主義の最初の一世紀は別にして、労働者階級に深刻な物理的苦役はなかった。親的な政府は、すべてのパタゴニア人が少なくとも適度に食事と衣服を与えられ、誰もがたっぷりの余暇と娯楽の機会が得られるよう気配りした。同時に一般大衆がますます厳しく統制されるように配慮した。〈第一次世界国家〉のように、行政当局はふたたび一握りの産業経営者たちの手中に置かれたのであるが、違いはあった。以前は、大企業の支配的動機は、活動を創出しようとする神秘的とでもいうべき情熱であったが、今や少数の支配者たちは自分たちを親に代わって一般民衆に対処する存在だとみなし、「素朴で陽気で活発で忠実な若々しい人びと」を創り出そうとしたのである。彼らにとって国家の理想は、思いやりはあるが厳格な大人の教員組織のもとに置かれた私立学校と、株主たちには自分たちの権限をすぐれた管理者の一団に喜んで委譲する役割しかない共同資本の会社の中間にあるものだった。

その組織が実にうまく機能して長く続いたのは、パタゴニア人の生来の御しやすさだけでなく、支配者階級を補充していく管理方針によるものだった。彼らはかつての文明の悪しき例から少なくとも一つの教訓を得ていた。すなわち、知性の尊重である。注意深い試験の制度化によって、もっとも利発な子どもがあらゆる階級から選抜され、支配者となるべく訓練された。支配者階級自身の子どもたちですら同じ試験を受けさせられ、資格を得た者だけが「若き支配者のための学校」へと送られた。腐敗のようなものも確かにあったが、概してこの制度は機能した。そのように選抜された子どもたちは、組織者、科学者、聖職者、論理学者として理論から実践まで実に注意深く教育された。

能力の劣った子どもは、若い支配者とはまったく異なる教育を授けられた。他の者より能力が劣ると烙印が押されたのである。彼らは支配者たちを優越存在として尊敬するよう教え込まれた。支配者たちは単にその能力のゆえに、特に技能と熱意を要する仕事で共同体に奉仕するよう求められた。知的に劣った者たちが奴隷になるだけのために教育されたというのは正しい言い方ではないだろう。むしろ穏和で勤勉で幸せな祖国の息子と娘になるよう期待された。忠実で楽観的でいるよう教え込まれた。さまざまな職種に合わせて職業訓練を受け、自らの知能を相応の水準で可能な限り用いるよう奨励されたが、国家にかかわる諸事や、宗教と理論科学に関する諸問題は固く禁じられた。若さの美という公式の教義は教育の基本となっていた。因襲的な若さの美徳のすべてを、とりわけ貞節と素朴さを教育された。階級としては、肉体の鍛錬がパタゴニアの教育の非常に重要な要素となっていたこともあり、彼らはきわめて健康であった。そのうえ普及していた日光浴の習慣は、宗教的儀礼でもあり、肉体を「若く」、精神を澄明に保つと信じられていたので、労働者階級のあいだでは特に奨励されていた。被支配者階級としての余暇は、陸上競技をはじめ、肉体と精神の気晴らしに充てられていた。音楽などの芸術も若年層にふさわしいものと考えられ稽古させられた。政府は芸術作品を検閲していたが、強制は滅多になかった。パタゴニアの一般大衆はたいていはあまりに無気力で多忙だったので、分かりやすく下品でない芸術以外は想像できなかったからだ。彼らは仕事と娯楽にどっぷりと浸っていた。性的な抑制はなかった。個人的ではない関心事は、若さ-崇拝という公認の宗教と共同体への忠誠心で満たされていた。

こうした穏やかな状況は産業主義の最初の一世紀から四百年ほど存続した。ところが、時が経つにつれて、二つの階級の精神の違いが拡大した。すぐれた知能は労働者階級ではますます稀となった。支配者は自らの子孫から補充されることが多くなり、ついには世襲階級となった。亀裂が広がった。支配者たちは被支配層との精神の接点を完全に失いはじめた。支配者たちは、心理学が他の科学と同じように発達していれば決して生じえなかった間違いを犯した。労働者の知能の欠落ぶりを目の当たりにした支配者たちは彼らをますます子ども扱いするようになり、たとえ単純ではあっても彼らは大人の男女であり、大いなる人類的事業においては、自らを自由なパートナーであると自覚する必要がある人びとであることを忘れた。以前なら責任がかかわるこの幻想は周到に奨励されていた。しかし亀裂が広がるつれて、労働者は青年というよりは幼児として、それどころか人間というより世話の行き届いた家畜として扱われた。労働者の生活は、善意によるものではあったが事細かに規制されるようになった。それと同時に、人類共通の事業を理解し評価するに至るまで教育を施すという配慮がなされなかった。こうした状況下で、その民族の気質に変化が生まれた。物質的な条件は、〈第一次世界国家〉の頃を別にすると、知りうる限り以前よりもよくなったのに、彼らは冷淡になり、不満を抱き、いたずら好きで、優越者への感謝を忘れるようになった。

新しいエネルギー源が発見されたのは、そんなときだった。世界共同体は二つの異なった構成要素から成り立っていた。一つは、国家と自分たちの文化の進歩に情熱的に献身する少数の高度に知的な階級、もう一つは、かなり鈍感な、物質的には十分に保護されているが神霊的には不満を抱えた夥しい数の産業労働者たちであった。二つの階級にはある薬をめぐって深刻な衝突が生じていた。その薬は至福をもたらすがゆえに人びとに嗜好され、後遺症がひどかったので支配者たちによって禁止された。その薬は廃止されたが、その真意は労働者階級に誤解された。この件は長いこと一般大衆の心に鬱積していた憎悪を知らずして表面化させたのだった。

将来機械の力が無限になるという噂が流れると、人びとは千年王国を期待した。誰もが際限のないエネルギー源を所有するようになる。労働はなくなる。享楽は限りなく増える。不幸にして、新しいエネルギーの最初の用途は、とうの昔に地表近くでは採掘できなくなっていた金属などの鉱物資源を、先例のない深さまで大々的に採掘することだった。これは坑夫たちにとっては困難で危険な作業になった。負傷者が出た。暴動が起こった。新しいエネルギーが暴徒に対して用いられて死者を出したが、支配者たちは親としての自分の心は愚かな子どもたちのために血の涙を流しているが、事態の悪化を防ぐためにはこの懲罰が必要であると主張した。労働者たちは〈聖なる少年〉が末期に説いたように超然として自らの困難に対峙せざるをえなかった。ところが、この教えは当然ながら嘲りでもって迎えられた。さらなるストライキと暴動と暗殺。労働者階級は羊飼いに向かう羊よりも支配者たちに対しては無力だった。大きな組織を形成するだけの頭脳を欠いていたからだ。しかし、これら哀れなまでに無益な反乱の一つが災いして、パタゴニアはとうとう滅亡したのだった。

新しい鉱山の一つで些細な諍いが起きた。坑夫たちが息子に自分の仕事を教えるのを、経営者側が禁じたのである。職業訓練は専門家によって施されるものとされた。こうした親権への干渉に激怒して、かねてからの怒りが一気に溢れ出た。エネルギー装置が奪われ、その機械が狂ったようにいじくられた挙句に、厄病神たちは知らぬ間に物理的エネルギーの恐るべき魔神の枷を解き放って惑星を蹂躙させる事態を引き起こしたのである。最初の爆発でその鉱山上部の山脈を吹き飛ばすのに十分だった。その山々には核分裂性の元素を含んだ区域があり、それが最初の爆発による放射線によって起爆された。これは同じ元素を含んださらに遠くの区域を連鎖暴発させるのに十分だった。白熱の暴風がパタゴニアの全域に吹き広がり、その先々で新たな原子の怒りが加わって強大化した。それはアンデス山脈とロッキー山脈の連なりに沿うように猛威をふるい、その熱で二つの大陸を焦土へと変えた。それはベーリング海峡の地盤を崩して吹きとばし、孵ったばかりの炎の大蛇のように、アジアやヨーロッパやアフリカへと広がった。火星人たちは飛びかかることのできない鳥を窺う猫のように早くから地球を観察していたが、その隣の惑星が突然に輝きを増したことに気がついた。ほどなく大洋がここかしこで沸騰しはじめ、海底も揺れ動いた。津波が海岸をずたずたにし、谷という谷をのたうつように進んだ。しかしそのうち蒸発と海底の亀裂のせいで海全体が著しく沈下した。火山地帯のことごとくが途轍もない活動をはじめた。極地の氷冠は溶け出したが、極地は惑星の他の地域のように焦土にはならなかった。大気は絶え間のない暴風によって攪拌された湿気や煙や塵から成る切れ目のない密雲となった。電磁崩壊の猛威が進行するにつれて、惑星の表面温度はぐんぐん上昇し、ついには北極および亜北極の二、三の恵まれた地域を除いて生命は存続できなくなった。

パタゴニアの死の苦しみは短期間で済んだ。アフリカとヨーロッパでは、二、三の僻地の入植地が噴火の猛威を免れはしたが、二、三週間のうちに蒸気の暴風に屈した。二億人の人類は、三ヶ月のうちに、焼かれ、火炙り（あぶ）になり、窒息死した。たまたま北極の近くにいた三十五人を除いて。

第六章　過渡期

1　〈第一期人類〉の窮境

人類に敵対するだけでなく、しばしば友好的にもなる運命の稀ないたずらにより、一隻の北極探査船が最近まで氷塊に取り巻かれたまま長いこと北極海を漂流していた。船には四年分の蓄えがあり、大惨事が起こったときには出航して六ヶ月が経っていた。帆船で、遠征に出たのは新しいエネルギー源が実用可能となる前のことだった。乗組員は二十八人の男性と七人の女性から成っていた。かつての性的な人類であったなら、そのような人数比でこれほど密接な閉鎖空間に置かれたら、いずれ間違いなく軋轢が生じたことだろう。しかし取り決めがあればパタゴニア人には我慢できないことではなかった。遠征の家事全般をまかなっていた七人の女性は、全員にほどほどの性的歓びを与えることができた。実際この民族の女性の性的能力は男性よりもずっと強かったからである。実をいうと、その小さな共同体では嫉妬や不和がときおり生じたのだが、それよりも堅固な団結心の方が優った。もちろん、一隊の全員が、技術的な能力だけでなく、同胞意識、忠誠心、健康をもとに、かなり慎重に選抜されていた。誰もが〈聖なる少年〉の末裔であると主張した。全員が支配者階級だった。一対の小型モンキーを愛玩用に探査旅行に連れていたが、それはかなり親意識の強いパタゴニア人気質の風変わりな一面を表わすものだった。

乗組員たちに大惨事を最初に教えたのは、氷の表面を溶かす猛烈な熱風だった。空は黒く染まっていた。北極の夏は途轍もない雷雨に引き裂かれた不吉で暑苦しい夜となった。雨が滝のように絶え間なく船の甲板を打ち据えた。刺激性の強い煙や塵の雲が目や鼻をちくちくと刺した。海底地震によって氷塊が変形した。

爆発の一年後、船は北極近くの氷山が散らばった大荒れの海域を苦労して進んでいた。途方にくれた小隊は今は南へと探るように進みはじめたが、それにつれて空気は猛烈に暑く刺激的になり、嵐はさらに荒れ狂っていた。北極海周辺の探索にさらに一年が費やされたが、耐えがたい南方の天候のせいで幾度も北へと撤退した。しかしついには状況がわずかながらよくなったので、これら少数の人類の生存者は艱難辛苦（かんなんしんく）の挙句にノルウェーにある彼らの本来の目的地へと接近したのだが、低地帯は灼け焦げた生命のない砂漠と化しており、一方、高山地帯では谷間の植物がすでに貧弱な緑地帯に定着しようと必死になっていた。彼らの拠点であった町は暴風でぺしゃんこになっており、住民の骸骨はまだ通りに残ったままだった。一隊は岸伝いに南進した。いずこも同じように荒廃していた。地殻変動は単に局地的なものだったことに望みを抱きながら、イギリス諸島を周回してフランスに折り返した。しかしフランスは驚くばかりの火山のカオスと化していた。風向きが変わると、岩屑（がんせつ）――たいていは赤く燃えた――が落下して周辺の海が狂ったように荒れていた。奇跡的に逃れおおせ、もう一度北へと退避した。シベリア沿岸を這うように進んだあと、ついに彼らは大河の一つの河口にまずまずの休息地を見つけることができた。船は錨を下ろし、乗組員は息をついた。一行の人数は減っていた。旅の途上で六人の男性と二人の女性が亡くなっていたのだった。

状況はここでも最近までずっと厳しかったに違いなかった。植物の多くが灼け焦げ、動物の死骸に頻々（ひんぴん）と出くわしたからだ。とはいえ、明らかに巨大爆発の最初の怒りは今や収まりつつあった。

この頃には乗組員たちは真相を悟りはじめていた。新エネルギーが早晩惑星を破滅させるという冗談めかした予言があったのを思い出した。明らかに十分すぎるほどの根拠にもとづいた予言であったわけだ。世界規模の災害が起こったのであり、自分たちは遠く離れた場所にいたことと、北極の氷があったというだけで、おそらく同胞人類を全滅させた運命から逃れられたのだった。

荒廃した惑星における疲弊した一握りの人びとの将来はあまりに絶望的だったので、

自殺を促す者もいた。全員がその考えをもてあそんだが、思わぬ妊娠をしていた女性は別だった。その女性のなかには今やパタゴニア人の強烈な母性が目覚めていた。彼女は子どものために闘うよう一隊に懇願した。赤ん坊は苦難の人生を歩むために生まれてくるだけだとは思いながら、理屈抜きで執拗に繰り返し言った。「わたしの赤ちゃんは生きなくてはならない」

男たちは肩をすくめた。しかし最近の苦闘による肉体の疲労から回復すると、自分たちの立場の厳粛さを悟りはじめた。すでに皆の心の内にある思いを口に出したのは、生物学者のひとりだった。少なくとも生存の見込みはある。いやしくも男性と女性に聖なる義務があるとすれば、確かにあるに違いなかった。今や自分たちは人間の神霊の唯一の受託者となったのだから。いかなる艱難辛苦を嘗めようとも、地球をふたたび人びとで満ちあふれさせなくてはならないのだ。

この共通の目的に今や彼らは意気高揚し、全員が稀なくらい親密になった。「わたしたちは普通の人間です」と生物学者は言った。「それでも、なんとか気高くあらねばなりません」。そして実際ある意味で、彼らはこの比類ない立場によって気高くなったのである。共通の目的と共通の苦悶は、高潔な心のなかに、おそらく言葉ではなく献身によって表わされる深い同胞意識の感情を函養する。これらの人びとは、孤独と義務感のなかにありながら、同胞意識だけでなく聖なる大義の道具として生き生きとした相互の霊的交わりをも体験したのだった。

それから一隊は川沿いに入植地を建設しはじめた。もちろん地域全体が荒廃していたが、植物は地中に残っていたり風に運ばれたりした根や種からほどなく蘇った。この地方は新しい気候に適応した植物で今や緑に色づいていた。動物ははるかに深刻な打撃を受けていた。北極ギツネや数種の小型齧歯類やトナカイの一群は別にして、北極グマや種々のクジラやアザラシといった目下の北極海に棲む生き物たちの他には生き残ったものはなかった。魚はふんだんにいた。鳥の大群が南方から押し寄せてきたが、食糧不足のため何千羽と飢え死にし、それでもある種の鳥は早くも新しい環境に適応しつつあった。実際、生き残った惑星の動植物相は、急速に困難な再適応を遂げつつあった。適応を確立していた多くの種は、新しい世界では完全に足場を固めそこねた一方、それまで重要でなかった数種が着実に前進することができたのだった。

一隊がノルウェーの廃墟と化していた貯蔵庫から持ち出したトウモロコシや米も栽培可能であると分かった。とはいえ農業は、猛烈な灼熱、頻々と奔流のように降り注ぐ雨や日照りのせいで労多く危険な仕事だった。そのうえ大気はひどく汚染されていて、人間の体組織もうまく適応していたとは言えなかった。その結果、一隊はいつも疲労し、病に罹りやすくもなっていた。

妊婦は出産時に亡くなったが、赤ん坊は生き残った。赤ん坊は一隊の聖なる至宝となった。各自の心のパタゴニア人特有の強烈な親的気質を刺激したからである。

少しずつ入植地の人数は病や暴風や噴煙ガスにやられて減っていった。それでも、彼らはやがて環境と折り合えるようになり、頑張ることで快適な生活を得られるようになった。それなのに、繁栄するにつれて団結心は弱まった。気質の違いが危ういものになりはじめた。男たちのあいだから二人の隊長が、というより隊長とその批判者が現われた。遠征隊の最初の隊長は、新しい状況に対処するのにひどい無能ぶりを見せ、結局自殺していた。そこで一隊は二等航海士を隊長に選んだ。満場一致の選出だった。一隊のもうひとりの生来の隊長候補は、若い生物学者で、まったく異なるタイプだった。この二人の関係は人間の未来の歴史を方向づけるのに重大であったので、それだけでも研究にあたいするが、ここでは二人を一瞥するだけにしよう。絶え間ない緊張下に置かれていたときは、航海士の権威は絶対だった。なにをするにも彼の先導と勇敢な手本を頼りにした。しかし厳しさがゆるまった時代に、不必要と思われる規律を強いる隊長に対して不平不満が起こった。隊長と若い生物学者とのあいだに敵意とも愛情ともつかない奇妙な思いが生まれた。若い生物学者は、隊長に批判的ではあっても敬愛と讃嘆を失わず、一隊の生存は隊長の実践的な才にかかっていることを明言していた。

上陸してから三年後、共同体は人数と活力を減らしていたものの、狩猟や農耕や建築の日常を確立していた。三人のきわめて健康な幼児は、年長者を喜ばせ憤慨させもした。

安全になるとともに、航海士としての行動力は活躍の場を減らした一方、逆に科学者たちの知識はますます貴重になった。植物栽培と家禽(かきん)飼育は勇敢な隊長の守備範囲を超え、鉱物探査のときも彼は役に立たなかった。時が経つにつれて必然的に隊長をはじめとする航海士たちは冷静さを失い苛立つようになった。そしてついに、皆で船に乗りもっとよい土地を探索すべきだ、と隊長が告げると、深刻な論争が生まれたのだ。航海士たちは全員が拍手喝采したが、科学者たちは、一つには惑星にふりかかった災厄を明瞭に理解していたがゆえに、また一つにはそれにともなう苦難を嫌ったがゆえに同行を拒んだ。激しい感情がほとばしり出た。しかし両陣営とも数々の試練に耐えた互いへの敬意と共同体への忠誠心から節度を保った。それから突然、性の情念が火口(ほくち)から燃え上がった。満場一致で入植地の女王となり、隊長が崇めていた女性が、科学者のひとりと寝床をともにして独立を宣言したのである。隊長は二人に不意打ちをくらわせ、怒りの発作にかられてその若者を殺害した。小さな共同体はたちまち二つの武装集団へと分裂し、多くの血が流された。しかしながら、すぐにこの争いの愚かさと冒瀆性が、これら文明化された人類の数少ない生存者たちにも明らかとなり、話し合いののち重大な決定が下されたのだった。

一隊は離別することになった。若い生物学者に率いられた五人の男と二人の女から成る党派は入植地に残ることになった。隊長自身は残りの九人の男と二人の女とともに、よりよい土地を求めてヨーロッパへと航海する運びとなった。できるなら翌年には便りを送る約束がなされた。

このように決定されると、二つの党派はふたたび友好的になった。全員が開拓者たちの旅支度のために働いた。ついに出発のときが来て厳粛な別れとなった。誰もが苦渋に満ちた葛藤が終わったことに安堵（あんど）したが、安堵よりも痛切だったのは、聖なる事業のもとでかくも長く同胞であった人たちへの身を切られるような愛惜であった。

それは想像以上に重大な別れであった。というのは、この一件から、ついには二つの異なる人類種が生まれることになったからである。

あとに残った人びとは流浪者たちからなんの便りもなかったので、結局彼らは災難にあったのだと結論した。しかし実際には彼らは西および南西へと押し流され、今や火山の密集地と化したアイスランドを過ぎてラブラドル半島へと辿り着いていた。途轍もない嵐と激変した海を抜けるうちに彼らは半数近くを失い、ついには船の操縦がままならなくなった。最後に岩だらけの海岸に座礁したとき、首尾よく上陸したのは大工見習いと二人の女と猿のつがいだけだった。

彼らはシベリアよりもはるかに蒸し暑い気候のなかにいた。それでもシベリアと同じく、ラブラドル半島の高地には植物が豊かに繁茂していた。ひとりの男と二人の女は、最初は食べ物を見つけるのにひどく苦労したが、そのうちに果実や根を食べるように自らを適応させた。しかしながら、年月が経つうちに、気候は彼らの精神性を徐々に損ない、子孫は卑しき野性状態へと低落し、しまいには祖先が人間だったというだけの類型へと退化した。

小さなシベリアの入植地の方は、今や窮地に陥っていたが心は一つだった。科学者たちは計算により地球は数百万年経たないと常態に戻らないと確信していた。というのは、最初の地表での災禍の猛威はすでに終息していたが、中核部の鬱積した巨大エネルギーが噴火口からすっかり漏れ出るまでには幾百万年を要するからであった。隊長はきわめて幸運にも天才的な男であり、自分たちの状況をこう理解した。シベリアの海岸の外縁部を除けばこの惑星は何百万年も棲息に適さないままだろう。人類は長年月にわたり非常に限られた厳しい環境を運命づけられてしまった。せいぜい望みうることは、文明化された人間性のほんのわずかな残りを存続させ、それをより好ましい時代が到来するまで眠らせることだった。このような目的を念頭に置きながら、一隊は人数を殖やし、子孫のために文化生活を幾らかでも可能にしてやらねばならない。とりわけ、パタゴニアの文化について覚えている限りのことをなんらかの永続的な形にして記録しなくてはならない。「わたしたちは胚芽(はいが)なのです」と隊長はいった。「安全にふるまい、時機を待ち、人間として継承すべきものを保存しなくてはなりません。形勢はわたしたちには圧倒的に不利ですが、それでも勝ち残るかもしれないのです」

そして実際に彼らは勝ち残った。はじめは幾度も絶滅しかかったが、これらわずかな数の疲れ果てた人びとは人間性の活気を保った。彼らの生活を細かく調べれば、強烈な個々人のドラマが浮かび上がる。というのは、一つの肢(あし)を構成する数々の筋肉のように、彼らを結束させた聖なる目的にもかかわらず、皆がさまざまな気質をもつ個人であったからだ。そのうえ子どもたちは、親としての愛に飢えていた年長者たちのあいだに嫉妬を引き起こした。これら幼い者たち、人類という茎に芽生えた数少ない貴重なつぼみの歓心を買おうと、控え目な、ときに露骨な対立が生まれた。そのうえ教育をめぐっては著しい見解の相違があった。あらゆる年長者が、子どもたちを子どもらしいというだけで溺愛したのだが、少なくともひとりだけ、一隊の先見的な隊長は、子どもたちをもっぱら人間的神霊の潜在的な器として、彼らの大いなる役目のために厳しく鍛錬すべきだと考えた。この目的と気質の止むことなき対立のなかで、その小さな社会はちょうど肢体が筋肉の拮抗によって機能するように、その日その日を生きていったのだった。

一隊の大人たちは長い冬の余暇の大半を、人間の全知識の概要を記録するという果敢な作業に捧げていた。この作業は隊長には価値があったが、他の者にとっては多くは退屈だった。ひとりひとりに特定の文化圏が割り当てられた。誰かが一項目を考えついて石板に書き記すと、それは一同の批評を受けるために提示され、最後には固い石の銘板に深く刻まれた。そのような銘板が幾年か経つうちに何千となく作成され、そのために周到に準備されていた洞窟に収蔵された。こんなふうに、地球と人間の歴史についてのなにがしかと、物理学、化学、生物学、心理学、幾何学の概要が記録された。それぞれの筆記者は自身の専門的な研究の要約をやや詳しく書き留め、存在についての自分なりの観点がかかわる私見を書き添えた。絵を用いた巨大な辞典と文法書にかなりの工夫が施された。それがあれば遠い未来にこの収蔵資料全体を理解してもらえると期待したのである。

幾年もの時が流れたが、その間もこの人間思想の壮大な記録化はなお続けられた。入植地の創設者たちは、次の世代の最年長者が未だ若年のうちに弱っていった。二人の女性のうち、ひとりは死に、もうひとりはほとんど不自由な体となっていたが、どちらも母性にかかわる務めの犠牲になったのだった。若者がひとり、幼児がひとり、さまざまな年齢の少女が四人、今や人間の未来は彼らの肩に掛かっていた。不幸にして、これらのかけがえのない存在（もの）たちは、自分たちのかけがえのなさそのものに苦しんでいた。彼らの教育は失敗だった。彼らは甘やかされ、抑圧されてもいた。彼らには良すぎると思えるものは何もなかったが、愛情と教育に押しつぶされそうだった。なので、彼らは年長者とは距離を置き、押し付けがましい理想にも倦（う）むようになった。崩壊した世界に同意もなく連れて来られたのだと、ありそうもない未来への重圧的な義務の受け入れを拒んだ。狩猟、そして開拓者時代の日々の闘争が、彼らの神霊にとっては、勇気、互いへの忠誠心、互いの人格への関心を培うための十分な修練となった。彼らは現在のため、そして実体のある現実のためだけに生きようとしたのであり、伝え聞かされる文化のためだけではなかったのである。とりわけ堅い石板に果てしなく無用な言葉を刻んでいく難行を嫌悪した。

最年長の少女が肉体の成熟の敷居をまたいだところで危機が訪れた。隊長は少女に、ただちに子を産む義務がある旨を告げ、自分の息子である腹違いの兄と性交するよう命じた。最後に出産があったとき、それにより命を落とした母親の助産婦を務めた少女はそれを拒否した。強要されると、少女は銘板彫りの道具を棄てて逃げた。これが最初の深刻な反抗だった。二、三年もすると、年長世代の権威が失墜した。より活発で、危険で、陽気で、無鉄砲な新しい生き方は、結局は共同体の安寧と組織の水準を下げてしまったが、健康と活力は格段に増大した。植物栽培や牧畜の実験は顧みられなくなり、建物は修理されなくなったが、狩猟と探検において目覚しい達成を企てるようになった。余暇は危険と戦略にかかわる遊びに、また踊りや歌や冒険物語にあてられた。実際、音楽と冒険は今やこの存在たち(もの)のより洗練された本性の主要な表出であり、おぼろな宗教的体験の表現手段となった。年長者たちの知性主義は嘲弄された。現実性について、つまりは多面的で、片時も同じではない、見事なまでに一貫性を欠き、絶え間なく活動する〈現実〉について、彼らの貧相な科学がなにを語りうるのか。人間の知性は常識の世界で狩猟をしたり農耕に勤しんだりする分には申し分ないが、常道を外れてしまえば、砂漠に投げ出され、魂は飢えてしまうだろう。人間は自然な衝動のままに進むがいい。心のなかに生きている若き神を保つがいい。論理ではなく美として姿を現わそうともがき続ける不条理な闇の生命力と自由に戯れるがいい。

銘板を刻むのは今や老人だけになった。

しかしある日、男子児童がパタゴニア人の思春期を迎えると、アザラシの尻尾のような後肢に好奇心を掻き立てられた。老人らはおそるおそるその子を励ました。その子は他の生き物も観察し、惑星における生命のドラマの全体を目の当たりにし、老人たちが捧げてきた大義に忠誠心を抱くようになった。

そうこうするうち、教育が失敗したところで、性的で親的な本性が勝利を収めた。若者たちは当然のように愛し合い、ほどなく幾人もの子どもたちが生まれた。

かくして、世代を重ねるにつれて、小さな入植地は、さまざまな成功、さまざまな活気、さまざまな未来への忠誠心を維持した。人口は状況の変化に合わせて変動を繰り返し、男二人と女ひとりの最低数にまで落ち込んだが、徐々に二、三千人にまで増えていった。彼らの海岸地区の食糧供給力ではそれが限界だった。結局、自然環境は物質的な生存をはばみはしなかったが、精神は低落していった。シベリアの海岸地帯は南方を火山だらけの森によって区切られた熱帯地であり続け、その結果とうとう各世代の精神の活力と繊細さが衰退した。こうなったのは、おそらく一部には血縁の交配が進みすぎたからだった。それでも、この要因はよい結果をもたらしもした。精神の活力は萎えたけれど、ある種の望ましい特性が強固になったのである。その集団の創設者たちは第一期人類種の最良の血統を代表していた。堅忍不抜と勇気、生来の忠誠心、強烈な知的好奇心をもとに選抜されていた。結果的には段々と低落はしたものの、人類は生き残っただけでなく好奇心と集団意識を保持した。人間の能力が縮減したときですら、理解への意思と民族としての団結心は残った。人間と宇宙についての考えはしだいに荒削りの神話へと低落していったが、未来へ向けての、今は神聖なる石の図書館――急速に理解できなくなりつつあった――に対する強烈で不合理なまでの忠誠心は保たれた。何千年どころか何百万年ものあいだに、人類という種が自らの本性を著しく変化させたあとも、精神的な勇気への漠然とした讃美、高貴な過去についての混乱した伝統、なおいっそう高貴な未来へ向けての情緒的な忠誠心は残った。なによりも内紛が稀になったので、それは民族の統合と調和を維持しようとする明確な意思を強めることにのみ奉仕するようになったのである。

人類の未来へと波及することになる影響についてはは観察するだけにとどめて、今は大急ぎで〈第二次暗黒時代〉について概観しなくてはならない。

2 〈第二次暗黒時代〉

幾世紀か経るにつれて、大暴発をもたらした鬱積エネルギーは消散していったが、隆起した火山の大群が鎮まるまでには何十万年もかかり、惑星の大部分がふたたび生命の故郷となったのは、何百万年も経ったあとだった。

この期間に数々の変化が起こった。大気は以前より明るく清らかになり穏やかになった。気温が下がるにつれて、北極の諸地域に霜や雪を見かけることが多くなり、そのうち氷冠が再形成された。その間、増大する内部圧力が地殻のひずみを大きくするお決まりの地質学的過程が、諸大陸を変化させはじめた。南アメリカはそのほとんどが地下の爆発で崩れて穴だらけとなっていたが、新しい土地が隆起してブラジルとアフリカを陸続きにした。東インド諸島とオーストラリアは地続きの大陸となった。チベットの巨大山塊は深く沈下して地盤を波打たせて西へと延びていき、アフガニスタンに圧力を加えて海抜四万フィート近い連峰へと変えた。ヨーロッパは大西洋に沈んでしまった。川という川はもがき苦しむ蠕虫(ぜんちゅう)のように大陸のそこここで身をよじるように流れを変えた。

新たな沖積地帯が形成された。新しい地層が新しい大洋の底で次々に堆積した。生き残ったわずかな北極地方の種から新たな動植物が発生し、アジアからアメリカにかけて南進した。新しい森と草原地帯に多種多様な特殊化を遂げたトナカイの子孫とおびただしい齧歯類（げっし）が登場した。これらの種を北極ギツネの大型あるいは小型の子孫が捕食し、そのなかから一種、オオカミもどきの大型動物が新しい自然の秩序のもとで急速に「百獣の王」となり、もっとゆっくりと進化した北極グマの子孫に取って代わられるまで君臨し続けた。ある種のアザラシの属は古代の陸生の習慣に戻っていたが、海岸沿いの砂丘でヘビのような細長い体形と、敏捷でくねるような移動様式を進化させていた。この動物は砂丘で捕食する齧歯類に忍び寄るだけでなく巣穴まで追いつめたりもした。鳥は至る所にいた。古代の動物相が潰滅して空白になった生息場所の多くは、飛行を放棄して歩行の習性を発達させた鳥たちで今やいっぱいだった。大火災によって全滅しかかった昆虫は、のちに急激に増殖し、きわめて多様な類種を再形成したので、すぐにも太古にほぼ匹敵する繁栄を遂げた。それ以上に急激だったのは、新種の微生物群の定着だった。総じて、地球の全動植物のあいだで大きな習性の変化があり、結果的に古い身体-形態が新しい生き方に適応した新しい形態に重なることになったのだった。

人間の二つの入植地は非常に異なった道をたどった。ラブラドル半島の入植地は、より蒸し暑い気候に抑圧され、人間文化を維持しようという、シベリアにいた頃の意思も支えとならずに動物状態へと低落した。しかし結局は、西部全体をおびただしい部族で満たした。アジアの人間たちは千万年に及んだ〈第二次暗黒時代〉をとおして人口は一握りにとどまった。海の浸入により彼らは南方からは切り離された。入植地が密集していた古代のタイミル半島は一つの島の北の岬となったのだが、その島の海岸地帯はかつてエニセイ、下ツングースカ川、レナ川が流れる太古の谷の辺縁部だった。気候が緩和するにつれて、家族の一団が島の南岸へと拡大していったが、海に阻まれた。温暖な気候条件のおかげで、ある程度の文化水準は回復できた。しかし彼らには新しい温和な自然から十分な利益を得る能力はもはやなかった。それまでの長年月に及んだ酷熱の状況が彼らをむしばんでいたからだ。そのうえ一千万年もの〈第二次暗黒時代〉が終盤に向かう頃、北極の気候が彼らの島へと南下してきた。穀物は不作となり、主要な家畜であった齧歯類が減少し、数少ないシカの群れは餌不足で絶滅した。少しずつ彼らは北極の未開人類の単なる生き残りへと堕したのだった。それから彼らは百万年はそのままだった。心理的には無能であり、技術革新の力をほぼ完全に失っていた。山々の聖なる石切場が氷に閉ざされると、谷から石を採って利用する才覚もなかったので、骨で道具を作るだけで済ませていた。言語は重要な行動を指示する二、三の唸り声と、やや複雑な感情表現の方法へと退化した。感情的にはこの生き物たちは未だにある程度の洗練を保っていた。そのうえ彼らは、知的革新の力をほぼ完全に失ってはいたものの、本能的な反

タイムスケール 2

前スケールの100倍。
明らかに極めて不正確。

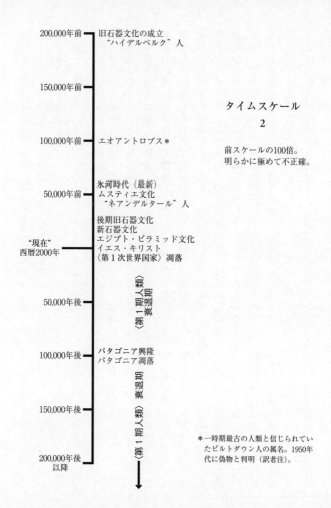

200,000年前	旧石器文化の成立 “ハイデルベルク”人
150,000年前	
100,000年前	エオアントロプス＊
50,000年前	氷河時代（最新） ムスティエ文化 “ネアンデルタール”人
	後期旧石器文化 新石器文化 エジプト・ピラミッド文化
“現在” 西暦2000年	イエス・キリスト 〈第１次世界国家〉凋落
50,000年後	〈第１期人類〉衰退期
100,000年後	パタゴニア興隆 パタゴニア凋落
150,000年後	〈第１期人類〉衰退期
200,000年後 以降	

＊一時期最古の人類と信じられていたピルトダウン人の属名。1950年代に偽物と判明（訳者注）。

応はもっと啓発された知性も認めるものであることが多かった。彼らはかなり社交的であり、ひとりひとりの人間的生活を心から尊重し、強い親性を示し、宗教にかなり熱心になることが多かった。

惑星の残りがふたたび生命に覆われて間もなく、パタゴニアの災禍から一千万年ほども経たぬうちに、これら未開人の一団が氷山に乗って漂流し、南方へと海を渡ってアジア大陸に流れ着いた。幸いなことだった。なぜなら北極の気象条件が厳しくなり、ほどなく島にいた人びとが死に絶えたからである。

生存者たちは新しい陸地に定住し、幾世紀もかけてアジアの中心へと広がっていった。繁殖力の弱い無器用な人類種だったので、人口増加は実にゆるやかであった。とはいえ、環境条件は今やきわめて良好であった。気候は温暖だった。ロシアとヨーロッパは今や大西洋の海流で暖められた浅海となっていたのである。北極グマの子孫である小型の灰色グマ、オオカミもどきの大型キツネの他には危険な動物はいなかった。多種多様な齧歯類やシカがたっぷりの肉を提供してくれた。あらゆる大きさと習性を持つ鳥がいた。樹木や果物や野生の穀物をはじめとする滋養豊かな植物が、豊富な水に恵まれた火山性の土壌で繁茂していた。そのうえ噴火が長びいたおかげで、ふたたび地殻の上層が金属を豊かにはらむようになっていた。

人間という種が一握りの個人から多くの諸民族へと殖えるのに、この新しい世界なら数十万年あれば十分だった。これらの民族どうしの紛争や交配があったり、しかも新しい火山性の土壌からある種の化学物質を摂取したりするうちに、人類はついに活力を取り戻したのである。

第七章 〈第二期人類〉の興隆

1 新しい人類種の登場

パタゴニアの災禍から一千万年ほど経った頃、二、三の人類種の最初の要素が生物学的な変異種の蔓延するなかから生じた。その多くは非常に貴重であった。この原料の上に新たな刺激的環境がおよそ数十万年かけて作用し、ついには〈第二期人類〉が現われた。

背丈が大きくなり頭蓋骨の容量も増しはしたが、これらの存在たちは大まかな均整において前の人類とまったく異なっていたわけではない。実際のところ彼らの頭部はその図体にしては巨大であり、首もがっしりしていた。手は大きかったが見事な形状をしていた。ほとんど巨人のような大きさは、見た目にも過度に頑丈な支えを必要としたのだが、脚は比率からすると以前の人類よりたくましかった。足は分岐していた指を失い、内部の骨を強く大きくすることで、さらに効率的な歩行の器官となっていた。シベリアに逃れて暮すあいだに〈第一期人類〉は濃い体毛を獲得していたが、〈第二期人類〉のほとんどの民族は存続期間にこの黄金色の毛深い容姿をいくらか保った。目は大きく、しばしば翡翠さながらの緑色であり、花崗岩の彫刻のようにしっかりとした顔つきをしていたが、よく動き、澄んでいた。第二の人類種については、〈自然〉がかつて遠い昔に実現した高貴でありながら不運であった類型——先史時代の洞窟生活者にして芸術家であった最初の人類種——をついに再現し、はるかに凌駕させたと言ってよいかもしれない。

〈第二期人類〉はその内部も以前の人類とは異なっていて、〈第一期人類〉が認識していた以上に妨げとなっていた原始の痕跡のほとんどを捨て去っていた。盲腸や扁桃腺などの無用の突起物がなくなっていたばかりか、全体の体組織も以前より堅固にまとまっていた。それぞれの化学的な有機構造も、その組織がよりよい修復状態に保たれているようであった。歯は以前に比べると小さく数も少なくなったが、虫歯にはほとんどならなかった。彼らの内分泌器官はそんな具合だったので、思春期は二十歳になってからであり、五十歳までは成熟することもなかった。百九十歳ぐらいになると精力が衰え、隠退して二、三年黙想の日々を過ごすと、ほんとうの老衰がはじまる前に必ずといってよいほど死を迎えた。あたかもそれは、ひとりの人間としての仕事が終わり、自らの全生涯を穏やかに黙想してしまうと、これ以上は心を寄せるものも、眠りを阻むものもなくなるかのようであった。母親は胎児を三年身ごもり、子どもには五年授乳し、この期間に加えて七年間は妊娠しなかった。だいたい百六十歳になると閉経した。彼女たちは伴侶と同じく大きな体格をしていたが、〈第一期人類〉からすると実に恐るべきティターン女神のように思われたことだろう。しかし初期の半‐人間的な存在たちですら、卓越した生命力だけでなく輝くばかりの人間味ある表情のゆえに、第二期の人類種の女性たちを讃美したことだろう。

〈第二期人類〉は気質の上ではかつての人類とは奇妙なほど異なっていた。同じ因子を有していても比率が違っていたし、個人の考え抜かれた意思にはずっと従順だった。性の活力は蘇っていた。ただし性的関心は不思議なくらい変化していた。異性と肉体的・精神的に接触するときの太古の歓びの核のまわりに、あらゆる種類の生き物に特有の身体的・精神的形式について、生来的に性衝動が昇華されたものであるがゆえに強く感覚に訴える鑑賞態度が今や生まれたのだった。生来の性的関心がこんなふうに拡張されるのを想像するのは、器量の小さな存在にとっては困難である。というのは、彼らにとっては、最初はひたすら異性に向けられる情欲的な賞讃が、獣や鳥や植物の身体と神霊がかかわるあらゆる美に対する適切な態度となることが明白ではないからだ。親的な関心も新しい人類種には強烈にあったが、それも過度に普遍化されていた。それは助けが必要と考えられた存在すべてに向けられる、強烈な生来の関心と献身となっていたのだ。

かつての人類の場合は、この情熱的で自発的な愛他主義は例外的な個人のなかにしか生まれなかった。しかしながら、新しい人類種においては、普通の男女なら誰もが愛他主義を一つの情熱として経験した。しかし同時に、原始的な親性は、所有欲を抑えた客観的な愛へと加減されており、それは〈第一期人類〉が進んで信じる気にはとうていなれないほど非常識なものだった。自己主張にも大きな変化があった。以前は人間のエネルギーのかなり多くが、一個人として他の個人に対する自身の優先を主張することに向けられ、寛大さもほとんどが根底では利己的なものであった。しかし〈第二期人類〉にあっては、もっとも身近な動物を他の動物よりも擁護するような競争的な自己主張は、大幅に抑制された。以前であれば、社会の主要な事業は、その擁護者の利己主義に結びつけることができなければ決して遂行されなかっただろう。しかし〈第二期人類〉においては、その役まわりは逆転した。単なる私的な目的のためにわざわざ最後の最後まで全力を尽くす者は、その目的によりなんらかの公共事業的な関心や意義が得られるのでない限りほとんどいなかった。ひとりの人間に闘争心を掻き立てることができたのは、個々人から成る世界共同体と、共同体内での自らの役割にかかわる当人の洞察だけだった。なので〈第二期人類〉が〈第一期人類〉と異なっていたのは、外見的肉体の特徴よりは内面にあったのである。両人類種がなによりも違いを見せたのは、世界市民主義への生来の適正においてであった。部族も国家も存在した。戦争を知らないわけでもなかった。しかし原初の時代にあってさえ、個人のもっとも真摯な忠誠心は人類全体へと向けられた。敵に対して衝動的に温情を抱くので戦争は起きようがなく、その結果それはいささか暴力がかった競技会へと退縮し、親睦のための乱痴気騒ぎで締めくくる傾向があったのである。

これらの存在(もの)たちのもっとも強い関心が社会にあったというのは正しくないだろう。国や国家、ましてや世界連邦と呼ばれる抽象概念を尊ぶ傾向はまったくなかった。なによりも特徴的な要素は、単に群れて住むだけでなく、なにか新しい、つまりは個々人の実際の多様性とか、個人の成長にかかわる理想といった、人間性に対する生来の関心であった。彼らには自分の仲間を固有の欲求を持つ比類ない個人として鮮明に直観する驚くべき能力があった。以前の人類は互いにほとんど克服できない神霊的な孤立に苦しんでいた。恋人どうし、また人格への特殊な洞察力をもつ天才ですら、かつては互いについての正確な洞察を得ることがおよそできなかった。ところが、より強烈で正確な自己意識を有していた〈第二期人類〉は、より強烈に、そして正確に互いのことを意識していた。こんなことができたのは、特異な能力ではなく、ひたすらより素早く互いに関心を抱き、より洗練された洞察力と、さらに活発な想像力を用いたからである。

彼らには高度な精神活動というか、むしろそのような活動の捉えがたい目標に対する著しい関心が生まれつき備わっていた。子どもたちですら自分たちの世界と自身のふるまいへの真に美的な関心だけでなく、科学的探究と一般化を本能的に好む性向があった。たとえば、幼い男の子たちは、卵や水晶のような物の蒐集だけでなく、卵や水晶の種々の形状、あるいは貝殻や葉や若葉や茎の節に見える無数の規則性を表現する数学的公式に喜びを見いだした。そして豊かなおとぎ噺が語り継がれており、その魅力は哲学的な難題に根差したものだった。〈イルージョン〉と呼ばれる哀れな存在がいかにして〈リアルの国〉から消えてしまったか、一次元の〈ライン氏〉がどうやって二次元の世界に目覚めたか、そして景色が音だけから成り、生き物すべてが音楽である不思議な国において、勇敢な若き楽音がいかにして不協和音の野獣を打ち倒し、旋律の花嫁を勝ち得たのかとか、そのような話に小さな子どもたちは嬉しそうに耳を傾けた。〈第一期人類〉は厳しい学校教育を受けて科学や数学や哲学への関心を抱くようになったが、〈第二期人類〉の場合には、こうした活動への、原始的な本能に劣らないくらい活発な嗜好を生まれつき有していた。もちろん子どもたちの学習が免除されたわけではない。先行人類がより慎ましい領域でのみ楽しんでいたこれらの問題に、同じ熱意と才能を向けたのである。

かつての人類種の場合、実際、神経組織はかなり不安定な統合体として維持されていたにすぎず、下位の器官の一つが暴走すると、すべてが混乱してしまう傾向があまりにも強かった。しかし第二の人類種における最上位の中枢は、下位の器官のなかであっても絶対ともいえる調和を維持した。かくして刹那の衝動と熟慮された意思とのあいだの、さらには私的関心と公的関心とのあいだの道徳的な葛藤は、〈第二期人類〉においては重要ではなかったのである。

実際的な認知能力においても、この恵まれた人類種は先行の人類種をはるかに凌駕していた。たとえば、視覚はかなり発達していた。〈第二期人類〉は色彩スペクトル上の緑と青の中間に新たな原色を識別したが、青を超えた先には、赤みがかった青ではなく、ここでも新たな原色を見たが、その原色は赤みを増しながら旧来の紫外の識域へと溶け込んでいった。これら二つの新しい原色は補完的関係にあった。スペクトルの一方の端の赤外線を彼らは特殊な紫として認識した。さらに網膜がかなり大きくなり、桿状体と円錐体が増加したことにより彼らは視野のかなり微細な部分をも識別したのである。改善された識別力は、驚くほど豊かな心象一般と結びついて、新しい状況の特性を洞察する能力を著しく増加させた。〈第一期人類〉の生来の知能が増大するのは十四歳まででであったが、〈第二期人類〉の場合は四十歳まで伸長した。かくして標準的な大人なら〈第一期人類〉のもっとも聡明な知性ですら時間をかけて推理をめぐらせないと解決できない問題を即座に透察する能力があった。この卓越した精神の明晰さのおかげで、第二の人類種は先行の人類種をつまずかせた宿年の混乱と迷信のほとんどを回避できたのである。そして偉大な知能に加えて意思の著しい柔軟性があった。実際〈第二期人類〉は、もはや正当化できない慣例を打破する能力に関しては〈第一期人類〉よりもはるかに進んでいた。

ようするに、環境が非常に高貴な人類を生み出したのである。本質的にはそれはかつての人類と似た類型ではあったが、大幅な改善が施されていた。〈第一期人類〉が長期の学校教育や自己修練を経ないことには達成できない事柄の多くを〈第二期人類〉は実に楽々と、そして嬉々として遂行した。とりわけ〈第一期人類〉には達成できない理想であった二つの能力、すなわち、どこまでも冷静沈着な認識力と、隣人を無条件にわがことのように愛する能力は、今や普通の個人なら誰もが実現していたことだった。実際、この点では〈第二期人類〉は「生まれながらのキリスト教徒」と呼んでかまわなかった。そんなわけで彼らは、容易に、そして変わることなく、イエスの流儀で互いを愛し続け、社会政策を全面的に慈愛で染めた。生涯の早い時期に愛の宗教を胸に抱き、最期を迎えるまで、さまざまな形で何度もそれに取り憑かれた。一方、冷静沈着な認識の才能のおかげで、速やかに運命を讃えるようにもなった。厳密な思想家として生まれついていたため、とりわけ自らの愛の宗教と運命への忠誠心とのあいだの葛藤に心を乱されがちではあったのだ。

今や人間の神霊の勝利と迅速な進歩の舞台が整ったように思われたとしても無理はない。ところが、第二の人類種は最初の人類種に現実的な改善を施した結果ではあったが、精神の次なる大躍進を遂げるために不可欠なある種の能力が欠落していたのである。

そのうえ、その卓越性そのものに〈第一期人類〉ならほとんど免れていた新たな欠陥が一つ含まれていた。慎ましい個々人の生活においては、英雄的な努力だけが各自の運命を停滞や低迷から救い出して新領域への道を開くことのできる機会が幾つもある。〈第一期人類〉の場合には、このような努力は自己への情熱的な関心によって奮い起こされた。そして一方向へと闇雲に押していく無数の利己主義の大波に乗ることによって、第一の人類種は前へと導かれていった。ところが、繰り返しになるが、〈第二期人類〉にあっては、自己愛は支配的な動機とはならなかった。社会への忠誠心、あるいは私的な愛の呼びかけがあってはじめて個人は死に物狂いの努力へと駆りたてられた。賭けによる前進が単に自分のためだけになると思われるときはいつでも、事業よりは平和を、自己愛の奴隷になるよりは、スポーツや仲間との交際や芸術や知の喜びを好む傾向にあった。それゆえ結局のところ〈第二期人類〉は〈産業化と軍事主義でかつての人類を苦しめた〉権力や個人的見栄の欲望とほぼ完全に無縁であった点では幸運であり、たいていは高度な文化水準に立脚した牧歌的平和を長く享受したが、完全に自覚的な惑星支配へ向けての進歩は奇妙なまでにゆるやかだった。

2　三つの人類種の交差

二、三千年ほど経つと、新しい人類種はアフガニスタンからシナ海に至る地域を満たし、インドへ広がり、さらには新しい南洋州（オーストラレーシア）大陸にまで浸透していった。その進攻は軍事的と言うより文化的だった。新しい人類種が普通には交配できなかった〈第一期人類〉の生き残りの部族は、自分たちの周辺や上位に押し寄せてきた高度な文化に対応できなかった。彼らは消えた。

さらに数千年間〈第二期人類〉は高貴なる野蛮人の位置にとどまり、牧畜から農業の段階へと急速に移っていった。この時代に彼らは新しく巨大なヒンドゥークシ山脈を越えてアフリカを探索するために遠征隊を送った。その地で何百万年も前にシベリアから出航した船の乗組員たちの末裔である亜-人類種に遭遇したのだった。これらの動物たちはアメリカを縦断するように南下し、新しい〈大西洋地峡〉を渡ってアフリカへと進入していたのだ。

優越人類種の膝ほどの高さまで小型化し、さほど頻繁ではないにせよ、腕を使って歩行するために体形が曲がり、頭部が平たく鼻が長くなったこれらの生き物は、今や人類というよりヒヒに似ていた。それでも野生状態にありながら嗅覚にもとづいた実に複雑な組織を階級制度のなかで維持していた。嗅覚は実際のところ知能を犠牲にして発達していた。かなり不快であるがゆえに神聖視されていたある種の臭いを、ある種の病を患った者たちが放っていた。そのような者たちは仲間たちに敬意をもって扱われた。実際には病のせいで衰弱していたのだが、かなり恐れられてもいたので、健康な個人は誰もあえて反抗しようとしなかった。特徴ある臭いそのものに高貴さの等級がつけられていたため、それほど不快ではない臭いしか出さない人びとは、肉体に腐敗が広がり吐き気をさそう最悪の臭いを放つ人びとに敬意を抱いた。この疫病は生殖活動を刺激するという特別の効果をもたらした。この事実があったからこそ、彼らは敬意を払われ、その人類種に途轍もない繁殖力をもたらしたのだ。この繁殖力のおかげで、彼らは疫病を患い知的に鈍重であったにもかかわらず二つの大陸に満ちあふれたのだった。疫病は致命的だったが、発病はゆっくりだった。そのうえ病状がかなり悪化した者は自力で生きられなかったから、健常者による献身的な介護を受け、健常者も自分が感染すれば万々歳となったのである。

しかしこれらの被造物たちに関してなによりも驚くべき事実は、彼らの多くが他の種の奴隷となっていたことである。〈第二期人類〉がさらにアフリカへと突き進んで行くと森林地域に到達し、そこで小型の猿の群団に侵入を阻まれた。この地域では愚鈍で受動的な下位人類に対するいかなる干渉も、猿たちの怒りを買うことが、すぐにも明らかになった。しかも猿たちは原始的ながら弓と毒矢を用いたものだから、彼らの敵対行為は侵入者たちにはひどく不都合となった。武器などの道具の利用と、戦闘に臨んでの目覚ましい協調ぶりからすると、この類人猿は知能の点では人類以外の全生物をはるかに凌駕していた。実際〈第二期人類〉は、今や多才ぶりでも実践面での敏捷さでも、人間と競い合うまでに進化した唯一の地上種に対峙していたのである。

侵入者たちが進行してくると、猿たちが亜-人類種の群れをすべて駆り集め、目の届かない場所へと追い立てるのが観察された。これら家畜化された亜-人類種には、その野生の血族が感染する疫病に完全な免疫があったが、この点でもその健康な苦役者たちはひどく軽蔑されていることが分かった。亜-人類種は猿たちによって荷役用の獣として調教され、その肉はかなりの嗜好食品となっていることが判明した。枝を編んで作った樹林都市が発見されたが、どうやら建造中のようだった。亜-人類種が猿たちに先端に骨の矢尻のついた槍で突かれながら材木を引きずって高所に引き揚げている最中だったのである。猿たちの権威が力よりは威嚇によって維持されていることも明らかだった。猿たちは珍しい芳香性の樹液を体に塗りたくり、それで哀れな家畜を恐怖におとしいれ、卑屈な従順を余儀なくさせたのだった。

さて、侵入者はほんの一握りの開拓者だった。火山活動期に地表に現われた金属を求めて山脈を越えてきたのだった。友好的な人類種だったので、猿たちに敵意を感じるどころかその習慣や器用さを面白がった。しかし猿たちは強大な生き物が存在しているというだけで腹立たしかったので、ただちに木の梢に何千と集まり、毒矢で一行を壊滅させた。ひとりだけが助かってアジアへと逃げ帰った。二年後に彼らは大勢を連れて戻ってきた。しかし今回の遠征は懲罰のためではなかった。温和な〈第二期人類〉には奇妙なくらい怒りが欠けていたからだ。森林地帯の周縁に居を定めて、彼らは小さな樹上民との意思疎通や物々交換を画策したので、しばらくすると彼らは煩わされることなく縄張りに入り、大規模な冶金学関連の調査をはじめることができた。

　これら非常に異質な知性体どうしの関係を綿密に調査すれば、学ぶところは多いだろうが、今はその余裕はない。自分たちの領分では猿たちはおそらく人類よりも俊敏な知性を備えていたが、ごく限られた範囲でしか知能は機能しなかった。自分たちの欲望をより満足させるための新しい手段を探すときは器用なところを見せた。しかし自己批判は皆無だった。通常の本能的欲求の上に数多くの因襲的な欲望を発達させていたが、そのほとんどは風変わりであり有害でもあった。他方〈第二期人類〉は、しばらくは猿たちに出し抜かれることが多かったが、結局は比較にならぬほど有能で正気だったのである。

　二つの種の違いは金属への接し方に歴然と見て取れた。〈第二期人類〉が金属を探したのは、すでに十分に発達を遂げていた文明をひたすら存続させるためだった。ところが猿たちははじめて輝く鋳塊(インゴット)を見たとき心を奪われてしまった。生来的に優秀であり物質的にも豊かだからと、猿たちは侵入者たちをすでに憎悪しはじめ、今やこの嫉妬は原始的な貪欲さと結びつき、銅や錫(すず)の金属板は彼らの目には力の象徴となったのである。侵入者たちは仕事を邪魔されぬように、籠や壺や特別あつらえの小型の道具などの自国の品物で調査料を支払った。ところが、原鉱を目にすると、猿たちは自分たちの土地のこの高貴な産物の分け前を要求してきた。これは快く承諾された。アジアから物品をもってくる必要がなくなったからだ。だが、猿たちは金属を実際に必要としているわけではなかった。死蔵するばかりで、ますます貪欲になった。外出の際に苦労して大きな鋳塊(インゴット)を抱えていない者には敬意が払われなかった。しばらくすると、金属板を持っていないと実際に不作法と考えられるようになった。両性が会話するときには、この上品さの象徴を常に用いて生殖器を隠したのだった。

猿たちは金属を手に入れるたびに、それをますます欲しがるようになった。貯蔵品の所有をめぐる紛争で血が流れることが多くなった。しかし、この内輪もめは最後には金属の外部流出を全面的に阻止するために結束する動きへと変わった。入手した鋳塊(インゴット)は侵入者を追い払う有効な武器に用いてはどうかとまで提案する者がいた。この方策は却下された。原鉱を製錬できる者がいなかっただけでなく、そんな神聖な物を戦闘に用いるのは卑しいことだという点で意見が一致したからである。

侵入者を排除しようという意思は亜‐人類をめぐる論争を機に高まっていった。これら卑しい存在たちは主人たちに実にむごい仕打ちを受けていた。彼らは酷使されただけでなく、冷酷な責め苦を受けていたが、それは厳密には残忍さへの欲望というより、奇妙なユーモア感覚、すなわち不条理への歓喜によるものだった。たとえば、これらの家畜たちに、今ではかなり不自然なものになっていた直立の姿勢で労働をさせたり、排泄物どころか子どもまで食べるよう強要して、奇妙にも無邪気な度を越した快楽を味わったのだ。このような責め苦に亜‐人類が滅多にない反抗をすると、猿たちはそのようなユーモアの欠如に対して侮蔑的な怒りを爆発させるばかりで、他者の胸中を推し量ることができなかった。実際は互いを思いやり寛大でもあったのだが、自分たちどうしでもユーモアの小鬼が反乱を起こすことがあった。ある個人がなんらかの問題で仲間に誤解されると、必ず大はしゃぎの虐めを受け、苛まれて死ぬことも多々あった。とはいえ、苦しめられたのは、もっぱら奴隷‐人類種だけだったのだ。

侵入者はこの残忍な愚行に激怒し、思い切って抗議した。猿たちにはその抗議が理解できなかった。優越者への奉仕に使役されないのであれば、家畜はなんのためにあるのか。奇想の美を讃えることができない侵入者たちは繊細な精神の能力が乏しいに違いないと、猿たちが考えたのは明らかだった。

この他にも摩擦が生じたため、ついに猿たちは勝手放題にやるためにある手段を考え付いた。〈第二期人類〉は親縁種であるみじめな亜-人類の病にひどく感染しやすかった。この事実が判明した伝染病を、彼らは徹底的な隔離だけで防疫していた。猿たちは、一つには復讐心から、一つには混乱に対する邪悪な歓喜ゆえに、今やこの人類種の弱点につけ込むことに決めた。人間にも猿にも好まれるある木の実が、その土地の僻地に生育していた。すでに猿たちはこの木の実を余剰の金属と物々交換するようになっていた。開拓者の〈第二期人類〉はナッツを積んだ商隊を自国へと送る手筈を整えていた。この状況に猿たちは好機を見いだした。猿たちは家畜化されなかった亜-人類の群れで流行っていた疫病で大量の木の実を念入りに汚染した。汚染ナッツの商隊は速やかにアジアの全域に散っていった。これらの病原菌にまったくはじめて接した人類がこうむった影響は悲惨だった。開拓地だけでなく、その人類種の大半が死滅した。亜-人類自身は病原菌に適応しており、むしろそれにより急速に繁殖した。より繊細な組織体となっていた人類の場合はそうはいかなかった。彼らは秋の枯れ葉のように死んだ。文明は砕け散った。二、三世代も経つと、アジアには一握りのちりぢりの野蛮人が棲息するだけとなっていたが、ひとり残らず病に冒され、ほとんどが障害者であった。

しかしこのような災禍にもかかわらず、人類の潜在的な力は変わらなかった。二、三世紀が経つうちに人類は感染を払拭し、文明へと再上昇しはじめた。さらに幾千年か経って、開拓者たちがもう一度山脈を越えてアフリカへと侵入した。妨害はなかった。例の類人猿の知能の覚束なげに明滅する炎は、ずっと以前に消えていた。猿たちの体は金属の重荷に、心は金属への妄執に耐えきれなくなったため、ついには家畜の亜-人類の群れが支配者たちを駆逐し壊滅できたのだった。

3　〈第二期人類〉の絶頂

およそ二十五万年のあいだに〈第二期人類〉は繁栄と没落を繰り返しながら推移した。高度な文化へと向かう彼らの前進は、これほど聡明な人類に期待してしかるべき着実さと勝利をともなうものとは言えなかった。個人としても人類種としても、もっとも慎重な予測をも裏切る不測の事態が発生する可能性は高すぎるくらいある。たとえば、〈第二期人類〉は、その最盛期には北極の気候が南のインドにまで及んだ「氷河期」によって長いことかなり動きを阻まれた。徐々に押し寄せてきた氷は諸部族を半島の末端へと追い詰め、彼らの文化をエスキモー族の水準にまで衰退させた。もちろん、やがて回復はしたのだが、結局は他の災禍にも苦しめられた。しかしなによりも壊滅的だったのはバクテリアの蔓延だった。比較的最近になって発達し高度に有機化されたこの人類種の体組織は、とりわけ病に敏感だったために、将来性のある未開文化や「中世風」文明が疫病のせいで消滅したのも一度ならず幾度もあった。

しかし〈第二期人類〉に降りかかったあらゆる自然災害のなかで最悪だったのは、彼ら自身の体組織に内因性の変化が生じたことだった。太古の剣歯虎（サーベルタイガー）の牙が大きくなりすぎて結局は摂食行為がままならなくなったように、〈第二期人類〉の脳が身体よりも大きくなる恐れがあったのだ。もともと十分な容量があった頭蓋骨のなかで、この稀有なる自然の産物は今やますます窮屈になっていたが、その一方で、かつて十分機能していた循環器系が相当狭苦しくなって体組織への血液供給ができなくなる傾向が増しつつあった。この二つの原因がついには深刻な結果をもたらしはじめたのだ。先天的な弱さは、あらゆる種類の後天的精神病とともに、ますます一般化していった。数千年ものあいだ人類はかなり不安定な状況に置かれ、絶滅しかけたり、物理的自然がとりわけ良好だった地域では途轍もない文化を急速に実現したりしていた。こうした不安定な神霊のひらめきの一つは揚子江（ようすこう）の峡谷に生じたのであるが、それは神経症者や天才や知的障害者が多く暮していた都市国家群の、突然の、そして束の間の輝きであった。この文明が残した不滅の遺産は、人間と宇宙における現実性と潜在性の違いについての認識に特徴づけられる輝かしい絶望の文学であった。のちにその人類種が最盛期の栄光を達成したとき、存在の根源的な恐怖を想起するために、彼らは過去からの、この悲劇的な声についてじっくり考えることを常としたのである。

その間に脳はますます膨張し、人類の崩壊が進んでいった。最後にこの第二の人類種のより安定した変種が登場しなかったら、疑いもなく人類は単に自身の生理的進化の致命的結果として剣歯虎（サーベルタイガー）の道を辿ったことだろう。頭蓋の容量がさらに大きくなり強靭な精神をもつ類型がはじめて登場したのは、〈第二期人類〉がずっと以前にアフリカを経由して広がった北アメリカにおいてであった。大きな幸運によって、この新しい変種は、メンデルの法則でいう優性形質を有することが判明した。そしてこの新しい変種が古い変種と自由に交配することで、ほどなく優れて健康な人類種がアメリカに満ちあふれた。その人類種は救われたのだった。

とはいえ〈第二期人類〉が絶頂期を迎えるまで、もう十万年が必要だった。人間交響曲のこの楽章は、大いなる豊かさを帯びたものではあったが、これについて長々と語るわけにはいかない。不可避的に数多くの主題がかつての人類種が辿った歴史のなかから、しかし今度は特別の形をとって反復され、いわば短調から長調へと移調された。ふたたび原始的な諸文化が次々に継起したり、あるいは未開もしくは「中世風」の文化へと移行したりした。そうかと思えば、没落したり変革されたりした。実際に二度この惑星は不慮の災難により壊滅するまで何千年も続く単一の世界共同体の本拠地となった。崩壊はそれほど驚くべきことではなかった。〈第二期人類〉には以前の人類種と違って石炭も石油もなかったからだ。〈第二期人類〉のこうした初期世界における社会には、機械の力がまったく欠けていた。結果的に、世界的な規模を有し複雑ではあったが、それらの共同体はある意味で「中世風」だったのである。あらゆる大陸において、集約的で高度な技術を用いた農業が、谷間から山の中腹へと、さらには灌漑された砂漠を覆うように拡大していった。植物がはびこった菜園都市では、市民たちがそれぞれ労働を分担し、見事な手工芸品を生業にし、歓楽や瞑想のための余暇を楽しんだりもした。五つの大陸共同体の内部の、そして共同体間の交通のためには、馬車や商隊や帆船が維持されなくてはならなかった。実際、帆船は今や往時の地位を取り戻し、かつての水準をはるかに超えていた。船尾と船首に彫刻を施し、滑らかな舷側にはイルカをあしらった、乗客でいっぱいの、赤い帆を掛けた木造の大型快走船が、あらゆる海域において、あらゆる土地の作物と、外国人に混じって休暇年度を過ごす多くの旅行客を運搬した。

機が熟すると、高度な知能に恵まれ、反社会的な自己愛とは無縁であった人類種が、機械の力に頼らずとも、相当なことを達成できていた。それなのに避けがたく終わりが訪れた。腺組織の微妙な混乱をもたらすウイルスが、いまだに生理学に無知だった人類にまったく悟られることなく世界中に不可解な疲労感を蔓延させたのである。幾世紀か経つと、農業は山々や砂漠から引き揚げ、手工芸は劣化し、思考は陳腐化した。そして大規模な無気力が大規模な失望をもたらした。とうとう国どうしが相互の接触を失い、互いを忘れ、自らの文化を忘失し、野蛮な部族へと凋落した。ふたたび地球は眠りに就いた。

病が勢いを失って幾千年か経ってから、幾つもの大きな民族が別々に興隆した。ついにこれらが接触したときには、互いに違いすぎたためか、流血をともないながらも、それぞれの民族のなかで困難な文化的革命が起き、その後はふたたび世界を一つのものとして意識できるようになった。ところが、この第二の世界秩序は二、三世紀しか存続しなかった。奥深い潜在意識に違いがあったせいで、諸民族が互いへの心からの忠誠を保持できなかったからだ。最後には宗教が誰もが求めながら誰も信頼しなかった統合の役割を担った。果敢な一神教の国家が曖昧な汎神教の世界に自らの信仰を強要しようとした。〈第二期人類〉は最初で最後の世界規模の内戦へと踏み込んでしまった。戦争は宗教性を帯びたため、前例がないほど残虐になった。粗末な兵器と狂信で武装した二つの市民軍が相互殺戮に走った。田畑は荒廃し、都市という都市が焼失し、河川が、ついには大気までもが毒に染まった。劣等な人類種であれば気力をなくすような恐怖のピークが過ぎたずっとあとになっても、これら勇猛な狂人たちは破壊を組織的に行い続けた。最後に避けがたく崩壊が訪れたときには、それは完膚なきものになっていた。感受性の鋭い一人類種のなかで、ついにあらゆる精神に浸透しはじめた痛烈な悟り、人類的神霊への背信という圧倒的な感覚、闘争全体の悲しい喜劇性がすべての活力をむしばんだ。数千年のあいだ、〈第二期人類〉は世界-共同体を再興することはなかった。それでも彼らは教訓を得たのである。

〈第二期人類〉の第三の、もっとも長く続いた文明は、第一の文明の栄光の中世主義を繰り返し、それを乗り越えて聡明な自然科学の段階へと移行した。化学肥料が穀物生産を増大させ、その結果世界の人口が増加した。風力や水力は人間や家畜の労役を補う電力へと変えられた。ついには、いくつもの失敗を経て、火山や地中のエネルギーを利用して発電機を駆動できるようになった。二、三年のうちに文明の物理的な性格全体が変貌した。それでも、こうして産業化へと猪突猛進の移行を遂げるときに、〈第二期人類〉は古代のヨーロッパやアメリカやパタゴニアの誤りを回避した。これは一つには優れた共感の才のおかげであった。それにより宗教戦争という大きな逸脱のときは別にして、彼らは皆、実に生き生きと互いを同胞として受け容れるようになったのだ。しかしまた一つには、イギリス人以上に実際的な常識を、富の魔力に惑わされないロシア的免疫、そしてギリシア人ですら知らなかった精神生活への情熱と組み合わせたからである。鉱業と製造業は、潤沢な電力があっても、昔と変わらず楽とは言えない職業だった。それでも個々人はあらゆる個人の生活への生き生きとした共感により理解し合えていたので、私的な経済力への妄執は、ほとんどというか、まったくなかった。産業化の悪を回避しようという意思は、誠実さゆえに効果をもたらしたのである。

〈第二期人類〉の文化の絶頂期には個々の人間的人格への敬意が行き渡っていた。とはいえ、同時代の個々人は目的としても手段としても、つまりははるかな未来のさらに豊かな個人へ向けての一段階として考えられた。〈第二期人類〉自身は先行の人類種より長命であったのに、人間の寿命の短さに、そして理解と賞讃を待望する個人の達成が自身を取り巻く無限に比べると些末であることに、いたたまれずにいた。したがって彼らは、もっと長い自然の寿命を有する人類を生み出そうと決意した。もう一度言うが、彼らは先行の人類よりはるかに深く互いにかかわり合っていたのであるが、それぞれの精神が他者の理解を損ねる歪曲や誤謬に対する絶望感につきまとわれていた。先行の人類種のように、彼らは自我意識と他我意識のより素朴な諸段階のすべてを、そしてさまざまな様相を有する人格の理想化を経験していた。野蛮な英雄、冒険的な英雄、繊細かつ敏感な英雄、飾り気のない親切な英雄、退廃的な英雄、穏やかな英雄、厳しい英雄を賞讃していた。そして個々人はなんらかの様式を帯びた人格の一つの表現であるが、他のあらゆる様態にも敏感であるべきだというのが、彼らの結論だったのである。理想の共同体では、それぞれの比類ない個人が仲間全員の体験をテレパシーを介して直接理解することにより一つの精神へと織り込まれるべきだとさえ考えた。そしてこの理想の十全な達成は不可能と思われたがために、闇、精神的な一体性への熱望、孤独への恐怖の糸が、彼らの文化全体に織り込まれたのであるが、それははるかに孤立していた先行の人類種を決して深刻には悩ませるものではなかったのである。

こうした一体化の熱望はその人類種の性生活に影響を及ぼした。まず第一に、彼らの体質においては精神的なものは生理的なものと密接に関係していたので、精神どうしの真の合体がないときは、性交しても妊娠に至らなかった。気軽な性関係は、それゆえより深い情交を表わす関係とはかなり異なると考えられるようになった。そうした関係は、多くの優雅さ、気楽なやさしさ、ふざけ合い、そしてもちろん肉体的な陶酔をもたらす生活の喜ばしき刺繍として扱われたが、最高の友人どうしの喜び以上のものにはならないと考えられた。精神どうしの結婚があるときは、ただし現実の霊的交わりの情熱のさなかにあるときに限られたが、性行為はほとんど常に懐妊へと結びついた。親密な人どうしはしばしば避妊しなくてはならなかったが、知り合い程度ならその必要はまったくなかった。そして心理学者たちのもっとも有益な発明の一つは、確実に、無害に、美的感覚を欠如させることなく、意のままに懐妊したり避妊したりするための自己暗示の技術だった。

〈第二期人類〉の性道徳は、〈第一期人類〉に知られていた段階を残らず経験したものだった。とはいえ、彼らが単一の世界-文化を確立した頃には、前例のない形態を帯びていた。男女双方とも自らを豊かにするために必要なだけ性交渉を持つよう奨励されただけでなく、神霊的一体化のより高度な水準からは厳格な一夫一婦婚が非難されたのだった。というのは、このような高次の性的一体性のなかに、彼らが普遍化しようと望んだ精神どうしの霊的交わりの象徴を見たからである。かくして、愛する者が愛する相手に与えることのできるもっとも貴重な贈り物は、処女性ではなく性の経験だったのである。それぞれの男女が以前に経験した性的で神霊的な他者との睦み合いから貢がれるものが多ければ多いほど、性の一体性は実り多くなると感じられた。とはいえ、原理的な一夫一婦婚は賞讃されなかったが、高次の一体化が実際には生涯にわたる配偶者として連れ添う結果となることもあった。平均寿命は〈第一期人類〉よりもずっと長かったので、そのような予想外に永続した一体性も、たいていは故意に相手を替えてしばらく中断し、それから活力を新たにして縒りを戻したのだった。その一方で男女の集団が一つの永続的な結婚の混合体を維持することがあった。そのような集団はひとり、もしくは数人を他の集団と交換したり、あるいは集団そのものが他の集団へとすっかり分散したり、何年か経ってから豊かになった経験を帯びて再集団化したりすることがあった。どちらにせよ、この「集団どうしの結婚」は、より大きな世界への活発な性的関与の拡張として大いに称揚された。〈第一期人類〉のあいだでは、寿命が短かったためにこのような新しい形の一体化は不可能だった。というのは、明らかに、いかなる性的関係も神霊的関係も、親密な親交を三十年以上続けなければ、豊かな発展を遂げることはなかったからだ。〈第二期人類〉の最盛期の社会体制を吟味するのは興味深いことだろうが、この主題だけでなく、この人類種が先行の人類種を凌駕したときの聡明な知的達成についてすら語る時間はない。〈第二期人類〉の自然科学や哲学についてなにを報告しても、この本の読者には明らかに理解不能だろう。〈第二期人類〉は〈第一期人類〉を間違った抽象へと、さらには小賢しく未熟な形而上学へと導いた誤謬を回避した、と述べるにとどめておこう。

〈第二期人類〉がシベリアの偉大な石の蔵書の遺跡を発見したのは、〈第一期人類〉の科学と哲学の最良の業績を凌駕したあとのことだった。エンジニアの一団が地下のエネルギーを探索するべく杭を打ち込もうと準備していた最中に、偶然それにぶつかったのである。石板は砕け散り、ばらばらになり、風化していた。それでも、少しずつ、それは図解辞典の助けを借りて復元され解釈された。発見物は〈第二期人類〉にとって非常に興味深いものであったが、その興味はシベリアの一隊の意図とは違って、科学や哲学の真理の蔵ではなく、生き生きした歴史的文書としてのものであった。石板に記録されていた宇宙観はあまりに単純で作為的であったが、これらがかつての人類種の精神にもたらした洞察には測り知れないものがあった。旧世界に関するものは、火山活動期を過ぎて残存したものが皆無に近かったので、〈第二期人類〉はこのときまでは先行の人類種について明瞭な姿を想い描くことができずにいたのである。

この考古学的な宝のなかに歴史的な関心以上のものが一つだけあった。シベリアの小隊の生物学者の隊長が〈聖なる少年の生涯〉の聖典を記録していたのである。記録の終わりにはパタゴニアに大混乱をもたらした預言者の最後の言葉が記されていた。この主題は〈第二期人類〉にとっては十分に意味深かったが、実際には最盛期の〈第一期人類〉にとっても同様であったのだ。とはいえ〈第一期人類〉にとっては「少年」が説いた冷静なエクスタシーは、経験的な事実というよりは理想であったが、〈第二期人類〉はその預言者の言葉に自分たちがなじんでいた直観を看て取った。はるかな昔、揚子江の諸都市において虐げられていた天才たちが、これと同じ直観を表現していた。そのあとに、もっと健康な世代もそれをひんぱんに経験していたのだが、いつもある種の羞恥心をともなっていた。病的な精神性と結びつけられていたからである。しかし今では、それは健全なことだとする募りゆく確信とともに、〈第二期人類〉はそれについての健全な表現を手探りしはじめていた。はるか過去の若き使徒の生涯と最後の言葉に、彼らは完全には不適切とは言えない表現を見いだした。その人類種はほどなくこの福音を切に求めることになったのである。

世界-共同体は、ついにはある種の完成と均衡に到達していた。社会の調和や繁栄や文化的装飾から成る最盛期が長く続いた。その最盛期に到達した段階の精神になしうることのほとんどが遂げられたかに思われた。長命で、熱心で、歓喜を分け合う存在(もの)たちが、幾世代も存続した。人類は全力を集中して新たな精神圏へと飛翔すべき時機が到来したという感情が広く行き渡っていた。人類の今ある類型は粗雑で矛盾だらけの自然的所産でしかないと認識されていた。人間は自らを制御し、より高貴なパターンをもとに自らを再創造すべきときだった。このような目的を視野に置き、二つの偉大な仕事が、すなわち、人類の理想へ向けての探索と、人類を創り直すための実際的な手段の探索がはじまった。あらゆる国の個人は、自分自身の私的生活を送り、互いに歓び合い、社会組織を生気と活力にあふれるものに保ちながら、自分たちの世界共同体がついにこの英雄的な仕事に着手するのだという思いに深く心を動かされていた。

しかし太陽系の別の惑星においても、非常に異質な生命体が、独自の不思議なあり方で、人間には理解できなくても根底では同じような独自の目的を追い求めていた。そしてほどなくその二つは出会うことになるのだが、協力し合うことはなかった。

第八章　火星人類種

1　火星人類種、最初の侵入

かつてはヒンドゥークシ山脈であった新しい巨大山脈の裾野の小丘に、さまざまなレジャー施設があり、そこにアジアの若い男女が魂を一新させるために高山の危険や苦業を求めてやって来た。人間がはじめて火星人を見たのはこの地域であり、夜が明けて間もないときだった。早朝の散策をしていた人びとは、空が形容しがたい緑の色合いを帯び、雲もないのに昇る朝日が弱々しいのに気がついた。その様子を観察していた人びとは、やがてその緑色が千もの小雲へと凝集し、小雲と小雲の隙間に澄んだ青空が見えてきたので驚いた。双眼鏡を覗くと、それぞれの緑の斑点には、かすかな赤い核と、かつての人類には不可視であった赤外線が一群のスペクトルを形成している様子が見えてきた。これらの異常な雲の斑はどれも大きさがほぼ同じであり、最大のものでも見かけ上は月ほどの大きさもなかった。形状はかなり多様であり、やや似ている自然の巻雲よりも急速にその形状を変えているのが見えた。実際、形状や動きはかなり雲に似ていたが、それらの特徴や行動には生命を示唆する決定的ななにかが存在してもいた。実際顕微鏡で見る原始的なアメーバを強く彷彿させるものがあったのである。

全天にそのような小雲が散在していたが、ここかしこに切れ目なく緑が密になっているかと思えば、まばらなところもあった。しかも動いているのが観察された。空全体を覆う群体は、地表を見おろす、雪をいただいた峰々の一つに向かって一斉に流れていた。ほどなく先頭の個体群が山頂に辿り着き、アメーバのように悠然と岩肌を這い降りているのが見えた。

そうこうするうち、二機の電気駆動の飛行機が、その奇怪な現象を近くから調査しようと空を駆け上がった。飛行機は漂う小雲のあいだを抜け、実際に数多くの小雲を突っ切ったが、妨害はまったくなく視界を遮られることもほぼなかった。

山には厖大な数の小雲が集まり、断崖や雪原を下り、高地にある氷河の峡谷へと這い降りていた。氷河が低地へと急激に落ち込む地点で、前衛の小雲が速度を落として停止すると同時に多数の同胞小雲がどんどん溜まって密になった。半時間ほど経つうちに全天がふたたび通常の雲を残して晴れ渡った。しかし氷河の上には異常に濃い色の固まって見える雷-雲があり、あとは淡い緑色が沸き立つように動いていた。数分が経つと、この不思議な物体は収縮してやや小さくなり、色も濃くなった。それからふたたび前進し、氷河の端の絶壁を過ぎて松の木で覆われた谷へと移動した。そのとき中間の尾根によって第一発見者たちから見えなくなった。

谷をくだった先に村があった。村人の多くは密集した神秘的な煙霧が自分たちへと向かってくるのを見ると、機械の乗り物に乗って逃げたが、何人かは好奇心からそれを待ち受けた。彼らはここかしこに赤い色合いの奇妙に明滅する光線を放つ、濃いオリーブ・ブラウン色の霧に呑み込まれた。ほどなく漆黒の闇となった。人工の光はほぼ手の届くあたりで見えなくなった。呼吸が困難になった。喉や肺がひりひりと痛んだ。誰もがくしゃみや咳の激しい発作に襲われた。雲は村を突っ切るように流れ、不規則な圧力を物に与えるように思われたが、必ずしも一斉に一方向に移動するとは限らず、ときには逆方向に進むこともあり、あたかも人間の体や壁を手づるに押し分けるように進んでいるかのようであった。二、三分すると霧が晴れた。まもなくそれは村を過ぎ、あとには煙のような物体の切れっ端が、脇道に絡まって置き去りになり、わずかに残っているだけだった。しかしながら、すぐにこれらも鮮明になり、本体に追いつこうと急ぐように思われた。

喘いでいた村人たちは、幾らか回復すると谷の下方の小さな町に無線連絡し、臨時避難するよう急かした。そのメッセージは広域電波ではなく信号電波で送られた。その電波はたまたまその有毒物体のなかを通過しなくてはならなかった。メッセージが送られているあいだは雲の進軍は止み、輪郭もぼんやりと不規則になった。雲の断片群は風に煽られて、ちりぢりになった。メッセージが終わると雲はふたたび鮮明になり、十五分は動かずにいた。このとき町からきた十人ほどの大胆な若者たちが、好奇心から暗い色の物体へと接近した。若者たちが谷間の湾曲部でこれと対峙すると、すぐに雲は急速に収縮し、ついには家ほどの大きさになった。今や雲は不透明な濃霧と本物のゼリーの中間のような姿を見せ、若者たちの一行が勇気を出して二、三ヤード以内に近寄るまでじっとしていた。彼らは明らかに怖気づいた。引き返すのが見えたからである。ところが、三歩も退かぬうちに、長い吻（ふん）がカメレオンの舌の俊敏さで本体から飛び出て若者たちを絡め取った。それはゆっくりと引っ込められ、若者たちはひとまとまりにされて吸い寄せられた。その雲というか、ゼリーは、数秒激しく震えたかと思うと、若者たちの肉体を咀嚼（そしゃく）された一つの塊に変えて吐き出した。

その殺人的な物体は今や道路を押しあいへしあい町へと進み、最初にぶつかった家屋を倒壊させ、あちらこちらにさ迷い、まるで溶岩流のように、行く手に現われるものを片っ端からなぎ倒した。住民たちは逃げ出したが、幾人も嘗（な）め尽くされ虐殺された。

そのとき強力な光線が近隣の全施設から雲をめがけて放射された。雲の破壊的な活動が弱まり、ふたたびばらばらになり膨張しはじめた。やがてそれは巨大な雲の柱のようになって流れるように天空へ昇った。かなりの高さでふたたび拡散し、当初の緑の小雲の群れとなったが、明らかに数は減っていた。これらの小雲は一様な緑色へと薄まっていき、だんだんと消えていった。

こうして火星から地球への最初の侵入は終わった。

2 火星の生命

わたしたちの関心は人類にある。火星人については人間とのかかわりでしか興味がない。とはいえ、この二つの惑星の悲劇的な交流を理解するために、火星の諸条件を一瞥し、今や人類の故郷をわがものにしようとしている、途方もなく異質でありながら基本的には似ている存在（もの）たちについてなにがしかを思い描く必要がある。一つの世界全体についての生物学と心理学と歴史を数頁で記述するのは困難であるが、同じように火星の生命体そのものの人間としての真の姿を伝えることもやはり難しいだろう。いずれの場合にも、百科全書や膨大な資料が必要となるだろう。しかしどうにかして、異星人の苦しみや喜び、そして彼らが遭遇した地球人類より劣る点があり勝る点もある、この奇妙な非人類的知性を生み出した長年月の闘争の歴史を心に描いてもらう工夫をしなくてはならない。

火星は地球のおよそ十分の一の質量をもつ世界であった。したがって火星における重力の役割は地球の歴史における抑圧的ではなかった。火星の重力の弱さはその惑星の空気の層の希薄さと結びつき、大気圧を概して地球よりもはるかに軽くした。酸素ははるかに少なかった。水もどちらかといえば稀少だった。大洋も海もなかったが、浅い湖や沼地だけはあり、その多くは夏には干上がった。惑星の天候はおおむねかなり乾燥していたが、非常に寒冷でもあった。雲がなかったので彼方の微弱な太陽光線を受けた惑星は年中明るかった。

もっと多くの空気と水があり、惑星内部の熱でもっと気温が高かった火星史の初期に、生命が海岸近くの水域に発生し、地球と同じように進化し続けた。原始的な生命は基本的な動物と植物の類型へと分化した。多細胞の構造体が登場し、さまざまな様態で特殊化し、多様な環境に適応した。実に多彩な植物が陸地を覆ったが、幹が細い大型の羽毛状植物の森林を形成していることが多かった。軟体動物や昆虫のような動物が這いまわり、あるいは泳ぎまわり、ここかしこで信じられないような跳躍を見せたりした。いささか甲殻類に似てなくもない巨大な蜘蛛（くも）もどきの生物、あるいは馬鹿でかいバッタが、獲物を求めて跳びはね、惑星の支配を可能にする多様性と狡猾さを発達させていたが、それはかなりあとになって、かつての人類が地球の野生を支配することになるのとほぼ似ていた。

しかし一方で、大気の、とりわけ水蒸気の急激な消失により、こうした初期の動植物相の適応の限界をはるかに超えて火星の条件が変わりつつあった。同時に、きわめて異質な種類の活力に満ちた生物体が、その変化による恩恵をこうむっていた。地球と同じく火星においても、生命は多くの「亜生命的」形態の一つから生起していた。火星における新種の生物は、これらの亜生命的な分子組織をもつ別の形態から進化したものだったが、そのときまでは進化に失敗し、ときに動物の呼吸器系の器官のなかの稀少なウイルスとなる以外は、重要な役割を果たしていなかった。これら基本的な亜生命的組織単位は超-顕微鏡的な大きさであり、実際には地球のバクテリアどころか地球のウイルスよりもはるかに小さかった。もともとこの生物種は、毎年春には干上がり、焼け焦げた泥土や埃の窪地と化す沼地のような池で発生した。そんな生物種のなかに、埃の粒子とともに空中に運ばれ、きわめて乾燥した生活習慣を発達させたものがいた。その生物種は、風で運ばれる埃から得られる化学物質と、大気中のごく微量の湿気を吸収することで自分たちを維持していた。植物とほぼ同じく光合成のために太陽光を吸収してもいた。

このあたりまでは、その生物種は他の生き物と似ていたが、別系統の生物が進化を開始した刹那に失っていた一種の能力を有してもいた。地球の生命体や地球型の火星生命体は、神経系、あるいは器官どうしの別の形の物理的接触によって生命統合体としての自己を維持していた。そのもっとも発達した形態においては、途方もなく複雑な神経「電話」システムにより、身体のあらゆる器官と大きな中枢交換局である脳が結びついていた。かくして、地球においては、例外なく単一の生命体が連続した物質的システムを成しており、それによりある種の形態上の一貫性を維持した。ところが、火星特有の亜生命単位からは、行動を調整したり意識を統合する器官どうしの物質的な接触を必要としない、きわめて異質な複合生命体が進化した。これらの結果が得られたのは、きわめて異質な物理を基礎にしていたからだった。超-微視的な亜生命要素は、あらゆる種類のエーテル的振動に対する直接の感受性をもっていたが、それは地球の生物ではありえないことであり、おまけに振動を起こすこともできた。これを基礎にして、火星の生命はついに生物としての連続性を有さない単一の意識個体として生体組織を維持する能力を進化させた。そういうわけで、典型的な火星の生命体は一つの小雲というか、「集団-精神」の支配下で自由に動きまわる構成要素の集まりとなったのである。しかし、ある生物種においては、個体性が、なんらかの目的のもと、個々の小雲ではなく、幾つもの小雲から成る巨大な流体組織に内在するようになった。それが地球に侵入した単一の精神を有する火星生命体の大群だったのである。

火星生命体が頼りにしていたのは、いわゆる「電話」配線ではなく、機能に応じて種々の波長を送受信する移動式の「無線中継局」の巨大な雲だった。単位体の放射はもちろん微弱であった。しかし単位体から成る巨大システムは、かなり離れていても、気ままに動く部分どうしの連絡を維持することができた。

もう一つ別の重要な特性が、火星の支配的な生命形態を特異なものにした。ちょうど地球の生命形態において細胞がしばしばその形状を変える力を有するように（筋肉活動のメカニズム全体がそれに由来する）、火星の生命形態においても、単独で自由に浮遊する超微細な単位体が、自身のまわりに磁場を生成し、近くにいる個体に反発したり引き寄せたりするように特殊化したのかもしれない。こうして物質的にはばらばらの単体から成るシステムは、ある種の凝集力を帯びたのだった。その密度は煙‐雲と濃度の足りないゼリーの中間ぐらいであった。それは絶えず輪郭を変えながら堅固であり反発力のある体表を有していた。構成単位群の相互反発力が密集することにより、それは周辺の物体に圧力を及ぼすことができた。そしてそのもっとも密集した形態にあっては、火星の雲‐ゼリーは巨大な力を持つことができ、その力で実に繊細な操作を行うこともできたのである。磁力は、雲全体が地面を覆う軟体動物さながらに動くときも、雲のなかで非生命物質や生きた単位体をあちこちへ移動させるときにも役目を担っていた。

亜生命的な単位体が生成する反発力と引力から成る磁場は、「無線」交信の電場よりもずっと限られたものだった。単位体から成る組織化されたシステムについても同様であった。そういうわけで、〈第二期人類〉が天空に目撃した小雲の一つ一つが動く単位体であり、同胞の全員との一種の「テレパシー」交信状態にあったのだ。実際、地球遠征のようなあらゆる公的事業において、完璧に近い意識の統合は巨大な放射作用の場の範囲内で維持された。それでも全群体が小さな比較的周密な雲-ゼリーへと収斂するときに限り、それは単一の磁力駆動型の単位体となったのである。火星生命体が三つの可能な形態、つまりは編隊を形成した点は注目にあたいする。一つは「テレパシー」交信をし、しばしば集団精神として厳密な統合体を形成する、独立した低密度の小雲群から成る「開放的秩序」。二つ目はより密集した防護力のある一体的な雲。三つ目は極度に密集した恐るべき雲-ゼリーである。

これらの顕著な特性を別にすると、火星に特有の生命形態と地球に特有の生命形態のあいだには、実際根本的な違いはなかった。前者の化学的基盤は後者のそれより幾らか複雑であった。セレニウムがある種の役割を果たしていたが、地球生命にはそれに相当するものはなかった。そのうえ火星の生命体は動物と植物の二つの機能を生体内に完備しており、その点では比類ないものであった。しかしこれらの特性を別にすると、この二種類の生命は生化学的には同じだった。両者とも大地からの物質を必要とし、日光が欠かせなかった。それぞれが自らの「肉体」のなかで起きる化学変化によって生きていた。もちろん、それぞれ有機的な統合体として自らを維持する傾向があった。実際には繁殖という点である種の違いがあった。火星の亜生命単位体は成長と分裂の能力を保持していた。そういうわけで、火星生命体の雲は、親雲内部の無数の単位体から成る亜-分体から誕生し、それから新しい個体として放出された。単位体はさまざまな機能へと高度に特殊化していたので、多くの類種の代表種が新しい雲へと移行しなくてはならなかった。

火星での進化の最初期には、単位体は増殖のために分裂すると、すぐに互いから独立した。それでものちになって、放射線を発するという、それまでは役に立たずに未発達だった力が特殊化し、その結果、増殖したあと自由な個体どうしが放射作用による接触を続け、ますます協力的にふるまうようになった。なおものちになって、これら組織化された集団そのものは自らの子孫である集団とも放射作用による接触を保ち、こうして特殊化した成員から成るより大きな個体群を形成した。それぞれが複雑化していくにつれて放射作用の及ぶ範囲は大きくなり、ついには火星における進化の絶頂期に、惑星全体（他の淘汰された動物と植物の代表種は別にして）が、単一の生命と心理を有する個体となることがあった。しかしこれが起きるのは、その種全体にかかわる問題が生じた場合に限っていた。多くの場合、火星生命体の個体は〈第二期人類〉を最初に仰天させたような小雲だった。それでも大きな公的危機に臨んでは、それぞれの小雲は突然自分が種全体の精神となっていることに目覚め、多くの個体を感じ取り、自らの感覚作用を種全体の経験に照らして解釈した。

火星を支配した生命は、こんなふうに特殊化した単位体から成るきわめて訓練の行き届いた軍隊と、単一の精神に取り憑かれた本体との中間にある存在であった。それは軍隊のように、生命体としての統一を損なうことなく、いかなる形態を帯びることもできた。軍隊のように気ままに浮遊する単位体の雲になることがあるが、非常に特別な命令のもと特殊任務を遂行する気になることもあった。軍隊のように自由な経験をする個体から成っており、進んで訓練に身を委ねた。他方、軍隊とは違って一体的な意識に目覚めることもあったのである。

その人類種を全体として特徴づけていた個体性と複数性のあいだを同じように揺れ動くことは、小雲の一つ一つをも特徴づけた。それぞれが一つの個体となることがあり、より原始的な個体の群れとなることもあった。しかし、その人類種が十分な個体性をもつことはかなり稀であったが、一方で、小雲はよほど特殊な状況に置かれない限り個体性から逸脱することはなかった。それぞれの小雲は、特殊化した小集団から成る特殊化した集団の組織体であったが、それはまた逆に、亜生命的単位から成る、基本的な、特殊化した変種で構成されていた。自由に動きまわる単位体群から成る自由に動きまわる集団のそれぞれが、一つの特殊器官となり、全体のなかでなんらかの特殊な役割を果たしていた。たとえば、あるものは引きつけたり反発したりすることに、あるものは化学作用に、あるものは太陽エネルギーの備蓄に、あるものは放射作用に、あるものは水分の吸収や蓄積に、またあるものは力学的な圧力や振動、気温の変化、光線を検知するような感受性を持つように特殊化した。人間の脳の機能を遂行するように特殊化したものまでいた。小雲は全体として、異なる「器官」から発せられるおびただしい「無線」メッセージと実に多くの波長で共振した。これらのメッセージを過去の経験に照らして受信し、関連づけ、解釈し、さらには関連する器官にふさわしい波長で応答を用意することが「脳」単位体の機能であった。

これら亜生命的な単位体は、特殊化しすぎたわずかな類種は別にして、空中で発生するバクテリアやウイルスのように単独で生きることができた。そして組織全体の放射作用と接触を失ったときはいつでも、ふたたび制御下に置かれるまで自分自身の単純な生活を続けた。すべてが自由に浮遊する単位体であったが、通常は電磁場を有する小雲体の影響下にあり、あちらこちらで特殊な役割を指示されていた。そしてこのような影響下で、相互の関係のもと厳格に位置を定められる個体もあった。視覚器官の場合がそうだった。進化の初期段階では、微量の水滴を保持するように特殊化した単位体があった。のちにかなり大きな水滴を抱えるようになったが、何百万もの単位体は、互いのあいだに、なおも極微の、生命にもっとも貴重な液体の小球を抱えていた。最終的にはこの機能は視覚に適した価値を帯びた。雄牛の眼球ほどの水性のレンズは、単位体が足場となって維持された。一方、レンズが焦点を結ぶあたりには、単位体から成る精密な網膜が配されていた。こんなぐあいに火星人類種が好むがまま、あらゆる種類の目を、さらには望遠鏡を、それどころか顕微鏡までも、必要なときいつでも創出することができた。

視覚器官をこんなふうに創出したり操作したりするのは、もちろん人間の目の焦点機能のように多くは意識下にあるものだった。しかしあとになって、火星人類種は生理的過程を意識的に制御する力を著しく増大させた。これを達成することにより彼らは顕著な光学的成功を得たのである。

火星人類の心理について考察する前に、もう一つの生理的機能に注目しなくてはならない。十分な進化を遂げてはいたものの、未だ文明段階には達していなかった火星人類は、遠い昔に風で運ばれる火山由来の塵に自らの化学組成を依存することをやめた。代わりに夜間に地球の草地に立ちこめる膝ほどの高さの霧のように地面で休息をとり、管状に特殊化した単位体を小根のように地中へと突き刺した。昼間もある程度はこんなふうに過ごさなくてはならなかった。少し経つと、この過程はその惑星において衰退しつつあった植物生命をむさぼることにより補われた。しかしついに文明化した火星人類は、機械を用いたり自らの器官を人為的に特殊化したりして、大地と太陽光を活用する彼らなりの方法を大幅に改善させた。しかしながら、そうなりはしても、活動の幅が広がるにつれて、これらの植物的機能が彼らにとってより深刻な問題となったのだった。彼らは農業を実践したが、作物を実らせることができたのは、その不毛な惑星のごくわずかな地域だけだった。ついに火星人類が大遠征を決意したのは、地球に水と植物があったからである。

3　火星人類種の精神

火星人類の精神は地球人類とはかなり異なっていた——異なってはいたが根は同じだった。非常に奇妙な生体に宿った精神は、必然的に異質な願望と異質な環境認知の手段を備え持つことになった。かなり異なった歴史を経ていたので、人間とは非常に異なった偏見に染まって混迷していた。それでも、最後の拠り所として生命の維持と進化、そして活動的な能力の行使にかかわったのは精神であった。基本的には火星人類は、自らの肉体と精神を自由に働かすことに喜びを感じていた点で、他のどの生物とも変わりはなかった。とはいえ、表面的には肉体と同じように精神的にも人間とは異なっていた。

火星人類のもっとも際立った特徴は、人間と比べると、その個体性がきわめて分裂しやすい傾向にあり、同時に他の個体の精神へとじかに関与する、測り知れない能力を持っていたことである。人間の精神は固形の肉体のなかで統一性を保ち、あらゆる通常の環境のもとで各器官を制御し続けた。人間が精神や肉体の不協和に陥るのは病気のときだけだ。他方、人間は他の個体とはじかに交感できないし、個人が集まって「超-精神」を生起させるなど、まったく不可能なことだった。しかしながら、火星人の小雲は、物理的にも、また精神的にも、人間よりもはるかに容易に解体してしまうが、いつ何時でも種の知的精神として目覚める可能性があり、他のあらゆる個体の感覚器官を介して知覚し、全個体が関心を持つ問題については、いわばあらゆる個体の思考や欲望が合わさることで生まれる思考や欲望を経験するようになるかもしれなかった。しかし不幸にして、あとで語ることになるが、火星人類の共同精神は個体の精神より高次の位階へと目覚めることは決してなかったのである。

こうした火星人類と人間の魂の違いから特有の長所と短所がもたらされた。火星人類は人間の根深い利己主義や他者からの精神的孤立は免れていたものの、精神の一貫性、集中力、深遠な分析と総合、そしてやはり強烈な自己意識と絶え間ない自己批判を欠いていた。これは〈第一期人類〉でさえ最良の時にはある程度は達成しており、〈第二期人類〉の場合はなおさら発達していた。そのうえ火星人類は性格がほぼ同じであることが足枷となっていた。非の打ち所ない調和を保っていたが、ほとんど全面的な気質の上での同調によるものだった。互いに似ていることが全体の前進を妨げてもいた。そんな個人的性格の豊かな多様性を欠いていたのだが、その多様性により人間的神霊は非常に広範な精神性の領域を包含できたのである。実際こうした人間的本性の無限の多様性のゆえに、第一の人類だけでなく、ある程度は第二の人類においても際限なく無益で身を切るような個人的葛藤が不可避となったのであるが、共感力を発達させた個々人が、自分とは気質も思想も理想も異なる個々人との交流によって自らの神霊を豊かにすることも可能となったのだった。一方、火星人は内輪揉めや憎悪に煩わされることはほぼなかったが、愛情はほぼ完全に欠落していた。火星人は個人では忠誠の対象を賞讃し、完全に忠義を尽くすことができたが、その賞讃は自分自身と同じ精神の位階を有する具体的で唯一無二の性格の個体ではなく、せいぜい漠然と思い抱かれた「種の神霊」に向けられた。各個体は自分に似た個体を単なる「超-精神」の道具や器官とみなしたのである。各個体が全体的な放射作用の影響下、ひんぱんに目覚める人類的精神が、実際自分より高度な精神であったのなら、それが不都合なはずはなかった。しかしそうではなかった。それは小雲の知覚力や思考や意思の溜まり場でしかなかった。なので、火星人類のすばらしい忠誠心は、精神の器量ではなく容量の点だけで自分より大きなものへと費やされたのだった。

火星の小雲は、人間という動物と同じく複雑な本能をもっていた。それは昼となく夜となく、地中からは化学成分を、日光からはエネルギーを吸収する植物的機能を行使せざるをえなかった。空気や水も求めたが、もちろん、独自のやり方で処理した。自らの「生体」を動かすための、すなわち移動や操作のための、特徴的な本能由来の衝動もあった。火星の文明は、これらの「渇望」への捌け口を、農業の実践や、精妙で見事なまでに美しい雲-演舞や曲芸によってもたらした。これらの申し分なくしなやかな存在（もの）たちは、空中で旋回したり、荒々しくリズミカルな流れを描くように突進したり、絡みあうように螺旋を描いたり、寄り集まって不透明な球体や立方体や円錐などの、あらゆる幻想的な稠密体になったりして楽しんだのである。これらの動きや形状の多くは、自分たちの生命の営みにつながる強烈な情動的意味を帯び、宗教的な熱狂と厳粛さをもって繰り広げられた。

火星人類にも恐怖や戦いの衝動があった。遠い昔には、これらの衝動は同じ生物種の敵に向けられることが多かったのだが、種として統合されてからは、他の生物類型や非生物界を相手に実践するものとなった。もちろん、火星人類の本能的な群居性は、本能的な自己中心主義をなくした代わりに極端なまでに発達していた。性行動は火星人類には欠けていた。繁殖するのに伴侶は要らなかった。しかし人間の性に特有の、他の個体と物理的にも精神的にも融合して超-精神として目覚めたいという衝動は多分にあった。ある種の親的な衝動は知っていたが、それはほとんどその名にあたいしなかった。火星人個体は自身のシステムから過剰な生命物質を放出し、そうして形成された新個体と交信を確保しようとしたが、それは他の個体と変わるところはなかった。個性が芽生えつつある子どもに対する人間の献身など知らなかったし、男性気質と女性気質の微妙な交わりにも認識が及ばなかった。しかしながら、最初の地球侵入のときまでには、増殖はかなり制限されていた。火星の人口は満杯だったし、一つ一つの小雲は潜在的には不死であったからだ。火星人たちには「自然死」は存在せず、単なる老衰によって寿命が尽きることもなかった。通常小雲の成員は構成要素である単位体の再生によって際限なく自身を修復していた。実際には病が命とりになることが多かった。彼らのあいだでは地球の癌に相当する疫病があり、それを患うと亜生命的単位体は放射作用に対する感受性を失い、その結果、原始生命として生存を続け、際限なく増殖した。それが未感染の単位体にも寄生すると小雲の死は避けられなかった。

地球の高等な哺乳類のように火星人類には好奇心という強烈な衝動があった。文明化の結果、満たされるべき多くの実際的な欲望を抱き、物理学の実験や微視的な研究においては十分すぎる素養が生まれつき備わっていたので、自然科学でははるかに先を行っていた。物理学、天文学、化学、それどころか生命化学においても、彼らが人間から学ぶことはなにもなかった。

火星人類の知識の厖大な集成は何千年もかけて蓄積されたものだった。あらゆる段階が、そして時代ごとの達成が、植物由来のパルプを原料とした膨大な巻物に記録され、石造りの図書館に保管された。奇妙なことに火星人類は偉大な石工であり、地球ではまったくありえないような、繊細で今にも倒れそうなデザインの建物で惑星の大半を覆った。極地を除いては棲むための建物は必要なかったが、工房、穀倉など、あらゆる種類の貯蔵庫としての建物は火星人類にはかなり不可欠となっていた。そのうえ、これら極度に希薄な生き物たちは固形物を操ることに格別の喜びを見いだした。もっとも実用的な建築物ですら一種のゴシック様式あるいはアラベスク風の装飾や奇想で彩られたが、それらはエーテル状の生命体が固い岩から成る実体を自らの似姿へと力ずくで捻じ曲げたかのようだった。

侵入のとき火星人類はなおも知的な前進を続けていた。実際のところ、彼らが自分の惑星を離れることができたのは、理論物理学におけるある成果によるものであった。彼らは大気の最上層の微粒子が明け方と日没の時に太陽光の圧力により宇宙へと運ばれることを、だいぶ以前から知っていた。そしてついに、帆船が風を利用するように、その圧力を利用する方法を発見した。自分たちを超微細の単位体へと分散して、ちょうど船が竜骨と舵で水をとらえるように、太陽系の重力場をとらえる工夫をした。こうして彼らは超微細な船の大艦隊となって地球まで間切り走行することができた。地球の空に辿り着くと、彼らは小雲を再編成し、濃密な空気を掻き分けるように高山の頂まで遊泳し、遊泳者が水中の梯子を伝って降りていくように降下したのだった。

これが達成されたのは、とりわけ移動の途中や別の惑星で生命を維持するための、非常に精緻な計算と化学的発明がかかわっていたからである。それは物理世界について深遠で精確な知識を有する存在以外には、決してなしえなかった。とはいえ「自然の知識」については火星人たちは申し分なく進歩していたが、いわゆる「神霊的知識」のような領域では極端なまでに遅れていた。自分たちの精神性についてはほとんど理解しておらず、宇宙における精神の地位に関してはなおのこと無知であった。ある意味では高度に知的な種であったのに哲学への関心は微塵もなかった。〈第一期人類〉でさえ無駄に終わりながらも頻繁に対峙した諸問題に、取り組むどころか考えもしなかった。火星人類種にとっては、実在と現象の違い、一と多の関係、善と悪のあり方にはなんの神秘もなかった。自分たちの理想については決して批判しなかった。全身全霊をかけて火星人類の超-個体の進展を目標にしていた。しかし個であることについて、そしてその個体性の進展について深刻に考えることは決してなかった。火星人類の放射組織体とは無関係な存在に対しても義務があるとは、まったく考えることはなかった。かなり明晰であったのに、自己欺瞞については度しがたいほど能天気であり、ほんとうに望むものはなにかを見きわめるだけの洞察力をかけらも持っていなかったのである。

4　火星人類種の妄想

火星人類がどうやって自らを欺き、いかにして最後には狂気から回復したかを理解するために、彼らの歴史を瞥見(べっけん)しなくてはならない。

文明化された火星生命体は、ある生物種の唯一生き残った変種であった。この生物種自体は、はるか遠い昔に、同じ一般的類型の他の多くの変種と競争し、それらを絶滅させたのだった。気候変動にも助けられて、その生物種はより地球型に近い動物相をもほぼ壊滅させ、それにより植物を減少させたが、その後は植物が必要となり注意深く栽培するようになった。こうした種の勝利は、一つには多様性と知性、そして残虐な行為への顕著な嗜好を有し、一つには放射作用に対する比類ない能力と感受性によるものであったが、そのおかげでもっとも群居性の高い動物でも不可能なくらい協調的に行動できるようになったのだった。ところが、生物の歴史における他の種と同じく、勝つための能力は結局弱点の原因ともなったのである。その種が原始的な人間の文化に相当する段階に到達すると、類種の一つがさらに高度な放射作用と物理的一体性を達成しながら、単一の生命単位体として行動することができるようになり、それにより競争相手の根絶に成功した。種間抗争は何千年も続いたが、恵まれた種がこうした絶対的とでも言うべき意思の結束性を発達させるやいなや、勝利は破竹の勢いとなり、嬉々として敵を大量虐殺して決着をつけたのだった。

しかしなおもあとになって、種間抗争の時代が終わりを迎える頃、火星人類は勝利によってもたらされる心理的影響に苦しんでいた。他の種を絶滅させた極端な野蛮性が、文明によって育まれ出した寛大な感情とは相容れず、勝利者の良心に傷を残した。彼らは自己弁護のために、自分たちは他の種よりもはるかに讃えられるべき存在なので、根絶は聖なる義務であると自らに言い聞かせた。自分たちの比類ない価値は、比類ない放射体としての進化にあると言うのだった。こうして、ひどく不誠実な伝統と文化が生起し、それが結局はその種をそこねたのだった。意識の物理的基盤は必然的にエーテルの振動にじかに感応する単位体から成る組織に違いなく、複数の器官の物理的接触に頼るような生命体は粗雑すぎていかなる経験も得られないのだと、彼らはそんなふうに長いこと信じていたのである。生物種の大虐殺の時代のあと、彼らはいかなる生命体の卓越性も倫理的な価値も、放射作用の複雑さと統合の度合によって決まるのだと、自らを説き伏せようとした。幾世紀か経つうちに、彼らはこの世俗的な教義への信仰を強化し、放射作用への偏執的で情熱的な欲望をもとにした、きわめて非合理的な幻覚と妄執の体系まで発達させたのである。

これらすべての付随的な幻想や、彼らが健全な知識の本体と融和したときの巧妙な手段について語るのは時間がかかりすぎる。それでも少なくとも一つは地球人類との闘いに際して果たした役割という点から言及しなくてはならない。もちろん火星人類は「固い物体」が原子と呼ばれる微小な電磁システムの相互連結によって固くなることを知っていた。今や剛性は彼らにとって意味や威信を帯びるものであったが、それは古代の地球人類が気、息、神霊に感じたことだった。火星人類が物理的にもっとも力強くなったのは準固体的な形態を採ったときだったが、この形態の維持は体力を消耗させ困難でもあった。このような事実は、火星人類の意識のなかでは、剛性とは結局のところ相互連結された電磁システムの結果であるという認識につながった。かくして剛性は格別の神聖さを帯びたのである。心理的な偶然が重なって、その迷信はしだいに非常に固い物体、とりわけ固い水晶、なによりもダイヤモンドへの熱狂的な賞讃へと高められた。ダイヤモンドははなはだしく剛性を有するだけでなく、火星人類の言い分では光という霊妙な放射作用を自由に操る一流の奇術師だったのである。したがって、あらゆるダイヤモンドは、コスモスの張り詰めたエネルギーと永遠の均衡により具現化した至高の物体であり、崇敬の念をもって扱われるべきだった。火星ではすべてのダイヤモンドが聖なる建造物の頂で太陽の光にさらされた。なので、隣の惑星ではダイヤモンドが正当に扱われていないかもしれないという考えが、侵入の一つの動機となったのである。

かくして火星人類の精神は、真の進化の軌道をはずれて病的になり、その目標の単なる幻影へ向かって以前にも増して狂信的に励んだのだった。乱心の初期段階においては、放射作用は単に精神性の無謬（むびゅう）のしるしと考えられ、放射の複雑さは、神霊的な価値が無謬であるための尺度と受け取られた。しかし次第に放射作用と精神性の区別がつかなくなり、放射状組織体は実際には精神的な価値を有すると勘違いされたのだった。

このような妄執の虜となった火星人類は、運動という観念に捕われて衰退したときの〈第一期人類〉と幾らか似ていた。とはいえ違いはあった。火星人類の知能は、その産物が「種の神霊」の名のもとに厳しい検閲を受けてはいたものの、なおも活発だったからである。あらゆる火星人類が二重人格者だった。単に、ときに個体的意識であり、ときに種としての意識体であっただけでなく、一つの私的な個体としても、ある意味では自己に対しても分裂していたのだ。超-個体に対する実質的な忠誠は絶対だったので、火星人は公的な意識に同調できない思考や衝動を片っ端から糾弾し無視したが、いわば自らの存在の最深奥において、実はそのような思考や衝動を抱いていた。それが自らのうちに抱かれていると気づく者はまずいなかったし、気づいたときはたちまち衝撃を受け恐怖にかられた。しかし、それは事実だったのである。彼らは自身のより尊重すべき経験のすべてについて、途切れ途切れながら、ときにほとんど絶え間なく批判的論評を浴びせたのだった。

これは火星の神霊にとっては大きな悲劇だった。火星人類には多くの点で精神の前進や真の神霊的冒険への備えが万端整っていたが、とりわけ統合や一様性を賞讃するように彼らを説き伏せた運命の悪戯により、自分自身の格闘する神霊をあらゆる場面で妨害せざるをえなかったのである。

個人的精神に勝るどころか、あらゆる火星人類に取り憑いた公的精神は、多くの点で実際には劣っていたのだ。それは厳格な軍事的協調が求められる危機に際しては支配的になった。それははるかな過去の時代より大きな知的進歩を遂げていたが、心の底では軍事的精神のままだった。その性向は陸軍元帥と古代ヘブライの神の中間に相当した。

あるイギリスの哲学者は、かつて国家の虚構の一体的人格について描写し讃美しながら、それを「レヴァイアサン」と名づけた。火星人類の超-個体は意識を持つレヴァイアサンだった。この意識のなかでは伝統と容易に同化し調和するものしか存在しなかった。かくして公的精神は知的にも文化的にも常に時代遅れであった。それは実際的な社会組織の観点でのみ個体と歩調を合わせた。知的な進歩は常に私的な個体が先導し、個体の集まりが先駆者たちとの交流によって私的に感化されてはじめて公的精神へと行き渡った。公的意識そのものは、社会的、軍事的、そして経済的な領域でしか先行しきれなかったのである。

地球で遭遇した新たな環境は、火星人の精神性にとって最大の試練となった。新しい世界に取り組む比類ない事業は、公私にわたる活動という両面性を必要とし、それゆえ個々の私的精神のなかで身を切られる葛藤をもたらしたからである。その事業は本来社会的であるばかりか軍事的ですらあり、非常に厳格な行動の協調と統合を不可欠にしたが、その一方で新しい環境がきわめて新奇なものであったため、束縛のない私的な意識のあらゆる資質が求められた。そのうえ火星人類は、地球上で自分たちの基本的な想定をくつがえす数多くの事柄に遭遇した。そして私的な意識がもっとも澄明となる瞬間には、彼らはこの事実を認めることがあったのである。

第九章　地球と火星

1　〈第二期人類〉の窮境

そんな存在たち(もの)が地球に侵入したのであるが、そのとき〈第二期人類〉は人工的進化という大いなる冒険に乗り出そうと力を結集していた最中だった。侵入の動機は経済的なものであり宗教的なものでもあった。火星人類は水や植物を求めた。しかし同時に地球のダイヤモンドを「解放する」という十字軍精神を抱いてやって来たのだった。

地球の諸条件は、侵略者には非常に不都合なものだった。過度な重力は思ったより厄介ではなかった。重圧を感じたのは、一つの形へと収斂したときだけだった。それより有害だったのは、地球大気の濃度であり、それが希薄な小雲生命体を締めつけてかなりの苦痛を与え、火星人類の生命代謝を阻害し、彼らのあらゆる動きを麻痺させたことだった。故郷の大気であれば、そこかしこと難なく相当の速度で泳ぎまわれたのに、地球の粘っこい空気は、水中で鳥の翼が自由を奪われるように彼らの動きを邪魔した。そのうえ個々の小雲は浮力がありすぎて山の頂へと降り立つのも一苦労だった。過剰な酸素にも苦しめられた。そのせいで激しく発熱してしまったが、それを防ごうとしても完全にはできなかった。さらなる打撃となったのは、大気が過度に湿気を帯びていたことだ。それが亜生命単位体の内的因子に溶解作用を及ぼし、大雨になると小雲の生理過程を妨げ、彼らを構成する物質の多くを地面へと洗い流してしまったからだ。

侵略者たちは、地球を常に覆い、彼らの放射作用の生体システムに干渉してくる「電波」メッセージの通信網とも闘わなくてはならなかった。この件についてはある程度備えてはいたが、高密度の「無線の信号電波」は彼らを驚かせ、面喰らわせ、苦しめ、最後には敗走させた。その結果、彼らは仲間の多くを地球の大気中に散らしたまま火星へと逃げ帰ったのだった。

それでも、この先遣隊（遠征のあいだは意識統合が保たれていたので、隊というより個であった）は、故郷に多くの報告を持ち帰った。予想どおり植物が満ちあふれ、水は潤沢すぎるくらいあった。先史時代の火星の動物相に見たような固形の動物がいたが、ほとんどが直立二足歩行であった。実験で明らかになったことは、これらの動物はばらばらに引き裂くと死んでしまい、太陽光線が彼らの視覚器官に化学作用を及ぼすと変化をもたらしはするが、実際のところ放射作用を直接感受することはない。したがって、この動物には明らかに意識がない。他方、地球の大気は激しく混乱した放射作用により常に活気に満ちている。これら荒々しい天空の擾乱（じょうらん）は、自然現象、つまりは宇宙精神の自然な結果にすぎないのか、それとも地球の生命体から放射されたものなのか、やはり不明であった。この最後の仮定が真実であり、固形の生命体はある隠れた地球知性体によって道具として使役されていると想定してしかるべき理由があった。というのは、建物が数多くあり、二足歩行体の多くは建物のなかにいたからだ。そのうえ火星人類の雲に対して突然集中的な光線を放射してきたことは、意図的かつ敵対的な行為であることを示唆していた。それゆえ懲罰的な行動が採られ、多くの建物と二足歩行体が破壊された。そうした地球の知能の物理的基盤は未だ不明であった。明らかに地球の雲には知能がなかった。放射作用には反応しなかったからだ。どのみち明らかにかなり程度の低い知能には違いなかった。その放射作用は体系性が皆無であり、実際ひどく粗雑だったからである。不幸なダイヤモンドが一つか二つ建物のなかに見つかった。しかるべき敬意が払われている形跡はなかった。

　地球人類の側は、その日の異常な出来事にすっかり困惑していた。その不思議な物体は明らかに報復的な行動を見せたのだから意識を有する生命体に相違ないと冗談めかして示唆したが、誰もそんな示唆を真に受けなかった。しかしながら、その物体が光線照射によって散り散りになったのは明らかだった。少なくとも、それは重要な実践的知識の一つだった。とはいえ、その雲の正体、さらには宇宙秩序における彼らの地位についての理論的知識は、目下のところまったく欠落していた。強力な知的好奇心と輝かしい科学的達成を遂げた人類種は、ここまで無知であることに激しい動揺を覚えた。偉大な知識体系の基礎を揺るがすように思われた。はじめての侵入で人命が失われたというのに、気体とも固体ともつかない、（見かけ上は）有機的ではない、それでもどこか生命を思わせる行動を見せたこれら驚くべき物体を研究する機会はまた来るだろうと、多くの人びとが太平楽に期待した。その機会は間もなく訪れた。

最初の侵入から数年経ったのち、火星生命体ははるかに強大な軍備を整え、ふたたび現われた。しかも今回は人間の攻撃電波に対してほとんど免疫ができていた。地球のあらゆる高山地帯から一斉に軍事行動を開始し、大河という大河を水源から干上がらせ、さらにはるか遠方へと果敢に進みながら、密林や農地を覆い尽くし、草木の葉を一掃した。谷という谷が無数のイナゴの大群に際限なく襲われたように荒廃し、かくしてどこの国でも緑の葉は一片も残らなかった。略奪品は火星へと運ばれていった。水や食物の輸送に特殊化した無数の亜生命単位体は、それぞれ貴重品を微量ずつ担わされて故郷の惑星へと送還された。移送は際限なく続いた。その間、火星人の本営は探索と略奪を続けた。対抗できる相手ではなかった。水や葉を吸収するため、彼らは人間には駆逐するすべのない実体なき霧として田園地帯を覆うように広がっていった。文明を破壊するために、彼らは以前の侵入時に自分たちを怪物のように編成したときよりもはるかに大きな雲-ゼリーの軍団となった。幾つもの都市が打ち倒され押し潰され、人類はどろどろになるまで咀嚼された。人間は武器を片っ端からためしたが、無駄だった。

ほどなく火星生命体は夥しい数の無線送信局のなかに地球の放射作用の源を発見した。ここに地球の知能の物理的基盤が発見された！　それにしても、なんと低級な生き物か！　なんとばかげた生命か！　ガラスや金属や植物の合成物から成る、これら哀れな、動くこともできないシステムは、明らかに組織の複雑さと繊細さの点で火星人の雲とは比べられるものではなかった。自分の世話をする、意識を有さない二足歩行体をどうにか操るぐらいの能力しかないように思われた。

探索の途中、火星人類種はさらにもう少しのダイヤモンドを発見した。第二期の人類種は宝石類への野蛮な欲望を克服していたが、宝石や貴金属の美しさを認識し、それを職場の身分証に用いた。不幸にして火星生命体がある町を略奪していたとき、二つの乳房のあいだに大きなダイヤモンドをつけている女性に出くわした。女性は市長であり、二つの乳避難の陣頭指揮をとっていた。聖なる石がそんなふうに明らかに家畜どもの認識票として用いられていることに、侵略者たちは切断の道具のように用いられているダイヤモンドの断片を見つけたときより衝撃を受けた。聖戦の英雄主義と残虐性の限りを尽くした戦争がはじまった。火星人類が水と植物の戦利品をたっぷり確保してかなり経ったあと、そして地球人類が効果的な攻撃手段を開発し、人工稲妻の形をとった高密度の電気による火星人類‐雲の殺戮を開始してから随分経ったあと、心得違いの狂信者たちが居残り続けてダイヤモンドを救出し、山頂へ持ち運んだ。それから何年も経ってから、登山家が海鳥の卵のように岩の縁に沿うように配列された光輝くダイヤモンドを発見した。火星軍団の瀕死の残兵たちが命を投げ出し最後の力をふりしぼって運び込み、厳かに安置するために山の清らかな空気のなかへと移したものだった。〈第二期人類〉がこの大量に秘蔵されたダイヤモンドのことを知ったとき、自分たちが相手にしていたのは、物理的な怪奇現象ではなく、（誰かが言ったような）バクテリアの群体でもなく、高等な生命体であることを心から確信しはじめた。意識的な目的なくして、いかにして宝石が選り抜かれ、金属の象眼(ぞうがん)からはずされ、かくも周到に岩座に保管されるというのか。殺人‐雲群は明らかに宝物に魅了されていたのだから、少なくともコクマルガラスのような盗癖があるに違いない。とはいえ、彼らが意識を有することを明らかにした行動そのものは、単なる本能的な動物の域を出ない知能しかないことも示唆していた。この誤りを正す機会はなかった。雲はすべて殲滅(せんめつ)されていたからである。

　戦闘は二、三ヶ月しか続かなかった。それが〈人間〉に及ぼした物質面での影響は深刻だったが、克服できないものではなかった。直接心理に及んだ影響は気分を高揚させるものだった。〈第二期人類〉は長いあいだユートピアとでも言うべき安全と繁栄に慣れ切っていた。突然、自分たちの体系的知識ではまったく理解できない災禍に打ちのめされたのだ。以前の人類なら、そのような状況下では人間とも亜-人間ともつかない特徴的な迷いを見せながら行動したことだろう。ロマン主義的な忠誠心の熱病をわずらい、独りよがりな自己犠牲というでたらめなふるまいを見せたことだろう。公の災禍から利益を得ようとし、自分より幸運な人びとに対し誰彼となくわめき散らしたことだろう。神々を呪い、もっと有用な神々を求めたことだろう。それでも、一貫性はなくとも、ときに理性的にふるまうこともあれば、ときに〈第二期人類〉の標準的水準に至ることさえあっただろう。人類の大規模な流血にまったく慣れることはなかった、これら進化した存在(もの)たちは、無惨に殺された同胞を憐れみ苦しんだ。しかし自分たちの憐憫についてはなにも語らず、自分たちの気高い悲哀にほとんど気づく間もなかった。救助の仕事に忙殺されていたからだ。突然、忠誠と勇気の限りを尽くす必要性に直面し、それに従うことに歓喜し、危機に立ち向かうときに精神が先鋭化されるのを経験した。それなのに、自分たちが雄々しくふるまっていることに思いが及ばなかった。常識に従いながら理性的に行動しているだけだと思っていた。そしてもし誰かが窮地に立たされて失敗しても、誰も臆病者呼ばわりせず鎮静剤を飲ませてやった。あるいは、それでだめなら医者に見せてやった。〈第一期人類〉の場合は狼狽し、第二の人類種の正気の人びとすべての忠誠心を不動なものにした明瞭かつ予見的な視野を持たなかったので、明らかにそのような措置は適切とはみなされなかっただろう。

災禍が直接もたらした心理面での影響は、このまさに高貴な人類が大いなる忠誠と英雄精神の大いなる財産となる健全な修練となったことだった。しかしながら、こうした直接的な意気高揚とはまったく別に、最初の苦悶やそれに続く数多の苦しみは、神霊的と呼びうる一連の効果のなかで良くも悪くも〈第二期人類〉に影響したのである。宇宙には私的な悲劇だけでなく大きな公的な悲劇も存在しうることは、彼らも以前から重々承知していたし、彼らの哲学にしてもこの事実を隠そうとするものではなかった。私的な悲劇には、彼らは穏やかな強さと、かつての人類が稀にしか達成しえなかった受容のエクスタシーすら抱いて対峙することができた。公的な悲劇についても、たとえそれが世界的な悲劇であっても、同じ神霊でもって直面すべきだと明言した。しかし世界-悲劇を抽象的に認識することは、それを実際に知ることとは大きな違いがある。そして今や〈第二期人類〉は、防衛の実践に注意を傾けているときでさえ、この悲劇を自らの存在の最深奥へと吸収し、臆することなくそれを吟味し、賞味し、消化すると、以降はそのすさまじい力をわがものとする決意をした。したがって彼らは神々に悪態をついたり泣きついたりはしなかった。彼らは自らにこう言いきかせた。「まさにかくあるしかないのだ、世界は。深みを見ることにより高みにもまみえることだろう。わたしたちは両方を讃えるのだ」

とはいえ、彼らの修練はほとんどはじまってもいなかった。火星の侵略者は全滅したが、その亜生命単位体は有毒な超極微の塵として惑星を覆っていた。生きた雲の一員であれば人体に侵入しても永続的な害を及ぼすことはなかったが、高度な生命体のなかでの役割から解放された今となっては、彼らは捕食性のウイルスへと変化していた。人間の肺に吸い込まれると、たちまち新しい環境に適応し、人間の組織を混乱へとおとしいれた。彼らに侵入された細胞は、ほんの一握りの敵スパイによる致命的なプロパガンダにまんまと毒された国家のように、自らの組織を崩壊させた。そんなわけで人間は一時的に火星の超-個体に勝利はしたものの、自分自身の生命単位は、死んだ敵の亜生命的な残滓（ざんし）に毒されて破壊された。自身の体格をその政治体と同じくらい理想的なものにしていた一人類種は、臆病な弱者となり果てた。そしてそんな人類が荒廃した惑星の主として残されたのである。水の枯渇は無視できたが、戦場となったあらゆる地域の植物が壊滅したために、〈第二期人類〉が経験したことのない世界規模の飢饉がしばらく続いた。文明の物質的骨組が大きな被害を受けたため、再建には何十年も必要だった。

それでも物理的な損害は生理的な損害に比べればはるかに軽かった。きわめて熱心な研究により実際に感染を防ぐ手だてが発見され、二、三年の厳しい浄化ののち、大気と人間の肉体はふたたび清浄となった。ところが傷を負わされた世代は決して回復しなかった。体組織があまりにも深刻にむしばまれていた。もちろん、少しずつながら、打撃をこうむっていない男女が新たな住民として生まれた。とはいえ、その人口は少数にとどまった。手負いの人類の生殖力がかなり減退していたからだ。かくして今や地球に在住するのは、中年以下の少数の健常者と、大多数の老いつつある病者となっていた。長い年月、これらの障害者たちは病弱にもかかわらず、世界維持の仕事をなんとかこなしていたが、徐々に忍耐と能力を失いはじめた。彼らは急速に生命への執着を失い、〈第二期人類〉がこれまで思ったことのない長期の老衰へと陥りつつあった。そして同時に、若者たちは、まだ心づもりができていない仕事に取り組まざるをえなくなり、年長者たちなら決して犯すことがなかった失態や無責任を片っ端から犯した。とはいえ、第二の人類種の精神性の水準は概して高かったので、恰好の非難の的となりえたことが、最良の人間的忠誠心の比類ない例を生み出したのである。能力を使い果たしたと同世代の人びとに宣告された個人は自殺すべきであると、被災世代はほとんど全員一致で決議した。当初若い世代は、一つには優しい気持ちから、一つには己れの無能に対する恐れから、当この政策に激しく反対した。「年長者の皆さんは」と、ある若者が言った。「活力は衰えているかもしれませんが、今なお大切な、思慮深い方たちです。そういう人たちがいないと、やってはいけません」。しかし、年長者たちは自らの主張に固執した。新しい世代の多くはもはや少年少女ではなかった。そしてもし政治体が経済的な危機を切り抜けようとするのであれば、今は損傷した組織を情け容赦なく除去しなくてはならなかった。かくして、その決定は遂行された。ひとりまたひとりと、機会あるごとに、被災世代は

「消滅の平安を選択し」、破壊された世界の再建のために、少数の未熟ながらも活力のある人びとのもとを去ったのだった。

四世紀経つと、ふたたび火星人類-雲が天空に現われた。またしても荒廃と殺戮。またしても二つの精神の相互認識の完全なる失敗。またしても火星人類の壊滅。またしても肺を冒す疫病、ゆるやかな浄化、障害者たち、そして気高き自殺。

幾度となく彼らは五万年のあいだ不定期な間を置いて現われた。人類が前回いかなる兵器を用いても火星人類種はそれに対抗する防備を固めて襲来した。そうこうするうちに段々と人類は敵が単なる本能的な怪物ではなく知的存在であることに気づきはじめた。そこで彼らはこれら異星の精神と連絡をとり、平和的解決のための講和を申し入れようと試みた。ところが、交渉は明らかに人類主導とならざるをえず、火星人は相変わらず人類を地球の知的存在の単なる家畜と見ていたので、使節団は毎回無視されたり殺されたりした。

侵略のたびに火星人類は大量の水を首尾よく火星へと送った。そしてそのたびに、この物質的な略奪に満足せずに、長すぎる聖戦を続けたのだが、ついに人間は火星人類の新しい防御を出し抜く武器を発明し、彼らを敗走させた。侵略のたびに人類の回復は緩慢で不完全なものになり、火星の方は相当な数の人口を失いながらも、結局は増量した水により活力を取り戻したのだった。

2　二つの世界の崩壊

最初の到来より五万年以上も経ってから、火星人類は南極の高原、壊滅したオーストラレーシア、そして南アフリカに永久的な足場を確保した。何世紀ものあいだ、彼らは地球表面のかなりの部分を所有し続け、農耕のようなことを実践し、地球の諸状況を調査し、ダイヤモンドの「解放」に多大な精力を傾けた。

定住する前のかなりの期間は、火星人類の精神性にはほとんど変化がなかったが、実際に地球に棲むことで今や独善性と一体性が崩れはじめた。火星人類の探索者のなかには、地球の二足歩行体は放射作用には鈍感だが、実はこの惑星の知的存在であることに考えが及んだ者もいた。当初この事実は慎重に退けられたが、少しずつ地球在住の火星人類すべての注意を引くようになった。同時に彼らは、地球の諸状況の探索にかかわる活動のすべてが、それどころか植民地における社会建設さえもが、公的精神ではなく、私的な役割を担って活動する私的な個に依存していることを悟りはじめた。植民地の超‐個体は、ダイヤモンド解放聖戦と、地球における知性体である放射作用絶滅の試みだけを鼓舞した。これらさまざまな新しい洞察の行為は、火星からの入植者たちを長い夢から目覚めさせた。入植者たちは自分たちが尊敬する超‐個体は自身の最小公約数、すなわち、先祖返りの幻想と渇望の塊でしかなく、それが一つの精神へと編み込まれ、ある種の実際的な知恵を授けられたということが分かったのだ。急激で困惑するほどの神霊の革新運動が今や火星生命体の入植地にもたらされた。その中心となる教義は、火星の種にとって重要なのは放射作用ではなく精神性であるというものだった。完全に異なるこの二つの事柄は、火星文明の黎明期から混同され、同一視されてもきた。ついに二つははっきりと区別された。手探りながらも真摯な精神の研究が今や開始された。低劣な精神活動と高位の精神活動の区別すらなされたのだった。

この革新運動がそのまま進んでいれば、どう展開していったかは分からない。おそらく火星人類はそのうち自分たちの精神とは異質な精神にも価値を認めるようになったかもしれない。しかしそこまでの飛躍は当初はとうていありえなかった。今やヒト科の動物には意識も知能もあると分かったが、だからといって共感は抱かなかったし、いや、むしろ実際には敵意を募らせて彼らを見た。入植者たちは相変わらず火星の人類種、すなわち同胞たちに忠誠心を示していたが、ある意味でそれは一つの身体であり、実際一つの精神だったからだ。彼らは植民地の公的精神、のみならず火星そのものの公的精神さえも、廃絶ではなく再創造することに関心を寄せたのだった。

しかし植民地の公的精神は入植者たちが眠っているあいだ大概は彼らを支配しており、私的な水準では革命者であった幾個体かを、革命的動向に対抗する援軍を求めるべく実際に火星へと派遣した。故郷の惑星は新思想にはまったく染まっていなかった。火星の住民たちは心の底から一致協力して植民地人の迷いを解こうとした。しかし無駄だった。植民地の公的精神そのものが幾世紀か経つうちに変貌し、ついには火星の正統派とはかなりかけ離れたものになっていたのだ。実際それは、ほどなくして実に不思議な、そして徹底した変身を遂げはじめ、ことによるとついには、そこから太陽系でもっとも高貴な民が現われたかもしれなかった。少しずつそれは一種の催眠的な忘我状態に陥っていった。すなわちそれは私的な成員たちへの注意を失い、それでもなお潜在意識の、あるいは意識されない精神性のままとどまった。植民地の放射統合は維持されたが、それは潜在意識においてだけであった。そしてそのような深奥において、新思想の豊かな影響のもとで大いなる変身がはじまったのだ。それはいわば十分に意識的な精神革命の嵐のなかで生起し、そのまま潜在意識の大海の深みへと浸透していった。そのような状況は、やがて質的に新しい、よりすぐれた精神性を生起させ、ついにはその成員よりも高度で十全に意識的な超-個体へと目覚めるかに思われた。しかしそうこうするうち公的意識がこんなふうに忘我状態になったために、植民地は火星の生命のもっとも成功した能力であった迅速な統合的行動の能力を失ったのだ。故郷の惑星の公的精神は乱心した末裔たちをやすやすと撲滅し、地球の再植民化に乗り出した。

その後の三十万年間、幾度もこのような事態が繰り返された。保守的で恐ろしいまでに効率的な火星の超-個体は、地球における末裔たちが蛹から孵る前に根絶やしにした。そして悲劇は際限なく繰り返されたが、それはおそらく地球人類種に生じたある変化によるものであった。

火星人類の植民地が建設された最初の数世紀は戦争が絶えることはなかった。しかしついに資源の激減とともに〈第二期人類〉は不可解な敵と同じ世界で共存せざるをえないという現実を受け容れるようになった。さらに絶えず火星人類を観察することにより、打ち砕かれていた人間としての自信が幾らか回復しはじめた。火星人類種の植民地が建設されるまでの五万年のあいだに人間は自己についての評価を下げていたのだった。以前は自らを比類なく有能な太陽の子と見ていた。それから突然、途方もない新現象が人間の知性を打ち負かしたのだった。自分が戦っている相手が決然とした、多様な能力を有する敵であり、この宿敵が自分の侮っていた惑星から飛来してきたことを、人間はゆっくりと学んだ。不可解な物理形状をした一生物種に自分が凌駕され追い越されているのではないかと徐々に思わざるをえなくなっていた。しかし火星人類が恒久的な植民地を確立すると、地球人類の科学者たちは火星の生命体の実際の生理的性質を解明するようになり、それが人類の科学を無効にするものではないと知って安堵した。火星人類はある領域では非常に有能だが、実際には高次の精神を持つ類種ではないことも分かった。これらの発見により人類は自尊心を取り戻した。人間は腰を据えてその状況に対処した。

通過できない強力な電流バリヤーを考案して、火星人類が地球人類の領分に入り込めないようにし、破壊された家屋を忍耐強く力を尽くして再建しはじめた。最初のうち火星人類の聖戦的情熱は止むことはなかったが、続く千年期にはこれが衰え出し、火星人類の熱狂がときにぶり返さぬ限り、二つの種は互いに干渉することはなかった。人類の文明は控え目な規模ながらついに再建され堅固になった。数十年の苦悶により途切れることもあったが、ふたたび人類は平和と、ほどほどの繁栄のなかで生きた。生活は以前よりやや厳しくなり、人類の体格も明らかに昔より頼りなくなったが、それでも男女とも以前の人類のほとんどの国々が羨むほどの状況を享受した。被災した共同体に奉仕する際限のない自己犠牲の時代は、ついに終わりを告げた。もう一度、驚くほど多様な、束縛を解かれた人間性が前面に出てきた。もう一度、男女の精神は、熟練を要する仕事の喜びに、そして私的交わりのあらゆる機微に邪魔されることなく捧げられた。もう一度、圧倒的な公的災禍にかくも長く抑圧されていた同胞への情熱的な関心は、精神を活性化し拡張した。もう一度、黄金の過去への甘美な懐古の念を込めた音楽が作られた。もう一度、豊かな文学、そして視覚芸術。物理世界の本質と精神の潜在力への知的な探索。そしてもう一度、戦争という暴力的な憂さ晴らしや避けがたい自己欺瞞によってかくも長く衰退し輝きを失っていた宗教的な経験が、ふたたび目覚めた文化の影響のもとでおのずから洗練されていくように思われた。

そうした環境下なら、以前の感性の劣った人類種でも限りなく繁栄したことだろう。〈第二期人類〉はそうはならなかった。まさに研ぎ澄まされた感性ゆえに、十分に発展していても自分たちが劣化しているという確信に常に付きまとわれていたのだ。表面的には彼らは緩慢ながら果敢に回復しつつあるように思われたが、それと同時にゆっくりと、はるかに奥深い神霊的衰退をこうむりつつあった。次々に世代が変わっていった。人間社会はその領域も物質的な富も限られてはいたが、ほとんど完全なものになった。人間性の器量は非常に繊細かつ豊かに展開した。ついに人類は人間性をさらなる高みで創り直すという古代の計画をもう一度企てた。ところがどういうわけか、人類はそのような事業を行う勇気も自尊心ももはや持ち合わせていなかった。口先ばかりで行動がともなわなかった。次々に時代が移っても、人間にかかわる事柄はどうやらなに一つ変わらなかった。折れたまま樹についている小枝のように、人間は腰をすえて自らの生活と文化を維持してはいたが、なんの進歩も見せることができなかった。

〈第二期人類〉を徐々に衰えさせていた神霊の潜在性の病を、二言三言で記すことはほとんど不可能である。劣等感で苦しんでいたと言うのは、まったくの間違いではないが、真実を紛らわしく通俗化することだろう。自身にも宇宙にも信仰を失ったと言うのもほとんど適切とは言いがたい。雑な言い方になるが、彼らの問題は一人類種として自身の未だ原始的な本性の範囲を超えたある種の神霊的な偉業を企てたことであった。神霊的には自身を克服したものの、彼らは（言ってみれば）筋力をすっかり損ねてしまい、これ以上努力する力を失ったのだった。自分たちの種としての悲劇を美的なものとして見ると決めていたのに失敗してしまったからだ。〈第二期人類〉を毒していたのは、この挫折に対する漠然たる感覚だった。彼らは多くの点でまことに気高い人類であったから、自分たちの失敗に背を向けることも、型通りの熱意や周到さで昔からの生き方を踏襲することもできなかったのである。

最初に火星人が襲来したとき、人類の神霊的導師たちは、災禍は至高の宗教的経験の機会になるに違いないと説いていた。文明を救出しようと力の限り奮闘するあいだに、人間は最大の難問を耐え忍ぶだけでなく讃美することを学ばなくてはならない（と言われていた）。「世界はまさにかくあるしかないのだ。深みを見れば、高みを見ることになる。この二つを讃えるのだ」。全人類がこの忠言を受け容れた。当初はうまくいくかに思われた。数々の高貴な文学的表現が提示され、それがこの至高の経験を明確なものにして練り上げ、個々人の心のなかに実際に創造さえするようにも思われた。ところが、何世紀かが経過し、災禍が繰り返されると、先祖たちは自らを欺いていたのではないかと疑うようになった。これら遠い過去の世代は、人類の悲劇をコスモスの美の一要素として感取しようと心底から願っていた。そしてついに彼らはこの経験が実際にわが身に及んだと信じたのだ。しかし子孫たちは、そのような経験はこれまで生じたことがなく、今後いかなる人間にも生じることなく、実際にはコスモスの美が経験されることなどないのではと次第に疑うようになっていた。〈第一期人類〉であれば、そのような状況下に置かれると、神霊的なニヒリズムか、さもなければ慰めとなる宗教的神話のどちらかに極端にぶれたことだろう。いずれにせよ彼らはあまりにも雑な性質の持ち主だったので、理解しがたい苦難によって損なわれることはなかった。〈第二期人類〉は違った。自分たちが存在の至高の難問に直面しているのだと明瞭すぎるほど悟ったからである。それゆえ幾年ものあいだ、各世代とも、もう少し辛抱すれば光明を見ることになるという望みに必死にしがみついた。火星人類の植民地が三度も確立され、火星の正統派の種によって破壊されたあとでも、地球人はこの宗教的な難問に深く没頭したのだった。しかしその後は段々と活力を失った。自分たちは生来鈍感すぎるので、このような事物の卓絶美（知的には信じるに足る強い理由があるが、実際には経験できない卓絶美）を認識することができなかったのか、あるいは人類は完全に自らを欺いていたのであり、コスモス的な出来事の展開は結局は意味がなく愚にもつかない長話でしかなかったのか、という思いを抱くようになったのだった。

このジレンマが彼らを毒した。せめて肉体がなお最盛期にあれば、そのジレンマを受け容れ、まだ創造可能な正真の卓絶美を粘り強く展開していくための不屈さを有していたかもしれない。ところが、彼らはそのような神霊的自己抑制を実行しうる活力を失っていた。あらゆる人格の豊かさ、人格どうしの関係の複雑さ、実に偉大な共同体の複雑な企てのすべて、あらゆる芸術、あらゆる知的研究は、色褪せたものになった。驚くべきことは、純粋に宗教的な災厄が恋人たちの互いの肉体への歓びをゆがめたり、実際に食べ物から風味を抜いたり、日光浴者と太陽のあいだに幕を張ったりしたことである。しかしこの人類種の個々人は先行の人類種と違って非常に密に統合されていたので、最重要な機能の不全が生じると、彼らの機能のすべてが維持できなくなった。そのうえ、長期化した戦争の後遺症により総じて体格にいささか欠陥が生じていたが、そのせいでこの人類種の最初期の民族に付き物だった破壊的な脳障害が再発したのである。まさに人類的狂気の予想に恐怖したために、彼らの理性はますます逸脱したのだった。少しずつ欲望の衝撃的な倒錯が彼らを脅かしはじめた。マゾヒスティックでサディスティックな乱交パーティと、度しがたく不気味な馬鹿騒ぎが交互した。それまでほぼなかった共同体に対する反乱のせいで、ついに厳格な警察組織が必要となった。地方の集団が互いを組織的に略奪し合った。幾つもの国家が、そして国家主義を生み出すあらゆる恐怖が姿を現わした。

火星人入植者たちは、人間の秩序崩壊を目の当たりにしたとき、故郷の惑星に刺激されて、大攻勢に出る準備をした。このとき植民地は啓蒙の段階を経験しつつあったが、啓蒙に対してはこれまで常に火星から早晩懲罰が加えられることになっていた。事実そのとき多くの個人は実際には戦争ではなく人間との協調を探ろうと考えはじめていた。しかし火星の公的精神はこの謀叛に逆上し、新たに遠征軍を組織してそれを制圧しようとした。人間の分裂が大きな契機となったのである。

最初の攻撃によって人類に顕著な変化がもたらされた。彼らの狂気は忽然と失せたように思われた。二、三週間もすると各国政府は統治権を中央政府へと委譲した。混迷と乱痴気騒ぎと倒錯はすっかり鳴りを潜めた。それまで何世紀も日常化していた背信と利己主義と腐敗は、一気に社会的大義への普遍的で完全な献身へと席を譲った。地球人類種は明らかに正気に戻っていた。戦争への恐怖にもかかわらず、至る所で英雄主義と結びついた陽気な友愛が見られ、それ自体は冗談めかした奇妙な無節操さをまとっていた。

戦局は人間に不利であった。全体の気運は冷厳な決意へと変わった。それでもなお勝利は火星人類の側にあった。故郷の惑星からなだれ込んできた巨大な狂気の軍隊の影響下で、入植者たちは一時的な平和主義を捨て、自らの忠誠心を無慈悲な行為で証そうとした。人類は正気を打ち捨てて報復し、抑制のない破壊の欲望に従った。この段階に至って、ある人間の細菌学者が、特別の殺傷力と感染力をもつウイルスの培養に成功したこと、それにより敵を感染させることができるが人類絶滅の犠牲をともなう可能性があることを公表した。これらの事実が公表され放送されたとき、その兵器を用いることの妥当性をめぐって議論が一切なかったことは、この時点での人類集団の狂った状況を物語るものである。それが即座に行動に移されると、全人類が歓呼したのだった。
二、三ヶ月のうちに火星人類の植民地は消滅し、故郷の惑星も感染し、そこの住民も予防のすべがないことを早くも認識した。人間の体組織は動く雲の組織よりは頑健だったが、じわじわと迫る死を運命づけられているように思われた。人間は自らが蔓延させた病からも、また死滅した火星人植民地の分解物質によって引き起こされた肺疾患性の疫病からも、身を護る努力をしなかった。文明化のための公的な過程のことごとくが崩壊しはじめた。共同体は幻滅、そして死への予感で麻痺していた。女王のいない蜂の巣のように、地球の全住民が無気力へと落ちていった。男女は家庭にとどまって、のらくら暮し、調達できる食べ物をむさぼり、朝寝坊をし、ようやく起床しても、物憂げにお互いを避けた。子どもたちだけは相変わらず陽気だったが、それでも年長者らの憂鬱に抑圧されていた。その間に病は蔓延していった。世帯という世帯が罹患したが、隣人からの助けがないまま放っておかれた。しかし個々人の肉体の苦痛は、人類の神霊的敗北によるさらに痛切な痛みのおかげで奇妙にも麻痺していた。この人類種はかなり高度に発達していたので、肉体の苦悶をもってしても人類規模の破綻から気をまぎらわすことはできなかった。誰も助かろうとは思わなかったし、隣人たちも助けを望まないことを互いに承知していた。子どもたちだけは、病で体が不自由になったときに、苦しみと恐怖に陥った。やさしく、しかし物憂げに、年長者たちは子どもたちを最後の眠りにつかせた。そのあいだに放置された屍骸から瀕死の人びとへと腐敗が広まった。都市という都市が静まり返り沈黙した。穀物の収穫はなかった。

3 〈第三次暗黒時代〉

新種のバクテリアは非常に感染力が強く致命的だったので、開発者は地球人類も火星人類の植民地と同じく完全に消滅すると予想した。それぞれの瀕死の人類の生き残りは、通信の途絶により同胞から孤立し、自らの最期の瞬間を人間の最期として思い描いた。しかし偶然にも、ほとんど奇跡と言ってよいだろうが、人類の生命の燃え残りは、もう一度聖なる炎を継ぐために護られた。大陸の至る所に散らばっていた人類のある種の血統なり系種が、大多数とは異なり感染しにくいことが分かった。バクテリアは暑い気候では活力を失ったので、たまたま熱帯のジャングルにいたこれらの幸運な人びとは感染から立ちなおった。そしてこれらわずかな人びとのなかの少数が、例によって火星人類の屍骸から伝播した肺疾患性の疫病からも回復したのだった。

　このような人類の胚芽から新しい文明共同体が興ると期待されたかもしれない。〈第二期人類〉のような聡明な存在（もの）たちであれば、間違いなく二、三世代、あるいはせいぜい二、三千年もあれば、失われた足場を復元するのに十分であったはずだ。

タイムスケール
3

前スケールの100倍。
明らかに極めて不正確。

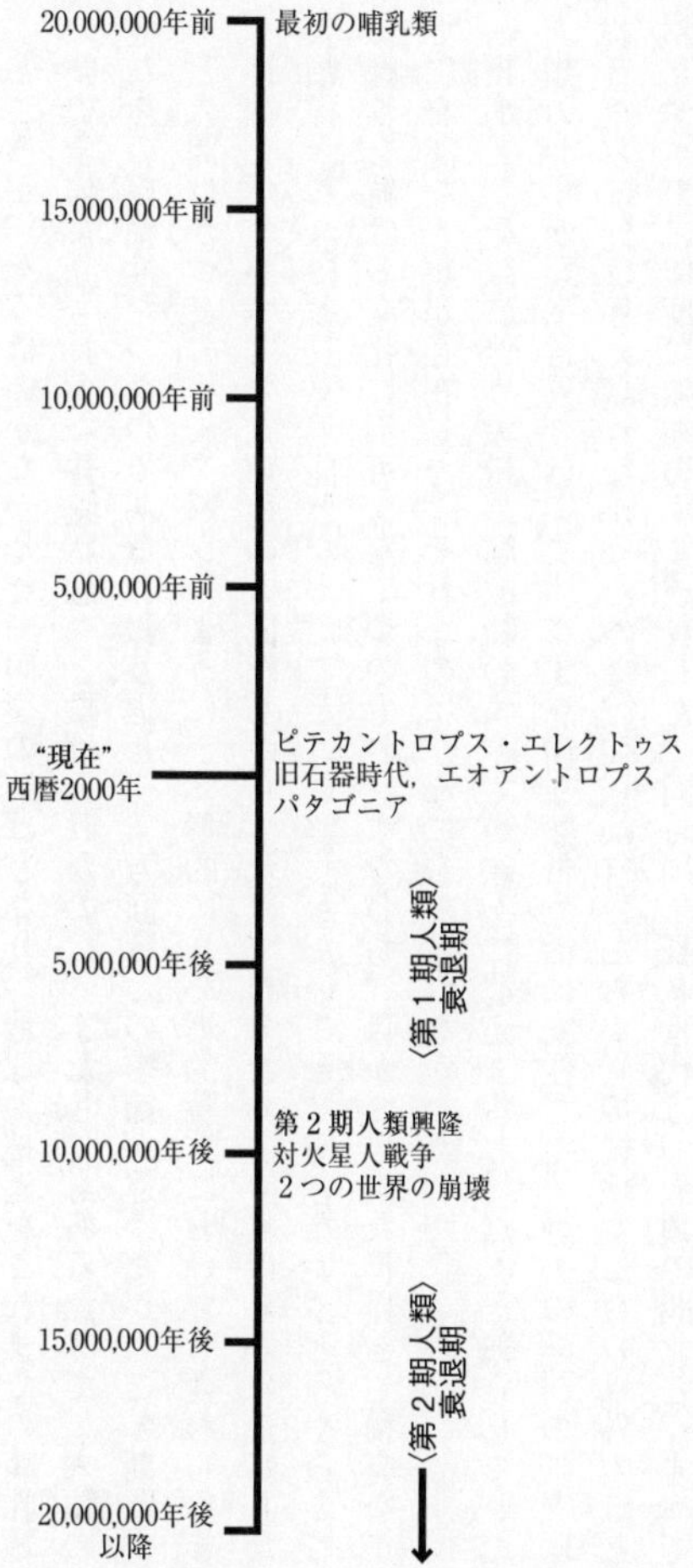

ところが、そうはいかなかった。

回復の妨げとなり、地球の神霊をこれまでの哺乳類の歴史全体よりも長大な昏睡状態へと投げ入れたのは、またしてもある意味で、人類の他ならぬ卓絶性だったのである。繰り返し三千万回ほどの季節が巡ったが、この期間ずっと人間はかつてのカモノハシのように、体形的にも心理的特質においても変わらぬまま存続した。かつての人類種の人間たちからすれば、自分たちよりもはるかに進歩した人類種がこれほど長く無能となったことは理解しがたいことに違いない。どうやらここに進歩を続ける文化に不可欠な二つのもの、すなわち、豊かで自由な世界と、稀有なまでに有能な人類が存在した。それなのに、なにもなされなかったのだ。

疫病と、それに伴う大量の腐敗物のすべてが徐々に消え去ると、点々と孤立していた人類のわずかな生き残りは、ますます怠惰な熱帯生活に安住した。過去の学びの果実は若者たちに分け与えられなかったので、彼らは自分たちが直接経験するもの以外のほとんどすべてに極度に無知のまま成長した。同時に年長者世代は、人類の敗北と、すべてが不毛と化したことを漠然と示唆して、子どもたちを怖がらせた。子どもたちが正常であったなら、これは問題ではなかっただろう。熱烈な楽観主義でもって応じたことだろう。ところが、子どもたちは今や生来的にいかなる情熱を持つこともできなかったのだ。下等な機能が高等な機能のもとで厳しく律せられていた一人類種において、長引く神霊的災禍は実際に生殖質にも作用しはじめており、その結果、ひとりひとりが生まれる前から怠惰へと、さらには陰気な精神性へと運命づけられていた。〈第一期人類〉は、はるかな昔、世俗的な誤りと欲望への耽溺が組み合わさって、ある種の人類種としての老衰へと落ち込んだ。一方、第二の人類種は、かなり幼い頃から深刻な経験を負わされた少年のように、それ以降は夢遊病者となって生きたのだった。

幾世代か経つうちに、文明の伝承のことごとくが失われて、熱帯での農耕と狩猟の日課だけが残った。知能そのものが萎えていたのではなかった。人類種として単なる野蛮へ堕していたのでもなかった。怠惰が災いして新しい環境に適応できなかったのだ。ほどなくこれら夢遊病者たちは、それまでは工場や機械力で作っていたものの多くを家庭で手作りする簡便な方法を考え出した。ほとんど精神的な努力もなしで、彼らは木材や燧石や骨から使用に耐えうる道具を考案し造形した。もっとも、相変わらず知的ではあったのに、性向的には不精で無頓着となっていた。切迫した原始の欲望に駆られたときだけ努力した。一個の人間としてのエネルギーを出し尽くすことのできる者はどうやらいなかった。苦しみすら痛烈なものではなくなっていた。すぐに実現できない目的は追求にあたいしないと思われた。経験は痛みをともなわないものになった。魂はあらゆる激痛に無感覚となっていた。男女とも労働し、遊び、愛し合い、苦しんだが、いつも夢見心地の忘我的状態に置かれていた。彼らから離れてしまった大切ななにかを思い出そうとしているかのようでもあった。日々の生活の雑事はあまりに些末で真剣に取り組むものではないと思われた。しかし他にも、きわめて重要なことが、それだけで考える値打ちのあるものとしてあったが、非常に漠然としていたため、それがなんであるかを知る者はいなかった。実際この夢見るような服従状態を意識する者はいなかったが、それは寝ている者が寝ていることに気づかないのと同じであったのだ。

必要な仕事は最小限こなしていたし、その際のふるまいには一種の夢見の妙味すらあったが、余計な労働につながるものはなんであれ価値もないように思われた。そういうわけで、世界の新しい環境に適応してしまうと、完全な停滞がはじまったのである。実践的な知性は、ゆっくりと変化する環境だけでなく、洪水や地震や伝染病にも、やすやすと取り組むことができた。人間はある意味で世界の支配者だったが、支配者としてなにをすべきかは皆目分からなかった。人生のすこやかな目的は、木陰で横たわりながら、できるだけ無為に日々を費やすことだと、どこにいてもそう考えられていた。もちろん、不幸にして人類には、鎮めておかないと厄介をもたらす数々の欲望が備わっていたから、多くの重労働をしなくてはならなかった。飢えや渇きは満たされねばならなかった。他の忘我状態の人びとは世話しなくてはならなかった。人間は同情心と同胞集団の幸せへの思いに取り憑かれていた。唯一の完全に理性的な行為は集団自殺しかないと思われたが、非理性的な衝動がそれを阻んだ。至福をもたらす麻薬が一時的な天国をもたらした。しかし、随分と堕落はしたものの〈第二期人類〉は今では先を見通す力を十分に持っていたので、そのような至福にはそれを上まわる悲惨が続くことも忘れなかった。

　幾世紀が移ろい、幾時代を経るうちに、人間はこんなふうに一見危なっかしそうでも実際にはゆるぎなく安定したまま進んでいった。なにが起きても、獣たちや物理的自然を難なく支配するのに支障となるものではなかった。人類種としての眠りから彼らを目覚めさせる衝撃もまったくなかった。長期にわたる気候変動は、砂漠や密林や草原を雲の流れのように不安定にした。何百万年単位で年月が経つにつれて、パタゴニア地方の隆起がもたらした巨大な地殻の歪みが通常の地質学的変化を大きく増幅し、惑星の表面を造り変えた。大陸が幾つも海に沈んでは隆起し、ほどなく古い地勢は今ではほとんど消えた。これらの地質学上の変化にともない動物相や植物相にも変化が生まれた。人間を絶滅寸前に追い込んだバクテリアも、他の哺乳類たちに大混乱をもたらした。もう一度、惑星には新たな種が播かれる必要があったが、今回はわずかに生き残った熱帯種からのものであった。もう一度、古い類種の大幅な改造があったが、パタゴニアの災禍のあとに起きたことに比べると大変化をもたらすものとはならなかった。さらに人類は神霊的な疲弊が影響して取るに足らない存在となっていたため、他の種に幸運が訪れた。とりわけ反芻動物や巨大猛獣が増殖し、数多くの習性や形態をもつように分岐した。

　しかしこの時期の出来事の生物学的連鎖全般のなかでもっとも注目すべきは、火星人類植民地における虐殺によって散り散りとなり、肺疾患性の病で人間と動物を苦しめた火星の亜生命単位体の歴史だった。年月が経つにつれて、ある哺乳類種は首尾よく再適応を果たしたので、火星人類ウイルスは無害なだけでなく、彼らの繁栄にとっても不可欠なものとなった。もともとは寄生生物と宿主との関係であったものが、そのうち真の共生体ともいうべき協力関係へと発展し、そのようななかで地球の動物たちは消滅した火星生命体に特有の有機的属性のなにがしかを獲得したのである。そのうち〈人間〉自身もこれらの生き物たちを羨むようになり、ついには自身の向上のために火星人由来の「ウイルス」を利用することになったのだった。

ところが、その間、幾百万年ものあいだに、ほぼあらゆる種類の生命が活気づいたが、〈人間〉は別だった。船を難破させた船乗りのように、人間は嵐が去ったあとも長いあいだ疲れ果て筏（いかだ）の上で眠りこけていた。

けれども〈人間〉の停滞は絶対的ではなかった。知らぬ間に生命の潮流に乗って、本来の軌道から大きく逸れて漂流していたのだ。少しずつその習性はより単純になり、人為的でなくなり、より動物的になりつつあった。農耕は廃れてしまった。人間が暮す豊饒の楽園では、もはや必要なかったからだ。防衛と狩猟のための武器は限られた目的だけに合わせて作られるようになったが、同時に多様性がなくなり型にはまっていった。言葉はほとんど消え失せていた。経験に新味がなくなったからだ。よく知っている事実や感情は、ほとんど無意識となった身振りで伝えることが多くなった。物理的にもこの人類種はほとんど変化しなかった。自然の寿命はかなり短くなったが、それは生理的な変化というより、中年期における奇妙で致命的な恍惚状態が増えたせいであった。個人は次第に環境に反応しなくなった。その結果、たとえ激烈な死を免れても飢えで死んだのだった。

しかしこれほど大きな変化をこうむったにもかかわらず、その人類種は本質においては人間だった。かつて亜-人間の類種を生起させたときのような残虐性を持たなかった。第二の人類種の忘我症的な生存者たちは、けだものではなく、自らの単純な生活に完璧に適応した、無垢で素朴で自然児たちだった。多くの点で彼らの状態は牧歌的で羨むべきものだった。ところが、彼らの精神性はかなりぼんやりしたものだったので、自らが受けた恵みはもちろん、先祖たちを燃え立たせたり苦しめたりした高邁な経験についても、明確に意識することは決してなかったのである。

第十章　荒野の〈第三期人類〉

1　〈第三期人類〉

ここまでわたしたちは四千万年ほどの人間の歴史を辿ってきた。この年代記で扱う期間はざっと二十億年である。したがって、本章と次章では、これまで観察してきたより三倍以上の時の経過をかなり高度を上げて速やかに飛翔しなくてはならない。この大いなる時間の広がりは砂漠などでは決してない。多種多様な生命、そして次々に継起していく実に多彩な文明が満ちあふれた大陸である。そこに棲む無数の人間存在は〈第一期人類〉と〈第二期人類〉を合わせたよりもはるかに多い。そしてこれらの生命の一つ一つが、この本の読者と同じくらい豊かで胸を打つ内容を有する宇宙なのである。

この期間の人間の歴史は、非常に多様であるとしても、交響曲全体の一楽章でしかなく、ちょうどそれは〈第一期人類〉と〈第二期人類〉の歴程がそれぞれ一つの楽章を担っているのと同じである。それは唯一の自然な人類と、その自然な人類がついに変貌を遂げた人工の人類によって支配された時代であっただけではない。際限のない逸脱にもかかわらず、人間の意思の唯一の主題というか、つまりは唯一の気分が全体に充満してもいたのだ。今やついに人間の主な精力が自らの肉体と精神の本性を改造することに捧げられる。継起する数多の文化の盛衰を通して、この目標が次第に明らかとなり、悲劇的で破滅的ですらあった多くの実験によって明らかになり、そして表現され、この悠久の期間の終わりに、それがその目的をほぼ達成するように思われるのだ。

〈第二期人類〉がおよそ三千万年間、奇妙な人類規模の昏睡状態にあったとき、前進を促すおぼろな力がふたたび彼らのなかでうごめきはじめた。こうした再度の目覚めには地質学的な出来事が幸いした。海の浸入によって、かつて北大西洋の海底の一部であった島大陸に棲んでいた若干数の〈第二期人類〉が徐々に孤立していった。この島の気候は亜熱帯から温帯、そして亜寒帯へと段々に寒冷化していった。環境の大規模な変化は、隔離状態にあった人類に生殖質の微妙な化学的再編をもたらし、その結果、生物学的な変異が発生した。数多くの新種が現われたが、結局は他よりも精力的で、より巧みに適応した種がすべての競争相手を閉め出し、新しい人類種として着々と自らの地歩を固め、〈第三期人類〉となったのだった。

先行人類の背丈の半分にも満たないこれらの存在たちは、それに見合うように細くしなやかな身体をしていた。皮膚は薄茶色で、輝く後光のような赤みがかった黄金の体毛で覆われ、それは頭部で茶褐色の毛髪となった。蛇を思わせる黄金色の目は深みがあるというより謎めいていた。顔は猫の鼻づらみたいにこぢんまりし、唇はふっくらしていたが、その両端にはえもいわれぬ魅力があった。自尊心と性的讃美の対象であった耳は、個人ごとにも民族ごとにも、きわめて多様であった。この驚くべき器官は〈第一期人類〉にはひたすら滑稽に思われたかもしれないが、気質と一時的な気分を表現した。大きくて微妙に内側にまくれ、絹の肌触りを持ち、よく動いた。そのせいかどこか猫のような頭部に、ほとんどコウモリのような特徴が加わっていた。とはいえ〈第三期人類〉のもっとも際立った特徴は、その大きな細長い手であり、そこから六本の自在に動く指というか生きた鋼鉄の触角が生えていた点である。

〈第三期人類〉は先行人類と違って短命だった。短い子ども時代と短い成熟期を経たあとは、（自然ななりゆきとして）十年の老年期が訪れ、およそ六十歳で寿命が尽きた。それなのに老衰にはかなりの嫌悪感を抱いていたので、自分が老いることが許せなかった。心身の敏活さが翳りはじめると、自殺を選んだ。そんなわけで彼らの歴史における例外的な時期を別にすると、五十歳まで生きる者は絶無に近かったのである。

しかし幾つかの点で、第三の人類種は特にある種のより繊細な精神的能力においては、先行人類の高水準よりは劣っていたけれども、単に退化していたのでは決してなかった。第二の人類種の讃えるべき感覚器官が保たれていただけでなく改良されてもいた。視覚は同じように広く細やかで色彩豊かだった。触覚の識別能力ははるかに高かったが、とりわけ繊細に尖った六番目の指先がそうだった。聴覚はかなり発達していたので、緑豊かな田舎を目隠ししたまま樹々にぶつからずに駆け抜けることができた。そのうえ広範囲にわたる音響とリズムの可聴域には、きわめて繊細なあらゆる情緒的意味が確保されていた。そういうわけで音楽はこの人類種の文明の主要な関心事の一つとなったのである。

精神面では〈第三期人類〉は先行の人類とは実際似ても似つかなかった。彼らの知能は幾つかの点で敏活であったが、知的というよりは抜け目なく、理論的というよりは実際的であった。抽象的な理知の世界よりは感覚的経験の世界に、さらに無生物よりは生物にはるかに興味を示した。ある種の芸術にも、実際にはある種の科学分野にも秀でていた。とはいえ、科学に惹かれたとは言っても、知的な好奇心というよりは実践的で美的な必要性に迫られたからだった。たとえば数学においては（十二本の指があったため十二進法に大きく頼った）、計算にはすばらしく長けていたが、数の本質を探究するような好奇心を抱くことは決してなかった。物理学においても空間のより不明瞭な特性を発見しようとはしなかった。実際彼らには不思議なくらい好奇心が欠けていた。したがって、ときに先鋭な神秘的洞察の力がありながら、真剣に哲学的修練に励むことはなく、神秘的な直感をその他の経験に関連づけようともしなかった。

原始段階にあったときの〈第三期人類〉は機敏な狩人であったが、同時に強烈な親的な衝動があったため、捕獲した動物のペット化に耽溺した。存続した期間を通じて、彼らはあらゆる種類の動植物への超人的なまでの共感力や理解力——以前の人類ならそう言っただろう——を顕在化させた。このような生き物の本性への洞察と、生命活動の多様性への飽くなき関心は、第三の人類種の存続期間をとおして支配的な衝動となった。そもそも彼らは狩人としてだけでなく、牧夫としても動物飼育者としても長けていた。生まれつきあらゆる手仕事に、とりわけ生き物の扱いにかなりの能力を見せた。一人類種として、あらゆる種類の遊びに、とりわけ手を操る遊びに、そしてそのなかでも生き物と器用な手つきでたわむれることに酔い痴れた。家畜化したアメリカヘラジカもどきのシカに乗るときには、はじめから見事なわざを見せた。ある種の群居性の狩猟動物も飼い馴らした。現在の堂々たる大型オオカミの血統は、熱帯地方にいた火星生命体由来の疫病の生き残りに、さらにはパタゴニアの災禍のあと世界中に繁殖していた北極ギツネの例の末裔たちに至るまで遡るものだった。この動物を〈第三期人類〉は牧羊や狩りの助手にしただけでなく複雑な狩猟ゲームをするために調教した。この猟犬と主人のあいだには、まことに特殊な関係、すなわち一種の霊的な共生、無言の直感的な相互洞察、正真正銘の愛が生じることもしばしばであったが、それは経済的な協調を基礎に置きながら、宗教的な象徴作用や赤裸々な性的親密さが合わさった、第三の人類種に特有の作法で調律されてもいたのだ。

〈第三期人類〉は牧夫や羊飼いとしてかなり早い段階から品種改良を実践し、あらゆる動植物を改良し向上させることにいよいよ没頭した。あらゆる部族長の自慢は、部族の男はより雄々しく、女は他よりも美しく、それだけでなく縄張り内のクマはもっとも気高いクマらしいクマであり、鳥は非の打ち所ない巣作りをし、どこの鳥よりも巧みに飛び歌うことだった。あらゆる動物種および植物種についても同様であった。

こうした生物学的な制御は、はじめは単純な交配実験によって、しかしのちには幼い動物や胎児、（さらにのちには）生殖質に荒っぽい生理的操作を加え続けることによって達成された。かくして、苦痛を与えることに縮み上がるやさしい心根の人びとと、いかなる犠牲を払っても創造をしようと意欲する情熱的な操作者とのあいだにけんかが絶えなかったが、それが非常に宗教的な苛烈さをともなう戦争の原因となることも多かった。実際このような争いは個々人のあいだだけでなく各自の心のなかでも生まれた。というのは皆が狩人であり操作者であっただけでなく、自分たちが責め苛む獲物に対してすら直観的に共感したからである。この上なくやさしい心根の人たちのなかにさえ生まれる純粋の残忍さの性向によって争いは増大した。この嗜虐的性向は心の底では感覚的経験への神秘的とでもいうべき敬意のあらわれだった。肉体の苦痛は五官が捉えるあらゆる特質のなかでもっとも強烈なので、もっとも卓絶したものであると考える傾向があった。これは残虐さよりはむしろ自虐へつながると予想されるかもしれない。そうなったこともある。しかし概して自らの肉体の苦痛を賞味できない人たちは、下等な動物を責め苛みながら生き生きとした魂の現実感を、ひいては高度な卓絶美を創出しているのだと、納得することができたのだ。彼らが言うには、それは苦痛そのものの張りつめた現実であり、それが苦痛を人間にも動物にも耐えがたいものにするのだった。聖なる精神の超脱のもとで見ると、それは真の美のなかに現われるものであった。そして人間であっても、それが人びとではなく動物たちのなかに生起するときにその卓絶美を賞味できると彼らは主張したのである。

〈第三期人類〉は体系的思考への興味を欠いていたが、個人や社会がかかわる経済の分野とは別の問題に関心を払うことが多かった。美的な渇望だけでなく神秘的な渇望をも経験した。先行の人類種がこの惑星における生命の最高の達成として讃えた人間的品格のより洗練された美を賞味することはなかったが、〈第三期人類〉自身は彼らなりに人間の本性を、実際には動物の本性をも最大限に活用しようとした。彼らは〈人間〉を二つの側面から考察した。第一に、人間は比類ない才能に恵まれた、あらゆる動物のなかでもっとも高貴な存在であった。神の一番の芸術作品であると言われることもあった。しかし第二に、人間の特別な美質は、すべての生き物の本性への洞察とその操作能力なのであるから、人間そのものが神の目であり手でもあった。こうした確信は〈第三期人類〉の宗教において繰り返し表現されたが、そこではアホウドリの翼や大型のオオカミ犬の顎(あご)やシカの脚などを合成した動物が神の似姿として採用された。こうした神の似姿(イメージ)には、手や目や生殖器が人間的要素として表現された。そして神の両手には多種多様な人びとが存在する世界が抱えられていた。世界は神の原初の潜在力の果実として、しかし同時に手によって劇的に改変され捻じ曲げられて完成していく途上にあるものとして表象されることも多かったのである。

〈第三期人類〉の文化のほとんどは、万物にみなぎる神霊としての〈生命〉への漠然たる崇拝によって支配されていた。それは無数の多様な個人のなかに現われていた。そして同時に、生き物たちへの、そして漠然と思い抱かれる生命-力への直観的な忠誠心は、加虐愛によって複雑になることが多かった。というのは、まず第一に、当然ながら高等な存在に尊ばれるものは下等な存在には耐えられないかもしれないことが認識され、すでに言われてきたように、苦痛そのものがこの人類種のすぐれた卓絶美であると考えられていたからである。さらに二番目のあり方として、ふたたび加虐愛が表面化した。能動体あるいは主体としての〈生命〉への崇拝は、環境への崇拝と補完的関係にあった。環境は生命の主体性にとって客体としてあり、生命にとっては常に異物であり続け、生命の進取的活力を妨害して責め苛み、生命を可能にし、まさに抵抗的存在であることにより生命を高貴な表現へと駆り立てるものであった。苦痛とは神聖にして普遍的な〈客体〉をこの上なく生き生きと把握することだと言われたのである。第三の人類種の思考は決して体系的ではなかった。それでも、その人類種は先述のようなやり方で〈生命〉の勝利と敗北に同時にかかわる美への茫漠たる直観を合理的に説明しようと懸命になったのだった。

2 〈第三期人類〉の逸脱

ざっとそんなところが、第三の人類種の肉体と精神の性質だった。幾らでも気晴らしがあるだろうに、〈第三期人類〉の神霊は一千もの多彩な文化があるなかから生物学的な関心の糸を手繰り続けた。幾度も人びとは野蛮と未開から比較的啓蒙された状態へと這い出てきた。そしてこの啓蒙段階の主題は、常にではなくてもたいていは、生物学的な創造性、あるいは加虐性、さもなければこの両方から成るある種の特殊な気分だった。そのような社会に生まれ落ちた人間には、なにが支配的な特徴であるのか分からなかった。むしろ自分の時代の人間的活動の多面性に感銘を受けたのである。社会組織や産業上の発明、芸術や思索がかかわる豊かな交流に注目したが、そのすべてが普遍的な母型というか、つまりは自己を維持し表現しようとする個人的な闘いへと組み込まれていた。とはいえ、歴史家なら、一つの社会のなかに、こうした多面的な豊かさを超えたなんらかの支配的な主題をひんぱんに見いだすかもしれない。

それから幾度となく、二、三千年、あるいは二、三十万年の間隔を置いて、人間の気まぐれは地球の動植物相へと圧を及ぼし、ついには人間自身の改造という事業へと向けられた。幾度も繰り返してさまざまな原因によって努力は頓挫し、その人類種はふたたび混沌へと沈んだ。実際かなり異なった音調で文化の間奏曲を奏でたこともあった。その人類種の歴史の初期において、またその本性が固定化される前に、ギリシア文明によく似た真に知的な非産業主義的文明が生じたことがあった。ひんぱんではなくてもときどき、第三の人類種は、アメリカと化した〈第一期人類〉のように、浪費型の産業主義的世界文明へと自ら迷い込んだこともあった。総じてその文明は他の諸問題に関心を向けすぎていて、機械装置に心を奪われることはなかった。とはいえ、少なくとも三度はその虜となった。これらの文明のうち一つは風や落水から、一つは潮の流れから、また一つは地球内部の熱から主要エネルギーを引き出した。最初の一つは、エネルギーに限界があったため産業主義による最悪の事態に陥らずにすんだが、数十万年は不毛に停滞し、ついには不可解なバクテリアによって壊滅した。二番目は幸運にも短期ではあったが、五万年にも及んだ潮流エネルギーの際限ない浪費によって、月の軌道に大きな影響が及んだ。この世界秩序は一連の産業戦争によって結局は崩壊した。三番目はすばらしく健全で効率のよい世界組織を二十五万年は存続させた。その存続期間のほとんどを通じて、蜂の巣のなかに生じるほどの内紛もない、ほとんど非の打ち所ない社会的調和が実現した。それなのに、文明は結局またしても挫折したのだが、今度は専門化した産業主義的探索のために特殊な人類種を培養するという誤った努力のせいだった。

しかしながら、産業化は逸脱以外のなにものでもなかった。それはこの人類種の存続期間を通じて長く悲惨な心得違いとなったのである。他にも逸脱があった。たとえば、顕著なまでに音楽的な文化が何千年も続いたことがあった。それは〈第一期人類〉には決して起きるはずのなかった文化だった。それにしても、すでに述べたように、第三の人類種は、聴力が、そして音やリズムへの情緒的な感性がとりわけ発達していた。その結果、ちょうど全盛期の〈第一期人類〉が機械装置に非合理な妄執を抱くことで混乱へと導かれたように、まさに〈第三期人類〉自身、生物学的操作に心奪われて幾度も零落したように、自分たちの音楽的才能に魅入られたのである。

これら途方もなく音楽的な文化のなかで、もっとも著しかったのは、音楽と宗教が結びついて、遠い昔の宗教と科学の独裁に匹敵するほど厳格な独裁を形成したことである。これらのエピソードのなかの一つは、しばし深く立ち入るにあたいする。

〈第三期人類〉は個人の不滅性を渇望する傾向があった。彼らの寿命は短く、生命への愛も強烈だった。ひとりひとりの人生のメロディが陰鬱に老いて色褪せ、休止して決して反復されないことは、彼らにとっては存在の本性における悲劇的な欠陥のように思われた。今や音楽はこの人類にとって格別の意味があった。音の経験はかくも強烈だったので、彼らはそれをある意味で万物の根底にある実在であると考えようとした。苦労の多い悲しいことばかりの生活から機会を見て得た余暇の時間に、農夫たちは寄り集まって歌や笛や弦楽器(ヴァイオル)で、日々の労働よりも美しく現実味のある宇宙を自分の身辺に呼び寄せようとした。音調とリズムの汲めども尽きない多様性に、彼らの感性を集めて耳を傾けながら、音楽という生命存在に夢中になり、それによりもっと華やいだ世界へと導かれていくような気になった。メロディの一つ一つが神霊であり、音楽の宇宙で独自の生を送っていると彼らが信じたのは無理はなかった。交響曲や合唱はそれ自体があらゆる楽団員に内在する単独の神霊だと想像したことも不思議ではなかった。男女が偉大な音楽を聴くときに個体性の壁が崩れ去り、音楽との交感を介して一つの魂となるように思われたのも不思議はなかったのである。

その預言者は高地のある村で生まれた。音楽への素朴な信仰がとくに公式のものではなかったが熱心に奉じられていた村だった。ほどなく預言者は途轍もない歓喜と比類なく味わい深い悲哀の高みへと農夫である聴衆を導くようになった。それからついには思索をめぐらせ、自らの思想をある偉大な吟遊詩人の権威を借りて説教しはじめた。彼が苦もなく人びとに信じ込ませたことは、音楽は実在である、他はすべて幻である、宇宙の生きた神霊は純粋音楽である、個々の動物も人間も死ぬときは永遠に消滅する体を有していても音楽的な不滅の魂の持ち主であるということだった。彼が言うには、メロディはいかなる事物よりも儚い。生まれては消える。大いなる沈黙に呑まれ、表面的には消滅する。移ろいこそがメロディの存在の本質である。とはいえ、メロディにとって休止は非業の死であるけれど、すべての音楽は永遠の生を秘めてもいると、預言者は断言した。沈黙のあと、メロディは新たな生命を帯びてふたたび生起するかもしれない。時が経っても老いない。その生まれ故郷は時を超えた国にあるからだ。しかもその国は、あらゆる男女の、いや、音楽の資質に恵まれたあらゆる生き物の故郷でもあると、その若き音楽家は熱心に説いた。不滅性を求める人びとは夢うつつの魂をメロディとハーモニーへと目覚めさせるよう努めなくてはならない。そうすれば彼らは各自の音楽の独創と熟達の度合に応じて永遠の生命のなかに自らの立ち位置を得ることだろう。

預言者の教義、そして情熱的なメロディは、燎原(りょうげん)の火のように広がった。楽器と声の音楽があらゆる牧草地や穀物畑に響き渡った。政府はこれを抑圧しようとしたが、一つにはそれが農産業の邪魔になると考えたから、多くは情熱的な主題が宮廷の貴婦人たちにも鳴り響き、幾世紀もかけて洗練されたものを損なう恐れがあったからだ。いや、社会の秩序そのものが崩壊しはじめていた。重要なのは貴族的な氏素性ではなく、ましてや(有閑階級が大いに尊んでいた)由緒正しい音楽形式に熟達することでもなく、リズムとハーモニーがおのずと湧き上がる感情表現の才能であることを、多くの人びとが声高に宣言しはじめたからだ。迫害は栄光の殉教者の一団とともに新しい信仰を堅固にした。殉教者たちは火炙りになろうが高らかに歌うと公言されていたのである。

ある日、それまで因襲の虜になっていた神聖君主自らが、誠実さと策略を半々に、自分が臣民の信仰に改宗したことを宣言した。官僚制は啓蒙独裁制に席を譲り、君主は〈至高のメロディ〉の称号を戴き、社会秩序を農夫たちの好みに寄り添うように全面的に造り変えた。狡猾な君主は、臣民の聖戦的な情熱に支えられ、信仰が王国の全土に速やかに自発的に広がったことも幸いして、全世界を征服し、〈普遍ハーモニー教会〉を創設した。その間、預言者自身はあまりに容易に成功したことに困惑して山に引きこもり、山の大いなる静けさに感化されながら、自らの芸術を、すなわち風と雷と滝の音楽を完成させようとした。しかしながら、間もなくすると、高原地帯の静寂は、皇帝が預言者を表敬し帝都へ護送するようにと送り込んだ軍楽隊と教会合唱隊の大音響によって掻き乱された。一悶着がなくもなかったが、預言者は保護され〈音楽の崇高寺院〉に預けられた。そこで囚人として拘留され、〈神の大音響〉の称号を与えられ、釈義が必要な託宣者として世界‐政府に利用された。二、三年すると、寺院と世界中の代理委員団の官選音楽が預言者を精神錯乱の狂気に陥れた。そのような状態になった預言者は当局にとってさらに利用しやすくなったのだった。

こんな具合に〈聖なる音楽帝国〉が創建され、一千年に及ぶ秩序と目標がこの人類種にもたらされた。預言者の御言葉は、歴代の有能な支配者によって注釈を施されて巨大な法体系の礎となり、それが次第に聖なる権威のもとで地方のあらゆる法典を補完した。根底にあったのは狂気だった。しかしその最終的な表現は無邪気で尊い愚者の花で飾られた巧妙な常識だった。一貫していたのは、個人は一定の欲望や権利を有し、そして一定の社会的義務を負う生命体であると抜け目なく暗黙裡にみなされたことである。しかしこの原則を表現し詳述する言語は、あらゆる人間は社会というさらに偉大な主題のなかで完成を求める一つのメロディであるという作り事にもとづく戯言（たわごと）だった。

こうした千年王国体制が終わりを迎える頃、信者たちが分裂した。新しい熱狂的な分派が、その音楽宗教の真の神霊は教会中心主義によって抑圧されてきたと主張したのだ。その宗教の創設者は、ひとりひとりの音楽的な経験、つまり〈聖なる音楽〉との強い情緒的な霊的交わりによる救済を説いていた。なのに教会はこの中心的な真理を少しずつ見失い、メロディと対位法の客観的な形式と原理に不毛な関心を向けるようになったと言われた。救済は主観的な経験ではなく耳では捉えられない音楽技法の規則の遵守により得られるというのが、公式の見解だった。では、この技法とはなんなのか。社会秩序を聖なる音楽的理法の実践的表現にすることなく、聖職者と政治家は単なる社会の便益に叶うようにこれらの神聖なる法を誤って解釈し、ついに音楽の神霊を失ってしまったのだった。そうこうするうちに対抗的な再興運動が起こった。反逆者たちの自己中心的な贖罪の気分は嘲弄された。人びとは自身の感情よりは音楽そのものの神聖にして見事に秩序づけられた形式に心を寄せるよう奨励されたのである。

その反逆者たちが、それまでは二の次となっていた人類への生物学的な関心を抱きはじめた。少なくともより敬虔な女たちのあいだで、傑出した音楽の才能と感性を持つ子を産みたいという欲望が性交に影響を及ぼしはじめた。生物科学は初歩的段階にあったが、選抜育種の一般原理は知られていた。一世紀が経つうちに、こうした音楽のための育種、すなわち「魂」の育種という政策は、個人的な性癖から人類的な妄念へと変わっていった。それがかなりの成功を収めたため、しばらくすると新しい類型が普通になり、一般の人びとの承認と献身のもとで繁殖した。これらの新しい存在たちは実際に音楽に対して途轍もない感受性を示し、ヒバリのさえずりが陳腐だと言ってはひどく煩悶し、自分が気に入った人間音楽に感応すると決まって失神するほどであった。自分たちの趣味に合わない音楽の刺激を受けると見境をなくして演奏者たちを殺してしまう傾向があった。

正気を失った一人類種が人間的愚かさが生み落としたこれら被造物たちの気まぐれに屈服し、ついに彼らが短い期間ながら音楽神権国家の専制的な支配者階級へと成り上がるまでの各段階をわざわざ辿る必要はないだろう。彼らがどのようにして社会を混沌へ陥れたか、またいかにして結局は混乱と殺人の時代を経て人類が正気に戻り、しかし同時に苦い幻滅に陥り、自らの企図の方向全体を再調整しようと努力する決意をなくしたかを述べるには及ばないだろう。文明は砕け散り、人類が数千年もの休眠を経たあとまで再建することはなかった。

こうして、おそらく最も哀れな人類的妄想が終わりを告げた。真正の強烈な美的経験から生まれたこの人類種は、最後まである種の狂気じみた気高さを保ったのだった。おびただしい数の文化が他にも生起し、長い野蛮の時代に分断されることも多かったが、この短い年代記では無視しなくてはならない。その大多数はおおむね生物学的な傾向を帯びていた。たとえば、飛ぶことに、つまりは鳥への妄執的な好奇心に、あるものは新陳代謝の概念に、幾らかは性的な創造性に、そして多くの場合、一般的ではあるが概して愚かな優生学的政策に心奪われたのだった。これらはすべて看過せざるをえない。そうすることで、わたしたちは、第三の人類種のあらゆる民族のなかでも最大の民族が、自らを新たな生命の形へと捻じ曲げていく様子を観察するために舞い降りることになるだろう。

3　生命芸術

第三の人類種の神霊が最大の輝きを達成したのは、異常なまでに長い低迷のあとだった。この啓蒙の時代に至るまでの各段階を観察するには及ぶまい。結果は実に目覚ましい文明であったというだけでよしとしよう。ただし建物を密集させるなど思いも寄らず、暖を求める以外は衣服も着用せず、産業が発達しても、そのすべてを別の活動に従属させた体制に文明という言葉を用いてよければの話であるが。

　この文化の初期に、狩猟と農耕の要求と、生き物の操作という自然の衝動が、原始的でありながら有益な生物学的知識の体系をもたらした。その文化が惑星全体を統一するやいなや、他ならぬ生物学から化学と物理学が生まれた。同じ頃に、まずは風と水、のちに地熱を基礎にし、よく管理された産業体制により、望むだけの物質的な贅沢と、生存を続けるための仕事によって相当な余暇がその人類にもたらされた。これよりも力強く圧倒的な好奇心がなかったら、おそらく他の多くの人類種がそうなったように、産業化そのものがその人類を麻痺させていたことだろう。ところが、この人類にあっては、種全体を特徴づけた生き物への関心は、産業化がはじまる以前から支配的であった。〈第三期人類〉の利己主義は、経済力を行使したり、富による虚飾では満たされなかった。その人類種が利己主義を免れていたわけではない。それどころか〈第二期人類〉を際立たせていた自発的な利他主義をほぼ失っていたのだ。とはいえ、ほとんどの時代に〈第三期人類〉を魅了したと言える唯一の私的虚飾は「財産」に対する原始的な関心に直結するものだった。数多くの高貴な獣を所有することは、経済力のあるなしを問わず、社会的地位のしるしだった。実のところ庶民は、単なる数か、あるいはせいぜい公認品種の型通りの価値に満足しただけだった。しかしより洗練された者たちは、生命形態を制御するときに、ある種の非常に厳格な美的卓絶性の原理を探求したり誇示したりしたのである。

実際その人類種は生物への洞察力を獲得したので「生命塑造芸術」とでも言えそうな実に目覚ましい新芸術を発達させた。これは新しい文化の主な表現手段となった。誰もが宗教的な熱意を込めてそれを実践したが、それが生命-神への信仰と実に密接に結びついていたからだ。この芸術の規範と、この宗教の訓戒は時代ごとに揺れ動いたが、概してある種の基礎的な原理は受容されていた。というよりむしろ、生命芸術の実践は至高の目標であり、功利的な精神で扱ってはならないという、ほとんど常に普遍的な同意があったにもかかわらず、対立する党派の嗜好に合わせた二つの相反する原理が存在した。生命芸術の一つの様式は、個々の自然な類型の潜在性を調和のとれた完璧な性質として余す所なく引き出すか、あるいは同じように調和のとれた新しい類型を創り出そうとするものだった。もう一つは怪物を産み出すことに誇りを感じるものだった。生物の調和と豊かさの全体性を犠牲にして一つの能力だけを発達させることもあった。たとえば、他のどの鳥よりも速く飛ぶ鳥が生み出されたが、繁殖はおろか餌も食べなかったので、人工的に生かし続けなくてはならなかった。かと思えば、本性からいって相容れない性質が幾つも単独の生き物に無理に与えられ、危険な責め苦のような均衡のもとに置かれ続けることもあった。幾つか例を挙げるなら、前脚が生毛の生え揃った鳥の翼の形状をもつ肉食哺乳類を生み出した技術は、かなりの話題になった。この生き物は体形のバランスが悪くて飛ぶことができなかった。移動するときは翼を広げてこけつまろびつ走ることしかできなかった。怪物の例を他にも挙げるなら、双頭の鷲とか、熟練者の驚異の技術によって尻尾を脳や感覚器官や顎を備えた頭部に変えられたシカがいた。この奇怪な芸術においては、生き物への関心は、わたしたちの目的を定める神のような運命、とりわけ内なる運命に心を奪われて嗜虐趣味に染まっていた。もちろん、より世俗的な形を採る場合には、それは力への利己的な欲望の荒っぽい表現となったのである。

このような怪物性や自己矛盾のモチーフは、もう一方の調和のとれた完全性というモチーフに比べると見劣りがしたものの、少なくとも潜在的な影響を絶えずもたらしたのである。優勢な、完全性–探求の動きの至高の目的は、非常に多様な動植物相のなかでも地球生命の頂点にして道具でもある人類で惑星を装飾することだった。それぞれの生物種、そしてそれぞれの変種は、生命類型の大いなる循環のなかで、それぞれの場所を持ち、それぞれの役割を持つ。それぞれが各機能に合うように内的に完成されることになる。過去の生命形式の有害な名残があってはならず、どの能力も互いに真に協調し合うものでなくてはならない。しかし繰り返すが、至高の目的は個々の類種だけでなく惑星の生命摂理全体にもかかわっていた。そういうわけで、最小のバクテリアから人間に至るあらゆる序列の類種が存在するとしても、いかなる類種も自分より高位の類型の破壊によって繁殖することは、正統的な神聖芸術の規範とは相容れなかった。しかしながら、嗜虐趣味の芸術様式においては、特に絶妙で悲劇的な美は、下等な類種が高等な類種を絶滅させる状況のなかに内在すると言われていたのだ。この人類の歴史においては、二つの流派が幾度も血みどろの抗争に耽っていたのだが、それは嗜虐派が正統派の高貴な作品をむしばむ寄生生物を創り続けたからである。

生命芸術を実践した人びとのなかには、そしてある程度は誰もが実践したのであるが、正統的な原理をあえて否定しながら、グロテスク芸術で悪名も名声さえも勝ち得た者が少しはいた。一方また、運に恵まれることなく、追放どころか殉教をも甘受する覚悟で、自らの作品は生命的本性の普遍的な悲劇の有意義な象徴であると主張する者もいた。しかしながら、大多数は聖なる規範を受け容れた。というわけで彼らはある種の公認された様式のなかからどれか一つを選ばなくてはならなかった。たとえば、現存している生き物の改良を追求してもよかったが、そのときにはその生き物の能力を完全なものにしたり有害で無益なところをすっかり除去したりした。あるいは他に、さらに独創的で危険な作品、すなわち、新しい類種を創造し、世界内において未だ満たすものがなかった生態的地位を、新しい類種の創造により満たす作業に着手してもかまわなかった。これを目標に、彼らは適切な生物を選り抜き、新しい計画に沿って再創造を試み、新しい生存法にしっかりと適応した、完全に調和のとれた性質を有する生き物を創り出そうと努力した。この種の仕事においては、さまざまな厳格な美の原則が遵守されなくてはならなかった。したがって高等な一類種を下等な類種へと後退させたり、なんらかの方法で一つの類種の能力を衰弱させることは、悪しき芸術だと考えられた。そしてさらに、芸術の真の目的は個々の類種を生み出すことではなく、世界規模の完全に体系的な動植物相の創出なのであるから、意図した以上に高い水準に達した類種を、たとえ過失であれ損傷することは許されなかった。正統な生命芸術の実践は協調的な事業とみなされていた。神のもとでの至高の芸術家とは、全体としての人類だった。至高の芸術作品とは、この惑星を飾る生命形式の精妙この上ない衣裳のことであり、至高の〈芸術家〉の喜びに違いないにしても、それに関して言えば人間は被造物であり道具でもあったのだ。

もちろん、応用生物学がずっと以前の〈第二期人類〉の存続期に到達した最高水準をはるかに超えて進歩するまでは、ほとんどなにも達成されてはいなかった。かつての品種改良家たちの経験則よりもずっと多くのことが必要だった。遺伝に関するより精密な原理を発見し、胚のなかの実際の遺伝的要因を操作する技術を考案するには、第三の人類種のあらゆる民族のなかで今日もっとも聡明な人びとであっても、幾千年もの研究が必要であった。化学と物理学のより深い領域が開示されたのは、このような生物学そのものに関する洞察が深まったからであった。そしてこの歴史的展開のもとで化学と物理学は生物学的な方法で表現されたのだが、その際には電子は基本的な有機体、そして宇宙は有機的統一体とされたのである。

ここで、農地や工場が点在する動植物園あるいは野生保護区の、ほとんど巨大なシステムとして組織された惑星を想像してもらいたい。あらゆる巨大交流センターで年一回と月一回の品評会が催された。最新の創作品が審査を受け、生命芸術の高位聖職者によって判定され、名誉を授けられ、宗教的な儀式をもって奉献された。こうした品評会では、出展品のいくつかは実用的であり、他は純粋に美的なものだった。そこには改良された穀物や野菜や家畜、異常なくらい知的で丈夫な牧羊犬の変種、農業や人間の消化に特に役立つ新種の微生物を出品してもかまわなかった。しかし純粋な生命芸術における最新の成果もあった。大きく優雅な脚をした角なしの競走ジカ、これまでにない役割を身につけた鳥や動物、生存競争においてあらゆる現存種を凌(しの)ぐように意図されたクマ、特殊な器官と本能を有するアリ、宿主が寄生生物から利益を得られる真の共生を形成するための寄生生物と宿主の関係における数々の改良、などなど。また、これらの奇跡を創り出した血色のよい裸の半神半獣もどきの生き物たちも至る所にいた。グルカ兵の体格をした内気な森の民が、カモシカ、ハゲタカ、新種の大型ネコのような徘徊動物の脇に立っていた。威厳に満ちた若い女が何頭もの巨大グマを率いて会場に繰り出して騒ぎを起こすこともあった。群衆が生き物の歯や脚を品定めしようとまわりに押し寄せると、女はひやかし客を叱りとばし、順番を待つ客たちから追い払った。この時期の人間と獣の通常の関係は、非の打ち所なく親密なものとなっており、家畜動物の場合は絶妙で、ほとんど痛切なまでの愛慕の念を互いに抱くに至ることがあった。野生の獣でさえ、狩猟や神聖闘技会といった特別の状況下にあるとき以外は、決して人間を避けることなく、ましてや攻撃することはなかった。

最後に特記すべきことがある。獣たちの戦闘力は他の能力に引けをとらないくらい賞讃された。男女ともに命がけの闘いの見世物に、野蛮な歓喜というか、ほとんど恍惚となったのである。その結果、異なる種の動物が互いに猛り狂い、死を賭して闘うことも許される公式の催事があった。それだけでなく、獣と男、男と男、女と女、そして本書の読者は驚くだろうが、男と女の聖なる闘いも催された。この人類種の場合、女は盛時には自分の伴侶と体力的に互角だったからである。

4　紛糾する政策

ほとんど当初から生命芸術はある程度の躊躇はあったものの人間自身にも適用された。大きな改良がもたらされたが、それは物議をかもさない改良に限られた。過去の文明から持ち越された多くの病や異常は根気よく根絶され、さまざまな根本的欠陥も治癒された。たとえば、歯や消化器官や腺機能や循環器系は大幅に改善された。この上ない健康や見事な肉体美が当たり前になった。出産は痛みもなく健康によい営みとなった。老衰は引き延ばされた。実践的知性の水準ははっきりと分かるほどに高められた。これらの改革は世界-共同体が支援する研究や実験の大規模な協調による努力によって可能となった。しかし個人的な企ても成果をもたらした。子孫に対する配慮についての考え方が〈第一期人類〉のときよりも男女の関係を意識的に左右するようになっていたのである。あらゆる個人が、男も女も自分の遺伝的組成の特徴を知っており、異なった遺伝的類種の交配からいかなる子孫が見込まれるかを知っていた。そんなわけで、求愛時の若い男は、愛する女に対して、自分の心は彼女の心を歓喜で満たすように生来的に運命づけられていると口説くだけでは十分でなかった。特別に優秀な子どもを産む手伝いができるかもしれないと説得しようとした。こうして型通りの理想の類種へ向けての一連の選抜育種がとどこおりなく進行していった。幾つかの点で、その理想は何千年も変わらなかった。それには、健康、猫のような敏捷さ、手先の器用さ、音楽への感性、生命芸術の分野での良し悪しをめぐる洗練された感覚、生活全般における直感的で実際的な判断力が含まれていた。長寿や老衰の根絶も探求され、部分的には達成された。流行の波によって、性の相手を、闘うときの勇猛さや、ある種の特殊な顔の表情もしくは声楽の技量で選んだりした。しかしこうした一過性の気まぐれはどうでもよかった。変わることなく常に望まれる特性だけが実際には私的な人為選択によって強化されていたのである。

しかしついにもっと野心的な目的が受け容れられる時代がやってきた。世界-共同体は今や高度に組織化された神権階級の体制下にあり、生命を司る聖職者と生物学者から成る至高の評議会によって、厳格ではあったが概して慈悲深く統治されていた。ひとりひとりが、もっとも卑しい農業労働者に至るまで、社会における固有の地位を占めていたが、それは至高の評議会あるいはその代議員らが、既知の個人的遺伝資質と社会の要請に従って割り当てたものだった。もちろん、この方式は悪用されることもあったが、概して深刻な軋轢もなく機能した。生物学の知識はかなり的確だったので、各自の精神的力量や特有の素質は問題なく把握されており、社会における自分の割り当てに背くことは自らの遺伝資質に背くことであった。この事実はあまねく知られていたし、不満もなく受容されていた。仲間うちで競争したり勝利したりする余地は十分にあったので、上位階級への昇格によって自らの本性を超えるという漠然とした試みに耽ることはなかった。このような事態は、生命の宗教や生物科学の真理への普遍的な信仰がなかったなら不可能であっただろう。すべての普通人が各自の能力にふさわしい水準で聖なる生命芸術を活発に実践していなかったなら、やはりそれはありえなかっただろう。かなり人口が減少していた世界の大人たちひとりひとりが、いかに慎ましい分野においてであれ、自らを創造的な芸術家とみなしていた。そして概して、男も女もその仕事に魅了されていたので、社会の組織化や統治を、それにふさわしい人びとに委ねても十分に満足していた。そのうえ社会そのものを特殊技能の人びとから成る有機組織体とみなす考え方が、各人の心に潜んでいた。組織化された人類への強烈な気運は、この人類にあっては強烈な利己主義の衝動をすら抑制する傾向があった。そこに争いがなくはなかったのだが。〈第一期人類〉にはほとんど信じられないことだが、そのような社会が今や人類の改造に乗り出したのだ。不幸にして、その目標については意見が紛糾した。正統派は長く手掛けてきた作業を継続したいだけだった。もっとも、さらに大がかりな企図と協調を提案してはいた。彼らは人間の肉体を完成させるつもりでいたが、それは当面の計画に沿うものだった。人間の精神を完成させるつもりでいたが、本質的に新しいものを導入しようとはしなかった。人間の体格、知覚力、記憶、知性、感情的本性は、ほとんど見分けがつかぬほど改良すべきであるが、本質的には以前と変わらぬように留めておかなくてはならないと言われていた。

しかしながら、二番目の流派は、最終的には正統派を説き伏せ、彼らの見解をある重要な点で敷衍した。すでに述べたことだが、〈第三期人類〉は個人の不滅性に対する古くからの願望に取り憑かれる傾向があった。この願望は〈第一期人類〉のあいだでは概ね強かった。そして〈第二期人類〉でさえ、その大いなる超脱の才にもかかわらず、人間的な品格への憧憬のゆえに魂は不滅であると信じ込むことが間々あった。寿命が短く理論的ではなかった〈第三期人類〉は、あらゆる種類の生き物、そして生命行動のあらゆる多様性への情熱をもって、不滅性をさまざまな形で想い描いた。彼らの最後の文化においては、あらゆる生き物が死ぬときは別の世界に移ることを〈生命の神〉が認めていると想像されていたが、そこは慣れ親しんだ世界と酷似した、しかしもっと幸せな世界だった。彼らは神の面前で生を送り、自由気ままに種々の生命創造を手掛けることで神に奉仕すると言われていた。

二つの世界は交信可能であること、そして最高位にある地球生命はもっとも巧みに交信する者であること、さらには来世についてさらに十分な啓示を受けるときが今や訪れたことが信じられていた。したがって、来世からの助言によってこの世を導くことを官職とする、高度に特殊化した異界通信者を育てることが提案された。〈第一期人類〉の場合と同じく、未知なる世界とのこうした交信は、心霊術的な昏睡のなかで生まれると信じられていた。そこで、非常に感応力の強い霊媒を育て、標準的な個人の霊媒としての力を高めることが新たな事業となったのだった。

しかし、大きく異なる目標をかかげた流派もあった。彼らが言うには、人間は非常に高貴な生命体である。わたしたちは他の生命体を扱ってきたが、それはその生命体のなかのもっとも高貴な属性を高めるためだった。同様のことを人間にも施すべきときである。人間におけるもっとも際立った点は、脳と手による知的な操作である。今や手は実質的に現代の機械に追い越されているが、脳が凌駕されることは決してないだろう。したがって、厳密に脳のため、知的な協調行動のための品種を創造しなくてはならない。機械で遂行できる有機的機能のすべては機械に移管し、それにより有機的な生命のすべてが、脳-創造と脳-機能に集中されなくてはならない。わたしたちは一つの生命体を生み出さなくてはならないが、それは原始的な祖先から残され、かすかな知能によって危なっかしく制御されている遺物の単なる集塊であってはならないだろう。人間以外のなにものでもない人間を製造しなくてはならない。これを成し遂げたときは、わたしたちが望めば、彼に不滅性についての真実を見つけ出すよう依頼することができるだろう。さらには人間の諸事万般の統括を安心して委ねることができるかもしれないのだ。

支配者階級はこの政策に大反対だった。かりに成功しても、生命美学の原理をことごとく破壊するような本性を備えた、かなり非調和な存在を生み出すだけだろうと主張したのである。人間とは比類ない才能に恵まれようが本質的には動物である、というのが彼らの言い分だった。本性を余す所なく発達させねばならないのであって、他の能力を犠牲にしてまで一つの能力を発達させてはならない。彼らがこんなふうに議論したのは、おそらくは一つには権威失墜の恐怖に駆られたからである。とはいえ彼らの議論には説得力があったので、共同体の大半が彼らに賛同した。にもかかわらず、他ならぬ統治者のなかの少数派が、この事業を秘密裡に遂行する決定を下した。

霊界交信者の育種を秘密にする必要はなかった。世界国家はこの政策を奨励し、のみならず研究のための施設まで建造したのだった。

第十一章　人間の自己改造

1　最初の〈巨大脳人類〉

一種の超-脳を創出しようとした人びとは、惑星の僻地で研究と実験の大事業に着手した。どのように進められたかを詳述する必要はない。最初は秘密裡に作業をすすめ、のちにその計画に賛同するよう懸命に世界を説得したが、結局は人類を二つに分裂させただけだった。世界統治体はばらばらになった。宗教戦争が勃発した。しかし二、三世紀に及んだ断続的な流血のあと、二つの党派、すなわち、霊界交信者を生み出そうとした人びとと超-脳を求めた人びとは、別々の地域で本腰を入れて、思い悩むことも邪魔されることもなく各々の目標を追求した。そうこうするうち、それぞれが宗教的な信念と聖戦の気概によって統合された一種の国家へと発展していったのである。双方には文化的な交流がほとんどなかった。

超-脳の創出を欲した人びとは、四つの方法を採った。すなわち、選抜育種、〈実験室で培養した）初期胚の遺伝操作、（同じく実験室で培養した）受精した卵子の操作、発育中の生体の操作である。当初彼らは数えきれないほどの悲惨な失敗をした。それを詳しく述べるには及ばないだろう。しかしついに最初の実験から幾千年か経って成功が見込まれるものが産み出されたのだ。人間の卵子が用心深く選り抜かれ、実験室で受精し、人工的手段によって大きく組織を改造された。そして不屈の実験家たちは、胎児の生体、そして脳そのものの下等な器官の成長を抑制すると同時に、大脳両半球の成長を大いに促進させることにより、直径十二フィートの脳と、脳の下部にほぼ痕跡しか残さぬまでに退縮した肉体から成る生命体を創ることに成功した。自然な大きさに達することが許された肉体器官は、腕と手だけだった。これらの物を操るための筋状の器官は、両肩のあたりでその被造物の住み処となる堅牢な煉瓦建造物に繋がるよう誘導された。これにより作業の取っ掛かりを得ることができた。手は〈第三期人類〉の通常の六本指から成っていったが、かなり大きくなり改良が施された。この驚くべき生き物は、生み出されると、その本体と生命維持に必要な精密機械を収容するために設計された建物のなかで成熟した。自己調節機能をもつ電気駆動のポンプが心臓の代役を担った。化学工場が血中に必要な物質を注入し、排泄物を除去するなどして、消化器官と通常の腺組織の代わりを担った。肺は酸素を送る管でいっぱいの部屋から成り、それらの管を介して空気が絶え間なく電気駆動の送風装置により送られた。同じ送風装置により人工の発話器官に空気が送り込まれた。これらの器官は、脳の言語中枢に由来する自然な神経組織が適切な電気制御を引き起こし、それにより生きた喉や口から生成される音声と同じものが生み出されるように組み立てられた。この胴体のない脳の感覚装置は自然と人工を組み合わせたものだった。視神経組織は、五フィートはある二つの柔軟な突起に沿って伸びるように誘導され、それぞれの末端には巨大な目が付いていた。しかし目の構造を実に巧みに変えることで、自然の水晶体を随意に動かすことができ、その結果網膜は実に多様な光学装置のすべてを利用することができた。耳もまた茎状に伸びていて、実際の神経組織の末端がさまざまな種類の人工の共鳴器と直接接触することが可能となり、あるいはかなり微細な有機的組織の極微のリズムをじかに聴き取ることができるように調整された。嗅覚と味覚は化学的な感覚として発達し、合成物や成分をその風味からほとんど残らず識別することができた。圧力や暖気や冷気は指でしか検知できなかったが、それでもかなり精緻であった。感覚的苦痛は有機的組織から完全に除去されるはずであったが、これは達成されなかった。

その生き物は首尾よく生命活動に乗り出し、実際に四年間は生き続けた。ところが、当初はすべてが順調だったのに、二年目になると、その不幸な子ども——こう称してよければであるが——は激痛におそわれ、精神錯乱の症状を見せはじめたのである。献身的な養い親たちが全力を尽くしたにもかかわらず、その子はしだいに狂気に陥り亡くなった。脳の重さと、血液の化学的調節におけるなんらかの機能不全に屈したのだった。続く四百年間、大規模な実験が成功裡に繰り返されたが、その間のことは無視してかまわないだろう。第四の人類種の初の純正個体に話を移すとしよう。その個体は前の例と同じ人工的な方法で生み出され、同じ総合計画のもとに設計された。それでも、その工学的かつ化学的装置ははるかに効率的になり、成長と老衰のメカニズムを注意深く調整したので不死になるだろうと、創造者たちは期待した。総合計画にも重要な一点に変更がほどこされた。創造者たちは大きな円形の「脳の塔」を建造し、それを中央の空間から放射状に広がる多くの区画へと分割し、すみずみまで小部屋で埋め尽くした。彼らは開発に数世紀をかけた技術を用いて、成長を続ける胚段階の脳の細胞群が、脳回から成る通常の脳半球ではなく、その細胞のために用意された小部屋に外へ向かって段々に広がるように誘導した。こうして、人工の「頭蓋骨」は直径四十フィートほどの鉄筋コンクリートの多くの小部屋をもつ塔にならざるをえなかった。入口と通路が外の世界から塔の中心へ続いており、そこから幾つもの別の通路が小戸棚の列のあいだを放射状に延びていた。ガラスや金属やエボナイトの一種でできた無数の管が組織全体に血液や化学物質を送っていた。電気暖房機が各戸棚と、おびただしい数の手厚く保護された神経繊維の導管のすみずみに均一の暖気を送り続けた。温度計、目盛盤、圧力計などのあらゆる表示器が、半ば自然物であり人工物でもある、この奇妙な組織体、ようするに、この途轍もない精神の工場内での物質の変化のことごとくを係員に表示した。誕生してから八年後、この生命体はその脳部屋を満たし、新生児の精神性を有するまでになった。成熟に向かう歩みは、養い親たちからすると落胆するほど悠長だった。五十年が経つかという頃になってようやく聡明な青年の精神水準に到達したということができた。しかし落胆する理由は実はなかった。さらに十年が経つと、〈第四期人類〉のこの先駆体は〈第三期人類〉が教えることを余す所なく習得し、彼らの知恵の大半が戯言であることも理解した。手先の器用さはすでに最高の人間に比べても遜色はなかった。しかし手の使用に鮮烈な歓喜を覚えはしたが、その手は飽くことを知らない好奇心のためにほぼ用いられた。実際好奇心は明らかに彼の主な特徴であった。非常に巧みな手を備えた巨大な好奇心の塊だった。国立の省庁が養育と教育を監督するために創設された。彼が学者の一団が彼の性急な質問に答え、科学的実験の補佐を務めるために待機した。彼が成熟に達したところで、これら不幸な専門家たちは自分たちが救いがたいまでに凌駕され、単なる接客係や雑役や使い走りに堕したことを悟った。何百人もの下僕が情報や見本を探すために惑星のあらゆる場所へと絶えず奔走していた。そしてその用向きの意義は今や彼らの知識の範囲をはるかに超えていることが多かった。しかしながら、彼らは自分たちの無知が一般民衆に露見しないよう用心した。逆に自分たちの使い走りそのものが単に謎めいているというだけで、大きな威信をうまく保てたのだった。

その巨大脳には通常の本能的反応がまったく欠けていたが、好奇心と積極性だけは別だった。本能的な恐怖は知らなかったが、自分を損ねたり熱心な研究を妨害したりする状況にあるときは、当然ながら冷静に警戒する能力はあった。怒りは知らなかったが、敵対するときの不屈の決意だけはあった。通常の飢えと渇きはなかったが、血液による養分の適切な供給がないときに眩暈を覚えることぐらいはあった。性欲は彼の精神性のどこにも見あたらなかった。本能的なやさしさや集団意識はあるはずがなかった。憐れみの心を持たなかったからだ。もっとも身近な下僕が勇敢な献身ぶりを示しても感謝の気持ちなど湧くはずがなく、冷静な是認があるばかりであった。

最初のうち彼は、自分の世話を怠らず、どんな気まぐれにも奉仕し、崇拝してくれる社会の出来事には微塵も興味を抱かなかった。しかしそのうち、社会組織の当今の問題に聡明な解決策を示唆することに喜びを感じるようになった。助言はますます求められ、受け容れられるようになった。彼は国家の独裁者となった。その知能と完全な超俗ぶりは、人びとの迷信深い崇拝と結びついて、普通の専制君主よりはるかに確実に彼の地位を不動にした。彼は臣民たちの些細ないさかいには一切頓着しなかったが、協調性があり健康的で有能な者たちの奉仕を受けることに決めた。物理学と天文学の研究の容易ならぬ興奮から気分転換するために、人間の本性の研究に惹かれないでもなかった。これほど完璧に人間的共感を欠いた存在が、感情的な〈第三期人類〉という人類種を支配する臨機応変の才をふるうとは、奇妙に思われるかもしれない。しかしこの存在は非常に精緻な行動主義的心理学を自ら築き上げていた。熟練の動物調教師のように、たとえ臣民たちの情動が自分にはほとんど無縁のものであろうと、彼らにどこまで期待できるかを誤りなく認識していた。そういうわけで、たとえば彼は動植物に寄せる彼らの讃美、生命に寄せる彼らの信仰を完全に蔑んでいたのに、すぐにこれらの妄執に敵対しようとはせず、むしろ自分の目的のために利用しようとした。動物については彼自身は実験材料としてのみ興味を抱いた。この点では臣民たちは喜んで彼の助手を務めたのであるが、それは一つには彼が自分の目的はあらゆる種のさらなる改良であることを確約したから、また一つには実験に臨んで苦痛を取り除く通常の技術をまったく無視することに魅了されていたからだった。苦しみを我が事のように感じることに耽溺するうちに、臣民の心のなかに長く抑圧されていた残虐性への欲望が呼び覚まされたが、動物の本性への直観的な洞察力を持ちながら、その欲望は第三の人類種の非常に強力な要素だったのである。

少しずつ巨大脳は物質宇宙と精神宇宙を探索するようになった。生物進化の諸原理を掌中にし、気晴らしに地球の生命についての詳細な歴史を築き上げた。驚異的な考古学の技法を用いて、かつての人類の諸民族すべてについて、そして火星人がらみのエピソードというか、〈第三期人類〉には隠されていた諸問題についての物語を学んだ。相対性にかかわる諸原理と、波動連鎖の複合体としての原子の性質にかかわる量子理論を発見した。宇宙を測定し、精密な道具を用いて遠くの諸宇宙の多くに存在する惑星系を数え上げた。少なくとも自己満足のために、善と悪、心と物体、一と多、真と偽をめぐる古代の問題を難なく解決した。自分の発見を自身の目的のために考案した人工言語で記録するために、国立の部局を数多く新設した。各部局には、注意深く養育され教育された専門家で構成された数々の学部があったが、彼らは各自の学部の課題についてある程度しか理解できなかった。しかし全部局の統括と、その一つ一つについての真の洞察は巨大脳だけが担ったのである。

2 〈第四期人類〉の悲劇

誕生してから三千年ほど経った頃、この比類ない個体は、自分と同じような個体を他にも創造する決意をした。孤独だったからではない。愛に焦がれたからでも、ましてや知的な仲間を熱望したからでもない。もっと深遠な研究に取り組むという、それだけのために、自分と互角の精神を持つ存在の協力を必要としたのだ。そこで彼は、この惑星のさまざまな場所に、自分のと同じような、しかし大幅に改善を施した塔や工場を設計し建造した。各地の工場に下僕たちを遣って自分自身の退化した肉体の一細胞を送り、そこから新しい個体を生成するために細胞を培養する方法を指示した。それと併せて、彼はもっと壮大な計画のもとで自己改造しようと自身にも広範な手術を施した。自分自身にも自らの複製子孫にも組み込んだ新しい能力のなかでもっとも重要だったのは、放射作用をじかに感受する能力だった。これは、特殊培養した火星人類寄生体の遺伝的性質を各脳組織に組み込むことにより達成された。以降これらの寄生体は巨大脳のなかの細胞一つ一つの統合的要素として生きることになった。それぞれの脳には強力な無線伝送器官も備わっていた。こうして広く各地に散らばった固着個体群は、互いに直接的な「テレパシー」交信を維持するはずだった。

その取り組みは成功裡に達成された。十万体ほどのこれら新種の個体は、それぞれが特有の場所や任務に合わせて特殊化し、今や〈第四期人類〉となった。最高峰の山々には超-天文学者が巨大天文台とともにあり、備えられた機器は一部は人工的、一部は彼ら自身の脳の自然な生成物から成っていた。惑星のまさに内部では特に熱に適応した他の個体が地熱エネルギーを研究し、天文学者たちとの「テレパシー」連合を維持していた。熱帯や北極、森林や砂漠や海底でも〈第四期人類〉は途轍もない好奇心を思う存分に発揮し、この人類種の父祖脳のまわりの本拠地では、巨大ビル群が百の個体を収納していた。こうした全世界規模の個体群に献身するなかで当初は新しい人類種の創造に協働してきた〈第三期人類〉の各民族は、土地を耕し、家畜の世話をし、新しい文明の厖大な必需品を製造し、太古の生命芸術のますます陳腐化した儀式でもって自分たちの神霊を満足させた。こうして人類全体がゆっくりと知らぬ間に卑しき地位へと退化したのだった。しかしその結果はやはり苛立たしいものだった。ときたま小さな反逆の火花がひらめくことはあったが、本格的な紛争へと燃え上がることは決してなかった。〈第四期人類〉の威信と説得力には抵抗できなかったからである。

しかしながら、ついに危機が訪れた。三千年ほど〈第四期人類〉は研究を続け常に成功してきたが、この頃は進歩が緩やかになっていた。新しい研究方針を考え出すことがますます困難になりつつあった。自分たちの惑星についての知識ですら、星々についての知識であればなおのこと、確かに、なお多くのものを細部にわたって補充すべきであった。それなのに事物の本質に光をあてるような完全に新しい分野を切り開く見込みがまるで得られなかった。実際、彼らは神秘の大海の表面のさざ波すらほとんど探査していないことを悟りはじめた。彼らの知識は非の打ち所ない体系だと思われたが、依然としてまったく謎だらけであった。自分たちはある意味ではほとんどすべてを知っていながら、実際にはなにも知らないのだという思いを募らせていたのだった。

普通の精神ならば、知的な挫折を感じたときは、仲間と気晴らしをしたり、あるいは運動をしたり、それでなければ芸術を求めればいい。ところが〈第四期人類〉にはそんな逃げ道はなかった。こうした活動は彼らにはありえなかったし、無意味でもあった。〈巨大脳人類〉は客観世界には心から好奇心を抱いたが、あくまでそれは知性への大きな刺激となったからであり、決してそれ自体を目的にしていたのではなかった。讃美したのは、知的過程そのものと、そこから生まれた解釈学的な公式と原則だけだった。彼らは男と女に興味を抱かなかったが、それは試験管のなかの試料に興味が湧かないのと同じであり、お互いのことが気にならないのは計算機に対して関心が持てないのと同じことだった。いや、この人類のどの個体も、認識の道具としての自分にまで関心を向けたと言ってかまわないだろう。この人類種の多くが、妄執的な知識欲のためには、自らの正気どころか、場合によっては命をも実際に犠牲にしたのである。

挫折感がひどくなるにつれ、〈第四期人類〉は自らの本性の偏りにますます苦しむようになった。知的生活が円滑に進んでいたときには、どこまでも冷静沈着でいたのだが、知的生活が挫かれた今は、釈明のふりをして自身からも覆い隠した愚かしい奇想や熱望によって混乱しはじめた。固定されたまま愛する能力もない彼らは、下僕たちの自由な動きや集団生活や性愛行為を見続けた。そのような活動は彼には不快の種であったし、冷たい嫉妬心に包まれもしたが、それについては自らの威信を楯に気づかぬふりをした。奴隷階級の人びとに関する事柄は、彼らの支配者からいつもの公正さで扱われなくなりはじめた。深刻な不満が湧いてきた。

事態は大いなる研究の再開によって最高潮を迎えた。研究再開は不可解な障壁を打ち砕き、ふたたび知識を進歩させると言われていた。〈巨大脳人類〉は一千倍に増殖し、惑星全体の資源は以前よりもはるかに厳格に知性の改革運動に捧げられることになった。したがって、下僕である〈第三期人類〉は仕事が増え、娯楽の減少を我慢しなくてはならなかった。以前なら下僕たちも超-人間的な脳たちに奉仕することを名誉に思い、この運命を甘受しただろう。しかし滅私奉公の日々は過ぎ去っていた。父祖たちの偉大な実験により大きな災禍がもたらされたことは明らかであり、そして巨大脳〈第四期人類〉は悪魔の狡知に長けてはいても、単なる発育不全児にすぎないと囁かれていたのだ。

事態が頂点に達したのは、役に立たない動物はすべて抹殺すべしという通達が、暴君から出たときだった。扶養のための経費が世界-共同体の多大な経済負担となるからというのだった。しかも生命芸術は将来的には〈巨大脳人類〉だけが実践することになっていた。この通達に〈第三期人類〉は怒り狂い、二つの党派に分裂した。〈巨大脳人類〉の直接の庇護のもとで暮していた人びとの多くは、やはり深く心を痛めつつも黙従を選んだ。一方、大多数の人びとは、無慈悲な殺戮を許すはずがなく、それ以上に生命芸術家としての自分たちの威信を棄てることを断固拒否した。惑星の動物相を抹消することは、宇宙のまったき形式への背信行為であり、そのもっとも美しい特徴の多くを掻き消すことになるからである。それは〈生命-神〉への侮辱となり、必ず報いを受けることになるだろう。したがって、真の人類が一斉決起して暴君を廃位に追い込むときなのだと、彼らは主張した。また、こんなことは簡単にやれるとも指摘した。必要なことは

〈巨大脳人類〉と地下発電所との接続電気ケーブルを二、三ケ所断ち切るだけだった。そうすれば電気ポンプは脳‐塔に酸素と血液を供給しなくなるだろう。あるいは、〈巨大脳人類〉が風や水をエネルギー源として制御できる場所に設置されている場合でも、彼らの消化機能‐実験室への食の供給を止めるだけで済むことだった。

〈巨大脳人類〉の侍従たちはそんな謀叛に尻込みした。彼らの全生涯は、誇りをもって、ある意味で愛情をすら抱いて崇敬する存在へと捧げられていたからだ。しかし農業従事者たちは供給を抑える決議をした。そこで〈巨大脳人類〉たちは下僕たちをさまざまな精巧な武器で武装させた。大量の殺戮が繰り広げられた。しかし反逆者たちが殺害されたため農業従事者の人手が足りなくなった。〈巨大脳人類〉の幾体かと多くの下僕たちが実際に餓死した。厳しさが増すにつれて下僕たちは反逆者たちの傘下に加わりはじめた。〈巨大脳人類〉はすぐにも無力となり、惑星がふたたび自然人類の支配下に置かれることは、今や〈第三期人類〉には確実なように思われた。ところが、暴君たちはそう簡単には敗北しなかった。すでに幾世紀ものあいだ秘密裡に自然人類をさらに徹底的に支配するための手段にかかわる実験を続けていたのだ。最後の土壇場で彼らはそれに成功した。

この実験に取り組むなかで、彼らは自然人類種の一分派が未知の世界と接触する特殊な霊界交信者を育成しようと、かなり以前に生み出した結果の恩恵を受けていた。これを目的に何世紀も努力してきた分派、すなわち神権主義国は、ついに自らが成功とみなすものを達成していた。霊界交信者の世襲階級が誕生したのだ。今やこれらの存在（もの）たちは霊媒に特有の恍惚状態に置かれており、そのなかでどうやら別世界の住人と交信し、地球の諸問題を調整する指示を受けたのであるが、実際にはひどく暗示に掛かりやすいだけだった。子どもの頃から霊界についての知識に浸って教育されていたので、彼らの精神は恍惚状態に陥ると、その知識をもとに幻想を繰り広げることに驚くほど長けていたのだ。放置しておけば彼らは自己責任能力や知能を著しく欠いた連中でしかなかった。実際あまりにも単純で鈍感だったので、精神面では人間というより家畜に似ていた。それでも暗示を受けると才気煥発となった。しかしながら、彼らの才気は厳密には暗示を受けて動くのであり、暗示そのものを批判する能力はまるっきりなかったのである。

この神権主義社会の没落をこれ以上振り返る必要はない。公私にわたり物事は霊界通信者のお告げどおりに統制されたが、その国家は避けがたく混迷におちいったと言うだけで十分である。〈巨大脳人類〉の育種に携わっていた〈第三期人類〉の別の共同体は次第に惑星全体を支配していった。それでも、霊媒者の系種は存在し続け、半ば侮蔑的な敬意でもってあしらわれた。霊媒は総じてある意味格別の聖なる神霊を授けられていると未だに見られていたが、今や彼らのお告げは神聖視されすぎて俗世間とは無縁なものと考えられていたのだ。

この霊媒的系種を利用して〈巨大脳人類〉は自分たちの地位を固めようと図ったのだった。彼らの初期の企ては無視していいだろう。しかしついに彼らは、かなり遠くからでも自分たちの意思で完全に操ることができる、生き物ではあるが知的機械ですらある人類種を創り出した。〈第三期人類〉の新類種は「テレパシーによって」支配者たちと一体となった。火星人の単位体がその神経組織に組み込まれていたのである。

土壇場で〈巨大脳人類〉は、もっとも効率的で致命的な兵器を装備したこれら完全な奴隷の軍隊を戦場へと送ることができた。もともとの下僕たちの生き残りは自分たちに替わる下僕の製造に手を貸してきたのだと悟ったが、あとの祭りだった。彼らは反逆者たちと手を結んだが、もろともに全滅しただけだった。二、三ヶ月のうちに、〈第三期人類〉は従順な新類種を除いて残らず殺された。実験用に収監されていた二、三の標本は別だった。そして二、三年のうちに人間生活に直接ないし間接に必要とされなかった動物のあらゆる類種が抹殺された。標本としてすら一体も保存されなかった。〈巨大脳人類〉によって徹底的に研究し尽くされたあとであったからだ。

〈巨大脳人類〉は今や地球の絶対的所有者であったが、結局は以前より目標に近づいたわけではなかった。自然人類種との実際の闘争は彼らに目標を与えはしたが、闘争が終わってしまうと、ふたたび知的な挫折感に取り憑かれはじめた。神経組織の巨大な重量にもかかわらず、また途轍もない知識と狡知を有してはいても、自分たちが実際に先行の諸人類よりも究極の真理に近づいているとはとうてい言えないことを痛ましいほど明瞭に悟ったのだった。いずれの人類にとっても、それは無限に遠い彼方にあったのである。

〈巨大脳人類〉である〈第四期人類〉にとっては、知的生活以外の生活は存在しなかった。そして知的生活は不毛となっていた。より深い知的問題を解くには脳の容量だけではないなにかが必要なのは明らかだった。したがって、今の状態では不可能な、ある種のヴィジョンないし洞察を可能にする新たな脳-質、つまりは脳の有機的形成物をどうにかして創出しなくてはならない。なんとかして新しい計画のもとで自らの脳-組織の改造を試みなくてはならない。この目的のもと、また一部には自分たちを創造した自然でより安定した人類種への無意識の嫉妬から、人間の脳-組織の本質を探索する新たな大事業に乗り出すために、彼らはその人類種の捕獲標本を利用しはじめた。ようするに、新たな進化の跳躍を遂げるための指針となるヒントが見つかるのではないかと期待したのである。かくして不幸な標本たちは何千回もの生理学的かつ心理学的な責め苦を受けることになった。実験台で脳を押し広げられたまま生かされ続けた者もいたが、それは彼らがさまざまな心理的な反応を見せているときに、その微細なところまで観察するためだった。精神異常の幻覚状態へと投げ入れられた者もいた。肉体と精神は完全に保たれたまま、ある巧妙に考案された悲惨な経験によって結局殺されただけの者もいた。新しい類種が作られ、質的により高い形の精神が出現すると期待されたが、実際には狂気という狂気を片っ端から見せてくれただけだった。

研究は数千年はつづいたが、徐々にぞんざいとなり、結局はまったくの不毛だと分かった。この挫折がますます明らかになったところで〈第四期人類〉の精神にある変化が生じはじめた。

もちろん、彼らは自分たちは評価しない多くの事柄や活動を自然人類種が重視していることを知っていた。そのときまでは、これは自然人類種の精神発達の遅れの兆候でしかないように思われた。しかし自分たちが実験を施してきた不運な標本たちの反応は、自然人類種の嗜好や讃美へのより大きな洞察を〈第四期人類〉に次第にもたらし、その結果、彼らは根本的な欲望と、明晰な思考では軽視される単に付随的な渇望とを識別するようになった。実際彼らは、自分たちが知識を賞讃するときと同じくらいの明瞭な確信でもって、ある種の活動や目的がこれらの存在たちに賞讃されていることを理解するようになった。たとえば、自然人類種は互いを尊重し合い、ときに他者のために自らを犠牲にすることもできた。愛そのものも尊んだ。そしてもう一度言うが、自然人類種は自分たちの芸術的な活動を実に真剣に重視していたし、彼らの肉体や動物の肉体の活動は、彼らにとって固有の卓絶美を帯びているように思われたのだった。

少しずつ〈第四期人類〉は、自分たちの欠陥は知的な限界だけでなく、はるかに深刻な、価値への洞察の限界でもあることを悟りはじめた。そしてこの弱点は理知的な脳の不足ではなく、肉体および下等な脳の神経組織の不足によることを彼らは理解した。この欠陥は治療しようがなかった。より通常の人類になるくらいに過激に自分たちを改造することは明らかに不可能だった。自分たちよりも調和のとれた新しい個体の産出に努力を傾けるべきだろうか。その作業は彼らにとっては魅力に欠けると思われるかもしれない。しかしそうではなかった。彼らはこう論じたのだ。「なによりも知識を愛することが、わたしたちの本性である。十全なる知識はわたしたちよりも洞察力があり、もっと大きな基礎を持つ精神にしか達成されえない。そういうわけで、わたしたち自身の目標を成就しようとすることにこれ以上の時間を費やすのをやめようではないか。むしろわたしたちの限界を超えた存在を創り出そうではないか。そのような存在が完全なる知識という目標をわたしたちの代わりに達成するかもしれないのだ。そのような存在を創出するためにわたしたちも力の限りを尽くすことになる。そうすれば、最高の達成感がわたしたちに可能となるだろう。この作業を断念するなど不合理なことである」

こうして人工的な〈第四期人類〉は、自分たちに取って代わる存在を創り出そうと〈第三期人類〉の生き残りの標本に新たな神霊を吹き込みはじめたのだった。

3 〈第五期人類〉

提案された新しい人類種の計画は、詳細にわたって練り上げられ、実際に一個体を創り出すためにあらゆる試みが実行された。とりわけ、その個体は自然類種の身体機能をすべて備えた通常の人間的生命体となるはずであったが、徹底的に仕上げを施すことになっていた。そのような全体計画に適合する限り最大容量の脳がその生命体に備わるように注意がはらわれたが、それ以上はなかった。創造者たちは自分たちの創造物が備えるべき体積と体内比率を算出した。被造物の脳が自分たちの脳ほどの大きさになるはずはなかった。その脳で動きまわり、自らの生理機構でそれを維持しなくてはならなかったからだ。その一方で、もしもそれが自然の脳より大きいものなら、残りの体組織もそれに合わせて頑丈でなくてはならなかった。〈第二期人類〉のように、新しい人類種は巨大でなくてはならなかった。実際それは自然種の巨漢すら小さく見えるほどになる必要があった。とはいえ、身体はその重さによって、また手に余るほど大きな骨が必要となることにより動きをひどく妨げられてもいけなかった。

新しい人類種の全身の比率を算出するときに、創造者たちはもっと効率のよい骨と筋肉を創ることはできないかと考えた。数世紀に及ぶ忍耐強い実験ののち、胚細胞が以前よりはるかに強い骨-組織とはるかに強靭な筋肉になるよう仕向ける方法を実際に発明した。それと同時に彼らは特別な機能のための高度に特殊化した神経細胞を作り出した。そして自分たちに比べるとかなり小型化した新しい脳では、個々の細胞とその組織体の両面における設計を効率化することで、その小ささを埋め合せることにした。

さらに消化器系を改善すれば、容量と生命エネルギーを幾らか節約できることが分かった。人間の腸内で共生して消化の全過程を容易かつ速やかに安定的に行う新種の微小生命体が創り出された。

あらゆる組織の、とりわけこれまで消耗がもっとも早かった組織の自己修復システムには格別の注意が払われた。そして同時に、新しい人間が二百歳で成熟し、少なくとも三千年は元気いっぱい生き続け、死を兆す最初の重い症状が出たらすぐに心臓が機能を停止するように、成長と老衰全般を調節する機構が設計された。新しい存在に自分たちと同じ永遠の生命を授けるべきかについては若干の議論があった。しかし結局は単なる過渡的な種として意図されているのだから、寿命は延ばしても有限にするのが無難であるとの断が下された。新しき存在が自らを生命の最終的表現とみなしてしまう可能性があってはならなかった。

感覚的な資質としては、新しい人間は〈第二期人類〉と〈第三期人類〉の長所をすべて身につけ、あらゆる感覚器官にさらに広範で精密な識別力が加わるはずだった。それにも増して重要だったのは、新型の胚細胞に火星人類の単位体を組み込んだことだった。その生命体が発現するにつれて、これらの単位体は増殖し脳細胞へと吸収され、その結果、脳のあらゆる領域がエーテル波動に感応し、全体が強力な放射作用を体系的に帯びるようになった。ただし、この新しい人類種の「テレパシー」能力は二次的なものに留まるよう配慮された。個体が群体の単なる共鳴器になる危険はなくなるはずだった。

長期にわたった化学的研究により〈第四期人類〉は、新しい人間の内分泌に広範囲に及ぶ改善を設計できるようになったが、それにより、その人間には非の打ち所ない生理的バランスと健全な気質の両方が維持された。新しい人間は感情生活を余す所なく経験すべきであるが、情熱は破滅を招く過剰に陥ることがないように、また一つの感情にとらわれすぎないようにすることも決定された。生来の反射行動の全体的なシステムをかなり細かく改良する必要もあった。除去するものがあり、修正するものがあり、改めて強化するものがあった。ピテカントロプス・エレクトゥスの時代から人間のなかに消えずに残っていた、より複雑で「本能的な」反応は、その行動様式と、本能が導く対象の両方で細かく修正されなくてはならなかった。怒り、恐れ、好奇心、ユーモア、優しさ、利己主義、性の情熱、社会性は、すべて許容されたが、制御できないものであってはならなかった。実際、新しい類種は、〈第二期人類〉と同じように、しかしより力強く、〈第一期人類〉が懸命な修練のあとにしか獲得しえなかった、より高位の活動や対象のことごとくに対する生得の素質、そして性向を備え持つことになった。そんなわけで設計に際しては自尊心が組み込まれたが、原始的な野蛮人としてよりも、主として社会的で知的存在としての自分を尊ぶような性向も加えられたのである。そして強い社会性が組み込まれると同時に、本能的な関心が向けられる集団は、まさしくあらゆる精神的存在で組織化された共同体となるはずだった。もう一度いうが、設計には元気旺盛な、原始的な性行動と親的性向が含まれていたが、第二の人類種に現われたような生来的「崇高さ」まで与えられた。たとえば、あらゆる種類の個人的神霊の利他愛と、芸術や宗教のための自然な素質である。自らはそのような活動を実際には決して経験しないように運命づけられた冷徹な性質の〈巨大脳人類〉は、まさに奇跡的なまでに純粋な知的技能によって、ひたすら〈第三期人類〉を研究し、そのような活動の重要性を理解し、見事にその能力を備えた生命体をどうにか設計することができたのだった。それはあたかも盲目の人類種が物理学の研究ののちに視覚器官を発明するようなものだった。

もちろん、平均寿命が何千年にもなる人類にあっては、出産がきわめて稀になることも認識されていた。とはいえ、精神の十全な発達のためには、性交だけでなく親子関係が男女にとって必要であることも認識されていた。この難題は一つには幼児期や子ども時代を大幅に延長することにより克服された。それはこれら複雑な生命体の心身両面での適切な成長には不可欠であり、親として成熟するまでの長期の訓練をもたらすことになった。それと同時に、実際の出産の過程は〈第三期人類〉と同じく楽になるように設計された。幼児の生理組織を大幅に改善すれば、以前の人類種において多くの母親の実に深刻な足枷となっていた、気掛かりで心奪われる世話焼きの必要がなくなると期待されたのである。

改良された人類に関するこれら暫定的な仕様を概略するだけでも、幾世紀におよぶ研究と計算が必要であり、それは〈巨大脳〉の才知をもってしても負担であった。それから、そのような類種を実際に生み出すなかで、長期間にわたる試験的な経験が続いた。数千年はほとんど成果はなく、数多くの有望な取り組みが結局は不毛であることが判明しただけだった。しかもそのあいだ幾度も他ならぬ〈巨大脳〉どうしが方針をめぐって対立したために、作業全体が中止された。一度は、実際に暴力沙汰になったこともあった。一方が化学物質や細菌や人間ロボットの軍隊でもって他方を攻撃したのである。

手短に言うと、さまざまな理由でその事業が放置されることになる、数多くの失敗と、幾多の不毛な時代を経たあと、ついに〈第四期人類〉は当初設計した通りの類種を二個体、ほぼ正確に造形したのだった。この二体は実験室という条件下で単一の受精卵から産み出された。二体の男女から成る一卵性の双生児は、新しい栄光の人類種、すなわち、〈第五期人類〉のアダムとイヴになったのだった。

〈第五期人類〉は心身の真に人間的な均整を達成した最初の人類と言うにふさわしいか

もしれない。平均的には彼らは〈第一期人類〉の二倍以上の背丈があり、〈第二期人類〉よりもさらに長身だった。したがって、彼らの下肢はそれが支える胴体に比べて極端なまでに大きくなくてはならなかった。かくして彼らは巨大な台座のような足で石造建築の柱のように直立した。ある意味で象のような体軀となったが、それを構成する部分には著しい精密さと繊細さがあった。彼らの巨大な腕や肩は、さらに強大になった足に比べるとやや小さく、力強いだけでなく微妙な調節をするための道具でもあった。彼らの両手も力と繊細な制御のために形作られていた。親指と、それに合わせた人差し指は侮りがたい万力となったし、繊細な六本目の指の先端は小さな二本の指と一本の親指へと分岐するように誘導された。手足の輪郭がくっきりしていたのは、元来の系種では赤茶色だった短く毛深い頭部を別にすると、体毛は生えていなかったからである。やけに目立つ眉は下げると敏感な目を日光から護った。他に体毛が必要な箇所はなかった。茶色の皮膚は実に巧妙に作られていたので、気候が熱帯であろうが北極の近くであろうが、体毛や衣服の助けがなくとも体温を一定に維持したからだ。巨大な身体に比較すると、脳の容量は〈第二期人類〉の倍はあったのに、頭部は大きくはなかった。原初の個体の男女の大きな目は深紫の色を帯び、顔の造作は力強く表情豊かだった。これらの顔の特徴は〈第四期人類〉には重要とは思われなかったからか、特別に設計されたわけではなかった。しかし幾つもの生物学的な力のいたずらにより、〈第二期人類〉と似てなくもない顔が生み出されることになった。とはいいながら、人間の顔がかつて達成したことのない名状しがたい表情を湛えていたのである。

どのようにしてこの一対の個体から新しい集団が徐々に生起したか、当初どのようにこの一対は創造者たちに熱心に養育されたか、どのようにしてその後独立を主張し、自分自身の運命を支配するようになったか、どのようにして〈巨大脳人類〉は哀れにも被創造者たちの精神を理解し共感することに失敗し、そして彼らを虐待しようとしたか、どのようにして惑星がしばしば二つの相容れない共同体へと分裂し、ついには人間の血で染まり、最後には人間ロボットの壊滅により〈巨大脳人類〉が飢えて砕け散り、〈第五期人類〉自身も衰退したのか、またどのようにしてこれらの出来事の結果として野蛮の濃霧がふたたび惑星を覆い、それゆえ〈第五期人類〉が数多くの他の人類種と同じく結局は文明と文化の再建をその土台からはじめなくてはならなかったか、どのようにしてこれらすべてが降りかかってきたのか、事細かに物語るわけにはいかない。

4 〈第五期人類〉の文化

〈第五期人類〉が最大級の文明と文化へと前進するまでの各段階について順を追って話すわけにはいかない。わたしたちにとって重要なのは他ならぬ十分に発達を遂げた文明だからである。そして何百万年も存続した最高の達成についても、ほんのわずかなことしか語ることができない。物語の終盤へと急いで向かわなくてはならないだけでなく、その達成の大部分は本書が想定する読者にはまったく理解できないものだからだ。わたしは人間の歴史におけるこの時代にようやく辿り着いたところである。そのときに人間はそれまでほぼ完全に知らずにいた数々の問題に取り組むために、自らの精神の全体を再組織化しはじめた。昔の目標は継承され、かつてないほど着々と進んで現実化している。しかし同時に、深まる経験がますます人間に強いてくる新しい目標の求めるものが、だんだんとそれら古い目標に優先されるようになる。〈第一期人類〉の関心や理想が同時代の猿の理解を超えているように、全面展開した〈第五期人類〉の関心や理想は〈第一期人類〉の理解の及ぶところではない。その一方で、ちょうど原始の人間の生活のなかに猿人たちにとっても有意義なものが数多あるように、〈第五期人類〉の生活のなかに〈第一期人類〉にとっても有意義なものが相当あるのだ。

アメリカの無謀この上ない夢をはるかに超えて物質的な繁栄を遂げた世界–社会を想像してほしい。一部には原子の人工的な崩壊による、また一部には放射作用を形成する電子と陽子の融合による実質的な物質の消滅と、放射作用によって生成された無際限のエネルギーは、それまでは文明の、いや生活そのものの避けられぬ代価と思われていた骨折り仕事の過酷な重荷をすっかり取り除いた。世界–共同体の厖大な経済的日課は、該当するボタンに触れるだけで遂行された。輸送や採鉱や製造のみならず農業までもが、この方式で遂行された。そして実際、ほとんどの場合、これらの活動のシステム化された調整は、自動制御の機械の仕事だった。かくして熟練を要しない単調な労働に人生を費やす必要がもはやなくなっただけでなく、かつての諸人類が型どおりながらも高度な熟練を要すると考えていた仕事の多くが今や機械によって遂行された。産業の開拓、際限のない活発な研究、発明、設計、そして再組織化だけは、常に変化する社会が求めるものであったが、なおも男女の心を魅了した。そしてこの仕事はもちろん莫大なものだったのだが、偉大なる世界-共同体のあらゆる注目を集めるものとはなりえなかった。かくして、その人類種のエネルギーのかなり多くは、他の同じように困難な現在の問題群に専念したり、数多くの賞讃すべきスポーツや芸術における気晴らしを求めたりすることに制限なく用いられた。あらゆる個人が物質的には億万長者で、非常に多くの種類の強力な機械装置を思いどおりに操ることができたが、一方でまた無一文の托鉢修道士でもあったので、いかなる他者も経済的に支配しようなどとは少しも考えなかった。一時間もあれば大空を突っ切って地球の果てへと飛ぶことができ、雲のなかで一日中のらくらと浮遊してもよかった。空飛ぶ機械は扱いの面倒な飛行機ではなく、翼のない飛行船であったり、鳥のように自由に遊び興じることができる全身スーツであったりした。空だけでなく海でも制約はなかった。大洋の底をうろついたり、深海魚を相手にふざけたりできた。そして住居はというと、荒野の丸太小屋でも、アメリカ全盛期の建造物も貧弱に見えてしまう巨大な塔でも、自分で好きなように造ることができた。こうした大きな宮殿を独り占めし、自分の持ち物で満たし、人間の召使なしで自動機械による世話を受けられるようにもできた。あるいは皆といっしょになって賑やかな社交生活を創り出してもよかった。ちょうど野蛮人にとって呼吸する空気が当然であるように、こうした暮しの便益のすべてを当たり前のものと考えた。空気のようにどこででも手に入ったので、誰も過剰に欲しがらず、他人にも惜しみなく利用させたのである。

しかし地球の人口は今や厖大な数に達していた。およそ百億の人びとが雪を戴いた幾つもの塔のなかにねぐらを定めたが、これらの塔は広々とした建築物の森となって諸大陸を覆っていた。これら巨大オベリスク群のあいだには穀物畑と公園と荒野が広がっていた。数多くの山岳地帯と森が遊戯場として保全されていたのだ。そして熱帯から北極に広がる大陸の丸々一つが、可能な限り自然に近い状態で保護されていた。この地域が選ばれたのは主として山々があったからである。高山地帯のほとんどが今や水や霜に侵食されてしまったので、山々が珍重されたのだった。この〈野生大陸〉へと、あらゆる年齢層の個人が出かけたのだが、文明の助けを一切借りずに何年間も原始の人間の生活を送るためだった。高度に洗練された人類種たるもの、芸術と科学にほぼ一身を捧げるときには、原始的なるものとの接触を確保するために特別な方策を講じなくてはならないと認識されていた。そういうわけで〈野生大陸〉には、燧石（フリント）や骨、稀には彼またはその友人たちが大地から苦労して入手した稀少な鉄で武装した「野蛮人たち」が、ぱらぱらと暮している様子が窺えたのである。これら志願原始人たちは主に狩猟や単純な農耕に注力していた。わずかな余暇には、芸術と瞑想、そして原始的人間としての価値を満喫することに専念した。実際困難で危険な生活を、これら知的な人びとは定期的に自らに課した。そしてもちろん、彼らはそれに熱中はしたものの、そのときの苦難や、生還できない不確かさに恐れを抱くことも多々あった。危険はまさに現実だったからだ。〈第五期人類〉は、新種の生き物たちの生態系を丸ごと創造して〈野生大陸〉の全域に仕込むことで〈第四期人類〉による愚かな動物絶滅を償っていた。これらの生き物のなかには獰猛きわまりない肉食獣が含まれていたから、原始的な武器を装備しただけであると、人間なればこそ恐れてしかるべき理由があったのだ。〈野生大陸〉での死亡率は不可避的に高かった。痛ましいことに数多くの有望な命が奪われた。とはいえ、人類的な観点から言うとこの犠牲には価値があると認められていた。定期的な野生生活の慣例化による神霊的効果に真実味があったからだ。三千年という自然な寿命を有する存在（もの）たちは、文明化へ向けての探求にほぼ全身全霊を傾けていたが、ときには野生で十年暮すことで大きな活力と啓示を与えられたのである。

〈第五期人類〉の文化は多くの点で相互の「テレパシー」コミュニケーションの影響下

にあった。この能力の明らかな長所は今や危険をともなわない確固たるものとなっていた。ひとりひとりが仲間の放射作用から、全面的にであれ、自分の精神作用の特定の要素に関してであれ、好きなように自らを閉ざすことができた。そんなわけで個体性を喪失する危険はなかった。しかし一方で、他者の体験へと参入するときは、記号による意思疎通しかできない存在(もの)たちに比べると計り知れないくらい有能だった。その結果、複数意思による混乱はなおありえたものの、かつての人類の場合よりもはるかに容易に相互理解によって解決された。そういうわけで思想や欲望にかかわる紛糾は長くは続かず、過激にもならなかった。意見や目標に齟齬があってもテレパシーによる話し合いで決着できると誰もが認識していた。そのような話し合いは容易で迅速なこともあれば、齟齬が生じた原因を明らかにするために辛抱強く細やかに「心と心を重ね合わせ」ないと決着しないこともあった。

　その人類種には普通に「テレパシー」能力が備わっていたので、結果的に言葉がもはや必要ではなくなっていた。言葉は未だに保たれ称揚されてもいたが、芸術の媒体としてのみであり、意思疎通の手段ではなかった。もちろん、思考は概して言葉によるものであったが、意思疎通のときは言葉を発する必要はなく、実際には私的に思いをめぐらすことと変わりはなかった。文字言語は思考を記録して保存するためには欠かせなかった。音声言語も文字表現も以前よりはるかに複雑かつ正確であり、思考や感情を表現したり創造したりするための信頼のおける道具となっていた。「テレパシー」は長寿や繊細至極なその人類の脳構造と結びついて、ひとりひとりに厖大な数の親密な交流をもたらし、実際に全体としての人類とのささやかな出会いをもたらしたのだった。これはその人類種の高次の精神的発達の兆しであることが納得できないと、本書の読者には信じられないに違いない。なにはともあれ、ひとりひとりが一つの顔、一つの名前、あるいはなんらかの役割の担い手として互いを意識していたことは事実である。このような私的交流の容易さによりもたらされた効果は、いくら誇張してもしすぎることはない。ようするに、人類種はいかなる瞬間にも、厳密には友人どうしの共同体ではないにしても、少なくとも一つの巨大な同好会ないし協会を形成していたのだ。さらには、ひとりひとりが、言ってみれば、まさに多くの他者の精神に映る自分自身を目の当たりにし、しかも非常に多種多様な心理的類型が存在していたので、ひとりひとりの心のなかにかなり精密な自意識が生まれたのである。

火星人の場合の「テレパシー」交流は、種全体の電磁放射作用により実現する単一の霊的過程、真の集団-精神において生じるものであった。しかしこの集団-精神は個々の精神よりは器量的には劣っていた。絶頂時の個人に特有なものは、なに一つ集団-精神に貢献しなかった。しかし第五の人類種の「テレパシー」は個人間交信の手段にすぎず、そこに真の集団-精神は存在しなかった。その一方で、テレパシー交信は至高段階の経験においてすら生じた。〈第五期人類〉の公的精神というか公的文化が存在を得たのは、芸術や科学や哲学、そして各自の人間性に対する評価について「テレパシー」交信していたからである。火星人の「テレパシー」連帯は主として個人間の差異を捨てることにより発生した。〈第五期人類〉の「テレパシー」コミュニケーションは、言ってみれば精神的多様性の神霊的増幅のようなものであり、それによって個々の精神は百億もの豊かな精神といっしょになって向上したのだ。結果的に個々人はまさに真の意味において人類種として洗練された精神となったのであるが、そのような精神が個人の数だけ存在したのである。個々人の精神より上位の人類的精神が別に存在するわけではなかった。ひとりひとりが意識的な中心であり、あらゆる他者の中心での経験に参加し貢献したのだった。

世界共同体がかくも多くの関心や精力をより高次の精神活動へと投入することができなかったなら、このような事態はありえなかっただろう。社会の全体構造は最良の文化をもとに造形された。この文化の性質と目標についてはわずかであれ暗示することができない。夥しい人びとが産業の推進に全力を尽くさず主力を向けることもなく、芸術や科学や哲学に全精力を傾け、繰り返しや倦怠にも陥ることなく二千万年もの歳月を送っていたことを信じろと言われてもできない相談だろう。一つの精神が高次元の発展を遂げれば遂げるほど、その精神を満たす事柄がいやましに宇宙に見つかるのである。

言うまでもなく〈第五期人類〉は〈第一期人類〉を困惑させた物理学の逆説すべてに早くから精通していた。コスモスの地誌と原子について実に申し分ない知識をものにしていたことも言うまでもない。しかし幾度となく科学の基盤は新しい発見でくつがえされたので、まったく新しい構想をもとにその全体を忍耐強く再構築しなくてはならなかった。それでも最後には、旧心理学と旧物理学が、いわば化学結合に保持されている心理-物理学の諸原理を明確に公式化することにより、科学の基礎は盤石になったように思われた。この科学においては、心理学の根本概念は物理的な意味を与えられ、物理学の根本概念は心理学的な手段によって表現された。さらには、物理的宇宙のもっとも根本的な関係は、芸術の根本原理と同じ性質を有することが分かった。しかし、ここにおいても〈第五期人類〉にとってすら神秘と恐怖は存在した。この美的に讃美しうるコスモスが意識を持つ芸術家の作品であるという証拠は微塵もなく、〈全なるもの〉を事細かに全体的に評価しうるほどの精神が現われるかどうかも明らかではなかったのである。〈第五期人類〉にとって芸術はある意味でコスモスの根幹にかかわるように思われたので、当然ながら芸術的創造には大いに没頭していた。そういうわけで、社会や経済のオーガナイザー、科学研究者、あるいは純粋哲学者でない人びとは残らず創造にかかわる芸術家か工芸家を職業に選んだ。ようするに、さまざまな種類の物の創造に携わったのだが、その形はそれを感取する者には美的に有意味となるべきだった。ある場合には、その物質的対象が話し言葉のパターンであったり、ある場合には純粋音楽であったり、ある場合には運動する色付きの形状であったり、ある場合には鋼鉄の立方体と棒を組み合わせたものであったり、またある場合には人物像を特殊な媒体へと変換したものであったりした。しかし無数の日常的な道具を手作りする際にも美への衝動は表現されたが、その際、あるときは贅沢な装飾に耽ったり、別なときには機能美に心を寄せたりした。かつて用いられたあらゆる芸術媒体が〈第五期人類〉によって採用され、数えきれぬほどの新しい表現手段にも用いられた。彼らは概して静的でないものを高く評価し、空間だけでなく時間をも組み入れたのだが、それは一人類種として特に時間に魅了されていたからである。

これら数多くの芸術家たちは、自分たちが非常に重要なことをしていると主張した。コスモスは四つの次元における想像を絶するほど複雑な美的統一体とみなされるべきであった。人類による純粋芸術的作品は、人間がコスモス的美のある相を眺めて讃えるための道具と考えられていた。そうした作品は壮大で捉え所がないコスモスの諸特徴を一つに集約するものと言われていた。芸術作品は、広大で一見混沌とした事実の場を表現する包括的な数式になぞらえられることもあったが、そのやり方なら人間にも理解できたのである。しかし芸術の場合、芸術作品が表現する一体性は、生命的本質と精神そのものの諸要因を主要な構成要素とするものであると言われていた。

かくしてその人類は、ひとりひとりがある種ユニークな貢ぎ物の創作者であると同時に唯一の鑑定者でもある、発見と創造の大いなる事業の担い手であると自らをみなしたのである。

さて、何百万年、何千万年もの歳月が経過するうちに、世界文化の動きはある意味で螺旋を描くことが分かってきた。人類種の関心がもっぱら存在の領域あるいは側面へ向けられた時代があり、十万年ほど経って、これらの領域あるいは側面は十分に耕やされ、それから休閑地として放置された。時代が変わると、たいていは他の領域へ注意が移り、またあとになって他の領域へと次々に注意が移った。しかし結局は放置されていた領域へと戻り、そして今度は奇跡的にも前回の百万倍の収穫をもたらすことが分かった。かくして科学と芸術の双方において人間は繰り返し太古の主題に戻り、それを綿密に細部まで精査し、そこからかつての時代ではとうてい想像もできなかった新たな真実と美を着想した。かくして、科学は足どりは危ういながらも、存在に関してますます広く細やかな観点へと集約され、その内容全体に新たな意味を与えねばならないという見地から、ある種の革命的な一般的原理を定期的に発見したのである。そして芸術においては、ある時代の作品は別の時代の作品と表面的にはほぼ似ているが、鑑識眼のある人間には比類なく重要なものに映るものが現われるのだった。同様に、人間の人格そのものに関して言うと、〈第五期人類〉の永劫の年月が幕を閉じる頃に生きていた男女は、奇妙なくらい自分たちに似てはいるが、いわば自分たち自身の多-次元的性質より少ない次元で表現される存在（もの）たちを幾度も発見することができた。地図が山岳地帯に似ていたり、絵が風景と似ていたり、それどころか、点や円が球に似ているように、まさにそのように、初期の〈第五期人類〉はその人類種の花にもなぞらえられたのである。

このような言い方は、文化が着実に前進する時代についてならある程度は真実であるだろう。しかし目下の事例では、それはある特別な意味を持つのである。ならばこれから、わたしはどうにかしてその意味について語らなくてはならないのだ。

第十二章　最後の地球人類

1　消滅の崇拝

〈第五期人類〉は彼らの創り主たちに備わっていた潜在的な不死を授けられてはいなかった。不死ではないが長命であるという事実ゆえに、彼らの文化は輝きと痛切さを帯びたものになった。寿命は三千年もあり、ついには五万年にまで達した存在（もの）たちにしても、死期を察したり愛する人びとを亡くしたりすると、とりわけ心乱れた。生まれたかと思えばすぐに死を迎える儚い神霊であれば、そのことがともかく自身の意識に深く入ってくる前に、半ば無意識の勇気でもって自らの最期に対峙することができる。親密であった他の存在（もの）たちを失ったときの傷心ですら、おぼろな夢のような苦しみでしかない。儚い神霊であれば、完全に目覚めたり、他者と十分な親交を得る時間はなく、あとは愛する者を失い、自身もふたたび意識のない状態へと消滅しなくてはならないからである。しかし長命ではあったが不死ではなかった〈第五期人類〉の場合は、そうはいかなかった。宇宙の経験をわがものにし、より精確で鮮明な洞察と識別力を獲得しながら、彼らはこの豊かな魂のことごとくが瞬く間に消滅しなくてはならないことを知っていた。愛においては、彼らは独りではなく大多数の人びとと十分な親交を有していたかもしれないが、これら親愛なる神霊の一つが死ぬことは取り返しのつかない悲劇であり、この上なく華やかな栄光の完全なる消滅であり、コスモスの永遠の衰退のように思われたのだった。

〈第五期人類〉は短い原始段階にあったとき、他の多くの人類種のように、死後の生への不条理な信仰で自らを慰めようとした。たとえば、地球の存在（もの）たちは死に臨んで、地球の生と連続してはいるが、はるかに豊かな遠い彼方の惑星系、あるいはまったく異なる時-空での生涯へと乗り出していくのだと想像した。しかし、そんな説は原始の時代には論駁（ろんばく）されなかったが、次第にありえないだけでなく低俗なものと思うようになった。今はじめて達成された美においても、人格の輝かしい栄光は、結局は栄光の極みではないと悟るようになったからだ。愛される者は不死の生を送るべきだとする、愛する側の要求ですら、人間の至上の義務への背信であることが、苦痛をともないながら歓喜をもって理解されていた。そして少しずつ明らかになったことは、来世の真実性を確証したり愛する故人と交信したりするために偉大な才能や天分を用いた人びとが、奇妙なほど盲目的になり、神霊を鈍らせたことである。彼らを惑わせた愛は、それ自体は実にすばらしいものであったのに、やはり彼らを惑わせたのである。彼らはなくした玩具を捜し求める子どものようにさ迷った。子どもの頃のもろもろの喜びを取り戻そうとする若者のように、一人前の精神にふさわしい、より困難な讃美を避けたのだった。

それゆえ、まさに死別の危機に臨んでも、個々人ではなく無数の個人の生で編成された偉大な音楽――それこそが人類の生命――を讃美するように自己修練することが〈第五期人類〉の不変の目的となった。そして彼らは人生のかなり早い時期に、個人は死なねばならぬというまさにその事実のなかに、思いがけない美を発見した。それゆえ〈第五期人類〉は自らを不滅にする手段を現実に掌中にしながら、後継世代の寿命を五万年までの延長にとどめた。五万年という年数は、人間の能力を使い尽くすには必要だと思われたが、不滅性は神霊的な災厄につながると彼らは考えたのである。

科学が進展するにつれて、今や彼らは、星々が形成される前、コスモスに精神が可能となる足場が存在しなかった時期があったこと、しかも精神が存在できなくなる時期が到来することを知った。初期の人類は精神の最終的な運命に悩む必要はなかった。しかし長命の〈第五期人類〉にとっては、その終焉は遠い先のことであっても無限の彼方のことととは思われなかった。その予見は〈第五期人類〉を苦しめた。〈第五期人類〉は個人ではなく人類のために生きるよう自らを修練していた。今や人類そのものの生涯が、過去という無限の空虚と、未来という果てしない空無のあいだの束の間にすぎないとみなされた。彼らの認識の範囲内には組織的に前進する人類の精神以上に賞讃にあたいするものはなかった。このもっとも讃えるべき精神がやがては確実に終わりを迎えるという確信は、器量の小さな人びとを恐れと憤りでいっぱいにした。しかしそのうち〈第五期人類〉は、はるか以前の〈第二期人類〉と同様、このような精神の旅路が悲劇的なまでに短命であっても、通常の美より得がたいだけでなく絶妙でもある美の本質のようなものが存在するのでは、という思いを抱くようになった。そのように一瞬の時間に閉じ込められていても、人間の神霊は、空間の広がり全体だけでなく過去と未来の全体をも見通すことができるかもしれない。ならば監獄の鉄格子のなかから、自らに求められていると感じた知的礼拝を宇宙に捧げてもよいのではないか。逃れようとみみっちく足掻いて焦慮に悶えるよりはその方がましだ、というのが彼らの言い分だった。人間は弱いからこそ尊く、また宇宙は人間に冷淡だからこそ気高いのだ。

永劫の年月、彼らはこのような信仰を抱き続けた。そしてこの信仰に黙して従うよう自らを修練し、こう述べたのである。もしそうであるなら、それが最良なのだから、わたしたちはどうにかして、それが最良であることを学ばなくてはならない。しかし「最良」がなにを意味しているかに関しては、彼らは先行の諸人類とは異なっていた。たとえば、結局人生は儚いからこそ好ましいなどと言い募って自らを欺いたりはしなかった。それどころか人生は儚くないと願い続けた。それでも、物理的な秩序の背後に、そして各精神の欲望の背後に、美を本質とする根本原理を見いだしていたので、事実がどうであれ、普遍的な視座から眺めると、それはコスモスの形式にとっては、ともかくもふさわしく、正しく、美しく、不可欠であるに相違ないと、心から確信したのである。そういうわけで、彼らは心の底ではやはり嘆かわしいまでに誤りだと感じていた事態を正しいものとして受け容れた。過去は呼び戻せず精神は儚いというこの確信により、彼らは生まれては死んでいくあらゆる存在に大らかな優しさを感じるようになった。自らを生命的達成のほぼ頂点とみなし、長寿と哲学的な超脱にも恵まれ、過去において不運に喘いだ卑小で短命で不自由な神霊への憐れみに煩悶することも多かった。そのうえ自身はきわめて複雑で鋭敏で意識澄明だったので、すべての純朴な人びとや古代人や獣たちに対して寛大な讃美を心に抱いた。数多くの陽気で愉快な生き物を抹殺した先行の諸人類の行為を徹底的に糾弾した。盲目的な知性主義によって殺害されたあらゆる存在を想像力によって再現しようと誠意を尽くした。この惑星の生命史を可能な限り復元しようと、近い過去と遠い過去を探ろうと誠意を尽くした。ブロントサウルス、カバ、チンパンジー、イギリス人、アメリカ人などの絶滅した類種、さらには今なお生存しているアメーバについての生命の物語の数々を細やかな愛を胸に理解した。そして彼らはこれら遠い昔の存在（もの）たちの可笑（おか）しさを面白がってばかりいたが、彼らが面白がったのは単純な性質への情愛に満ちた洞察の結果であり、原始的な存在（もの）たちは盲目ゆえに本質的に悲惨なのだという認識に裏打ちされたものに他ならなかった。それゆえ、人間の主たる使命は未来に心を配ることであると了解しながら、同時に過去への義務もあると感じたのだ。人間はそれを、少なくとも現に存在している生命のなかに持ち続けられないのであれば、心のなかに持ち続けなくてはならない。未来には神霊の栄光と歓喜と輝きが横たわっていた。未来には憐れみや敬虔さではなく奉仕が必要だった。しかし過去には、闇と混乱と消耗、そして偏狭な原始の精神群が存在し、狼狽し、愚かさから互いを責め苛み、それでいて誰も彼もが独特なあり方で美しかったのである。

　過去の再構築は、単に抽象的な歴史としてでなく新しきものへ愛着を抱きながら、〈第五期人類〉の主な関心事の一つとなっていた。多くの者がこの仕事に献身し、ひとりひとりが人類や動物の歴史における特定のエピソードをかなり詳細に専門的に扱い、自らの研究成果をその人類の文化へと伝えた。こうしてひとりひとりが自らを二度と現われぬ存在たちが満ちあふれた深淵と、未だ現われぬ存在たちの果てない空虚のあいだで明滅する唯一の灯りのように感じた。自身は実に高貴で幸運な人類の一員でありながら、存在への強い興味は、過去における夥しい数の不幸な存在たちの存在、それも亡霊のような存在によって加減され深められた。ときどきは、そしてとりわけ当の世界が実に申し分なく有望に思われた時代には、原始的で過ぎ去った者たちへの敬虔な思いは、その人類種の主な活動となり、コスモスの冷酷な本質に対する反逆と、宇宙的視座に照らせば結局この悲惨も正しいに違いないという信仰とが交互するようになったのである。この後者の気運のなかでは、悲劇的な芸術作品が取り返しのつかない災禍により威厳を獲得するように、まさに過去を呼び戻せぬことが過去のあらゆる存在を気高いものにし、コスモスに威厳をもたらすと考えられた。黙従と信仰のこのような気運こそが、ついには何百万年ものあいだ〈第五期人類〉に特有の態度となったのである。

ところが〈第五期人類〉を困惑させることになる発見、つまりは存在への態度をすっかり改めさせるような発見が待ちかまえていた。ある不可解な生物学上の事実によって、彼らは純粋に経験的な根拠にもとづき、過去の出来事は結局は単に存在しない、つまりは時間的にはもはや存在しないが、ある種の別のあり方では永遠の存在ではないのかと思うようになったのだ。このような過去についての思いが大きくなった結果、かつては調和のとれていた人類は、しばし二つの党派へと分断された。一方は宇宙の形式的な美は万物の悲劇的な消滅を求めると主張し、もう一方は生きている精神は過去となったどんな出来事にも実際に回帰できることを明らかにしようと決意していた。

この本の読者には、そのとき人類を破滅させかねなかった対立の痛切さを理解できる者はない。消滅を続けるコスモスへの讃美を長年月の修練とするような文化を持つ人類の視点から、その痛切さに近づくことは、本書の読者には不可能なのだ。正統派からすると、この新しい見解は因襲破壊的で不遜で俗悪だと思われた。他方、敵対者たちは、問題は証拠をもとに冷静に決着しなくてはならないと主張した。消滅に対するこのような敬虔さは、結局はコスモスはこの上なく高貴に違いないという確信の産物でしかないと、彼らは指摘することができた。消滅をそれ自体の卓絶性として直視した者は実際には誰もいないではないか、と。その論難が骨身に応えたので、正統派は反逆者たちとの「テレパシー」コミュニケーションを実際にすべて断ち切り、それどころか彼らをあやうく壊滅させるところだった。これほど高度な精神進化を遂げた種が相互殺戮などすれば、人類はおそらく死滅したことだろう。もしも暴力が実際に用いられていたなら、自らの本性への途方もない冒瀆となったことだろう。これほど恥ずべき神霊的災厄を償うことは決してできなかっただろう。しかしながら、幸運にして、間一髪のところで良識が勝った。伝統破壊者は調査の続行を許され、全人類がその結果を待ち受けたのである。

2　時間の探索

時間の本質への初の取り組みは、理論と実践の双方にわたる壮大な共同研究となった。過去の永続という最初の手掛かりは生物学からのものだった。生物学と物理科学の全体を新しい観念をもとに練りなおす必要があった。実践の立場からは生理学と心理学の実験を進めるための大々的なキャンペーンを張る必要があった。わたしたちにはこの作業を観察する時間はない。幾百万年もの年月が経過した。何千年ものあいだ連続して時間の研究が人類の主要な関心事であり続けたことがあった。他に関心が奪われていた時期には、それは背後に追いやられたり完全に無視されたりすることもあった。幾歳月も経ったが、この領域での人間の努力は常に実を結ばなかった。そしてついに真の成功に至ったのだった。

時間の自由操作へと向けた長期の育種事業によって産み出された者たちのなかから子どもがひとり選抜された。この子どもの脳は幼児期から実に注意深く生理的に管理されていた。心理的にもその子は厳しい扱いを受け、その奇妙な使命のためにしかるべき教育を施された。数人の科学者や歴史家の立ち合いのもと、その子は一種の昏睡状態へと放り込まれ、三十分後にはふたたび目覚めさせられた。そこでその子は昏睡時に体験したことを「テレパシー」で説明するよう求められた。不幸にして、そのときその子の神経はもはやずたずたになっていたため、証言はほとんど理解できなかった。何ヶ月か休息したあと再度質問されると、奇妙な挿話を語ってくれた。それは死んだ母親の少女時代の恐ろしい事故だった。その子は母親の目で事故を目撃し、母親の思考をすべて意識していた様子であった。これだけではなにも証明されなかった。生きている誰かの精神から情報を受け取っていたかもしれなかったからだ。そこでもう一度いやがる子どもを特殊な昏睡へと投げ込んだ。目が覚めるとその子は「ずんぐりした白い塔に住む小柄な赤い人びと」について取り留めのない話をした。〈巨大脳人類〉とその下僕たちに言及していたのは明らかだった。しかし今回もまたなに一つ明らかにはならなかった。話が終わらぬうちに子どもは息を引きとった。

別の子どもが選抜されたが、実験が施されたのは思春期の終わり頃になってからだった。少年は一時間の昏睡ののち覚醒し、ひどく動揺したものの、搾り出すようにあるエピソードを語ったが、それは歴史家によって〈火星人〉侵略の時代だと特定された。この出来事が重要だったのは、少年は話のなかで、山峡の滝の落ち口に据えられた、彫刻を施した花崗岩の柱廊付きの家屋について語っていたからだ。少年は、自分は老女であり、自分が、つまりは老女が他の同居人によってその家屋から急いで救出されたと語った。同居人たちは、無定形の怪物が谷を這うように降りてきて自分たちの家を破壊し、逃げ遅れた二人の人間をずたずたにするのを見た。ちなみにこの家屋は〈第二期人類〉に特有のものではまったくなく、ある酔狂な個人の奇想を表現したものに違いなかった。少年の口から出た証言から察するに、谷の在り処は歴史的に有名な山との位置関係から特定できることが分かった。その場所には谷は残っていなかった。しかし深く掘り進めていくと、大昔の斜面、滝の原因となる断層、そして破壊された柱廊があらわになったのだった。

他にも数々の出来事が時間についての新たな観点をめぐって〈第五期人類〉に確証を

もたらした。そのあと続いた時代には過去を直接探査する技術が漸々と改善されていったが、悲劇をともなわずにはいなかった。初期の段階においては、危険を承知で過去へと向かった「霊媒」は数週間以上生き永らえることはなかった。その経験をすると、まずは狂気におちいり、続いて麻痺状態となり、数ヶ月もすると死に至る進行性の精神崩壊を起こすように思われた。この難題は最後には克服された。次々に手段を改めて、致命的な結果をもたらさずに超-時間的経験の緊張に耐えることのできる脳が創り出された。ますます増大しつつあった新興世代が、今や過去とじかに接触し、自らの直接の体験に関連づけて大きな歴史の書き直しに着手したが、過去への遠征は思うとおりにやれたわけではなかった。望みどおりの場所に行けたのではなく、どこに行き着くかは運まかせとなる他なかった。勝手気ままには行けず、非常に複雑な技術や専門家の操作に頼る他なかった。そのうちその過程は容易に、実際には容易すぎるほどになった。不運な霊媒は実にやすやすと昏睡におちいったので、彼の日常は過去に奪われてしまった。突然地べたに昏倒し、恍惚となったまま横たわり、無気力となり、何週間も、何ヶ月も、それどころか何年間も、人工的給食に依存することになった。同じ日に十二回、十二ヶ所の異なる歴史時代へと投げ放たれることがあった。さらに悲惨なことに、過去の出来事にかかわる彼の経験が、その出来事自体の実際の周期と一致しない場合があった。したがって、ほんの一日の昏睡期間に、一ヶ月の、それどころか生涯にまで及ぶほどの、驚くばかりに加速化された出来事を目の当たりにするかもしれなかったのだ。あるいは、なお悪いことに、時間をはるばると逆向きに滑走し、自然な順序とは逆の出来事の継起を経験していることに気づくこともあった。〈第五期人類〉の堂々たる脳ですらこれには耐えられなかった。その結果、狂気のふるまいをするようになり、それから死んだ。他のトラブルもこれら初期の実験には付きまとっていた。超-時間的な経験は、危険な中毒性の麻薬のようなものだった。危険を承知で過去へと向かった者たちは、あまりに夢中になったために、自らの自然な生活時間のすべてを過去の出来事への放浪に費やそうとした。かくして彼らは次第に現在との接点を失い、うわの空で思いに耽って暮し、自らの環境にまともに反応できなくなり、社会の役立たずとなり、自分で自分の世話を焼けなくなって実際に肉体的な災難に遭うことが多くなったのである。

これらの困難や危険が克服されるまでに、さらに幾千年もの年月が過ぎた。しかしながら、ついに超-時間的経験の技術が完成し、ひとりひとりが安全にその技術を自在に駆使し、限界はあるものの、調査したい時-空間のどの地点にも自らの視線を投射できるようになった。しかしながら、過去の出来事については、もはや生きてはいない過去の生命体に宿った心を介さないと見ることはできなかった。そして実際には人間の心だけではなく、ある程度はより高等な哺乳類の心にも入り込むことができた。探索者は冒険の最中には自らの人格と記憶の一貫性を保持していた。過去の個人の知覚、記憶、思考、欲望など、実際に過去の精神的過程と内容を余さず経験しながら探索者は自分自身であり続け、自分自身の性格をもとに反応し、たとえば目に映る事態をとがめたり同情したり批判的に享受したりしたのだった。

この新しい能力の仕組みを解明する仕事が、この人類種の科学者や哲学者の心を長期にわたって虜にした。もちろん、決定的な説明は寓話に拠らないと表わせなかった。事実を筋道を立てて解釈するには、多くの基本概念を練りなおす必要があると分かったからだ。それを説明するには、もちろん隠喩を用いてではあるが、以下のように暗示しうるのみである。すなわち、生きている脳の過去への接触は、なにか神秘的な人類種の記憶を介したものではなく、時間の流れを遡るという同様にありえない旅によるものでもなく、不完全ながらも、いわば永遠へと目覚め、あたかも光学器械をとおして見るように、過去のはかない精神を介して時-空のある微小な領域を探査することによるものであった。初期の実験において時間の経過が驚くほど速まったり遅れたり逆転したりしたのは、混乱した探査のせいだった。ちょうど本を読む者が何頁も飛ばして読んだり、気楽な速さで読んだり、一つの言葉について長々と考えたり、文章を何気なく逆に拾い読みしたりするように、永遠界の初心者も自分に提示された精神を読んだり読み誤ったりしたかもしれないのだ。

こうした新しい経験の様式は、生きている脳の、ただし新しい種類の脳の活動であったことに注意すべきだ。こうして「永遠という媒体を介して」発見されるものは、提示されたものを理解する特殊な探査脳の力量によって限られていた。そしてさらには、過去の出来事と実際に超-時間的な接触を行う時間は、脳の自然な営みとしては存在しなかったが、そのときのヴィジョンの瞬間をわがものとする、つまりそのヴィジョンを通常の脳構造における通常の時間記憶へと還元するには時間がかかり、それは昏睡しているときに実施しなくてはならなかった。神経構造にその経験の瞬時の記憶を期待するのは、複雑な機械に再調整の手順を踏まずに複雑な再調整を行うことを期待するようなものだろう。

もちろん、過去への接近は〈第五期人類〉の文化に深遠な影響を及ぼした。それは過去の出来事についての比較にならぬほど正確な知識と、歴史的な偉人たちの動機や大規模な文化運動などへの洞察を彼らにもたらしただけでなく、物事の重要性の評価法にも微妙な変化を及ぼした。知的には彼らはもちろん過去の壮大さと豊かさを了解していたが、今やそれを圧倒的に生き生きと悟ることができた。それまでは単に歴史上のこととして型どおりにしか知らなかった物事が、今や身近な知識として生きていくために利用可能となったのである。そのような知識に限界があるとすれば、それはひとえに探索者自身の脳の力量に限界があるからであった。そういうわけで、はるかな過去がひとりの人間に侵入し、その人の心を形成したのだが、それはつい最近の過去が記憶を介してそれまでの彼を形成してきたことと変わりはなかった。その新しい種類の経験がはじめて獲得される前ですら、この人類種は先に述べたように、奇妙なほど過去の呪縛のもとに置かれていたが、今やそれは際限なく強まっていたのである。それまでの〈第五期人類〉は、外国について細かなことを読み知っていながら決して旅行しない出不精の人たちであったが、今や人類的時間という大陸を片っ端から経験する旅人となっていた。それまでは亡霊のようだった存在が、今や真昼間に見るような血肉を備えた存在となった。かくして、現在と呼ばれる動的な瞬間は、もはや唯一の微小な現実ではなく、永続的な存在の樹木の絶えず成長する樹皮として現われた。今や過去こそがこの上なく現実的と思われたが、その一方で未来はどうやら未だに空虚であり、現在は単に不滅の過去の触知し難い生成過程となったのだった。

過去の出来事が結局は永続的で接近可能だという発見は、もちろん〈第五期人類〉にとっては深い喜びの源であったが、新たな災厄をもたらしもした。過去が非存在の深みにすぎないと考えられていたときは、その深みへと落ちていった、想像を絶するほど大きな苦痛や悲惨や卑劣さは、終わったものとして無視できた。そのような恐怖が未来に生じぬように集中的に意欲しさえすればよかった。しかし今や、過去の歓喜とともに過去の悲惨が永続するものであることが分かったのである。そして過去への旅の途中で永遠の責め苦に喘ぐ時空域に行き合った者たちは、ひどく取り乱して帰ってきた。もしも苦しみが永遠であれば歓喜も永遠であることを、これら苦悶の探索者たちに気づかせることは容易である。悲劇的な過去への旅を耐え抜いてきた者たちは、そのような確信を侮蔑を込めて無視し、時間軸上の全住民の歓喜をもってしても責め苛まれた個人の苦悶を償えはしないと断言した。そしていずれにせよ歓喜が苦痛を凌ぐことはないのは明らかだと言明した。実際、現代は別にして、苦しみはあまりにも過剰だったのである。

こうした確信は〈第五期人類〉の心をひどく責め苛んだので、実際には苦悶が一種の強壮剤として求められるほどの、ほとんど完璧な社会秩序を有していたというのに、彼らは絶望に陥ってしまったのだった。あらゆる時代でのあらゆる探索において、悲劇的な過去の存在が彼らを悩まし、彼らの生活を毒し、活力を奪った。恋人たちは互いへの愛の喜びを恥じた。遠い過去の性の禁忌のような罪悪感が彼らのあいだに忍び寄り、肉体が結ばれているときでさえ互いの神霊は離反したままだったのだ。

3　宇宙への旅

〈第五期人類〉がこの大きな社会的憂鬱に囚われてもがき、過去の苦悶を再解釈し克服するための新たなヴィジョンを熱望しているあいだに、予想もしなかった物理的危機に直面していた。なんらかの異変が月に生じつつあること、実はその衛星の軌道が科学者らの計算に反して地球へと狭まりつつあることが発見されたのである。〈第五期人類〉はずっと以前に包括的で厳密に一貫した諸自然科学の体系を形成していた。その構成要素は幾度も検証され不動となっていた。想像してほしい、常軌を逸したこの発見に対する彼らの困惑ぶりを。科学が未だ断片的であった時代には、革新的な発見があると、科学の一分野の再編を引き起こしただけであったが、今や知識の一貫性はかなりのものになっていたため、事実や理論にいかに些細な矛盾があっても人間を完全な知的混乱へと陥れるに違いなかった。

もちろん月軌道の変化は太古の昔から研究されていた。〈第一期人類〉でさえ、月はまず地球から離れ、続いて地球に再接近し、ついには危険な距離まで近接して土星の輪のように一群の破片へと破砕しはじめることを知っていた。この見解は〈第五期人類〉自身により十分に確証されていたことだった。その衛星は何億年もかけて地球から離れ続けるはずであったのに、実際には離反が止んだだけでなく幾らか速度を上げて接近しはじめていたことが今や観察されたのである。

観察と計算が繰り返され、精緻な理論的説明が提示されたが、真実はまったく分からずじまいであった。惑星の重力と惑星の文化的進展との結びつきの解明は、未来のもっと聡明な人類種に委ねられることになった。今のところ〈第五期人類〉に分かっていたのは、地球と月の距離が急速に縮小しているという事実だけだった。

この発見は憂鬱な一人類種への強壮剤となった。人類は悲惨な過去から困惑の現在、そして不確実な未来へと目を転じたのだった。

というのは、もしも接近がこのまま加速を続ければ、月は一千万年も経たぬうちに臨界点を超えて崩壊し、おまけに破片は輪を形成することなく、時を置かず地球に衝突することが明らかだったからだ。両天体の衝突による熱で地球表面は生命が棲息できない場所となってしまうだろう。短命で近視眼的な人類種であれば、一千万年は永遠にも等しいと考えたとしても無理はないが、〈第五期人類〉はそうではなかった。〈第五期人類〉は、なによりも人類種の見地から考え、社会政策のことごとくを今やこの未来の破局に向けなくてはならないと、ただちに認識した。実をいうと、奇妙な月の動きが無限に続くと信じる根拠などないと述べて、問題を深刻には受けとめない者も当初はいた。しかし何年か経つと、この見解は信憑性を失った。過去の探索に生涯の多くを費やしてきた人びとのなかには、今度は未来をも探索し、いかに遠い未来においても人類の文明は常に地球上に見いだしうることを証明しようと望む者もいた。しかし未来の直接的な探査は完全に頓挫した。未来の出来事は過去の出来事とは違い、進展する現在が創り出すまでは厳密には存在しないという誤った推量もなされた。

明らかに人類は故郷の惑星を離れなくてはならなかった。したがって、研究は、空虚な宇宙を飛行できるか、そして近隣に棲息に適した世界があるかどうかに集中した。唯一の選択肢は火星と金星だけだった。前者には今は水も大気もなかった。後者には湿気を帯びた濃厚な大気があったが、酸素を欠いていた。おまけに金星の表面はほとんど浅い海に覆われていることが知られていた。しかもその惑星は昼間かなり暑かったので、人間は現在のままでは極地においても生存していけそうになかった。

惑星間の宇宙航行に耐えうる手段を発明するのに〈第五期人類〉は多くの世紀を要しなかった。巨大なロケット群が建造されたが、その駆動力は物質の消滅から生み出された。乗り物はそれにより生成される放射作用の物凄い圧力だけで推進された。もちろん、何ヶ月どころか何年にも及ぶ旅の「燃料」は容易に運搬できた。微量の物質の消滅が厖大なエネルギーを生んだからだ。そのうえ、いったん宇宙船が地球の大気の外に出て最高速度に達すれば、もちろんロケット推進装置の動力を用いなくても、最高速度は維持された。「エーテル船」を適切に御しやすくし、ある程度まで居住可能なものにする作業は、難しくはあったが克服できないことではなかった。エーテルを採用した最初の乗り物は全長約三千フィートの葉巻形の船体をしており、これまで知られているどの金属よりも比較にならぬほど堅い人工の原子で構成された金属で建造されていた。船体のさまざまな場所に「ロケット」推進装置が一揃いあったので、船は前進だけでなく逆進も可能であり、どこへでも方向転換したり横に移動したりできた。透明な人工元素から成る窓は、船体の金属に劣らぬくらい頑丈であり、そのおかげで乗員は四方を見ることができた。船内には百人分の大きな宿泊設備と三年分の備蓄があった。同じく三年分の空気が宇宙飛行の最中も星の内部に匹敵する圧力のもとで蓄えられた陽子と電子から製造された。熱はもちろん物質の消滅により供給された。強力な冷却装置のおかげで、乗り物はほとんど水星の軌道まで膨張した太陽にも接近できるはずだった。電磁場の諸特性にもとづく「人工重力」システムは、人間という生命体にとって多少なりとも正常な環境を維持するために自在に始動したり調整されたりした。

この先遣宇宙船にはひとりの操縦士と科学者の一団が乗り組み、成功裡に試運転の旅へと出発した。月面に接近して一万フィートの高度でどうにか一周し、着陸せずに帰還することが目的だった。幾日にもわたって地球の人びとは宇宙船の強力な装置から万事順調であるとの報告を受信した。ところが突然通信が途絶え、船からの音信が途絶えた。最後の通信とほぼ同じ瞬間に、宇宙船の航路の一点に突然の閃光が望遠鏡で観測された。したがって宇宙船は隕石と衝突し、衝突による熱で溶解したのだと推量された。

別の船が建造され、試運転の旅へと急派された。その多くが帰還できなかった。幾つかは操縦不能になり、外宇宙へと向かっているとか太陽に飛び込みつつあるとか報告があったが、その最後の乗員が窒息死するまで絶望的な通信が続いたこともあった。首尾よく帰還した船もあったが、乗員たちは悪い空気に長く閉じ込められていたためか憔悴したり気が狂ったりしていた。思い切って月に着陸したものの、後部を破損して空気が漏れて乗員が死んだこともあった。船から最後の通信を受け取ったとき、月の「海」の斑点だらけの表面に染みが追加されたことが地球から検知されたのだった。

しかしながら、時が経つにつれて事故は滅多になくなり、実際には非常に稀になったので、宇宙空間の旅は人気の娯楽の一つになりはじめた。その時期の文学には、人間がついに真の飛行を習得し、太陽系での自由を獲得したという感覚とともに、そのような体験の清新さが響き渡っていた。作家たちは、宇宙船が上昇し加速するにつれ、光景がみるみる縮小し、群れなす星座に囲まれて光り輝く満月か三日月のようになっていくのを見たときの衝撃を力説した。こうした初期の旅行のときに旅人たちが体験した畏怖すべき遠望や神秘、宇宙船の片側の目眩（めくるめ）く陽光、もう片側の幻惑的な星飾りの夜について著述した。強烈な太陽光が星々のひしめく漆黒の星空を背景にコロナを放射している様を描写した。他の惑星に接近したり、今でも目に見える火星文明の名残を天空から観察したり、金星の雲の層を貫くように探りを入れ、ほとんど海岸線の見あたらない海洋のなかに島々を見つけようとしたり、最良の冷却装置をもってしても耐えがたいまでに暑い水星への接近を敢行したり、小惑星帯を突っ切って木星へと進み続け、ついには空気と食糧が不足して帰還を余儀なくされたり、そのような圧巻の面白さについて、彼らは詳しく物語ったのである。

しかし、宇宙航行だけなら、そんなふうに容易に達成されたのだが、大きな仕事は未だ着手されずじまいであった。人間の性質を別の惑星に合わせて改造するか、または人間の性質に適うように別の惑星の条件を修正する必要があったのだ。前者の選択肢は〈第五期人類〉にとって嫌悪すべきものだった。人間の生体組織をほぼ完全に造り直すことになるのは明らかだった。現在の個体を火星か金星の現状で生存可能となるように修正できる見込みなどなかった。現行の人類種の華麗で調和のとれた体質を犠牲にすることなく、これらの諸条件に適応した存在を創り直すことは、おそらくは不可能であると分かったのだ。

一方、火星を居住可能にするには、まずは空気や水とともに食糧の備蓄が不可欠だった。そのような企ては不可能なように思われた。なので、金星に手荒に干渉する以外に手立てはなかった。その惑星の両極地は、光を通さぬほど厚い雲に覆われていたので、結局のところ耐えがたいほど暑いわけではないことが分かった。続く世代を亜−北極や「温暖な」気候にも耐えられるように修正する可能性もあった。酸素は潤沢にあったが、化合物となってすっかり封じ込められていた。そうならざるをえなかったのだ。酸素は非常に結合しやすいし、遊離気体を吐き出して消滅を続ける酸素の蓄えを補充する植物が、金星には存在しなかったからだ。そこで金星に適切な植物をもたらす必要があった。そうすれば、年月が経つうちに惑星の大気は人間にも棲みやすくなるはずだった。したがって、繁殖の見込みがある生物種を設計可能にするために、金星の化学的・物理的な諸条件を詳しく研究しなくてはならなかった。この惑星の自然な大気で生きていける人間などいなかったので、この研究はエーテル船の内部から、あるいは防毒ヘルメットを装着して遂行しなくてはならなかった。

ついにはじまった果敢な研究や冒険の時代を長々と語るわけにはいかない。地球で棲息できる期間を一千万年と見積もったのでは長すぎることが、月の軌道の観察で明らかになりつつあった。なんらかのより急速な変革を手掛けないことには、十分に早く金星での準備が整わないことがすぐに分かった。かくして、大規模な電気分解によって惑星の海水の一部を水素と酸素に分解することが決まった。雨や川によって塩分が削剥（さくはく）される乾いた陸地がほとんどなかったため海水の塩分含有量は比較的少なかったが、そうでなかったなら、この化学分解はさらに困難な作業となったことだろう。電気分解で形成された酸素は、大気へと混入できるようになった。水素はどうにかして取り除かねばならなかったので、絶対に戻って来られない速度で水素を大気圏外へと放射する巧妙な方法が考案された。いったん十分な量の遊離酸素が生み出されると、新しい植物が酸化によって不足分を補った。この作業はとどこおりなく進められた。巨大な自動電気分解所が幾つもの島々に設立された。生物学的研究により、ついには特殊化した植物種から成る植物相がそっくり生み出され、この惑星の陸地を覆った。百万年も経ぬうちに、金星は地球人類の受け容れに相応しい場所となり、人類が金星での生活に適応する望みが得られたのだった。

その間に注意深い惑星探査が行われた。地球の陸地の千分の一にも満たない地表は、山の多い島々が不規則に点在する群島から成っていた。計測により地表全体が激しく波打っているのが分かったので、その惑星には遠くない昔に山脈の形成期があったのは明らかであった。海洋は猛烈な嵐や海流にさらされていた。惑星の自転は何週間もかかったので、極寒の夜の半球と炎熱の昼の半球とのあいだには、大きな気温や気圧の差があったからだ。蒸発はあまりに激しかったので、惑星の表面のどこも滅多なことでは晴天にならなかった。実際昼間の天候は平均的には濃霧と激しい雷雨の連続だった。夕方にはひっきりなしの土砂降りとなった。しかし夜が明ける前には、氷の破片にぶつかる波音が聞こえてきた。

人間は未来の住処を嫌悪の目で、生まれ故郷を熱烈なものとなった感情を胸に眺めた。その青い空、比類ない星の夜、穏和で多様な大陸、広々とした農耕地、荒野と公園、見慣れた動植物、そして地球文明のなかでもっとも耐久性のある建造物のすべてが、飛行を計画していた男女には自分を見捨てないでと懇願する生き物のように思われた。今や過去の月よりも目に見えて大きくなって静かに浮かぶ月を、人類は憎しみを抱いて見つめることが多くなった。天文学と物理学の理論を幾度も修正し、観察された月の動きが不可解でも恐怖でもなくなる不備が見つかりはしないかと望みを抱いた。しかしなにも見つからなかった。あたかも古代神話の魔神が現代世界によみがえり、人間を破滅させようと自然法則に干渉してきたかのようであった。

4　新世界への備え

そのとき別の災難が発生した。金星の電気分解施設が幾つも破壊されたが、どうやら原因は海底火山の噴火と思われた。さらには海洋調査に携わっていた数多くのエーテル船が不思議な爆発を遂げた。謎が解けたのは、これら破壊された船の一隻が地球に帰還できたときだった。指揮官の報告によると、測深用の綱が引き上げられたとき、大きな球体が付着しているのが分かった。仔細に調べてみると、この球体は測深装置に鉤を用いて固定されており、確かに紛れもなく人工物で、鋲でとめられた小さな金属板から成る構造物であることが判明した。その球体を船内に運び込もうと準備している最中に、それがたまたま船体にぶつかり爆発した。

明らかに金星の海洋のどこかに知的生命が存在するに違いなかった。明らかに海棲の金星人類が自分たちの海洋世界が着々と縮小されつつあることに腹を立て、それを阻止しようと決意したのだ。地球人たちは遊離酸素が溶解していない海水では生命は維持されないはずだと想定していた。ところが、この世界を覆う海洋には、固着性のものや回遊性のもの、微小かと思えば鯨のように大きかったりと、数多くの生物種が棲息していることが観測によって間もなく明らかになったのだ。これらの生き物の生命基盤は、光合成や化学結合ではなく、制御された放射性原子の崩壊にあった。金星にはこうした原子がとりわけ潤沢にあり、地球ではとうの昔になくなっていたある種の元素が未だに含まれていた。海洋性の植物相は、その生体組織の全体に含まれた微量の放射性原子を崩壊させて生存していた。

物理的環境の著しい支配を達成し、種々の機械装置を用いて実に巧みに互いを破壊することができる生物種が金星には幾種類も存在した。実際に数多くの類種が、ある程度限られてはいたが、間違いなく知性と多様性を見せていた。そしてこれら知的な類種の一つが、すぐれた知能に恵まれて他の類種を残らず支配するようになり、放射性エネルギーをもとにした正真正銘の文明を構築していたのだ。金星のあらゆる生き物のなかで最高の進化を遂げたこの生き物は、メカジキほどの大きさと形をしていた。彼らは三つの操作器官を持っていて、通常は長い「剣」の鞘に収められていたが、筋肉状の三叉の触角として剣先から伸ばすことができた。胴体と三つの尾で奇妙なスクリュー状の動きを見せて遊泳した。三つの鰭（ひれ）で舵をとることができた。燐光を発する器官、視覚や触覚の器官、聴覚に類似した器官も備わっていた。無性生殖で増殖し、海底の泥地に卵を産みつけた。通常の意味での栄養物は必要なかったが、幼児期には何年かの生存のために不足のない放射性物質を集めるようにも思われた。それぞれの個体は、蓄えが尽きて衰えはじめると、年少者たちに殺されたり、放射性物質の鉱山に埋められたりしたが、二、三ヶ月のうちに完全に若返り、この仮死状態から蘇ったのだった。

　金星の海の底には、これらの生き物が、急増した珊瑚（さんご）状の建物群からなる都市に群れていて、そこには多くの複雑な物品が備わっていたが、それらは彼らの文明の必需品や贅沢品だったに違いない。海中探査を通して多くのことが地球人類種の確認するところとなった。とはいえ、金星人類種の精神生活は不明なままだった。あらゆる生き物と同じように彼らも自己保存や自分たちの能力の実践に心を向けていたが、これらの能力の本質に関してはなにも発見できなかった。彼らは触角から成る捕獲用の鋏（はさみ）を用いて水中に生み出す機械的振動をもとにした象徴言語のようなものを用いていたのは明らかだった。しかし彼らのもっと複雑な活動はまったく不可解だった。確実に報告できることと言えば、戦争、それも同じ類種の集団どうしの戦争にどっぷりと耽っていたこと、しかも軍事的災禍の緊張下にあっても、あらゆる種類の物品を熱に浮かされたように生産し、それらを破壊しては顧みなかったことである。

　とびきり不可解な行動が一つ観察された。ある季節になると、三つの個体が突然異常な光を発しはじめ、リズミカルに揺れ動き震えつつ接近すると、尾で立ち上がって肉体を押しつけ合ったのである。この段階に至ると、興奮した群衆が集まり、吹き寄せる雪のように三体のまわりを旋回することがあった。すると主役たちは蟹のような鋏を用いて猛り狂ったように互いをずたずたに引き裂き、最後にはもつれた肉の切れっ端と大きな剣と痙攣を続ける爪が残るばかりとなった。地球人たちは、この見るに忍びない事態を観察しながら、最初のうちは一種の性交渉ではないのかと訝ったのだが、これがあって繁殖したような形跡はなかった。おそらくその行動は以前は生物学的な目的を有していたのだろうが、今や無益な儀式と化したのだろう。一種の自発的な殉教だったのかもしれない。人間の心では理解しようがない、まったく異質な性質に由来するとした方が、より信憑性があったと言えるだろう。

金星で人間が活動を拡げるにつれて、金星人類種はますます躍起になって人間を殺戮しようとした。深海生物だったので人間と闘うために海から上がることはできなかった。海中の水圧がないと爆ぜてしまったのだ。それでも彼らは工夫して高性能の爆弾を島々の電気分解施設に投げ入れたり、トンネルから施設を破壊したりもした。こうして電気分解工場はかなり深刻な損害をこうむった。金星人類種と話し合おうと、どんなに努力してもまったく無駄だったので、妥協策を採ろうにもできなかった。かくして〈第五期人類〉は深刻な倫理的問題に直面する羽目になった。たとえ人間には理解できない精神生活を送っているからと言って、明らかに知性をもつ存在たちがすでに領有していた世界に干渉する権利が人間にあるのだろうか。はるか昔に疑いもなく自らを地球人類種よりも高貴だと考えた火星人類の侵略者の手に掛かって苦しんだのは、人間自身だった。そして今や人間が似たような罪を犯しつつある。その一方で、金星への移住を進めなくてはならず、さもなくば人類は絶滅を余儀なくされる。今のところ月の落下はほぼ確実であり、しかもそう遠い将来のことではないように思われた。そして金星人類種についての人間の理解はかなり不十分であったが、入手した情報が強く示唆するところでは、彼らの精神領域は人間よりも決定的に劣っている。もちろん、この判断は間違いかもしれない。金星人類種が結局のところ人間に優越していたために、彼らがどう優越しているのかが人間には微塵も理解できなかったのかもしれない。しかしこの議論はクラゲや微生物にもあてはまるだろう。入手できる証拠をもとに判断を下さなくてはならなかった。人間がかりにもその問題に判断を下しうる限りでは、明らかに人間はより高度な類種だったのである。

もう一つ考慮すべき事実があった。金星の生命体の生活は放射性原子の存在に依存していた。そうした原子は崩壊しやすく稀少なものになるはずだった。この点では金星は地球よりもはるかに供給量があったが、金星に放射性物質がなくなるときが訪れるのは避けられなかった。今や海洋探査が明らかにしたのは、金星の動物相がかつてはずっと広大であったこと、そして放射性の物質の調達が困難になりつつあったせいで早くも文明はかなり制限されていたことだった。こうして金星人類種の命運は尽きており、人間は単にその破滅を早めただけだったのだ。

もちろん、金星の植民地化にあたって人類は先住民に深刻な干渉をすることなく適応できるだろうと期待されていた。ところが、これは二つの理由から不可能になった。まず第一に、先住民たちはたとえその途中で自滅することになろうとも侵略者たちを壊滅する決意でいると思われた。大規模な爆破工作がなされ、それが侵略者たちに深刻な損害を与えただけでなく、何千もの金星人類種の屍骸も海面に撒き散らされた。第二に、電気分解によって遊離酸素がますます大気へと放出され、海洋は逆にその強力な元素を一部溶解して吸収し、この溶解した酸素が海洋生物に壊滅的な結果をもたらしたことが明らかになった。彼らの組織も酸化しはじめた。体の内も外もゆっくりと燃焼していった。人間は地球と同じくらい大気中の酸素が増えるまで電気分解を停止しようとはしなかった。ここまでの状態に達するずっと以前に金星人類種は毒の影響を感じはじめており、せいぜい二、三千年もあれば絶滅するであろうことはすでに分かっていた。したがって、できるだけすみやかに彼らを惨めさから解放する決定がなされた。人間は今では金星の島々をあちこちと歩きまわることができ、実際に最初の定住地がすでに建設されつつあった。こうして彼らは強力な潜水艦の艦隊を建造し、海中を捜しまわって在来の動物相を全滅させることができたのである。

この大規模殺戮が〈第五期人類〉に影響した結果、彼らの精神は絶望に陥ったり危うい多幸症に浮かれたりと、二つの極へと揺れた。一方では、殺戮の恐怖はあらゆる人間の心に消すことのできない罪悪感、つまりは地球人類種が自らを救うために殺戮に駆り立てられたことへの途轍もない嫌悪感をもたらした。しかもこの罪悪感は、科学が月の接近を説明しそこねたことから来るまぎれもない知的な自信喪失と結びついた。それはまた永続する過去の災禍への同情から生じた、例のきわめて不合理な罪悪感をも呼び覚ました。これら三つの作用が合わさって人類規模の神経症へと向かったのだった。

その一方で、ときには一つのかなり異なった気分が同じ三つの源泉から生まれた。結局、科学の失敗は進んで受け容れるべき一つの好機であり、それまで想像できなかった豊かな可能性を切り開くものだった。変えることのできない過去の災禍でさえ好機となった。なんらかの不思議なあり方で、現在と未来は過去を変容させるに相違ないと言われていたからだ。金星の生命の抹殺は実に恐ろしいことであったが、正しかった。憎悪ではなく、実際にはむしろ愛をもって遂行された。それというのも、海軍は容赦なく任務を続けるうちに、先住民の生活に対する洞察を大いに深め、殺戮の最中にもそれを讃美し、ある意味では愛するようにもなったからだ。冷酷ではあっても無慈悲とは言えないこの気分は、種の神霊的感受性を先鋭化し、いわば神霊的聴覚を洗練させ、これまで漠然としていた宇宙音楽における階調と主題を顕示したのだった。

絶望と勇気の二つの気分のいずれが勝利することになるのか。すべては逆境のなかで高い水準の生命力を保ち続けるその人類種の技量に掛かっていた。

人間は今や新たな居住地の準備に忙殺されていた。地球の系種から派生し金星の環境で育まれた多種多様な植物は、今や島々や海に群生しはじめた。陸地はごく限られていたので、多大な海域が特別に設計された海棲植物に割り当てられ、それが今や大きな浮遊する植物大陸を形成した。もっとも灼熱の度合が低い島々には、居住用の塔が現われて空き地という空き地に植物で覆われた建造物の森を形成していた。それでも金星は地球の巨大な人口を養うことは不可能であっただろう。したがって確実に出生率が大幅に死亡率を下回るように段階が踏まれた。そうすれば時期至って人類は生きている同胞を誰ひとり置き去りにすることなく移住させることになるだろう。一億人程度であれば、どうにか金星に棲むことができると見積もられた。したがって、人口を以前の百分の一まで減少させなくてはならなかった。そして地球共同体においては、厖大な社会と文化の活動とともに、あらゆる個人が社会においてなんらかの役割を担っていたので、新しい共同体は縮小だけでなく精神的にも低下させざるをえなかった。そのときまでに各個人は金星において見込まれるよりはるかに繊細で多様な社会的環境とのかかわりによって豊かになっていたのである。

こうしたことが、結局は地球を運命に委ねることが賢明であると判断されたときに予想された事態であった。月は今やかなり大きくなっていたので、周期的に昼を夜へ、夜を身の毛もよだつ昼へと変えていた。桁外れの潮位と壮絶な気象条件が早くも地球の快適な環境を損壊しており、文明の組織に多大な被害をもたらしていた。かくして、ついに人類は不承不承ながら飛び立った。移住が完了するまでに数世紀かかったが、その頃には金星は、残りの全人類だけでなく他の多種多様な生き物たちの代表種、そして人間文化のもっとも貴重な財産をすべて受け容れていたのである。

第十三章　金星の人類種

1　ふたたび根付いて

人間の金星での滞在期間は地球における全歴史より少々長かった。ピテカントロプスの時代にはじまり母なる地球からの最後の退避まで、すでに見たように、人類の形態も環境も当惑するほど多様に繰り広げられた。金星では人間の類型は生物学的にはやや安定していたが、文化的には多様であった。

この時期についての報告は、これまで採用してきた急ごしらえの尺度をもってしても、もう一冊分を費やしてしまうだろう。手短に略述するしかないのである。異星の土へと移植された人類という苗は、最初はほとんど根元まで枯れてしまったが、ゆっくりと自らを立てなおし、成長して活力と、ある種の安定した形態を確保し、季節が巡るごとに芽を吹き、数多くの文明や文化の葉を繁らせて花を咲かせ、活力を減退させた長い冬の時代に眠りにつき、それでもついには（無理な喩(たと)えになるが）常緑植物となって絶えず花を咲かせることで、この繰り返される挫折を回避するのである。それからもう一度、人類は〈運命〉の気まぐれによって根こそぎ摘み取られ、別の世界へと投げ出されるのだ。

金星への最初の移住者たちは、生きるとは悲しい所業だと十分に思い知った。その惑星を人類に適したものに変えようと最善を尽くしたが、金星をもう一つの地球にすることは叶わなかった。陸地はわずかしかなかった。気候はほとんど耐えがたかった。引き延ばされた昼と夜の極端な気温差は、信じられぬほどの嵐、無数の滝の切れ目ない落水のような雨、恐るべき電気の擾乱、人間の足もとも見えないくらいの霧を発生させた。さらに困ったことに、呼吸可能な空気をもたらすには酸素の供給がほとんど不十分であった。なお悪いことに、遊離水素は必ずしも首尾よく大気から放出されるとは限らなかった。それはときに空気と混じって爆発性の混合物を形成し、早晩大気中に巨大な閃光を走らせた。このような災禍が頻発して建築物を破壊し多くの島の住民を死滅させ、さらには酸素の供給を減少させた。しかしながら、ほどなく植物が繁茂し、危険な電気分解の作用に終止符を打つことができたのだった。

その間、こうした大気の爆発により実に深刻な被害をこうむったせいで、移住後しばらくは自分たちを取り巻く不可思議な災難に取り組むことができなかった。消化器官の未知の不可解な腐敗は、はじめは奇病として発生したのだが、二、三世紀のうちに人類を壊滅させる恐れがあった。この疫病が肉体にもたらした影響は、まったく克服できなかった心理的な影響に比べれば、悲惨と言えるほどのものではなかった。というのは、月の気まぐれやら、金星人の根絶により生じた根深い不条理な罪悪感やらで、人間の自尊心はすでにひどく動揺し、高度な組織体であった人類の精神性は錯乱の兆しを見せはじめていたからだ。未知の疫病は実際には金星の水が原因であることが判明し、以前は稀少だったが、その後海洋に溶けた地球由来の有機物の存在が増加を促したある種の分子の集合体に拠るものと仮定された。いかなる治療法も見つからなかった。

今度は別の疫病が衰弱したその人類種を襲った。人間の生体組織は「テレパシー」交信の手段であった火星人類の単位体群を完全には取り込むことができなかった。今や蔓延した健康不良は神経組織のある種の「癌」を助長したが、それがこれらの単位体群の制御不能な増殖の原因となったのである。この病の悲惨な結果については口をつぐんだ方がいいだろう。世紀を重ねるごとに病は増加した。実際には発病しなかった人びとですら、発狂しないかと常におびえて暮していた。

こうした苦難は仮借ない暑さにより悪化した。世代を重ねれば人類はもっと蒸し暑い地域にも適応するという希望には根拠がないように思われた。それどころか千年が経つと、かつては人口稠密であった北極と南極の島々は、ほとんど無人と化してしまった。百基の巨大な塔のうち人が住んでいたのは二基だけであり、その人たちにしても疫病に冒されて心を挫かれた少数の人類種の抜け殻でしかなくなっていたのだ。そんな彼らだけが地球へと望遠鏡を向け、予想よりも遅れて、月の破片が砲弾の雨となって故郷の世界に降り注ぐのを観察することになったのである。

人口はなおいっそう減少した。短命な各世代はそれぞれの親世代よりも少しばかり劣っていた。知能は衰えた。教育はうわべだけの限られたものになった。過去との接触などもはや不可能だった。芸術は意味を失い、哲学は人間精神に君臨するものではなくなった。応用科学すら手に余るものになりはじめた。原子核エネルギー源の不手際な制御のせいで幾度もの災禍にみまわれたため、ついには「自然をいじる」ことは邪悪であり、古代の叡智（えいち）は〈人類の敵〉による罠に他ならないという迷信がもたらされた。かくして、書物や機器や人間文化のあらゆる財産が焼却された。保存性のよい建物だけは破壊にあらがった。〈第五期人類〉の比類なき世界-秩序に関しては、海によって互いに切り離され、深い無知のせいで残りの時-空からも孤絶した少数の島部族ぐらいしか残っていなかったのだ。

人類が気候、そして生存に欠かせない有毒の水に適応しはじめたのは、さらに幾千年経ってからのことだった。それと同時に、火星人類の単位体群を取り込んでいない新種の〈第五期人類〉が今や登場しはじめた。こうしてついにその人類種は精神の安定を取り戻しはしたものの、そのせいで「テレパシー」能力が犠牲になり、人類史のほぼ最終段階まで回復することはなかった。その間、異星世界の影響からは幾らか回復したけれども、かつての栄光はもはや影も形もなかった。そういうわけで、注目すべき出来事が起きるまでの年月は駆け足で通過するとしよう。

　金星での初期においては、人間は移住前に人工的に作ってあった植物の巨大な浮き島から食物を調達していた。しかし海洋に地球由来の動物相の変種が満ちるようになると、人間の諸部族はどんどん漁猟に向かうようになった。海の環境の影響下で、人類種の一系種が海の習性を帯びるようになり、やがて実際に海棲生活へと生物的に適応しはじめた。人間がなおも自然発生的な変異が可能であったとは驚くべきことかもしれない。とはいえ第五の人類種は人工的存在であり、突然変異を行きわたらせる傾向は常にあったのだ。数百万年もの変異と淘汰ののち、実に見事に適応を遂げたアザラシもどきの亜‐人類種が現われた。全体の体形は流線形となっていた。肺活量は著しく発達した。脊柱が伸びて柔軟になった。脚はちぢんで一つになり平たく変容して水平の舵となった。腕もちぢんで鰭（ひれ）のようになったが、器用な人差し指と親指はそのまま残った。頭部は胴体へと退縮し、遊泳する方角を向いていた。強靭な肉食用の歯、顕著な群居性、狩猟のときの、新しく人間らしい狡猾さが相俟って、これらアザラシ‐人間は海の王者となった。それから何百万年ものあいだ王者として存続していたが、結局は、さらに人間らしい一人類種が、アザラシ‐人間の漁猟の成功に苛立ち、銛（もり）を用いて彼らを絶滅させたのだった。

退化した第五の人類種の別系統は、地球での習慣と古代人類種の形姿を保っていた。悲しいかな、背丈も脳も萎縮しており、これらの卑しき存在たちは侵入当初とは少しも似ていなかったので、新しい人類種と考えてしかるべきであり、したがって〈第六期人類〉と呼んで差し支えない。年々彼らは森に覆われた島々で根を掘り起こし、おびただしい鳥を捕獲し、干満のある入り江で撒き餌をして魚を獲り、その日暮しの生活をしていた。アザラシもどきも近縁種との共食いは珍しくはなかった。これら二種の生き残り人類の環境は限定され、変化がなかったので、数百万年ものあいだ生物的にも文化的にも停滞したままだった。

しかしながら、地質的な出来事が続いて人間の本性にふたたび変化の機会をもたらした。惑星の地殻が大きく歪んでオーストラリアほどの大きさの島が誕生した。ほどなくこの島に人があふれ、部族どうしの抗争から新しく多才な人類種が台頭した。ふたたび組織的な農耕、工芸、複雑な社会組織、そして思考の領分における冒険が生まれた。続く二億年のあいだに、地球での人間の生活の主要な段階のことごとくが、独特の違いを見せながら金星でも幾度も繰り返された。神政帝国、自由で聡明な島嶼都市群、封建国家的な多島海の不安定な大君主制、高位聖職者と皇帝の対立、聖書の解釈をめぐる宗教的不和、素朴なアニミズムにはじまり、多神教、矛盾に満ちた一神教、それに染まった精神が厳正な真実の輪郭を曖昧にする過激な「主義」などを経ながら繰り返された思想の一進一退、逸楽追求型の幻想と冷厳な知性の周期的な流行、火山や風の産業エネルギー濫用による社会的混乱、企業帝国と疑似-共産主義帝国――これらすべての形が変わりゆく人類の本質の上を次から次へと目まぐるしく過ぎていったが、それはちょうど永遠の炉辺の炎のなかで無数の異なる形をした炎と煙が明滅するようであった。とはいえ、その間もずっと、はかない神霊の群れは、これらの形に本来そなわっている一塊の形象のなかの、食べ物、避難場所、同胞意識、群衆-欲、性愛などの原始的欲望、親子の両刃の関係、気軽な気晴らしをするときの筋肉と知能の修練にもっぱら注意を向けていた。滅多にない意識澄明な瞬間に、幾年にも及んだ勘違いのあと、彼らのうちの少数の人びとが、そこかしこで折にふれて、世界と人間の本質についてより深い洞察をごく稀に持ちはじめた。この得がたい洞察は、広がろうとした矢先に消滅したのだが、それは大小の災禍、伝染病、社会の自然崩壊、人類的愚行の発作、長引いた隕石の落下、事実の断崖を眼下に見据えようとしなかった単なる臆病と眩暈によって掻き消されたのだった。

2 飛翔する人類種

こうした数々の文化的な繰り返しを長々と述べるには及ばないが、この第六の人類種の最後の段階について少し触れなくてはならない。そうすれば、この人類が創出した人工の人類に話を移すことになるだろう。

〈第六期人類〉はその存続期間中に空を飛ぶという思いにしばしば魅了されてきた。鳥がもっとも聖なる象徴となることが多々あった。彼らの一神教は、神-人ではなく神-鳥の崇拝となりがちで、それは権力の翼を広げた聖なる海-タカであるかと思えば、慈悲の翼を有する大きなアマツバメとして、はたまた肉体を持たない空気の精霊として、そして人類に肉体と精神の飛翔を授けるために人間となった鳥-神として思い描かれたこともかつてあったのである。

金星に暮す人間が飛ぶことに取り憑かれたのは避けられないことだった。惑星は地を這う動物にとっては窮屈な住処に他ならなかったからだ。そして鳥類が大繁殖するようになると、人間は歩行動物としての習性を恥じるようになった。やがて〈第六期人類〉が最盛期の〈第一期人類〉に匹敵する知識と力に達すると、さまざまな飛行-機械を発明した。実際幾度となく機械による飛行法が再発見されては文明の衰退とともに失われた。とはいえ、それはしょせん当座しのぎでしかなかった。そしてついに生物科学が進むにつれて人間の生体組織そのものに影響を及ぼすまでになると、〈第六期人類〉は正真の空飛ぶ人間を生み出そうと決意した。ときにはあまり気乗りがしないまま、ときには宗教的な熱意を込めながら、多くの文明がこれを実現させようと空しい努力を傾けた。最終的には〈第六期人類〉のあらゆる文明のなかで最長の華々しい文明が、実際に目的を遂げたのだった。

〈第七期人類〉は地球の大気中を飛ぶ最大の鳥ほどの重さもない小人だった。彼らはどこまでも飛翔のために造られていた。革のような膜が足から非常に長く強化された手の「中」指の先端まで広がっていた。同じように長く伸びた「外側」の三つの指は、膜を支える翼小骨として機能した。一方、人差し指と親指は自由になにかを操れるようにそのまま残った。体は鳥のように流線形となり、分厚いキルトのような羽毛に覆われていた。飛行膜のこうした絹のような綿毛は、色も模様も個体ごとに実に多彩だった。〈第七期人類〉は地上では他の人類とまったく同じように歩いた。飛行用の膜は足と胴体に密着させて畳み込まれ、派手な袖のように腕からぶら下がっていた。飛ぶときは下肢を平たい尾のように伸ばし、足を大きな親指で固定した。胸の骨は竜骨として、また飛ぶための筋肉の基盤として大きく発達していた。他の骨は軽量化のために空洞ができ、骨の内側の面は補助的な肺として利用された。これら空飛ぶ人類は、鳥類と同じように、効率のよい酸素摂取を維持しなくてはならなかったのだ。発熱しているように見えたが、彼らにとってはそれが普通の状態だった。

彼らの脳は飛ぶ技能を統括する部位が大きくなっていた。実際、空中でバランスをとるための反射系、人工的ではあるが真に本能的な飛翔の素質、飛翔への関心を、その人類種に装備させることができると分かったのだ。脳の容量は、彼らを造った者たちに比べると当然ながら小さくなったが、神経系全体は実に綿密に有機化されていた。その神経系の成熟は速やかであり、新しい活動様式もきわめて容易に獲得された。これは非常に望ましいことだった。個人の自然の寿命は五十年しかなく、四十歳ぐらいに、あるいは老いの兆しが感じられるやいなや、ある信じがたい技術でもって意図的に命を絶たれたのだった。

コウモリのような飛翔人類〈第七期人類〉は、おそらくどの人類種よりも楽天的だった。調和のとれた肉体と陽気な気質に恵まれていたので、自分たちの本性によく合った社会的な伝統を継承するようになった。彼らにしてみれば、他の人類種の多くがそうであったように、世界を根本的に生命に敵対するものとみなしたり、自らを本質的に奇形であるとみなしたりするなどありえなかった。日々の個人的事柄や社会組織に関しては呑込みが早かったので、理解したいという飽くなき欲望に煩わされることはなかった。非知性的な人類ではなかった。間もなく経験についての見事なまでに体系的説明を築いてみせたからだ。しかしながら、彼らが明瞭に認知するところによれば、自分たちの思考は完全な球体をなしており、それは混沌に浮かぶ泡に他ならなかった。それにしても、優雅な泡であった。そしてその説明体系は、それ自体は陽気であけっぴろげな不謹慎さを帯びながら真実であり、文字どおりではなかったが有意味な隠喩として真実であった。人間の知性にこれ以上のことを期待できるのかと問われていたのだ。青年たちは古代からの哲学の問題を研究するよう奨励された。正統的体系の限界を超えて探索したところで不毛であると自らに言い聞かせるためであり、それ以外にはなんの理由もなかった。「思考の泡のどこでもいいので突いてみるがいい。するとすべてが爆ぜてしまう。それでも思考は人間の生に欠かせないので、なくしてはならない」と言われていたのだ。

自然科学は半ば侮られながらも重宝され、環境に完全に順応するのに欠かせない手段として以前の人類種から継承されていた。それを実践的に応用することは社会秩序の基盤として重んじられていた。しかし数千年が経ち、社会が何百万年の存続にも耐える著しい完全性と安定性を達成すると、科学的な創造性は徐々に不必要となり、科学そのものも幼稚園へと委ねられた。歴史も子ども時代に概略を教えられたが、そのあとは無視された。

この奇妙なまでに誠実な知性への不誠実な態度は、〈第七期人類〉が抽象的な思考よりは具体物に主な関心を向けたこととと関係がある。これら〈飛翔人類〉の最大の関心事をわずかでも最初の人類種であるあなたたちに伝えるのは困難である。飛ぶこと自体に関心があるのは確かであるが、真実とまでは言いがたい。危険であっても活発な生を送り、できる限り多くの経験をあらゆる瞬間に充実させようとしたと言ったところで、やはり真実を戯画化したものになってしまうだろう。実際、物理的な水準では、嵐のような大気がもたらす「飛翔の宇宙」は、ありとあらゆる危険と技能をともないつつ自己を表現するための各自の主要な場であった。やはり飛翔そのものではなく、飛翔の神霊的な側面がこの人類種に取り憑いたのである。

　空中と地上では〈第七期人類〉は別の存在だった。飛びながら修練するたびに彼らは著しい神霊的変化を経験した。生活時間の多くは地面で費やさねばならなかった。文明の基盤となる仕事のほとんどが空中では不可能だったからである。そのうえ、空中での生は相当な重圧のもとに置かれるので、地面に降りて元気回復の魔法をかける必要があった。歩行者となったときの〈第七期人類〉は穏やかな人びとであったが、やや疲労気味であり、それでも概して快活で、歩行者としての諸事の単調さと味気なさには滑稽なほど忍耐がなかったが、空中での鮮烈な生を思い出したり期待したりすることで耐え忍んでいた。そんな別の生活のストレスで疲労することが多かったが、滅多なことでは意気消沈したり怠惰に陥ったりはしなかった。実際、農業や工業の日常業務においては、羽のないアリのように働き者だった。それでも専念しながらも上の空という一風変わった気分で働いた。心は常に空にあったからである。飛ぶ時間が多ければ、地上にいても心穏やかでいた。しかし病気などが理由で長く地上に縛りつけられると、彼らは憔悴し、鬱病を悪化させ、そして死んだ。彼らを創造した人たちは、なんであれ極度の苦痛や悲惨が生じると彼らの心臓が停止するよう仕組んであったのだ。かくして彼らは深刻な苦しみのすべてを回避することになっていた。しかし実際には、この慈悲深い仕掛けが機能したのは地上にいるときだけだった。空中にいるときの彼らは見違えるように果敢な本性を披露した。それは創造者たちも予想していなかったが、実際には彼らの設計の自然な帰結であったのである。

空中では飛翔人類の心臓はさらに力強く脈を打った。体温は上昇した。感覚はどんどん敏活さと識別力を増し、知能は鋭く透徹したものになった。自分の身に起こるあらゆることに、さらに強烈な歓喜と苦痛を感じ取った。より感情的になったというのは真実ではなく、感情的であることが感情への隷従を意味するのであれば、むしろ逆だった。このように高められた鑑賞の力が感情に動かされないことが、空中にあるときのもっとも顕著な特徴であった。個人が空中にある限りは、嵐との孤独な戦いの渦中にあろうが、仲間たちと空を埋め尽くす儀礼の舞踊をしていようが、性の相手との恍惚的な愛の舞踊の最中であろうが、世界のはるか上空での孤独で瞑想的な旋回であろうが、自らの企図が幸運なものとなろうが、暴風に引き裂かれて墜落死しようが、自分自身の人格の快楽も悲劇的な運命も変わることなく超然たる美的歓喜をもって見据えられた。たとえ最愛の伴侶がなんらかの空中での災厄により障害を負ったり破滅したりしても歓喜した。もちろん、一命を賭して救出を試みはするのである。しかし、地上に戻ったとたん、たちまち悲嘆に暮れ、失われたヴィジョンを取り戻そうと空しくあがき、心臓麻痺により事切れたのだった。

金星の荒々しい気候ではときおり発生したことであるが、たとえ空中の群れがなんらかの世界規模の大気の激動によって壊滅したとしても、わずかに生き残った負傷者は空にありさえすれば歓喜した。そして実際ついに疲れ果て、幻滅や死に向かって墜落することになっても、心のなかでは笑った。しかし降り立って一時間もすると、体組織に変化が生じ、ヴィジョンも失われた。災禍の恐怖だけが思い出され、その記憶で絶命した。〈第七期人類〉が地上で過ごすたびに不平を言ったとしても無理はない。もちろん空中にいるときには、合間に歩行者に戻ることや、ずっと歩行者であり続けることを見通して、それを不快に思いながら変わらぬ陽気さで受け容れたものである。しかし地上にいるあいだは、そのことに苦々しげに不平を言った。この人類の歴史の初期に、ある生物学的な発明により、地上時間に対する空中時間の割合が増やされた。冬場に地中に根づき、夏になると陽光あふれる上空に浮遊し、光合成だけで生存する微小な食用植物が生み出された。これ以降〈飛翔人類〉の諸集団は、空の明るい牧草地でツバメのように気ままに摂食することができるようになった。年月が経つにつれて物質文明はますます単純になった。地上の労働なしには得られなかった必需品は廃れる傾向にあった。工場製品はますます稀少になっていった。書物はもはや書かれなくなり読まれなくなった。確かに書物は概して必要ではなかった。とはいえ、ある程度は口承や議論がなおも上空で書物の代わりになってはいた。芸術に関しては、音楽、朗読による叙情詩や叙事詩、飛翔ダンスという至高芸術の実演が恒例となった。残りは廃れていた。諸科学の多くが伝統のなかに埋もれていくのは避けられなかったが、真の科学的精神は、最盛期の〈第二期人類〉と〈第五期人類〉しか凌駕できぬほどの、実に精緻な隕石学、豊かな生物学、人間心理学のなかに保たれていた。しかしながら、これらの科学のどれもが、実際に適用される場合を除けば、真面目に取り組まれることはなかった。たとえば心理学は飛翔の忘我境を熱狂的な「非合理の」至福として実に端的に説明した。しかしそんな学説に困惑する者などいなかった。飛んでいるときは誰もがそれを楽しい半-真理としか感じなかったからだ。

〈第七期人類〉の社会秩序は、本質的には功利主義的でも人文主義的でも宗教的でもなかったが、美的ではあった。あらゆる行動も制度も共同体の完全な形への貢献として正当化された。社会の繁栄ですら、美の実現のための手段にすぎないと考えられていた。とは美とはすなわち、調和をもって関係づけられる活発な個々人の生活の美であった。とはいえ、個人のためだけでなく、〈賢者たちの言い分では〉人類そのものにとっても、飛行中の死は地上で生き永らえるよりも素晴しいものだった。歩行者としての未来よりは種としての自殺の方が、はるかにずっと好ましかった。とはいえ、個人も人類も客観的な美の道具と考えられていたが、この確信には通常の意味での宗教的ななにかが存在することはまずなかった。〈第七期人類〉は普遍的で不可視のものにはまったく関心を抱かなかった。彼らが創造しようとした美は、はかなく概して官能的なものだった。そしてそうあるべきことに十分に満足していた。個人の不滅性など終わりのない歌のように退屈だと、死に瀕した賢者が言った。人類にしても同じことだ。美しい炎は、わたしたちは皆その要素なのであるが、死なねばならないのだ、と賢者は言った。死なねばならないのだ。死ななければ、炎に美はないであろうから。

およそ一億年、この空中社会はほとんど変化せずに存続した。この期間をとおして、多くの島には未だに数多くの塔が立っていたが、ほとんど知らぬ間に修理を施されていた。これらの塔をねぐらにして、第七の人類の男女は、長い金星の夜に止まり木に憩うツバメの群れのように眠った。昼間は、同じ巨大な塔に当番制で働く工場労働者がわずかに残り、農場や海では残りの人びとが働いた。それでも、ほとんどが空中にいた。海面すれすれを飛び、カツオドリのように急降下して魚を捕らえる者も数多くいた。陸地や海を周回し、その人類種の主食である野鳥にタカのように襲いかかる者たちも多くいた。豊饒な金星の大気ですら彼らを支えてくれない海抜四万から五万フィートの高度で、飛翔という純粋の歓喜のために上昇したり旋回したり、大きく飛びまわったりする者もいた。高い高度での静穏と陽光に包まれながら、瞑想や純粋知覚の恍惚のために安定した上昇気流に乗って楽々と浮遊する者もいた。愛に酔い痴れたかなりの数の二人連れが、互いの飛行の跡を縒り合わせるように、螺旋やカスケード飾りや飛翔の恋結びなどの絵柄を空中に描きながら、ほどなく抱き合って合体したまま一万フィートは落下したものである。植物粒子から成る緑の霧のなかをそこかしこと飛びまわり、口をあけて天の恵みを集める者たちもいた。いっしょに旋回しながら社会や美についての問題を論じ合う一行があるかと思えば、合唱したり説話風の叙事詩に聴き入ったりする一行もあった。渡り鳥のように空に群れ集う何千もの人びとが、〈第一次世界国家〉の壮大な飛行機械の空中舞踊を彷彿とさせる集団旋回を実演してみせたが、鳥の飛翔がいかなる機械よりも潑剌としているように、さらに活気にあふれ表現豊かであった。そして魚や野鳥を追ったり、あるいは単なる無鉄砲から自分たちの力量と技術で暴風に立ち向かったりする者が、単独で、あるいは一丸となっていたが、多くは悲劇に終わっても、神霊の妙味と笑いをともなわずにはいなかったのだ。

〈第七期人類〉の文化がこれほど長く存続したとは信じがたいと思われる方もおられるかもしれない。確かにこの人類はその単調さや停滞によっても衰退したか、さもなければもっと豊かな経験へと前進したはずなのだ。しかしそうはならなかった。次々に世代が交替し、青春期の歓喜を過ぎて倦怠を見いだすほど長生きではなかった。そのうえ、これらの存在たちの自分たちの世界への適応ぶりはまことに申し分なかったので、たとえ彼らが幾世紀生きようとも、変化の必要性を感じなかったのだ。飛翔は強烈な肉体的高揚感と、限られてはいたが、純正にして忘我的な神霊経験のための肉体的基盤を提供した。このような至高の達成のなかで、彼らは飛翔そのものの多様性だけでなく自分たちの多種多様な世界で知覚される美や、おそらくはなによりも空中共同体における人間交流という数多くの叙情的かつ叙事的な冒険にも歓喜したのである。

にもかかわらず、永続するかに思われたこの理想郷の終焉は、まさにこの人類種の本質に孕まれていた。第一に、年月が永劫の長時間へと延びていくにつれて、各世代がますます古代の科学的な伝承を護らなくなった。彼らにとって重要ではなくなったからだ。空中共同体には必要なかった。こんなふうに単なる知識が失われようが、自分たちの状況に変わりがない限りは問題ではなかった。しかしそうこうするうち生物的な変化が彼らを損ないはじめた。この人類種は常になんらかの生物的な変化をこうむる傾向にあった。状況に応じて変わりはしたが、いびつな幼児は常に一定数いた。奇形だとたいていは飛ぶことができなかった。健常な幼児であれば早くも二年目には飛べた。なにかの事故で飛べなくなったら必ず衰弱し、三年も経たぬうちに亡くなった。しかし奇形種の多くは、歩行動物の本性へと一部先祖返りした結果であり、飛べなくてもかろうじて生きていけた。慈悲深い慣例に則って、これら肢体不自由児たちは常に抹殺されなくてはならなかった。しかしついに〈第七期人類〉の敏感な本性には欠かせないある種の海産の塩が徐々に枯渇したせいで、幼児の奇形が正常種よりも数多く生まれるようになった。世界の人口は深刻なまでに減少したため、共同体の組織的な空中生活は、由緒正しい美的原理に従って存続することがもはやできなかった。この人類種の崩壊をはばむ方法を知る者はいなかったが、生物学の知識を増やせば回避できるかもしれないと感じる者は多かった。そこで、それが災いとなる一つの政策が採られた。注意深く選抜された奇形の幼児たち、主として歩行を運命づけられていながら高い知能を発達させそうな幼児たちを助命する決定が下された。こうして、飛翔の陶酔に中断されずに生物学の研究を行う特殊な人材の集団を育てることが望まれたのだった。

この政策で死を免れた利発な肢体不自由児たちは、存在を新たな角度から観相した。同胞たちが生きがいにしていた至高の経験を奪われ、話でしか知らない至福に羨望を覚えはしても、肉体の修練、性愛行動、自然の美、社会の優雅さ以外のことには関心を向けようとしない（と思われた）愚直な精神性を侮蔑しながら、これら翼のない知恵者たちはもっぱら探究と科学的支配にかかわる人生に多くの満足を見いだした。しかしながら、彼らはしょせんはねじくれた恨みがましい人類種だった。自分たちの本性は空中生活のために造られているのに、それができなかったからだ。有翼の同胞たちから正当な扱いと、ある種の共感的な敬意を払われていたが、そんな親切にいたたまれず、あらゆる正統的な価値に心を閉ざし、新しい理想を見つけ出した。二、三世紀も経つと、彼らは知的生活を復活させ、知識により得た力で世界の支配者となっていた。人のよい飛翔者たちは、驚き、困惑し、苦しみもしたが、それでも面白がった。歩行者たちが自然な飛翔の美の出る幕がない新しい世界-秩序の構築を決意したことが明らかになったときでさえ、飛翔者たちは地上にいるときに困惑するばかりであったのだ。

島々は機械類や翼のない生産業者であふれつつあった。翼のある人びとは、空中そのものにおいて、機械的飛行の基礎的だが効率のよい道具に自分たちが凌駕されたことを悟った。翼は笑い種となり、自然な飛翔の生活は不毛な贅沢だと糾弾された。将来はあらゆる飛翔者が歩行者の世界-秩序に従うか、さもなくば飢え死にするかしなくてはならないと定められた。さらに飛散種子植物の栽培が廃棄され、漁労や野鳥狩りが厳しく抑制されると、この法律は無効ではなくなった。最初のうち、来る日も来る日も長時間にわたって地上で働くことは不可能だったため、飛翔者たちは重篤の病に罹ったり早死にするしかなかった。それなのに、歩行人類の心理学者は、貧しい賃金奴隷たちの肉体の健康を維持し、彼らの寿命を延ばす薬を発明した。しかしながら、彼らの神霊を回復させる薬はなかった。通常の空中での習慣が、週に一度の二、三時間の気晴らしへと減らされたからである。その間に完全に翼がない大型脳の人類種を生み出す選抜育種の実験が遂行された。そしてついに、あらゆる有翼の幼児は翼を切断するか抹殺されるという法律が布告された。この時点で飛翔者たちは権力を求めて勇敢だが無謀な企てを実行した。空から歩く民衆を攻撃した。敵は返礼として巨大飛行機で彼らを制圧し、高性能の爆弾で粉微塵にした。

生来の飛翔者から成る戦闘部隊は、ついには遠く離れた不毛な島の土地へと追いやられた。その島へ、かつての勢力の単なる残滓となった空飛ぶ民衆の全員が、ただし自殺した病人と、まだ飛ぶことのできない幼児を除いたすべての民衆が、文明化された多島海から自由を求めて逃げ出してきた。幼児たちは指導者の命令のとおりに母親や近親者によって窒息死させられた。およそ百万の男女と子どもたち――そのなかには長時間の飛行ができる年齢にほとんど達していない者もいた――は、大集団のための食べ物が身近になかったにもかかわらず今や岸壁の上に集まっていた。

指導者たちは話し合いをし、はっきりこう認識した。〈飛翔人間〉の時代は終わった。軽蔑すべき支配者どもに従属して生き永らえるくらいなら、ただちに死を選ぶのが高貴な魂をもつ人類にはふさわしいだろう。したがって、少なくとも死を高貴なる自由の行為にする人類らしい自殺に加わるようにと全民衆に号令したのだった。人びとは岩だらけの荒れ野で休んでいたときに、その号令を受けた。悲嘆の声があがった。それは演説者に阻まれた。彼は、たとえ地上にあろうとも、これから決行されることの美を見据えるよう命じたのだ。そんな美は見えなかったが、人びとがもう一度力をふりしぼって飛び立てば、疲れ切った筋肉で空高く舞い上がろうとする限り、たちまち美がくっきりと姿を顕わにするだろうと知っていた。一刻の猶予もなかった。多くの人びとが飢えで失神寸前であり、飛び立てないのではないかと不安だったからだ。打ち合わせておいた合図で、民衆のすべてが低く轟く羽ばたきとともに空へと舞い上がった。悲しみは地上に棄ててきた。子どもたちですら母親になにが起こるかを説明されると歓喜を胸に自らの運命を受け容れた。地上でそれを聞いていたら、恐怖に襲われたことだろう。一行は今や何マイルもの長さの二列縦隊を組んで着々と西へと飛んだ。火山の円錐丘が水平線の彼方に現われ、近づくにつれて迫り上がってきた。指導者たちは赤い噴煙の柱へと突入した。全群衆がひるむことなく二人ずつ連れだって炎の噴出口へと飛び込み、そして消えた。こうして〈飛翔人類〉の歴史は幕を閉じたのだった。

3　小さな天文学的出来事

今や惑星の覇者となった、翼はなくてもなお半分は飛翔人類である人類種は、じっくりと工業と科学にもとづく社会を構築した。運命と目的が幾度も変わったあと、彼らは新しい種〈第八期人類〉を創り出した。この長頭の丈夫な人類種は、肉体的にも精神的にも厳格に歩行人類となるよう設計された。手先が器用で計算能力があり発明の才にも恵まれていた〈第八期人類〉は、金星を速やかに工学者の楽園へと変えてしまった。惑星の中心の熱から引き出したエネルギーを用いた彼らの巨大電気駆動船は、年中吹き荒れる季節風や暴風のただなかを着々と進んだが、飛行機もそんな風を嘲笑うようにあしらった。島々はトンネルとヤスデ状の橋で結ばれた。土地は寸分の隙なく工業と農業に利用された。各世代とも実に首尾よく富を集めたので、敵対する民族や階級どうしが二、三世紀ごとに相互殺戮と物質破壊の大騒ぎに耽ったのに、概して子孫たちを疲弊させることはなかった。人間は実に鈍感になり、こうした空騒ぎに恥じ入る気配をいっこうに見せなかった。実際に物理的な暴力に熱狂したからこそ、この卑俗この上ない人類種は、しばらくは自己満足から抜け出ていたのだ。高貴な存在（もの）たちにとって深刻な神霊的災厄となった紛争は、これらの人びとにとっては一つの強壮剤というか、ほとんど宗教的修練となったのである。こうしたカタルシス的な発作は、無感動な平和の時代を自動的に終わらせる稀有にして束の間の危機でしかないと言われていた。それはその人類種の存続を脅かすことは一度もなく、文明を破壊することも決してなかったのである。

〈第八期人類〉が驚くべき天文学上の発見をしたのは、長期の平和と科学的発展を経たあとのことだった。いかなる星の生涯においても、巨大な球体が崩壊し、微弱な放射線を出しながら高密度の粒へと縮退していく危機の瞬間が訪れることを〈第一期人類〉が知って以来、人間は太陽もこのような変化をこうむり、典型的な「白色矮星」となるのではないかと繰り返し推察してきた。〈第八期人類〉は破局の確実な兆しを発見し、その日付を検知した。変化がはじまるまでに二万年を見積もった。さらに五万年経つと、おそらく金星は凍りついて棲めなくなるとも推測した。唯一の希望は大変化のあいだに水星へと移住することだった。そのときにはその惑星はすでに過度の暑さを失いつつあるだろう。そこで、水星に大気をもたらし、最終的には極寒の世界に適応できる新しい人類種を育種する必要があった。

この無謀な作戦が新しい天文学上の発見によって徒労に終わると分かったとき、それはすでに着手されたあとだった。天文学者たちが、太陽系から少し離れた距離に、光を発しない巨大ガスの集塊を発見したのである。この物体と太陽は軌道に沿って互いに接近し、そして衝突することが計算で明らかとなった。この出来事により生じうる結末が、さらなる計算により判明した。太陽は炎上し、異常なまでに膨張するだろう。生命は、おそらく天王星と、もっと見込みのある海王星を除いては、どの惑星においてもまったく棲息できなくなるだろう。海王星の外側にある三つの惑星は火焙りを免れるが、別の理由で生存には不向きだった。一番外側の二つの惑星は氷に覆われたままであり、しかも〈第八期人類〉の不完全なエーテル駆動船の航続距離を超えた距離にあった。一番内側の惑星は実際のところ大気や水だけでなく通常の地殻もない剝き出しの鉄の球体だった。海王星だけが生命を維持できたが、いったいどうやって海王星に人類を棲まわせたらよいのか。大気が実に不適切であり、重力が人体に耐えがたい負荷を与えるだけでなく、衝突のときまで極寒のままだろう。衝突のあとでないと、人間が知るいかなる種類の生物も維持することはできなかったのである。

こうした危機がいかにして克服されたかを物語る時間はないが、人間が自らの終の住処にどう取り組んだかについては、まさに記録するにあたいする。そのときに起きた政策の紛争については詳しく述べることはできない。〈第八期人類〉自身は海王星で決して生存できないと悟り、終焉まで乱痴気騒ぎの愉快な生活を送ることを提案する者もいた。しかし最後には、人類は自らに打ち勝ち、精神性の灯火を新しい世界へと運ぶことのできる人類を創出することに残りの幾世紀を捧げようと、ほぼ満場一致の決議がなされた。

エーテル駆動船はその彼方の世界に到達し、大気改良のための化学変化を起こすことができた。先頃再発見された物質の自壊作用を利用して、生命の生存が見込まれる地域を太陽が膨張するその日まで暖める恒常的なエネルギー供給が可能となった。

ついに移住のときが迫りつつあった頃、特別に開発された植物が海王星へと送られ、人間が利用できるように温暖な地域に適応させた。動物は必要ないと決議された。続いて特別に設計された人類種〈第九期人類〉が人類の新たな本拠地へと送られた。巨大な〈第八期人類〉自身は海王星で棲息することはできなかった。問題は、歩行はおろか自らの体重をも支えかね、それだけでなく海王星の大気圧にも抗しきれないことだった。その巨大惑星は数千マイルもの厚さのガスの外皮に包まれていたのである。固い球体は巨大な卵の黄身ほどしかなかった。空気そのものの質量が固体の質量と合わさって金星の海底以上の重力をもたらした。したがって〈第八期人類〉は、鋼鉄製の潜水服を着用した短時間の活動を除くと、惑星の地表に降り立つためにあえてエーテル駆動船を出ようとはしなかった。彼らは金星の多島海に戻って終焉まで精一杯生きる以外にやることはなかった。時間はあまり残っていなかった。人類のもっとも貴重な物質的遺品を残らず移送し、海王星への移住が完了してから二、三世紀経ったあと、その巨大惑星そのものが宇宙から来た暗黒の闖入者とあやうく衝突するところだった。そのとき天王星と木星が軌道からかなり逸れてしまった。土星はそうならなかったが、海王星が難を逃れてから二、三年すると、輪も衛星ももろともに吞み込まれた。この小さな衝突で生じた突然の白熱は、ほんの序曲にすぎなかった。巨大な闖入者は猛進を続けた。それは蜘蛛の巣に指を突っ込むように惑星の軌道という軌道をもつれさせた。小惑星群を吞み込むように突っ切り、火星を射そこないはしたが、地球と金星をその燃え上がる毛髪で捕えて太陽へと飛んでいった。これより以降、太陽系の中心はかつての水星の軌道ほどの大きさの星となり、太陽系は変貌してしまったのだった。

第十四章　海王星

1　鳥瞰的視野

わたしが語ってきたのは、人間の起源から絶滅までの物語の中途あたりまでである。振り返ると、地球人類種の時代と金星人類種の時代を含む壮大な時の広がりのなかで、人類の闇と光がゆっくりと明滅している様子があまねく見えるのである。行く手には、同じように長大で、おそらく同じように悲劇的な、しかしさらに多種多様な、そして最終段階では輝きを増した海王星の時代が控えている。海王星での人間の歴史を先行の年代記の尺度で物語ったところで得るものはないだろう。そのかなり多くが地球人類には不可解であろうし、その大半が多くの海王星の音階（モード）のなかで幾度も主題を繰り返すのだが、それは人間交響楽の地球あるいは金星の楽章で、わたしたちがすでに鑑賞してきたものであった。偉大な生ける叙事詩の大きさと精妙さを存分に評価するためには、おそらくわたしたちは同じような誠実な心遣いで各楽章についてじっくりと語るべきである。

しかしそれはいかなる人間の精神にとっても不可能である。わたしたちはここかしこと有意義な楽句に耳を傾け、壮大で複雑な形式のわずかな断片なりとも捉えたいと望むばかりである。そしてこの音楽の最初の数小節における震音そのものである本書の読者のためには、実際にはより壮大な多くのことを無視することになろうと、彼らにとって身近な事柄を中心に詳述するのが一番いいだろう。

長い飛翔を続ける前に、わたしたちの周辺を見わたそうではないか。これまでわたしたちは時の平野のかなり低空を通過しながら詳細な観察を数多く続けてきた。さてこれからは、さらに高度を上げて新しい水準の速さで旅をすることにする。そういうわけで、わたしたちのまわりに開かれる広大な地平に目を向けなくてはならない。人間的視点というよりは天文学的視点で万事を考察しなくてはならない。先述したように、わたしたちは人類の誕生から終焉までの中途にいる。かの遠い昔の誕生期を振り返ると、ピテカントロプスからパタゴニアの災禍までの〈第一期人類〉の全歴史を含む期間は、分割不可能なくらいの瞬時である。最初の哺乳類から最初の人間までの二千五百万年ほどの先行する長大な期間でさえ今や取るに足らないことのように思われる。〈第一期人類〉の時代を含めたその全体は、一十億年前の惑星群の形成と二十億年後の最後の惑星群崩壊の中間に位置すると言ってよいかもしれない。さらに視野を広げると、この四十億年という永劫の年月も、太陽の年齢に比べれば一瞬でしかないことが分かる。そして太陽が誕生する前には、この銀河の物質は一つの星雲としてすでに永劫の時間を存続していた。それでも、これらの永劫の時間でさえ、無数の巨大星雲そのもの、つまりは原初期に充満していた霧から未来の諸銀河へと凝集するまでの時間の経過に比べると、短く思われるのだ。かくして人類の存続期間の全体は、次々に登場する数々の人類種や降り続ける豪雨のような世代交代とあわせて、コスモスの生涯のなかでは一瞬のひらめきでしかないのである。

空間的にも人間は想像できぬほどちっぽけだ。わたしたちのこの銀河を古代地球の公国の大きさに縮めてみると、それは互いにかなり離れた他の幾百万もの公国ともに虚空を漂っていると想定しなくてはならない。同じような尺度で行くと、すべてを包括するコスモスは、あなたたちの時代の月の軌道よりも約二十倍ほどの直径をもつ球体の大きさになるだろう。小さな漂流隕石のような公国をわたしたち自身の宇宙だとすると、そのどこかに太陽系が極微の一点として存在し、その最大の惑星は比較にならぬほど小さいのである。

わたしたちは十億年にわたって存続してきた八種の人類種の命運を観察してきたが、それらは閃光のような人類の存続期間の前半を占めるものである。今度は、さらに十種の人類種が海王星の平原に次々に継起して共存することになる。〈最後の人類〉であるわたしたちは〈第十八期人類〉である。すでに見てきたように、海王星以前の八種の人類の幾つかは、ずっと原始状態にとどまっていた。多くは少なくとも混乱した束の間の文明を達成した。そしてその一つである聡明な〈第五期人類〉は、不運によって打ち砕かれたとき、すでに真の人類として目覚めつつあった。十期に及んだ海王星の人類種はなおいっそうの多様性を見せた。本能的な動物から、これまで達成されたことのない意識を持つ形態まで幅広かった。明らかに亜-人類である退化種は、海王星における人間の最初の六億年の期間中ほとんど変化せずにいた。この長い準備段階の前半、人類ははじめのうち敵対的な環境によって絶滅しかかったが、次第に広大な北方地域に定着した。ただし人類としてではなく獣として。人間はもはや人間として存在していなかったのだ。六億年の準備段階の後半には、人類的神霊はふたたび目を覚まし、海王星時代の人類に特有の前進と衰退を繰り返した。しかしその後、海王星における人類史の後半の四億年のうちに、人間は十全な神霊的成熟へ向けてほぼ着実に前進してきたのである。

ではここで、人間の歴史における三つの偉大な時代をより綿密に観察しようではないか。

2　ダ・カーポ

最後の金星人類が海王星へと入植するために新しい人類を設計し造形したのは、絶望的な切迫感に駆られてのことだった。そのうえ、その巨大惑星はただ遠いばかりであり、その性質を十分には探索できなかったので、新しい人類種の生体組織も定められた環境にほんの一部しか適応しなかった。その人類種は過剰な重力にあらがう必要から大きさを制限され、小型種とならざるをえなかった。脳はかなり制限されたので、人類に最低限必要なもの以外はすべて除去せざるをえなかった。そこまでやっても、〈第九期人類〉の生体組織は繊細すぎて海王星の自然の諸力の猛威には耐えられなかった。その猛威を設計者たちはひどく過小評価していたため、自分たちの類型の小型版を創り出すだけで満足した。好色で繁殖力があり、自然界の生存闘争においては狡猾であり、なによりも丈夫で多産で、そして人間の名にほとんどあたいせぬほど鈍感な、苦難に耐えうる獣を設計すべきであった。いったんこの粗雑な種が根づけば、そのうち自然の諸力そのものが、もっと人間らしいなにかを呼び覚ましてくれると信じたのである。その代わりに彼らが創り出したのは、小型種に付きものの脆弱さを負わされ、しかも荒れ狂う世界でひ弱な神霊を維持できるとは思えない、文明化された環境に合わせて設計された人類だったのだ。未だ青年期の巨人であった海王星は、地殻の萎縮と、それによる地震や噴火の段階が徐々にはじまりつつあった。かくして軟弱な入植者たちは突然の燃え盛る亀裂に呑み込まれたり火山灰に埋没する危険にさらされたりする頻度が増すことに気がついた。そのうえずんぐりとした彼らの建物は、実際に溶岩流に踏み潰されたり地盤の隆起で歪は生き延びたのだった。

それに加えて、大気の有害成分が一人類種の快活さと勇気の芽を残らず摘み取ったため、好ましい状況下にあっても神経症にかかる他なかったのである。

幸運にもこの苦しみは際限なく続いたわけではなかった。少しずつ文明はもろくも崩れて未開状態となり、より良いものを求めて苦悩するヴィジョンは失われ、人間の意識は狭められ、獣のような意識へと低落していった。運に恵まれ、かろうじてその獣たちは生き延びたのだった。

〈第九期人類〉が人間の地位から転落したずっとあとも、自然そのものは人間の挫折をよそに、ゆっくりと、そしてたどたどしい足取りで栄えたのだった。結局は、この人類の野蛮な子孫たちは自分たちの世界にうまく順応するようになった。そのうちに海王星の陸地や海がもたらす多種多様な環境のなかから夥しい数の亜-人類が生起した。彼らのなかで赤道まで突き進んだ人類はいなかった。膨張した太陽の影響でその頃の熱帯はあまりにも暑くなりすぎて、いかなる生物も生存できなくなっていたからだ。極地においても、引き延ばされた夏がもっとも頑健な生き物を除くあらゆる生き物に大きな重圧を与えていた。

このときの海王星の一年は、古代地球の一年の約百六十倍はあった。ゆるやかな季節の移ろいは生物自体のリズムに重要な影響をもたらした。もっとも短命の生物を除いたすべてが少なくとも丸一年は生存したが、もっと高等な哺乳類だとさらに長命だった。ずっとのちの段階になって、この自然の寿命は人間の復活に大きく裨益するはずだった。しかしその一方で、個々人の成長がますますゆっくりとなり、各世代とも未成熟の状態が長くなったため、海王星での自然な進化に遅れが生じ、その結果、地球や金星の時代と比べると、生物学的な物語は今では蝸牛の速度で繰り広げられたのである。

〈第九期人類〉の滅亡後、亜-人類生物はいずれも重力に対処しやすい四足歩行の習性に順応した。はじめは時折り指関節を支えにするだけであったが、やがて本格的な四足歩行の種が数多く登場するようになった。走行型の類種の幾つかは、手の指の長さが足指のように揃い、反り返り萎縮した元の指先ではなく指関節に蹄を発達させた。

太陽の衝突から二億年後、長い羊のような鼻と、大きな臼歯、ほぼ反芻性の消化器系を備えた、無数の草食性の亜-人類が、極地の大陸で生存競争を繰り広げていた。これらの亜-人類種を餌食にしたのが肉食性の亜-人類種であったが、そのなかから狩猟のために足が速くなった類種、忍び寄るなり跳躍する類種が出現することがあった。とはいえ、跳躍は海王星では容易なことではなかったので、ネコもどきの種はどれも小型だった。その種が捕食したのは、ウサギもどきやネズミもどきの人間の子孫たち、大型哺乳類の腐肉、活発なミミズや甲虫であった。これらは本来は金星から偶然に持ち込まれた害虫に由来した。古代金星の全動物相のなかで海王星へとうまく入植したのは、他ならぬ人間自身、数種の昆虫などの無脊椎動物、多種多様な微生物だけだった。植物に関しては、数多の種が新世界に適応させるために人工的に栽培されていたが、結局これらの種から数多くの草類、開花植物、幹の太い灌木、新種の海草が派生した。この海棲の植物相を餌にしたのが高度に進化した海棲のミミズであり、このなかの幾つかがやがて脊椎を有する、捕食性の、俊敏で魚に似た生き物となった。続いてこれらを餌にしたのが、人間自身の海棲の子孫、亜-人類アザラシであったり、さらに特殊化した亜-人類イルカであったりした。おそらく、こうした古代人類の系種の進化でもっとも注目すべきなのは、小型の昆虫のようなコウモリもどきの滑空生物から、ハチドリほどの大きさの、場合によってはツバメのように俊敏な、かなり多様な本格的な飛翔哺乳類へと進化した系種だった。

典型的なヒト型人類が生き残る余地はなかった。存在していたのは、体組織や本能によって、無限に多様で広大な世界における生態的地位のどれかに適合した獣たちだけが存在していたのである。

人間の精神性の奇妙な痕跡があちらこちらに残っているのは確かであったが、ほとんどの人類種の前肢にかつて器用に動いた人間の指の名残が埋もれているかのようであった。たとえば、ある種の草食動物は苦難に遭うたびに集まって耳障りな声で遠吠えをした。あるいは前肢をぴたりと合わせながら尻を地べたにつけて坐り込み、リーダーの吠え声に何時間も耳を傾け、断続的な唸り声や鳴き声で反応し、ついには興奮のあまり泡を吹くほどの狂乱状態におちいった。そして春の発情期の最中に、求愛や闘いや日課である狩りを突如やめ、どこかの高い所で昼も夜も毎日、なにかを見つめて待ち望みながら、ついには飢えに駆られて動き出すまで孤独に坐っている肉食の類種もいた。

さて、時が満ちて太陽の衝突から三億地球年ほど経った頃、極地の草原地帯で跳ねまわっていた小さな無毛のウサギもどきの動物が、南方からやってきた敏捷な犬にひどく悩まされていた。亜-人類ウサギはどちらかというと特殊化しておらず、防御や飛翔のような有効な手段を持たなかった。彼らは絶滅しかかっていた。しかしながら、わずかな個体は、その犬が追ってこられない鬱蒼と茂った幹の太い低木林へと逃げ込んで難を逃れた。そこで食性と習性を変え、草食をやめて根や小果実のみならずミミズや甲虫まで食べるようになった。彼らの前肢は今やますます穴掘りや木登りに用いられるようになり、ついには枝や藁で巣を編むまでになった。この人類種の場合は、指が一緒に成長することはなかった。体組織的には前脚は長くむき出しになった指関節が作る小さな拳骨に似ていて、そこから足指が突き出ていた。それから指関節はさらに伸びてやがて新しい一揃いの指となった。その新しい小さな猿のような腕の掌には、人間の太古の指の痕跡が曲った状態で残っていたのである。

昔から手の操作は明瞭な知覚を生み出した。これが食事や狩猟や防御の際に頻繁に試す必要とも結びついて、ついには実に多様な行動と精神の柔軟性をもたらした。ウサギの人類種は繁栄し、ほぼ直立歩行を採り、背丈と脳を増大させ続けた。しかし新しい手が古い手の単なる復活ではなかったように、脳の新しい領域も、萎縮していた人間の大脳の単なる復活ではなく、古代の名残にかぶさるようにそれを吸収した新しい器官であった。したがって、その生き物の精神は、同じくらい大きな欲求に合わせて造形されてはいても、多くの点で新しい精神だった。もちろん、その生き物は先行の諸人類と同じように食や愛や栄光や同胞意識に思い焦がれた。これらの目的を追い求めて武器や罠を考案し、枝編み細工の村落を築いた。部族会議をひらいた。その生き物が〈第十期人類〉となったのである。

3　悠然たる征服

百万地球年のあいだ、これら腕の長い無毛の存在たちは、広大な北方大陸において枝編み細工の小屋と骨の道具を普及させたが、さらに数百万年はそれ以上の文化的進歩を見せないままでいた。進化は生物学的にも文化的にも海王星では実に悠然たるものであったからだ。結局〈第十期人類〉は微生物に襲われて壊滅した。その生き残りから幾つかの原始の人類種が進化し、何千万年ものあいだ遠く離れた地域に孤立したままでいたが、ついには偶然あるいは計画的に会うなどして接触するようになった。これらの初期人類種の一系種は身を屈めた低い体勢を取り、牙を生やしていたが、もっと有能な類種にその牙を狙われて捕獲され続け、結局は絶滅してしまった。鼻づらが長く、下半身が大きな別の種は、カンガルーのように臀部を地べたにつけてしゃがむ習性があった。この勤勉で社会的な種が車輪の利用を考案して間もなく、もっと原始的で好戦的な類種が怒濤のようになだれ込んできて彼らを制圧した。直立歩行の、文字どおり背丈と横幅が同じくらいの、これら不器量で残虐な野蛮人は、北極と亜‐北極の全域に勢力を広げ、数百万年は単調な進歩と後退を繰り返したが、ついに彼らの生殖質がゆっくりと衰えて人間としての歴史をほぼ終わらせた。しかし永劫の暗黒時代を経て、やはり不器量で大きな脳を持つ人類種が現われた。彼らは海王星ではじめて、愛の宗教と、地球と金星で実に頻繁に、そして空しく人間のなかで明滅していた神霊的な憧景や苦悶のすべてを心に抱いた。封建的な帝国、軍事国家、経済的階級闘争がまたしても生起し、一度ならず幾度も北半球の全域に及ぶ世界‐国家が生まれた。人工冷却の電気駆動船ではじめて赤道を横切り、広大な南半球を探索したのは、この人類だった。南半球にはいかなる生命も発見されなかった。その時代になっても、人工の冷却装置がなくては灼熱の赤道を横切ることはできなかった。実を言うと、太陽の一時的な復活がとうに盛期を過ぎていたからこそ、工夫の限りを尽くせば誰もが長期の熱帯探査に耐えることができたのである。

〈第一期人類〉をはじめ他の多くの自然人類種と同じく、これら〈第十四期人類〉も人類としては不完全だった。〈第一期人類〉と同じく彼らも、不完全に組織された神経系では到達どころか、ほとんど近づくことすらできない行為の理想を心に抱いた。〈第一期人類〉とは異なって、彼らは三億年のあいだ生物としてはわずかずつ変化しながら生き残り続けた。しかしこれほど長い期間を経ても彼らは不完全な神霊的本性を超えることができなかった。幾度となく彼らは野蛮から世界-文明へと移行し、そして野蛮へと舞い戻った。籠の鳥のように自らの本性に捕えられていたのだ。そして籠の鳥が巣作りの材料を不器用にいじって、目的を欠いた苦労の成果を繰り返し破壊してしまうように、これらの不自由な存在たちも自らの文明を破壊したのだった。

しかしながら、とうとう海王星の歴史の第二段階、この不安定な時代が終わりを告げた。その惑星への最初の定住から六億年が経った頃、人工の介在しない自然が、かつて一度だけ〈第二期人類〉のうちに生起させたことのある自然人類の最高の形姿を、第十五の人類種において生み出した。今回は火星人の侵略はなかった。この頭部の大きな人間が、過剰な頭蓋骨の重みと扱いにくい肉体との均衡といった容易ならぬ不都合を克服しようとした闘いをじっくりと観察するわけにはいかない。北半球と南半球の機械化された大戦をはじめとする長引いた未熟な期間を経たのち、〈第十五期人類〉は若気の過ちや幻想から脱皮して単一の世界-共同体を確立した。この文明は経済的には火山エネルギーに基礎を置き、神霊的には人間の能力の全開へ向けての献身を拠り所にしていた。海王星ではじめて永遠の人類的目標として、さらに壮大なスケールで人類を再造形する意思を抱いたのは、この人類種であった。

これより以降、別の時代にも地震や噴火、気候の激変、夥しい疫病や生物的な奇形といった数々の災禍が起こったが、人類の進歩はわりあいに着実だった。とうてい迅速で確実とは言えなかった。たいていは〈第一期人類〉の全歴史よりも長い年月がかかったが、その人類の神霊は開拓を休止して征服地を統合したり、あるいは実際に荒れ野へとさ迷い出たりした。しかしこの人類種が単なる動物状態へと敗走したり突き進んだりすることは二度とないように思われた。

人間が完全なる人類へと最後の前進をしていくのを追跡しようにも、天文学的な時代全体を思い切り大づかみに観察するのが精一杯である。しかし実はその時代は幾千もの長寿世代がひしめいている時代なのである。無数の個人は、それぞれ比類のない者たちであったが、相互忘我的な交流をしながら生をまっとうし、心の鼓動を宇宙音楽に捧げ、ほどなく他者に席を譲って消えた。この長大な年月にわたる個人生活の過程は、人類という肉体の実際的な組織なのであるが、わたしにはそれを余す所なく記すことができない。いわばその成長の実体のない形を辿るぐらいしかできないのである。

〈第十五期人類〉は、五つの大罪、すなわち、病気、抑圧的な苦役、老衰、誤解、悪意をなくすことに取り組んだ初の人類だった。彼らの献身、数々の悲惨な実験、そして究極の勝利についての物語をここで述べることはできない。彼らがいかにして物質の消滅からエネルギーを生起させる秘法を習得し利用したか、いかにして近隣の惑星を探査するためにエーテル駆動船を発明したか、またいかにして長年の実験のあと自分たちに取って代わる新しい人類種である〈第十六期人類〉を設計し創り出したか、そのいずれについても、わたしは物語ることができない。

新しい人類種は金星に植民した古代の〈第五期人類〉に似ていた。人工の固い原子が骨の細胞へと組み込まれ、大きな身長と豊かな脳が支えられるようになった。しかもその際、非常に微小な細胞質状の構造によって新しい複雑な組織も可能となった。「テレパシー」もまた、ずっと以前に絶えてしまった火星人類種の単位体ではなく、似たような類種の新しい分子集団を合成することで再度達成された。一部には「テレパシー」共感がもたらす相互理解の飛躍的な増大を介して、また一部には神経系の改善された協調を介して、利己主義というにしえの悪は通常の人間存在から跡形もなく消えた。利己的な衝動は、二の次にするようにと言われてそれを拒むと、以後は狂気の徴候として分類されるようになった。もちろん新しい人類種の感覚能力は大幅に改善された。後頭部には一対の目まで備わっていた。これ以降の人間は、百八十度ではなく三百六十度の視野を得ることになった。しかも新しい人類種の一般的な知性はそんな風だったので、以前は解決不可能と思われていた多くの問題が、今や一瞬の洞察によって解決されることにもなったのである。

〈第十六期人類〉が力を注いだ数々の偉大な実用的成果のなかに言及しなくてはならない例が一つだけある。彼らは自らの惑星の運行を制御した。彼らの歴史の初期には、自由にできる無尽蔵のエネルギーを用いて、軌道が拡大するように惑星を誘導したため、平均の気候が比較的温暖となり、雪がときどき極地を覆うまでになったのである。しかし時代が進み、太陽が着々と猛威を減らしていくと、今度は軌道を縮小し、惑星を段々と太陽へと接近させる必要が出てきた。

彼らは自分たちの世界を五千万年近く支配すると、かつての〈第五期人類〉のように、過去の人びとの心のなかへと侵入するようになった。彼らにとってこれは、先駆者たちにとってよりも刺激的な冒険となった。地球や金星の歴史については未だに無知だったからだ。先駆者たちと同様に、過去の厖大な尽きることのない悲惨に狼狽するあまり、もともと幸せに満ち足りて根っから陽気であったのに、存在とはまがい物でしかないように思われた。しかしほどなく彼らは過去の悲惨を挑戦と受けとめるようになった。過去が自分たちに助けを求めて呼びかけている、どうにかして大いなる「過去解放のための聖戦」を準備しなくてはならないと、自らに言い聞かせた。どうしたら可能であるかは思い及ばなかったが、この突拍子もない目的を、ある大いなる事業のもとで心がまえ

タイムスケール 4

前スケールの100倍。
明らかに極めて不正確。

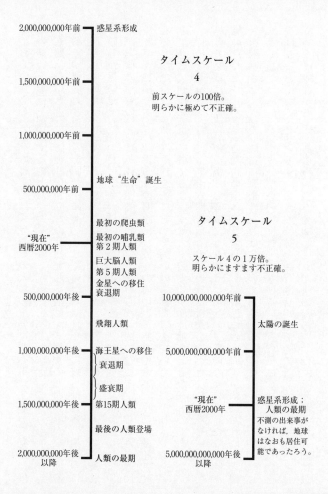

- 2,000,000,000年前 — 惑星系形成
- 1,500,000,000年前
- 1,000,000,000年前
- 地球“生命”誕生
- 500,000,000年前
- 最初の爬虫類
- 最初の哺乳類
- “現在” 西暦2000年 — 第２期人類
- 巨大脳人類
- 第５期人類
- 金星への移住
- 衰退期
- 500,000,000年後
- 飛翔人類
- 1,000,000,000年後 — 海王星への移住
- 衰退期
- 盛衰期
- 1,500,000,000年後 — 第15期人類
- 最後の人類登場
- 2,000,000,000年後以降 — 人類の最期

タイムスケール 5

スケール４の１万倍。
明らかにますます不正確。

- 10,000,000,000,000年前
- 太陽の誕生
- 5,000,000,000,000年前
- “現在” 西暦2000年 — 惑星系形成；人類の最期
- 不測の出来事がなければ，地球はなおも居住可能であったろう。
- 5,000,000,000,000年後以降

しておく決意をした。その事業とは、今やその人類の主要な関心事、すなわち完全に位階の高い人類種を創造することだった。

人間はこのときには物理的に独立した存在として活動する個々の人間の脳がなしうる範囲で、理解力と創造力を明らかに前進させていた。それなのに彼らは自らの無能力に抑圧されていた。哲学ではさらに深く探索していたが、最深部まで探っても移ろう神秘の砂しか見いだせなかった。とりわけ、彼らは古代からの三つの問題に取り憑かれていたが、そのうちの二つは純粋に知的な問題、すなわち、時間の神秘と、精神と世界の関係という神秘であった。三つ目の問題は、彼らの固い忠誠心を生命とどうにか融和させる必要性だった。彼らはそれを死に対する闘いの準備と考えていたが、それはその闘いを超越し、それを冷静に讃えるという絶えず強まりゆく衝動をともなうものであった。

時代を重ねるにつれて〈第十六期人類〉の諸民族は次から次へと文化の花を咲かせた。思考の楽章は神霊の可能な限りの音階（モード）に行き渡り、古代の主題のなかにも新たな意味を見いだした。しかしこの時代の全体をとおして、例の三つの大問題が解決されぬまま個人を困惑させ、人類の政策に悪影響を及ぼしたのである。

かくしてついに、〈第十六期人類〉は神霊の停滞と暗闇での危険な跳躍のいずれかを選ばざるをえなくなり、多数の個人の精神を融合させ、全面的に新しい意識様態へと目覚める可能性がある、ある種の脳を発明しようと決めたのだった。そうすれば人間は最終的に賞讃しようが嫌悪しようが、存在のまさに核心を洞察できるかもしれないと期待された。そういうわけで、人類の目的は哲学的な無知によりかなり混乱してはいたが、ついに明らかになるかもしれなかったのである。

〈第十六期人類〉が新しい人類を創り出すまでの一億年については、長々と物語るわけにはいかない。彼らは自身の心からの願望を達成したと考えた。しかし実際には彼らが創造した栄光の存在（もの）たちは、創造者たちには理解できない繊細な不完全性に苦しめられていた。その結果、これら〈第十七期人類〉が世界に満ちあふれ、申し分のない文化的水準を達成するやいなや、本質的には自分たちと似ているが、完成された新しい類種を創出することに全精力を傾けた。こうして、栄光と苦悶がひしめく束の間の数億年が経ってから〈第十七期人類〉は〈第十八期人類〉に席を譲った。そしてのちに明らかになるように、それが〈最後の人類〉となったのである。かつての文化のすべてが〈最後の人類〉の世界において成就されるのであるから、これらについてはざっくりと要約し、わたしたちの現代についての話をいささか詳しく語るとしよう。

第十五章 〈最後の人類〉

1 最後の人類種について

もしも〈第一期人類〉の誰かが〈最後の人類〉の世界を来訪することがあるなら、数多くの慣れ親しんだものや、奇妙なまでに歪んで捻れたものをたくさん見つけることだろう。しかし最後の人類種に特有の事柄についてはほとんど気づかずに終わるだろう。文明の明白にして印象的な特徴すべての背後に、そして大いなる共同体の社会組織と私的な交流の背後に、身近にありながら理解を超えた神霊的文化の世界が他にも丸々一つ広がっていると教えられなければ、ロンドンに住む猫が財政や文学の存在に考えが及ばないように、〈第一期人類〉にしても、そのような世界が存在することは、よもや思い寄らないことだろう。

来訪者が出会う見慣れたもののなかに、見かけはグロテスクではあるが、人間だと認識できる生き物がいることだろう。自分が身体の重さに苦労しながら動きまわる場所で、これらの巨人たちはこともなげに闊歩していることだろう。彼らは実に頑丈そうで多くはがっしりした者たちだと思うかもしれないが、物腰の優雅さだけでなく均整のとれた美をも認めざるをえなくなるだろう。〈最後の人類〉とともに長く居れば居るほど、その美しさは際立ってくるだろうから、自分たちの類型に不満を覚えるようになるだろう。これら幻想的な男女のなかには、柔毛、ふさふさの毛、モグラの毛皮のように滑らかな毛に覆われた者や、筋肉が露わになった者がいることにも気づくだろう。茶色や黄色や赤色の肌をした者がいるかと思えば、皮膚の下を流れる血液によって半透明な灰緑色の肌を持つ者もいるだろう。わたしたちは種としては皆で一つの人類なのであるが、精神も肉体もきわめて多様であり、かなり多様なので、見かけ上は一つの種ではなく多くの種であるようにも思われる。もちろん、わたしたち全員に共通する特徴はある。おそらく来訪者は、男女に一様に備わっている、大きくても繊細な手に驚くかもしれない。指の先には物を操るための三つの小さな器官が誰にでも備わっているが、それは〈第五期人類〉のためにはじめて作られた器官にかなり似ていた。これらの突起には来訪者は間違いなく嫌悪感を抱くことだろう。後頭部にある一対の目には衝撃を受けるだろうが、空を見上げるための天文学的な目についても言えることであり、それは〈最後の人類〉に特有のものなのである。この器官は実に巧妙に設計されており、骨状の鞘から手の幅ほど伸ばし切ると、あなたたちの小さめの天文望遠鏡と同じくらいの精度で天界の諸相を明らかにしてくれるのだ。これらの固有の特徴の他に決定的に新奇なものがあるわけではないが、手足といい、形姿といい、多くは〈第一期人類〉の時代以降に発生したものであることが間違いなく分かる。わたしたちはより人間的であり、より動物的でもある。原始段階の来訪者は、わたしたちの人間らしさよりは動物らしさの方にまず目が行くかもしれないが、わたしたちの人間らしさの大半は理解を超えたものになるだろう。彼はおそらくわたしたちを退化した人類として見ることだろう。半人半獣（ファウヌス）に似ていると、さらに言うなら、サルもどきだの、クマもどきだの、ウシもどきだの、有袋類のようだとか、ゾウに似ているとか言うだろう。そうだとしても、わたしたちの身体の均整は、概して古代的なあり方において明らかに人間的である。重力をどうにか克服できれば、直立二足歩行の形姿は知的な陸棲動物にとってはもっとも好都合なはずである。そして長い彷徨を経たあと、人類は古い形状へと回帰したのである。そのうえ、もしもわたしたちを観察する者が、仮にも表情に対する感受性があれば、わたしたちの夥しい面相の一つ一つの類型に、表現しがたいが明らかに人間的な外見というか、つまりは、自身の種にすっかり欠落しているわけではない内省的で神霊的な優雅さの兆候が顔に出ていると認識するだろう。おそらく「これらの人びとは獣であるのに間違いなく神でもある」と言うだろう。動物の頭をした古代エジプトの神々を想起するだろう。とはいえ、わたしたちのなかに、そのあらゆる特徴のなかに、身体のあらゆる曲線のなかに、動物と人間が無限の多様性をもって相互に混ざり合っているのである。絶滅して久しいモンゴル人、黒人、北欧人、セム人を暗示させるもの、つまりは海王星や金星の亜-人類の時代に由来する数多くの奇異な容貌や表情とともに、わたしたちを観察するだろう。手足の一つ一つに筋肉や腱や骨の見慣れない輪郭を見てとるだろうが、いずれも〈第一期人類〉が絶滅してずいぶん経ってから獲得されたものだ。おなじみの目の色の他に、トパーズ、エメラルド、アメジスト、ルビーをはじめ幾千種類もの眼球を発見するだろう。しかし識別する力があれば、わたしたちすべてのなかに、わたしたちの種に特有の表情や身振り、つまり聡明ではあるが辛辣で皮肉な意味があるのが分かるだろうが、それはかつての人類種の顔にはほとんど窺うことができないものである。

来訪者は、わたしたちの身体全般の均整や特殊な器官に紛れもない性的特徴を見て取ることだろう。とはいえ、もっとも顕著な身体と顔の違いの幾つかは、古来からの二つの性が多くの亜-性へと細分化した結果であることが分かるまでに時間がかかるだろう。十全なる性的経験は、わたしたちにとって、これらの類型すべてから成る個人間の入り組んだ関係を含むものである。きわめて重要な性的集団については、あとでもう一度語ることにする。

ところで、わたしたちの来訪者は、以下のことにも気づくだろう。すなわち、海王星の人びとは誰もが、小袋や背嚢（はいのう）を携行する以外は日常的に裸で暮しているのだが、特別の目的があるときは、たいていは明るい色合いの、わたしたちの時代までは存在しなかった、幾種類もの光沢のある地味な繊維で仕立てた衣類を着るのである。

来訪者はほとんどが平屋の建物が数多く緑地一帯に点在していることにも気づくだろう。海王星には一兆人の〈最後の人類〉にとっても十分な空間があるからだ。けれども、あちらこちらに断面が十字架や星の形状をした巨大な塔の建造物が雲を貫くように建っており、海王星の変化に乏しい平地に威厳をもたらしている。あらゆる建造物のなかでもっとも頑丈な建物群は、人工原子で形成された盤石の素材で築造されているが、それは訪問者にとっては、最小の惑星にさえ存在する自然な山のどれと比べてもはるかに高い幾何学的な山々に思われるだろう。多くの場合、建造物全体は半透明か透明なので、夜ともなると内部の照明のおかげで光の殿堂のように見える。直径二十マイルかそれ以上の基盤から突き出るように、星へと向かうこれらの塔は、海王星の大気ですら少し希薄になる高さにまで達する。その頂では天文学者の一群が働いているのだが、彼らは小さな筏(いかだ)に乗ったわたしたちの共同体が宇宙の大海を覗き見るための目なのである。そこではあらゆる男女が三々五々と寄り集まって、わたしたちのこの銀河や遠方の無数の宇宙について思いを巡らせたりする。そこで男女は至高の象徴的行為を一緒に執り行うのだが、それをあなたたちの言葉で形容するすべはなく「宗教的」という舌足らずの表現があるのみだ。そこではまた人びとが、この自然の山のない世界における高峰の空気で気分を一新しようとする。そしてこれらの最高峰の尖塔や絶壁で、わたしたちの多くは、人間となる以前から深く根づいた登山という原始的欲望を満たすのだ。なので、これらの建造物は、天文台、寺院、療養所、体育館の機能を複合したものとなる。その人類種の初期から存在する古い建物もあれば、未だに完成していない建物もある。したがって、数多くの様式が現実化するのである。来訪者は夥しい数の見慣れない建築構想の他に、ゴシック、古典、エジプト、ペルー、中国、アメリカとでも呼びたくなる諸様式を見いだすだろう。これらの建築物の一つ一つが、人類史の一段階における全体としての人類の作品であった。単なる局地的作品は一つとしてない。次々に継起した文化の一つ一つが、これら至高の記念碑の一つか二つに表現されている。四万年に一度ぐらいは新しい建築的栄光が構想され制作に移される。わたしたちの文化はそんなふうに継続してきたので、過去の作品を排除する必要はほとんどなかったのである。

もしもわたしたちの来訪者がこれらの大きな塔の一つに十分なだけ近寄れば、その周辺に羽虫が群れているのが見えるだろう。実はそれは翼なしで両腕を広げて飛行する者たちである。新来者としては大きな生き物がどうやって海王星の強大な重力場をふりきって大地から飛び立てるのか不思議に思うかもしれない。しかし飛行はわたしたちの日常的な移動手段なのである。人間は随所に放射エネルギー生成装置を取り付けた全身スーツを身にまとうだけでいい。なので、通常の飛行はある種の空中で遊泳するようなものとなる。かなりの高速が望まれるときだけ、密閉型の飛行船や定期便を利用する。

その巨大建築群のふもとの、平坦であったり起伏があったりする地帯は、緑色や茶色や黄金色に彩られ、家屋が点在している。わたしたちの来訪者は、多くの土地が耕されており、大勢の人びとが農具や機械を用いて働いているのを見るだろう。実際には、わたしたちの食糧のほとんどは、太陽が常態に戻りつつある今でも、強力な冷却装置なしでは生命が存在できない炎熱の惑星である木星において、人工的な光合成により産出されている。栄養摂取だけなら、わたしたちは植物なしでもやっていけるが、農業や農作物は人類の歴史で非常に大きな役割を担ってきたので、今でも農作業や植物性の食べ物は、人類にとって心理的に実に有益なのである。なので植物的な成分は、夥しい日用品だけでなく食卓のご馳走の原材料としても需要が高い。緑の野菜、果物、種々の果実酒は、あなたたちのワインと同様、わたしたちにとっても似たような儀礼的な意味を帯びるようになっている。毎日食べているわけではないが、肉も稀ながら祭儀の機会には食される。手厚く保護されているこの惑星の野生の動物たちは、定期的に催される象徴的な宴に自ら弔いの鐘を捧げる。また人間が死を選んだときはいつでも、その肉体を友人たちが儀礼として食べるのである。

木星の食糧工場と、それほど熱くはない天王星の極地の農耕地帯との交通は、氷結外惑星にある自動式採鉱所との交通と同じように、エーテル船により維持されている。エーテル船は惑星そのものよりもずっと高速に航行し、近隣の惑星世界への移動を、海王星の一年の周期からすると一瞬のことにしてしまう。最小でも全長約一マイルの長さはあるこれらの船が、アヒルのように海洋に降り立つ様子が見られるかもしれない。これらの船は着水する前に降下方向の放射圧力で大音響を出すが、いったん着水すると港までは静かに移動する。

エーテル船はある意味でわたしたちの共同体全体の縮図であり、非常に高度に組織されているが、それを呑み込む空無に比べるとかなり小さい。エーテル船の航海士は、「テレパシー」交信どころか、ときに機械的な電波さえ届かない空っぽの場所で彼らの時間の大半を過ごすため、わたしたちのあいだでは精神的に比類ない階級を形成している。勇敢で素朴で慎み深い者たちである。そして彼らは人間の誇るべきエーテル支配の体現者であるが、もっとも大胆な航海とは宇宙の果てなき大海の一滴のなかに閉じ込められていることだと、厳粛な顔で茶化しながら非航海者に説いて飽きることがない。

最近になって探査船が太陽系外への旅から帰還した。乗組員の半分は亡くなっていた。生存者はやせ衰え、病を患い、精神不安定となっていた。なにごとにも動じない正気の思考を見事に確立していた人類にとっては、これら不運な者たちの有様から学ぶことは大きかった。これまで試行されたなかで最長となった旅の期間に彼らが遭遇したのは、二つの彗星と偶然に現われた流星だけだった。近隣の星座の幾つかは違った形状になって見えていた。少し明るさを増した星が一つか二つあった。太陽は星々のなかで一番輝いている星でしかなかった。星座群の冷ややかで変化を見せない有様が、乗員らを発狂させたように思われる。宇宙船が帰還を果たし停泊すると、わたしたちの現代世界においてはほとんど見たことがない光景が繰り広げられた。乗員たちは舷窓(げんそう)を開け放つと、仲間たちの腕のなかへと泣き崩れながらよろめき出てきた。わが人類の同胞たちが平生の自制心をここまで失うとはまったく信じられない事態であった。その後、これら哀れな難破人間たちは、星々にも人間以外のすべてのものにも非理性的な恐怖心を示すようになっている。夜は出かけようとしない。他人の存在に異常な愛着を見せる。他の誰もが天文学的な精神の持ち主なので実際仲間付き合いができない。あらゆる物事は正しいバランスのもとで見るものだという考えから人類としての精神生活に参加することを狂ったように拒む。哀れなまでに私的生活の快楽に執着するので、壮大なものを呪うまでになっている。人間らしい奇想で自らの精神を満たし、家をおもちゃで満杯にする。夜になるとカーテンを引き、空騒ぎをして星々の囁きを掻き消す。しかしそれは楽しくもない、取り憑かれたような空騒ぎであり、それ自体が目的というより現実に対する防衛反応として求められるものである。

2　幼年期と成熟

わたしたちは誰もが天文学的精神の持ち主だと言ったが、「人間的な」関心を持たなかったわけではない。地球からの来訪者はすぐにも、あちこちに点々と散らばる低い建物は個人や家族、性的集団や同好会の住処であると気づくだろう。これらの建物のほとんどは、日光浴をしたり夜空を見上げるために屋根や壁が取り外しできる造りとなっている。各々の家の周りは荒れ野や庭園や生育のいい果樹の園がある。ここかしこで男女が鍬か鋤か剪定鋏を手に働いているのが見えるかもしれない。建物そのものは多くの様式を装っている。屋内に入れば家によってずいぶん違いがあるのが分かるだろう。一軒の家のなかにさえ異なった時代を模したような部屋が数多く目に入るかもしれない。よそ者には多くが理解できない物でいっぱいの部屋があるかと思えば、テーブルと椅子と戸棚、純粋芸術とおぼしいオブジェが一つ置かれただけのがらんとした部屋もある。わたしたちは膨大な数の工芸品をもっている。しかし物質的な富に執着する世界からの来訪者は、ほとんどの私宅が簡素な、いや、禁欲的ですらあることに目を見張るかもしれない。

来訪者は書物がないことに驚くに違いない。しかしながら、各部屋には非常に小さなテープ状の巻子本（かんすぼん）でいっぱいの戸棚がある。これらテープの巻子本の一つ一つには、あなたたちの時代の書物二十巻にも詰め込むことのできない内容が含まれている。これらは古代のシガレット・ケースほどの大きさと形状をしたポケットサイズの道具に接続して利用される。テープ巻子本は挿入されると望みの速度で巻き取られ、その道具が生み出すエーテル振動に規則的な干渉が及ぶ。すると、読む人の脳に浸透する「テレパシー」言語の非常に複雑な流れが生成される。この表現メディアはきわめて精妙で直接的なので、著者の意図が誤解される可能性はほとんどない。テープ巻子本そのものは、著者の脳内で発生する振動に感応する別の特殊な道具によって作り出される。それは著者の意識の流れを単に複製するのではなく、著者が意図的にテープに「刻みつける」イメージや観念だけを記録する。わたしたちはこの惑星のどの人物といつでも直接「テレパシー」交信できるので、こうしたわたしたちの「書物」が単に束の間の思想を公表するための具ではないことにも言及して差し支えないだろう。これらの書物の一つ一つには精神の収穫物から脱穀し選別した穀物だけが保存されているのだ。

　わたしたちの家のなかには他の道具類――煩わしい家事を行ったり、なにやかや直接文化生活に役立ったりする道具類――もあるのが観察されるだろうが、それに関しては記す時間がない。戸口の近くには数多くの飛行服が掛けてあり、家屋に付属したガレージには専用の空中船（エアボート）というか、さまざまな大きさの派手に彩色された魚雷もどきの物体があるだろう。

家のなかの装飾は、子ども用のものを除いては、どこの家も簡素どころか地味でさえある。ではあっても、わたしたちは装飾を大いに珍重し、それについて多くの思考をめぐらせる。子どもたちは実際自分の家を華やかに飾りつけることが多いが、大人たち自身も子どもの目をとおしてそれを楽しむことができたし、変わらぬ喜びを胸に幼な児たちの遊びに仲間入りすることさえできる。

わたしたちの世界の子どもの数は、巨大な人口に比べると少ない。とはいえ、わたしたちの誰もが潜在的に不死であるからには、どうして子どもを産むことが許されるのか不思議に思われるかもしれない。説明は二つある。まず第一に、わたしたちは生物学的に完全とはとうてい言えないので、自分たちより高度な新種の個体を産むことが政策となっているからだ。そういうわけで、わたしたちには途切れなく子どもを供給する必要がある。子どもたちは次々に成熟すると、大人としての役割を継承するが、その本質は完全とは言えない。自分がもはや役に立たないと分かれば、人生からの退場を選ぶ。

しかしたとえ個々人が早晩存在を終えるにしても、平均寿命は地球時間にして二十五万年ほどある。なので、わたしたちが多くの子どもたちを供給できないとしても不思議はない。なのに予想以上に子どもがいるのは、わたしたちの幼年期と思春期が非常に長いからなのだ。胎生期間は一十年である。体外発生はご先祖様たちが実用化したことだが、わたしたちの種によって廃止された。母性が大幅に改善され、その必要がなくなったからである。実際母親たちはきわめて稀な妊娠期間中、心身ともに実に元気である。生まれたあとの正味の幼児期はおよそ一世紀は続く。実にゆっくりと、しかし失敗しないように安全に、肉体と精神の基礎が築かれていくこの期間に、その個体は母親によって世話される。それから数世紀に及ぶ子ども時代、そして一千年の思春期が続くことになる。

もちろん子どもたちは〈第一期人類〉の子どもたちとは非常に異なった存在である。身体的には多くの点で子どもっぽいままであるが、共同体では独立した人格である。ひとりひとりが家を所有しているか、あるいは友人たちと共有する大きな建物に部屋を持っている。こうした家屋があらゆる教育施設の近隣に何千となく見いだされるはずだ。両親もしくは片親と暮すのを好む者もいるが、これは滅多にない。親と子のあいだにはかなり親しい交流があることが多いが、通常は両世代とも別々の屋根の下で暮す方を好む。これはわたしたちの種においては避けられないことだ。なぜなら、圧倒的に豊かな経験によって大人にひらかれる世界は、もっとも聡明な子どもの能力と比べても、大きくかけ離れたものだからである。一方わたしたちの世界では、あらゆる子どもの精神は、なんらかの可能性において、あらゆる大人の精神よりも決定的にすぐれている。結果として、子どもは年長者の最高の者すら決して評価することはないし、大人は自分より劣った精神すべてを直接洞察する能力があるにもかかわらず、子孫たちのなかの新奇なるものはまったく理解できないことを運命づけられているのだ。

生まれて六、七百年もすると、子どもは身体的には〈第一期人類〉の十歳児に互するようになる。脳はかなり高度な発達を遂げることになっているので、すでに〈第一期人類〉の大人の脳よりはるかに複雑である。そして気質の上では多くの点で相変わらず子どものままでも、知的には古代人類における最高の大人の精神を文化的に凌駕している。わたしたちの旅人はもっとも利発な少年たちの誰かひとりにでも会えば、伝説の〈幼子キリスト〉の聡明な天真爛漫さを思い出すかもしれない。しかし同時に、途方もない活発さと破天荒と腕白、そして子ども自身の熱狂的生活から距離を置いて、それを冷静な目で見る能力の完全なる欠如も見いだすことだろう。概して子どもは、わたしたち大人の特徴である冷静な意思を発達させるずっと以前に、知的には〈第一期人類〉の水準を越えて成長していく。私的な欲望と社会の要求に軋轢が生じるときは、子どもは概して無理にでも社会の軌道に乗ろうとするのであるが、それには怒りと芝居がかった自己憐憫をともなうため、大人から見るとこの上なく滑稽に映ってしまうのだ。

生まれてから千年ほど経ち、肉体が青年期に達すると、彼らは安全な子ども時代の軌道から離れて〈若者の国〉として知られている南極の一大陸でさらに数千年を過ごす。〈第五期人類〉の〈野生大陸〉をどこか彷彿させるこの地域では、未開の叢林や草原が保護されている。亜-人類である草食動物と肉食獣がうようよといる。噴火、暴風、氷の季節は、冒険心に富む若者たちの心をさらに魅了する。そのため死亡率は高い。この地域では、若者たちは自らの本性に合った半ば原始的で半ば洗練された生活を送る。猟をし、釣りをし、牧畜をし、耕作をする。人間としての個性の飾りない美のすべてを涵養する。愛し、そして憎む。歌い、描き、彫る。英雄神話を考え出し、宇宙的人格との直接の交流という幻想に歓喜する。自分たちを部族としても国家としても組織する。原始的で血なまぐさい闘争に耽るときもある。以前はこのような闘いが起こると、大人の世界から介入したのだが、のちには熱狂のおもむくまま放っておくようになった。命の損失は遺憾であるが、この制限された若者どうしの闘いによって原始的な苦悶や情熱——成熟した精神が経験すると哲学的な変貌を遂げるので、その意味はすっかり変わる——へともたらされる洞察を得るための代償としては些細な額なのである。〈若者の国〉では、少年も少女も高貴なるものも原始性における野卑なるものも余す所なく経験する。百年また百年と年月を重ねながら、自らの人格のうちに辛さと歪んだ卑屈さ、盲目的な残酷さと危うさを経験するのだが、のみならずその魅力、春めいた叙情的栄光をも味わう。人類がかつて犯した思想と行動の過ちのことごとくを小さな規模にして犯すことになるのだが、最後にはもっと大きく困難な大人の世界への準備ができた状態で現われることになるのだ。

いつの日か、わたしたちが人類種として完成することになれば、世代を継ぐ必要も、子どもを持つ必要も、こうした教育を施す必要もなくなることが予想された。そのとき共同体は大人だけで構成されることになり、そして大人は単に潜在的に不死というだけでなく、事実上不死なのであり、またもちろん、若い成熟の精華という意味において永遠に不死であることが期待された。かくして死が個性の糸を断ち切り、やっと勝ち取った真珠の首飾りがばらけることはなくなるので、新しい糸も要らないし、わざわざ集めなおす必要もなくなる。子ども時代の数々の愉快きわまりない美は、過去を探索するときにもたっぷりと享受できるのだ。

人類の最期が迫っているので、この目標が達成される見込みはないと、今やわたしたちは承知している。

3　人類的な目覚め

子どもについて語るのは容易である。しかしわたしたち大人の経験についてなにか意味のあることを語るにはどうすればよいのか。比べると、〈第一期人類〉の世界だけでなく、もっとも発達した以前の諸人類種の世界ですら素朴に思われてくる。

わたしたちと他のすべての人類種との大きな違いは、性的集団のなかに由来する。しかしそれは実際には一つの性的集団以上のものである。

わたしたちの人類種を設計した人類種は、自分たちよりも高次の精神秩序を可能にする存在を創り出そうとした。そのための唯一の可能性は脳組織の大幅な増大をもくろむことだった。しかし一人間個体の脳を、一定の重量を超えて安全に大きくすることはできないと分かっていた。したがって、エーテル放射による「テレパシー」統合で支えられた、個別に特殊化した複数の脳から成るシステムのなかに精神性の新たな秩序を創出しようとした。物質としての脳は場合によっては一つの放射システムの単なる結節点となりえたし、放射システムそのものは単一の精神の物理的基盤となるはずだった。これまでも多くの個人間に「テレパシー」による意思疎通はあったが、超-個人、つまり集団-精神は存在しなかった。そのような個々の精神から成る統合体は、火星を除いて一度も達成されたことがなかった。まことに嘆かわしくも火星の人類的精神が個々の火星人類の精神を越えることはなかったことが知られていた。洞察力にも幸運にも恵まれて、設計者たちは火星人類の失敗を免れる方策を思いついた。超-個人を基盤にして小さな多-性集団を計画したのである。

もちろん、多-性集団から成る精神統合体は、個人どうしの性交の直接的な結果ではない。そのような性交もあるにはある。この点では集団間に非常に大きな違いがあるが、ほとんどの集団内で男性の全員が女性の全員と性交する。なので、性交はわたしたちにとっては社交なのだ。こうした種々の合体がもたらす経験の拡大と強度についてなにがしかイメージしてもらおうとしても、わたしにはできない。集団のなかでの性的活動は、このように個々人を感情面で豊かにするだけでなく、かの至高の親和性、気質的な調和、相補的関係へ個人を導くという点でも重要なのであるが、それがないとより高次な経験への上昇も可能とはならないだろう。

個々人は同じ集団に永遠に拘束される必要は必ずしもない。一つの集団は九十六人の成員のひとりひとりを少しずつ変えるかもしれないが、新成員によって増し足された記憶で豊かになることはあっても、同じ超-個人的精神のままにとどまるだろう。一個人は一万年が経つ前に集団を離れることはきわめて稀である。成員どうしが家族のように共同生活する集団もある。別々に暮す集団もある。一個人が自分の集団のなかの別の個人と一夫一婦婚のような関係を形成し、選んだ相手と何千年も、それどころか生涯にわたり家族でいることもある。実を言えば生涯にわたる一夫一婦婚は理想の状態であり、それによりもたらされる親密さはまことに深くて繊細だと主張する者もいる。しかしもちろん、一夫一婦婚にあってさえ、それぞれの伴侶は集団の他の成員と性交し、定期的に気分を一新しなくてはならない。それは当の伴侶どうしの神霊的な健康のためだけでなく、集団-精神が十分な活力を維持するためでもあるのだ。当の集団の性的習慣がどのようなものであれ、個々の成員の精神のなかでは集団全体への特別の忠誠心というか、他のいかなる人類種とも比べられない独特の性的色合いを帯びた団結心が存在するのである。

ときによっては、集団的精神性が現実に生起するときに、一つの集団の全成員が別の集団の成員と交合するような特殊な集団的交合が存在する場合がある。集団の外での気ままな交合は普通はないが、阻止されることはない。それが起きるときは、神霊的な親密さを彩るための象徴的な行為となるのである。

肉体的な性‐関係とは違って、集団の精神的統合は、それが生起するたびに、そして持続し続ける限りは集団の全成員にかかわるものとなる。集団的経験のそのときどきにおいても、個人は日常的な労働と娯楽を続けはするが、集団‐精神そのものから特別の活動を求められる場合は別である。しかし内密の個人としての活動のすべては深遠な忘我の境地のなかで遂行される。普通の状況下では、普通に知的作業をこなしたり、知人たちを気のきいた会話で楽しませる程度のことなら適切な対応をする。とはいえ、その間ずっと、集団‐精神のただなかで恍惚となりながら、実際には心は「はるか彼方」にある。緊急の異常事態でも生じない限り当人を呼び戻すことはできないし、呼び戻すとたいていは集団としての経験にも終止符が打たれてしまうのだ。

集団の各成員は基本的にはまさに高度に進化した人間という動物である。食事を楽しむ。集団の内外の性的魅力には目敏(めざと)い。人間的な個性も弱点もあり、他者だけでなく自分の弱点をもからかって喜ぶ。皆と同じく子どもを避けたり、許されれば子どもの浮かれ騒ぎに熱心に加わったりもする。〈若者の国〉で休日を楽しむ許可を得ようとあらゆる手を尽くすこともある。そして許可を得られなければ、たいていそうなるのだが、友人と散歩したり、ボートを漕いだり泳いだり、激しいゲームに興じたりする。さもなければ、ただ庭でぶらぶら過ごしたり、過去の気に入った地点を探索して肉体はだめでも精神を一新したりする。気晴らしは人生の大きな部分を占めている。そんなわけで、時季至ればいつでも喜んで仕事に戻るのだが、そのときは世界の世俗的組織でなんらかの役割を保持したり、教育したり、科学的研究を遂行したり、人類の際限ない芸術的冒険に協力したり、そしてよくあることだが、わたしにはどうにも表現できない性質を帯びた無数の事業のいくつかに手を貸したりするのである。

さて、一個の人間個体としては、男も女も幾らかは〈第五期人類〉の個人と似たような類型である。この人類種にも完成された一揃いの腺分泌と本能的な性質が備わっている。やはり高度に発達した知覚と思考がある。第五の人類種のように、第十八の人類種の場合も、なんとしても満たしたい自分だけの私的な欲求を持っているだけでなく、両人類とも無条件に、そしてなんの葛藤もなく、これらの私的な渇望を人類的な善の下位に置く。個人間に生じる葛藤は、和解しようがない意思の葛藤ではなく、誤解であったり論争中の問題について知識が不十分であったりするがゆえの葛藤にすぎない。これはテレパシーによる忍耐強い説明によっていつでも終わらせることができる。

こうした個としての人間的本質の完成に必要な脳組織に加えて、一つの性的集団の各成員は、自らの脳のなかに特殊な器官を備えている。その器官はそれだけでは無益であるが、集団内の他の成員の特殊器官と「テレパシーによって」協調し、集団-精神の物理的な基盤である単一の電-磁システムを生成することができる。亜-性のそれぞれにおいて、この器官は特殊な形式と機能を有しており、九十六人全員が一斉に行動してはじめて、その集団は統合された精神的な生を達成する。これらの器官は各成員に全成員との経験の共有を可能にするだけではない。経験の共有はわたしたちの種の脳-組織全体に特有の放射作用に感応するときにもたらされるからである。その特殊器官の調和のとれた活動により、孤立した個々人の範囲をはるかに超えた経験とともに真の集団-精神が生起するのである。

亜-性の気質と能力が他の亜-性のそれとうまい具合に違っていなかったなら、こんなことは可能ではなかっただろう。これらの違いは類比によって示唆するしかない。〈第一期人類〉の場合でも、数多くの気質上の類型があり、その類型の各々の本性については、その人類種の心理学者たちも決して十分には分析しきれなかった。それでも、これらの類型を表面的にも言い分けるなら、瞑想的、活動的、神秘的、知的、芸術的、理論的、具体的、物静か、神経質となるだろう。さて、わたしたちの亜-性は、気質的には以上のような違いがあるが、その範囲と多様性ははるかに大きい。このような気質上の違いは集団そのものを豊かにするために利用される。まさにそれは〈第一期人類〉には、たとえ「テレパシー」交信や電‐磁統合の能力があったとしても、特殊化した脳の形態に限界があるので決して達成できなかったことなのである。

さて、日々の仕事全般をこなす上では、他者との日常の意思疎通は「テレパシーによる」が、わたしたちのひとりひとりは精神的に異なる個人である。それでも個人はひんぱんに覚醒して集団‐精神になる。こうした「個々人の共同的な目覚め」――そのように述べてかまわないだろう――がないと、集団‐精神は存在しない。その存在様態は、ともに理解し合った個人という存在様態に他ならないからだ。このような共同的な目覚めが生起するときは、個々人は集団のあらゆる個体を「自分自身の複合体」として経験し、これらの個体のすべてを介して世界を同時に知覚する。このような目覚めがあらゆる個人に一斉に起こるのだ。が、このような経験領域の単なる拡張をさらに超えていくと、新たな経験への目覚めが生じる。これに関しては明らかにこう述べる以外にない。すなわち、この新たな目覚めは下等な状態とは根本的に異なり、その違いは幼児の精神と個人としての大人の精神との違い以上のもので、人間と事物の親和的な世界についての、数多くの、思いも寄らない、以前は想像できなかった諸特徴を洞察することでもある。かくして、わたしたちの集団的様態においては、宿年の哲学的難問のすべてではなくてもほとんどが、とりわけ人格の本質に関連する難問が実に明晰に言い換えられるので難問ではなくなるのである。

精神性のこうした高位の水準にあっては、性的集団、つまりその集団に参画する個々人は、超-個人として、互いに社交としての交合をする。こうして彼らは精神化された幾つもの共同体から成る一共同体をともに形成するのである。個々の集団は、個々人にも幾らか違いがあるように、性格と経験において他の集団とは異なる一人格である。集団そのものは、ある集団は産業に、またある集団は天文学に専念、というように別々に仕事を割り当てられるわけではない。そんなふうに割り当てられるのは個人だけである。それぞれの集団にはさまざまな職種に就いている成員がいるだろう。集団そのものの機能は純粋に特殊な洞察の様式と認識の様式であり、もちろんそれとの関連では、個々人の仕事は、集団そのものを実際に維持しているときだけでなく、それぞれが通常の個人的存在としての限られた経験へとふたたび転落したときにも、変わることなく管理されている。彼らは個人としては経験したばかりの高度な問題に対する明確な洞察を保持することはできないが、個人の精神性の領域を越えない程度のことを記憶する。とりわけ集団経験と個人としての各自の行為との関係を記憶するのである。

最近もう一つの、はるかに透徹した種類の経験が、一つには幸運から、また一つには集団-精神が率いた研究を通して達成された。こうした集団-精神は、以前なら個々人がある集団の精神のなかで各役割へと特殊化していたように、人類の精神生活において特別の役割を担うために特殊化していた。このような至高の経験は、実に稀で不安定なものながら達成されていた。そのときに個人はこうした集団の経験を超えて人類の精神となる。もちろん、個人はいつでも惑星のいかなる場所にいる個人とも「テレパシー」交信ができ、ある個人が世界に話しかけるときに全体としての人類が「耳を傾ける」ことも頻繁にある。しかし真の人類的経験ともなると、状況は違ってくる。惑星全体を網羅し、その人類種の一兆もの脳を包含する放射システムは、一つの人類的自我の物理的基盤となる。個人は自身が人類種を構成するあらゆる個体に具現化されていることに気づく。個人は、あらゆる恋人たちの相互抱擁をはじめ、あらゆる肉体的接触を一つの直観として味わう。あらゆる男女の無数の足を介して自らの惑星世界を一挙に把握する。あらゆる目を介して見、あらゆる視野を一つの視界に収めて理解する。こうして惑星の全表面を連続的で多様な球体として一気に知覚する。しかしそれだけでない。今や諸集団-精神が個々人の上位にあるかのように、その個人は諸集団-精神の上位に立つのだ。ちょうどひとりの人間が自分自身の生体組織を観察するように、軽蔑と同情と敬意と冷静さをないまぜに諸集団-精神を観察する。自らの脳の生きた細胞を研究するように観察する。蟻塚を観察する者の冷淡な好奇心でもって、とはいえ同胞たちの不思議な多様性に魅了された者のように、さらには戦場の上空から自分と戦友たちがある絶望的な企てのさなかで苦しんでいる様子を観察する者のように、それでも自らのヴィジョンと、それを形にすること以外はなにも考えない芸術家のように観察するのである。人類的様態においては、ひとりの人間が万物を天文学的に理解する。あらゆる目とあらゆる天文台を介して自らの航海中の惑星世界を見守り、宇宙へと目を凝らす。そこで個人が一つの視界に融合させるのは、言うならば、甲板員、船長、機関助手、見張り係などの数々の眺めである。海王星の二つの周縁部から太陽系を同時に観測すると、あたかも双眼鏡で見るように、諸惑星と太陽が立体的に知覚される。しかも彼が知覚する「今」は瞬間ではなく長大な時代を包含する。こうして海王星の巨大軌道の各点から刻々と銀河を観察し、より近くの星々があちこちに移動する様を観察しながら、星座の幾つかを立体的に実感する。いや、わたしたちの最新の機器の助けを借りると全銀河が立体的に浮かび上がる。とはいえ、巨大星雲や遠方の諸宇宙はやはり平らな天空の染みにすぎず、その遠さについて深く考えると、あらゆる人類種のなかで最強の人類的自我である自分自身の卑小さと無力さを思い知らされるのだ。

　しかし主として人類的精神は、空間と時間の真の本質、精神とその対象、コスモス的な闘争とコスモス的な完全性への哲学的洞察において、集団と個人の精神を超越している。この大きな解明への手掛かりは間もなく見つかるに違いないが、概してそれは伝えられるものではない。実際そのような洞察は、孤立した個人としてのわたしたち自身の限界、それどころか集団-精神をも超越している。人類的精神性から脱落すると、わたしたちはなにを経験したのかを明瞭には思い出せなくなるのだ。

とりわけ、わたしたちの人類的経験については、一つ実に不可解なことが思い出される。一見ありえないと思われることだ。人類的精神であるときのわたしたちの経験は、時間的にも空間的にも実に奇妙な仕方で拡張された。もちろん、時間の知覚に関しては、各精神は二通りに異なっている。一つは精神が「今」として理解できる期間の長さ、もう一つは「今」のなかで精神が識別できる連続的出来事の細かさである。個人としてのわたしたちは一つの「今」のなかに、かつての地球時間の一日に相当する持続時間を保持できる。そしてその持続時間のうちに、わたしたちはその気になれば、いわゆる音楽的な高音としてひとまとめに聴くような急速な振動群を識別できるのだ。人類-精神としてのわたしたちは、最年長の現存する個人が生まれて以来の全期間、そして揺籃期の霧のなかへと遡るように広がる私的記憶として現われる人類種の過去のすべてを「今」として知覚した。しかしわたしたちは、その気になれば、「今」のなかに光の波動の一つ一つを識別することができたのだ。時間知覚の幅と精度がこんなふうに増えるだけなら、なんの矛盾もない。それにしても、いかにして人類-精神は、いずれにせよ存在していない広漠たる時間を「今」として経験できるかと、わたしたちは自問するのである。人類的な精神性についてのわたしたちの最初の経験は、海王星の衛星が一巡し終える時間しか持続しなかった。それに、それ以前には人類‐精神は存在しなかった。それでも、人類‐精神が存在した一ヶ月のあいだに、それまでの人類史の全容を「現在」として観察したのである。

実を言うと、人類的経験は個人としてのわたしたちを大いに困惑させた。人類的経験については、きわめて繊細で美しかったと思い出すこと以外に言えることはほとんどない。それと同時に、名状しがたい恐怖の印象を抱くことが多い。慣れ親しんだ個人の領域では、考えられる悲劇を不屈の心だけでなく歓喜を胸に見ることができるわたしたちは、今となっては想像できず、想像できても耐えることのできない悪の深淵を人類的精神として覗き込んだことを漠然とながら意識している。ところが、この地獄さえもが、コスモスという厳粛な形式における有機的な一部として受容可能であったことを、わたしたちは知っている。人間的神霊の長年月にわたる努力のことごとくが、個々人のちっぽけな欲望と同じように、それ自体よりはるかに賞讃すべきなにものかの正当な構成要素として見られ、また終局において敗北する人間も、しばしのあいだ勝ち誇る人間と同じように、こうした高次の卓絶性に貢献することを、漠然とながら、しかし不思議な確信を抱いて思い出すのである。

なんと精彩を欠いた言い方であることか！　わたしたちの目覚めた人類的様態において対峙する万物の完全に非の打ち所ない美に対して、なんと無意味な表現であることか。

あらゆる人間は、いかなる人類種に属そうが、通常なら見ることができない冷厳な美を湛えて変化する存在の断片や側面らしきものを一瞥することがあるのかもしれない。〈第一期人類〉でさえ、悲劇的な芸術に敬意を払うなかで、この経験についてなにがしかを得た。〈第二期人類〉は〈第五期人類〉ならなお間違いなく、それを意図的に追い求めた。有翼の〈第七期人類〉は天空にあったときに偶然それにまみえた。しかし彼らの精神は狭量であった。認識できたのは自分たちの小世界と自分たちの悲劇の物語だけだった。わたしたち〈最後の人類〉は、それがうまくいくかどうかはさておき、私的な生にも人類的な生にも興趣を覚える。のべつ興趣を覚えるし、劣位の精神では想像できない問題についても興趣を覚える。しかも知的な興趣を覚える。善のみならず悪をも讃美することがいかに奇妙であるかを承知の上で、わたしたちはこの経験の破壊性をはっきりと見てとる。わたしたちですら、単なる個人としては、人間の闘う神霊に対するわたしたちの忠誠心を自身の聖なる冷淡さと両立させることができない。そのうえ、もしもわたしたちが単なる個人であるなら、わたしたちそれぞれのなかに葛藤が残ることだろう。しかし人類としての様態のなかで、わたしたちはひとりひとりで知性と感情の大いなる謎解きを経験した。そしてやはり個人としては彼方のヴィジョンを取り戻すことが決してできないとしても、それについての漠然とした記憶は常にわたしたちを支配し、わたしたちのあらゆる方針を統率する。あなたたちのなかでも、芸術家は、創造的洞察の段階を過ぎると、ふたたび存在のために闘う遊撃兵となって、束の間の澄明性のうちに思い抱かれた意匠を事細かに実現させるだろう。芸術家はそのヴィジョンを想起するが、もはや見ることはできない。芸術家は消えた栄光をなんらかの知覚対象物へと造形化しようとする。それゆえわたしたちは、それぞれの人生を生き、肉体の触れ合いや心と心の関係や人間文化の繊細な活動を余す所なく享受し、一千もの企ての一つ一つのなかで協力したり格闘したりしながら、わたしたちの社会を物質的に維持するために、各自の任務を遂行しながら、もはや姿を見せない源からの光が充満しているかのように、あらゆる事物を見るのである。

わたしはわたしたちの人類種のもっとも際立った特徴のいくらかでも語ろうと努めてきた。集団的な精神性が幾たびも生起するのみならず、それ以上に人類的な精神性が稀ながらも生起することは、ひとりひとりの精神に、ひいてはわたしたちの社会秩序の全体に遠大な影響をもたらすことは想像できるだろう。わたしたちの社会は実際のところ、先例のない社会として、ある意味で宗教的な単一の人類的目的に支配されている社会である。個人による私的な精華は、かりそめにも人類としての目的によって邪魔されることはない。実際まずありえないことだ。なぜなら、その目的は、それが成就される第一の条件として、物理的にも精神的にも豊かな個人としての成就を必要とするからだ。とはいえ、男性あるいは女性のそれぞれの精神のなかに人類としての目的が絶対的な座を占めている。かくしてそれはあらゆる社会的方針の疑問の余地なき動機となるのである。一千以上の国家に分けられた一兆の市民たちが、軍隊どころか警察権力もなしに、完全な調和のもとで暮していることのわたしたちの社会について詳しく記すゆとりなど、わたしにあるはずがない。ひとりひとりの市民に固有の役割をあてがい、社会の需要に関連する、あらゆる類型の新しい市民が生まれるように調整し、際限なく独創性を供給し続けるわたしたちの尊ぶべき社会組織について語るわけにはいかない。法というものが権力に支えられた紋切り型の慣例であり、面倒な機構なしでは変更できないものだとすれば、わたしたちには政府も法もない。しかし、わたしたちの社会はある意味で無政府国家なのであるが、実に精妙な慣習の体系によって存続しており、その幾つかはかなり古くからあり、よく考えられた規約というより自然発生的に禁忌となったものである。こうした習慣を研究し改善を提案するのは、わたしたちのなかでは、あなたたちの時代の法律家や政治家に相当する人たちの仕事である。こうした提案は代議員組織などではなく「テレパシー」会議を介して世界-住民全体に提起される。それゆえ、わたしたちの社会は、ある意味、あらゆる社会のなかでもっとも民主的なのである。しかし見方を変えると、きわめて官僚主義的でもある。なぜならば〈組織者団体〉が提起するいかなる提案も否決され、深刻な批判すら受けて以来すでに数百万年もの地球時間が経過しており、そのためこれらの社会管理者たちは手元のデータを徹底的に研究するからである。

唯一の深刻な紛争の可能性は、今は個人としての世界住民と、集団‐精神もしくは人類的精神としての同じ個人とのあいだにある。とはいえ、これらに関しては、かつて深刻な紛争が生じたものだが、今ではそのような紛争はきわめて稀である。たとえ単なる個人としてであれ、わたしたち自身の超‐個人的経験による判断と指図にますます信を置くようになっているからだ。

それでは、わたしの任務全体のなかでもっとも難しい事柄に取り組むとしよう。どうにかして、ごく手短に、わたしたちの種としての目的を定め、それを本質的に宗教的なものにした存在にかかわる展望を想い描いていただかなくてはならないのだ。この展望は一部は科学的探索と哲学的思考に携わる個人の仕事を介して、また一部はわたしたちの集団的・人類的経験の影響を介してもたらされた。わたしたちのような強みを持たない人たちには、どうやっても理解しがたい物事の本質に関する、ここ最近のヴィジョンを記すのは容易ではないことは、あなたたちにも想像が及ぶだろう。このヴィジョンにはあなたたちの時代の神秘主義者を彷彿させるだろうが、彼らとわたしたちのあいだには、わたしたちの思考の内容と流儀の二点からいって類似性よりはるかに大きな相違がある。というのは、神秘主義者はコスモスは完全であると信じているが、わたしたちにとって確かなことは、コスモスは美しいと言うほかないのである。彼らは知性に頼らずに結論に飛びついてしまうが、わたしたちはその知性を着々と用いてきた。そういうわけで、結論に関しては、あなたたちの時代の鈍臭い知識人たちよりは神秘主義者たちに同調しはするが、方法については受け容れやすい幻想による自己欺瞞を潔しとしない知識人たちを讃えるのである。

4　宇宙論

壮大で果てしなく、しかし有限な時空の諸事象の秩序のなかに、わたしたちは生きている。そして人類的精神としてのわたしたちのひとりひとりは、他にもそのような秩序の数々、つまりは、別種の、共通の規準を持たない出来事から成る領界が数々あることを学んできた。これらは、わたしたちの秩序とは空間的にも時間的にも関連しないが、永遠的存在という別の様態を帯びている。これらの異質な領界の内容については、わたしたちの人類的精神性ですら理解できないという以外、ほとんどなにも知らないのだ。

このわたしたちの時-空間のなかで、わたしたちは〈はじまり〉と〈終わり〉なるものに注目する。〈はじまり〉において、どのようにしてかは分からないが、あらゆるところに充満する、想像を絶するほど希薄なガスが生まれ、それが既知の時間内のすべての物質的、精神的な存在の母体となった。実際それは実に夥しい数の、厳密にふり分けられた群れであった。この偉大なる集まりから多くの群れが凝集し、ほどなく星雲として生起したのだが、こんどはその一つ一つが、星々の宇宙である銀河として凝集する。星々にははじまりがあり終わりがある。はじまりと終わりの狭間のどこかで、ごく稀に精神が宿るかもしれない。しかしやがてその宇宙に〈終わり〉が到来する。そのときには諸銀河の残骸のすべてが、空しいエネルギーの混沌のただなかで、単一の、不毛な、見たところ変化しない燃え殻となって一斉に漂流することだろう。

とはいえ、わたしたちが〈はじまり〉そして〈終わり〉と呼ぶコスモス的出来事が終わりとなるのは、その先にある出来事をまったく知らないからにすぎない。空間のみならず時間も、有限でありながら際限がないことを、わたしたちは知っており、人類的精神としては、それを明白な必然として理解している。ある意味で時間は周期的なのである。〈終わり〉のあとには、知りようがない出来事が、〈はじまり〉から経過した期間よりもずっと長い期間、生起し続けるのだろうが、結局はそれ自体が〈はじまり〉ともなる同じ出来事が生起するだろう。

しかし時間は循環しても反復はしない。それが別の時間のなかで反復できるはずはない。時間は過ぎゆく出来事の継起性からの抽象にすぎないからである。あらゆる出来事はなんであれ全体として継起性の一循環を形成するので、反復が可能となるような恒常性はまったく存在しない。なので、出来事の継起は循環しても反復はしない。いわゆる〈はじまり〉において全体に充満するガスの誕生は、わたしたちからずっとあとの、またいわゆるコスモスの〈終わり〉のずっとあとに生起する別のガスの誕生に似ているというだけではない。過去の〈はじまり〉は未来の〈はじまり〉なのである。〈はじまり〉から〈終わり〉までの期間は、時間という巨大な車輪の一スポークから別のスポークまでの期間にすぎない。〈終わり〉を越えて延びていき、〈はじまり〉へと巡ってくるさらに長大な時間が存在する。そのなかの出来事群については、それらが存在するに違いないとしか言いようがないのだ。

時間周期内の至る所で出来事が際限なく移っていく。淀(よど)みない流れのうちに出来事は現われては消え、次なる出来事を生んでいく。しかしその一つ一つは永遠なのだ。移ろいこそがまさに出来事の本質であり、移ろわない出来事は無であるが、永遠的存在を内包している。しかし出来事の移ろいは幻想ではない。出来事は永遠的存在を内包するが、移ろうとともに永遠の存在となる。わたしたちの人類的様態のなかで、わたしたちはこれが真実であることを明瞭に理解したが、個人としての様態のなかで神秘のままである。とはいえ、個人としての様態においてさえ、わたしたちはこの神秘的な二律背反(アンチノミー)の両面を、わたしたちの経験の合理化のために必要な虚構として受容しなくてはならないのだ。〈はじまり〉は〈終わり〉より地球時間にして数百兆年は先行しており、〈終わり〉のあとに続く期間は少なくともその九倍の長さがある。その短いほうの時の広がりの中間にさらに短い期間があり、生きている世界が幾つも生起できるのはその期間だけだ。しかもそんな世界は稀である。その一つ一つが精神性へと目覚めては死に絶えるのだが、それは人生の短い夏に花を咲かせ続けるようなものだ。その季節の前後、〈はじまり〉にも〈終わり〉にも、さらには〈はじまり〉の前にも〈終わり〉のあとにも、眠りという完全なる忘却がある。生命が存在できるのは、星々が登場する前ではなく、星々が凍りつくあとでもない。しかも稀なのである。

他ならぬわたしたちの銀河においては、生命を宿した世界がこれまでに約二千ほど生起した。そしてこれらのうち数十の世界が〈第一期人類〉の精神性に到達するか凌駕するかした。それにしても、そのような発達を遂げたもののなかでも、人間は今や残りの世界から抜きん出ている。生き残っているのは、今日では人間だけなのだ。

たとえば、アンドロメダ島宇宙のような幾百万の銀河が他にも存在する。そのような恵まれた宇宙において精神がわたしたちとは比較にならぬほどの洞察と力を得るに至った可能性があると推察するべきなんらかの理由がある。とはいえ、わたしたちが確実に分かっているのは、その島宇宙には次の世界が四つ含まれているということぐらいである。

わたしたちの精神の検出装置が及ぶ範囲に存在する他の宇宙の大群のなかで、人間に匹敵するものが生み出された例はない。とはいえ、あまりに遠すぎて評価しようがない宇宙も数多く存在する。

わたしたちがどのようにして、これらの彼方の生命や知性を検知するようになったか不思議に思われるかもしれない。精神性の生起はある種の微妙な天文学的効果を生み出し、わたしたちの装置がそれをどれほど遠く離れていようと感知するとしか言いようがない。このような効果は、いかなる天体においても生物の欠片さえあればわずかながら増大するのであるが、それが精神および神霊の進化をともなっていればさらに大きくなる。遠い昔に、月を軌道から離反させたのは〈第五期人類〉の世界–共同体の神霊的発達だった。そしてわたしたちに関して言うと、今のわたしたちの社会はまことに夥しい数から成り、精神および神霊の活動において非常に大きく進展しているので、物理的エネルギーの消費を続けるだけで、太陽系を混乱から護ることができるのだ。

わたしたちから空間的に遠く離れた精神を検知する手段は他にもある。もちろん、わたしたちに理解できる限りは、どこにいようとも過去の精神へ侵入できるので、この能力を遠方の精神を有する世界を発見することにも用いようと試みた。しかし概してその存在を検知することすらできないのだ。それゆえ、他の諸世界における精神についてのような精神についての経験は、わたしたちの経験とは本質的に違いがありすぎて、その知識は、ほとんどがその精神による物理的な効果から得られるものなのである。

惑星と呼ばれる稀少な天体以外に生命が存在できる場所はどこにもないとは言えない。二、三の若年の恒星のなかには、生命が、それどころか知性すら存在する証拠があるからだ。生命が白熱の環境において生存できるか、それはひょっとすると一つの統合体としての、あるいは単一の有機体としての星の生命なのか、あるいは星に棲む数多くの火炎状の住民の生命なのか、わたしたちには分からない。わたしたちが知っているのは、星の最盛期には生命は宿らないということ、そして若い恒星に棲む生命はおそらく破滅する運命にあるということぐらいである。

もう一度言うが、白熱光を出さなくなり老衰し切った恒星に、滅多にないことながら精神が生起することも、わたしたちは知っている。これらの精神にいかなる未来が開かれているのか、わたしたちには分からない。コスモスに希望があるとすれば、それはおそらくこれらの精神なのであって、人類においてではない。とはいえ、目下のところ、恒星の精神はすべてが原始の段階にある。

今日わたしたちのこの銀河には、ヴィジョンと精神的な創造性に関して人間に匹敵しうるものは存在しない。

それゆえ、わたしたちは自らの共同体がなんらかの重要性を有すると考えるようになっている。形而上学の観点からは特にそうである。しかし事物についてのわたしたちの形而上学的ヴィジョンは隠喩で示すほかなく、しかもそのヴィジョンを下手糞に模写して伝えるのが関の山なのである。

〈はじまり〉において大いなる力が潜在していたが、ほとんど形はなかった。神霊がばらばらな原始的存在の群れとして眠っていた。そこから調和のとれた形の複合体へ、そして統合と知識と歓喜と自己表現への神霊の目覚めへと向かう長く不安定な冒険が続いた。そしてこれこそが全生命の目的、すなわち、コスモスが認識され、さらには讃美されること、そしてコスモスがさらなる美で最後の飾りを施されることが目的なのである。わたしたちが知る限り、少なくともわたしたちのこの銀河系では、どの星域、どの時代においても、その冒険をわたしたち以上にはやり遂げてはいない。そしてわたしたちのなかで達成されたことは、ほんのはじまりにすぎない。それでも真のはじまりである。わたしたちの時代の人間は、いくらかの洞察の深さ、知識の広さ、創造の力、崇拝の能力を獲得している。わたしたちは限界を超えた遠くを見てきた。存在の本質を表面的に探ってきただけではない。それは恐ろしくもあったが実に美しいことを知ったのである。わたしたちは瑣末ではない共同体を創造し、その共同体の比類なき神霊になろうと一斉に目覚めた。わたしたちは実に長大で困難な未来を自らに提案した。その未来は〈終わり〉の前のどこかの一時点において神霊の理想を完全に達成して絶頂を極めるはずである。それなのに、わたしたちは今や災禍がすでに間近に迫っていることを知っているのだ。

わたしたちが自分たちの能力を十分にわがものにしているなら、この運命に悩まされたりはしない。わたしたちの美しい共同体は滅びなくてはならないが、それが不滅の存在でもあることを知っているからである。少なくともわたしたちは、卑しからぬ美を帯びた形式を永遠の現実の一領域に刻み込んだ。どこまでも繊細な関係のなかにありながら、精神の最終的な目的である到達点を目指して一心不乱に奮闘する、多様な、この上なく愛すべき男女の大いなる一団。その大いなる群れが織り成す共同体と超-個体性。たとえより大きな視野からは些細な達成であろうと、より高い水準でのさらなる洞察と創造性――これらは確かに現に達成されている――のはじまり。

絶滅の危機に瀕しても決して狼狽することはないが、はるかな未来にコスモスの理想を達成する精神が他に存在するのか、それとも他ならぬわたしたち自身が慎ましい精華となっているのかを、わたしたちは知りたいと願うぐらいしかできないのだ。不幸にしてわたしたちは、知的精神が存在する過去を探索することはできるが、未来に入り込むことができない。それゆえわたしたちは、空しくこう問いかけるのだ。いかなる神霊であれ、あらゆる神霊を自らに集約し、星々からは非の打ち所ない美の全開花を引き出し、ともに万物を知り、万物を正しく讃美するために目覚めることがあるだろうか。

もしも遠い未来にこの目的が達成されるのであれば、実際には今でも達成されているのではないのか。その達成がいつのことであっても、そのこと自体は永遠だからである。しかし他方で、もしもそれが実際に永遠に達成されているのであれば、この達成は無限に偉大かもしれないが、わたしたちと似ていなくもない神霊たち、あるいは一神霊の作品であるに違いない。そしてそんな神霊の物理的な場所は、はるか先の未来に存在するに違いないのだ。

しかしもしも本来の神霊が自らが消滅する前にこの目的を達成することがないのであれば、コスモスは実際まことに美しいだろうが、完全ではない。

先に述べたように、わたしたちはコスモスを非常に美しいものと見ている。しかし同時に恐ろしくもある。わたしたち自身にとっては、わたしたちの最期を、そしてわたしたちの讃えるべき共同体の最期すら冷静に待ち望むことは容易である。わたしたちがなによりも讃えるのは卓絶したコスモスの美だからだ。それでも、そのようなヴィジョンに決して入れない神霊は無数にある。それらは苦しみながら、その安らぎを許されなかった。第一に、精神を有する諸世界すべてのあらゆる時代に、数え切れないほど多数の下等な被造物が散在している。彼らの生は夢でしかなく、彼らの災いもそれほどは痛烈ではなかったが、それでも神霊だけが成就しうる、より痛烈な経験から外された点では憐れんでしかるべきなのだ。それから、人間および人間以外の知的存在がいる。銀河のあらゆる場所に、認識を得るために奮闘し、無我夢中で闘い、儚い喜びを味わい、苦しみと死の影のなかに生き、結局は不注意な悲運によって打ち砕かれた数多くの精神を有する世界がある。わたしたちの太陽系にも、狂気と悲惨に付きまとわれた火星人類、海洋に閉じ込められ人間の都合で殺戮された金星人類など、先触れとなる人類種の数知れぬ者たちのすべて。総じて幸せに暮していた個人が、少数ながらどの時代にもおそらくはいたし、恵まれた人類種であれば数多くいた。そして至高の幸福についてある程度知っている個人もわずかながらいた。しかしほとんどが、このわたしたちの時代に至るまで、成就するよりは挫折する方が多かった。そしてもしも実際の悲哀が歓喜を上まわらなかったとすれば、それは完全に逃がした成就を、幸いにも思い描くことができないからなのだ。

わたしたちの先行人類であった第十六の人類種は、この巨大な恐怖に圧倒されたため、悲劇的な過去を救い出そうと、希望のない、どう見ても不合理な聖戦に乗り出した。彼らの企図は自暴自棄ではあったものの、それほど空想的ではなかったと、今のわたしたちには明瞭に分かる。というのは、もしも万が一コスモスの理想がたとえ束の間であれ実現すれば、そのときには目覚めた〈万物の魂〉は、時間の広大な範囲の至る所に存在するあらゆる神霊を自らのうちに抱懐するであろうからだ。それゆえ、それぞれの神霊にとっては、最下等の神霊でさえも、自分が目覚め、あらゆる事物を知り、あらゆる事物に歓喜する〈万物の魂〉となったように思われることだろう。そしてその後、星々の避けられない崩壊をとおして、このもっとも輝かしいヴィジョンは、突如、あるいは長引く生命の敗北のなかで失われるに違いないが、それでも目覚めた〈万物の魂〉は永遠的存在を宿し、そのなかでは殉死した神霊のそれぞれが、それ自体の儚い存在様態では知ることのない至福を永遠に得ていることだろう。

これが真実なのかもしれない。そうでなければ、殉死した神霊は永遠に殉死しただけとなり、祝福されないことになる。

これらの可能性のうちどれが事実なのか、わたしには分からない。わたしたちは個人として、事物の永遠的存在にこの至高の目覚めが含まれていることを心から望む。このことが、他ならぬこれこそが、わたしたちの実践的な宗教生活と社会政策の遠大にして変わることのない到達点となったのだ。

人類的様態においても、わたしたちはこの終焉を大いに、しかし異なった形で望んできた。

たとえ個人としてであっても、わたしたちの望みのすべては、わたしたちが神霊の最高の達成として認める運命の冷酷な讃美によって調節される。たとえ個人としてであっても、わたしたちは自分たちの企図が成功するか失敗するかの問題に歓喜する。敗北した開拓者、あとに残され打ちのめされた恋人は、その災いのなかで、至高の経験、すなわち〈現実〉をあるがまま讃える冷静なエクスタシーを見いだし、それについては少しも変わることはないだろう。たとえ個人としてであっても、わたしたちは迫り来る人類の絶滅を、悲劇的だが壮麗なものとみなすことができる。すでに人間の神霊によりコスモスに不滅の美が刻まれていること、そして早晩人類の歴史が避けがたい終わりを迎えるという認識のなかで、わたしたちは断固として、このあまりにも突然の最期に心の底からの笑いと平安を胸に対峙するのである。

とはいえ、わたしたち個々人の状態のなかにいまだに狼狽を誘う一つの思いがある。すなわち、コスモスの企図そのものが頓挫するのではないか、〈現実〉の豊かな潜在性は決して実現しないのではないか、時間のいかなる段階においても夥しい数の相矛盾する存在が普遍的で調和のとれた生命体として組織されることは決してないのではないか、したがって、神霊の永遠の本質は調和を失い、哀れなほど茫然となっているのではないのか、わたしたちのこの時空界の不滅の美は、未完成のまま、実際には適切に崇拝されないことになるのではないのか。

それでも人類的精神には、このような窮極の恐怖が生じる余地はない。わたしたちが人類種として目覚めてきたわずかな機会に、わたしたちはコスモス的敗北の可能性さえも敬神の念をもって見るようになっていた。というのは、人類的精神として、わたしたちはある意味でコスモスの理想の成就を熱心に望んだのであるが、それでもわたしたちは、個人が自らの私欲の虜になるように、この望みに隷従したのではなかったからである。人類的精神はこの至高の達成を望むけれども、その同じ行為のなかで、あるがままの〈現実〉を讃美し、その暗-明の形式を歓喜とともに受容するエクスタシーを除いては、その達成からも、すべての望みからも、そしてあらゆる感情からも超然と立ち続けるのである。

したがって、個人としてのわたしたちは、そのようなコスモス的冒険の全体を現に演奏中の交響曲のように見るのだが、それがいつの日か正しい終幕を迎えるかどうかは分からない。しかしながら、音楽のように、星々の壮大な伝記は最後の楽章のみの観点だけでなく、全体の形式の完成という観点からも判断されることになる。その形式が全体として完全なのかどうかは、わたしたちには知りようがないのだ。現実の音楽は現われては消えていく、絡み合った主題のパターンであり、しかもこれらの主題は、やはりいくつもの和音と単音から紡ぎ出される、より単純な要素で織り上げられるものである。天球の音楽は、ほとんど無限に精妙な複雑性を帯びており、その主題は各階層の球面の内にも外にも存在している。神以外のなにものも、また音楽そのもののように繊細な精神以外のなにものも、全体をどこまでも詳しく聞くことはできず、一つの演奏において緊密に構成された個体性——あればではあるが——を把握することもできないだろう。人間の精神がもったいぶった調子で「これは音楽として申し分ない」とか「これは意味の切れ端が散乱した雑音にすぎない」と言うようなことではないのだ。

天球の音楽は、その豊かさだけでなく、その媒体の性質の点でも他の音楽とは異なっている。それは単なる音ではなく魂の音楽である。小旋律の一つ一つ、和音の一音一音、その一音に特有の音、各音のふるえの一つ一つが、それぞれの程度に応じて音楽における単なる受動的因子以上のものである。それぞれが聞き手であり作曲家でもあった。形式の個体性が存在するところでは、常に個人としての鑑賞者と創作家がいる。そして形式が複雑であればあるほど、神霊の知覚力と活力が上がる。かくして音楽の一つ一つの因子のなかに、その因子から成る音楽という環境が、漠然とながらも正確に、誤まっていようとも真実に大きく接近するように経験され、また経験されながらも、それが正しいか間違っているかはともかく讃美されたり嫌悪されたりする。そして影響を受けるのだ。ちょうど現実の音楽のように、それぞれの主題がある意味でその前奏と後奏と伴奏を決定するものであり、それゆえこの壮大な音楽においては、それぞれの因子は前後の文脈を決定するものとなる。同様にそれは、すなわち、先行するものと後続するものの二つを決定する因子となるのだ。

それにしても、このような多面的な相互決定は、つまりは偶然によるのか、それとも音楽の場合のように全体の美との関連のもとで調節されるものなのか、わたしたちには分からない。もしこれが真実だとしても、事物の美的全体はなんらかの精神の所産であるのか、それともなんらかの精神が、それを美の全体として相応しい讃美を捧げているのかは分からないのだ。

それでもわたしたちは、以下のことは知っている。すなわち、わたしたち自身は、神霊が自らのうちに最高の目覚めを遂げるとき、〈現実〉を示されるがまま讃美し、その暗-明の形式に歓喜して敬礼するのである。

第十六章　人間の最期

1　死の宣告

わたしたちの時代は本質的に哲学的であり、実際に哲学が頂点を極めた時代である。しかし大きな実際的問題もわたしたちの気がかりとなっていた。およそ一億年後と見積もられ、ある状況下で瞬く間にわたしたちの上にふりかかる可能性がある至難の時代に、人類を護るという課題に備えなくてはならなくなったのだ。はるか昔、金星に棲息していた人類種は、その頃からすでに太陽は「白色矮星」の段階に入りつつあり、それゆえ自分たちの世界が凍結するときが来ると信じていた。この計算は悲観的に過ぎたのであるが、現在のわたしたちは、大衝突がもたらすわずかな遅れを計算に入れても、天文学的にはそう遠くない未来に間違いなく太陽の崩壊がはじまることを知っている。実際に太陽が収縮に転じる比較的短い期間に、わたしたちの惑星を着々と太陽の方へと移動し、最終的には可能な限り最小の軌道上に落ち着かせるという計画を、わたしたちは練っていたのである。

　そうすれば人間はかなり長く安定した状態でいられるだろう。しかし時が至れば、それよりはるかに深刻な危機がやってくる。太陽は冷たくなるばかりで、結局人間は太陽の放射熱を利用して生存することはできなくなるだろう。不足分を補充するには物質を消滅させる必要が出てくる。その目的のためには他の惑星を、ことによると太陽そのものを利用するかもしれない。あるいは長期旅行に耐えうる手段があるのなら、人間は大胆にも自らの惑星を若い恒星の近傍へと発射してもいいだろう。ひょっとしてそれ以降は、人間ははるかに大きなスケールで活動するかもしれない。銀河のあらゆる星域に浮かぶ適当な世界を片っ端から探索して入植し、精神を有する諸世界から成る壮大な共同体として自らを組織するかもしれない。それどころか人類は他の銀河との交流を達成するかもしれない（と、わたしたちは夢見る）。人間そのものが世界-魂の幼芽である可能性がないとは言えず、それは宇宙が崩壊する前に束の間目覚め、儚くも不滅である知識と讃美でもって報いることで永遠のコスモスの有終の美を飾る運命にあることを、わたしたちは今なお望むのである。はるか遠くの時代に、あらゆる知恵と力と歓喜をまとった人間の神霊が、なんらかの敬意というか、おそらくは憐れみと感興を胸に、しかしそれでもやはり半分目覚めた状態で大きな障害と格闘しているわたしたちの神霊への讃美を抱きつつ、わたしたちの原始的時代を振り返るかもしれないと、そんなことをわたしたちはあえて考えるのである。

今やわたしたちの見通しは突然すっかり変わった。天文学者たちが人間の急速な最期を決定づける驚くべき発見をしたからである。人類は絶え間なく存亡の危機に瀕してきた。自らの化学的環境のわずかな変化、異常なほど有害な病原菌の発生、気候の激変、あるいは自らの愚挙による種々の影響などによって、自らの歴史のいかなる段階においても容易に絶滅したかもしれないのだ。すでに二度、人類は天文学的な出来事により壊滅寸前になったことがある。銀河の幾らか混雑した領域を今まさに突っ切っている太陽系が巨大な天体に絡め取られたり、あるいは実際に衝突して壊滅するような事態は、いかに容易に起こりうることか。ところが、もっと驚くべき最期を迎える運命が、人類を待ち受けていることが判明するのである。

遠くない昔、思いもよらぬ変化が近くの星に起こりつつあることが観測された。原因は分からぬまま、その星は白から紫へと変じ、明るさを増しはじめた。すでに途轍もない輝きに達しているため、実際の星の円形はわたしたちの空から見ると単なる点のままであるが、まばゆいばかりの紫色の光輝は、身の毛がよだつような美しさでわたしたちの夜の光景を明るくしている。天文学者たちは、それは通常の「新星」などではまったくなく、発作のように輝きを増す星々の一つでもないことを突き止めた。それは前例のないなにか、類例のない病に冒された通常の星というか、その致命的な過程の異様なまでの加速化、すなわち、その本体のなかに永劫の年月封じ込められていたエネルギーの激烈な散乱なのである。このままのペースで行けば、二、三千年のうちに、最後には燃え殻へと成り果てるか、事実上消滅することだろう。この異常な出来事は、ひょっとするとその星の近隣に棲む知的存在の迂闊な制御ミスがもたらしたものかもしれなかった。とはいえ実際には、あらゆる物質は非常な高温状態のもとでは危うい平衡状態に置かれるので、原因は自然の諸状況が結合しただけのことかもしれない。

その出来事ははじめは興味をそそる壮観としか見られていなかった。しかし調査を進めると、さらに深刻な興味を掻き立てた。他ならぬわたしたちの惑星が、ゆえに太陽も、絶え間なく増加し続けるエーテル波の衝撃をこうむっており、その波のほとんどが信じられぬくらい高い振動数と未知の潜在力を有していたのである。太陽にはどのような影響が及ぶのだろうか。数世紀が経つと、狂った星の近隣にある天体群がその星の病に感染しているのが観測された。その天体群は発熱し、わたしたちの夜空をさらに輝かせたが、それがわたしたちの恐怖を募らせもした。太陽までの距離はあまりに大きかったので、深刻な影響はないと、なお望みをかけていたのだが、注意深い分析により今はこの望みは捨てなくてはならないと分かった。太陽からは遠く離れているので、エーテル波の衝撃の累積的な影響が出るまでには数千年の遅れがあるかもしれなかったが、早晩太陽そのものに感染が及ぶに違いなかった。おそらく三万年も経つうちに巨大化した太陽の半径に呑み込まれ、どこも生存が覚束なくなるだろうが、かなり大きな半径となるため、その爆発がわたしたちを捕える前に逃げられるほど迅速にわたしたちの惑星を射出するのは、まったく不可能となるのだ。

2　裁かれし者たちの行い

この運命を知ることにより、わたしたちのなかに見知らぬ感情が燃え上がった。これまで人類ははるか遠くの未来へと運命づけられているように思われ、個人にしてもまさに数千年に及ぶ私的生活ののちに自らの意思で眠りに就くのを心待ちにするようになっていた。わたしたちは当然のように、わたしたちの世界の突然の破滅を幾たびも想い描いたり、想像して楽しんだりさえするようになった。しかし今や事実としてそれに直面したのだ。表向きは誰もが完全な平常心を装ってはいたが、心のなかは荒れ狂っていた。恐怖に駆られて絶望に陥ることはなかった。このような危機にあっても、わたしたちの超脱的な本性が大いに役立ったからだ。とはいえ、わたしたちがこの新たな予測に正しく適応し、自分たちの運命がコスモス的な背景からくっきりと美しく浮かび上がるのを見ることができるまで若干の時間がかかるのは避けられなかった。

しかしながら、ほどなくわたしたちは人間の大いなる物語（サガ）の全編を完成された芸術作品として観想し、それが突如悲劇的な終わりを告げるからというよりも、その物語のなかで望みどおりにはならないからこそ讃えるようになった。悲哀は今やすっかりエクスタシーへと変わった。星々のなかにあっては人類は無力で卑小であるという感覚とともに、わたしたちに重くのしかかってきた敗北感は、闇に包まれた数々の闘争のなかからわたしたちを産み落としてくれた過去の無数の人びとすべてに、新たな共感と敬意を抱かせてくれた。最後の人類のなかでもっとも聡明な者も、人類以前の先行者たちのなかでもっとも卑しい者も、さまざまな環境に投げ出されながら、本質においては同じように卓越した神霊としてわたしたちは見た。全天を見まわし、わたしたちを破滅させることになる紫色の光輝に目をやると、畏怖と憐憫、すなわち、この明るく輝く天軍の推し量り(はか)がたい潜在力への畏怖と、それが宇宙的な神霊として成就するために自滅しようとしていることに対する憐憫で胸がいっぱいになった。

この段階になると、可能な限りの卓絶美で残りの生涯を充たし、気高き作法をもって自らの最期に対峙する以外に、わたしたちに残されているものはないと思われた。ところが、人類的な精神性の稀有な経験がふたたびわたしたちに訪れたのである。海王星での一公転年、あらゆる個々人は恍惚とした昏睡状態で暮していたが、そのなかで人類的な精神として、人は数々の太古の神秘を解き明かし、数多の思いもよらぬ美に敬意を表してきた。死の影のもとで生き抜いた筆舌に尽くしがたいこの経験は、人間という存在全体の精華であった。とはいえ、そんな経験を経たあとは、奇妙にも調和のとれた形で、悲哀と歓喜と神のような笑いがないまぜになった新たな平安を、わたしたちは個人としてわがものにしたのだと、それぐらいしか言うことがない。

このような人類的経験をした結果、わたしたちは以前は考えもしなかった二つの仕事に相対したのである。一つは未来にかかわり、もう一つは過去にかかわるものであった。

未来に関して言えば、今やわたしたちは星という星に新しい人類の種子を播くという、絶望的な仕事に着手している最中である。この目的のために、太陽放射の圧力と、いずれ利用可能となる途方もなく強大な放射を主として利用することになる。わたしたちは通常の陽子や電子に類似した極微の電-磁気的「波動-システム」を発明できればと願っている。そのシステムは光そのものとはまったく比べようがない速度ではあるが、太陽放射の嵐に乗って個別に航行することができる。これは困難な仕事である。しかしさらにこれらの装置は実に巧妙に相互連関するはずなので、好ましい条件下では結合して生命胞子を形成し、実際に人間という存在には至らなくても、人間であることの本質的要素へ向かう明白な進化的性向を備えた下等な生命体へと発展していくかもしれないのだ。これらの物体を太陽放射が銀河のもっとも有望な星域へと運ぶように、わたしたちの惑星の公転軌道の一点で大気圏の外へと大量に放射することになる。そのうちのどれも生き残って目的地に辿り着く見込みは小さく、生存に適した環境を見いだす可能性はなおさら少ない。それでも、この人類の種子のどれかが万が一にも良好な大地へと着床すれば、少しは速やかな生物進化に乗り出し、しかるべき時季となれば、その環境のもとで、なんであれ複雑な有機的な形態が可能になるだろうと、わたしたちは期待している。それには知的な進化へと向かう非常に現実的な生理的傾向が備わることだろう。実際それは、〈地球〉上でついには地球生命体を発生させた亜-生命的原子集合体に生じたものよりもずっと大きな傾向を帯びることになるだろう。

それゆえ、非常な幸運に恵まれれば、直接にではないにせよ自らの創造物を介して、人間はなおもこの銀河の未来に影響を及ぼすと考えてよいかもしれない。ではあるが、壮大な存在の音楽のなかで人類の現実の主題は今や永遠に幕を降ろすのだ。終わったのだ、人類の長大な興亡史は。頓挫したのだ、自らの成熟という誇るべき事業のすべてが。数々の人類種により蓄積された経験も忘却の淵に沈み、今日の叡智も消滅しなくてはならない。

わたしたちの心を占有しているもう一つの過去にかかわる仕事は、あなたたちからすれば馬鹿げたものに思われても無理はない。

わたしたちは以前から過去の人びとの精神へと入り込み、彼らと同じように経験を享受できるようになっている。それまでは単なる受け身の傍観者にすぎなかったが、最近は過去の精神に影響を及ぼす力を獲得している。過ぎ去った出来事は過ぎ去ってしまったことなので、これはありえないことのように思われる。考えてみるに、たとえ些細な事柄であれ、あとになってからそれをどうやって変えられるというのか。

さて、過去の出来事は過去の出来事であり、取り消せるものではない。それでも、場合によっては、過去の出来事のなんらかの特徴は、はるか先の未来の出来事により左右されるかもしれないのだ。ある未来の出来事が存在することになっていなければ、過去の出来事は実際にあった（そして永遠にある）ようには決して存在しないのである。未来の出来事は過去の出来事と時を同じくするわけではないにしても、永遠的存在の領域では直接過去の出来事に影響を及ぼす。出来事の推移は現実であり、時間は移ろう出来事の継起である。しかし出来事は移ろうものでありながら永遠的存在を内包してもいる。時間的には遠く隔たった精神的出来事が、稀なことながら、永遠を介して直接互いに影響を及ぼし合うことがあるのだ。

わたしたち自身の精神が過去の精神をじかに探査することで深く影響されることが多々あり、過去のある精神によるある出来事が、わたしたち自身の現在の精神内における現在の出来事によって決定されることもある。実行するつもりであるのに、まだ実行していない精神作用により現在ある通りになっている、なんらかの過去の精神的出来事がおそらく存在するのである。

過去の精神をじかに探索したわたしたちの時代の歴史学者や心理学者は、過去の精神のなかのある種「特異な」点に不平を言うことが多かった。そこでは心理学の通常の法則では十分説明できない精神的出来事の流れがあり、実際まったく未知の影響が幾らか作用しているようにも思われた。少なくとも場合によっては、心理学の通常の原理に生じるこのような動揺は、わたしたちの時代に生きている観察者の精神のなかのある種の思考や欲望に相当するものであることが、あとになって分かった。もちろん、過去の精神にとって意味を持つ可能性がある事柄だけが、ともかくもそれに影響を及ぼすことができた。過去の特定の個人にとってなんの意味もないわたしたちの思考や欲望は、その個人の経験に入り込むことはできない。新しい考えや価値は、新たな意味を帯びるように見慣れた事柄を調整することでのみ導入される。にもかかわらず、過去を変えることはもちろんできないにしても、今やわたしたちは過去と交信し、過去の思考や行動に寄与できる驚異の力を掌中にしていることに気がついたのだ。

しかしなんらかの過去の精神のある特定の「特異性」に関して、もしもわたしたちが結局はそれが生じるのに不可欠な影響を及ぼすことを選ばないとしたら、どうなるのかと尋ねられるかもしれない。その問いには意味がない。実際問題として、わたしたちの影響に依存する過去の精神に影響を及ぼすことを選ばないなんてありえない。というのは、わたしたちが現実にこの自由な選択をするのは、永遠的領域（そこでのみ、わたしたちは過去の精神に対峙する）においてだからである。そして時間の領域においては、選択の行為はわたしたちの現代とかかわり、その時代に起きることだと言えるかもしれないが、同時にそれは過去の精神ともかかわり、遠い昔にも生じたことだと言えるかもしれないのだ。

過去の精神のなかには、今日のわたしたちが及ぼしたいかなる影響によるものとも言えない数々の特異性がある。おそらくこれらの特異性の幾つかは、わたしたちが破滅する前に、わたしたち自身がなにかの機会に生み出すことになるだろう。とはいえそれは、わたしたちではない何者かの影響によるもの、ひょっとすると、運がよければわたしたちの絶望的な播種の事業により遠く離れた未来に生起するかもしれない存在たちによるもの、あるいはことによると未来に生起し永遠的存在を内包することを心から望むコスモス精神によるものかもしれないのだ。それがどのようなものであれ、過去の時代のあちらこちらに、それどころかもっとも原始的な人類種のなかにおいてさえ、少数ではあるが顕著な精神を持つ者が存在しており、わたしたち以外の影響を示唆しているのだ。いずれにせよ彼らは実に「特異」なので、過去の見地だけでは彼らについて完全な心理的説明をすることができない。しかしわたしたち自身は彼らの特異性の煽動者ではない。あなたたちのイエス、ソクラテス、ゴータマは、この独自性の痕跡を示している。しかし誰よりも独創的な者は、あまりに常軌を逸していたために、同時代の人びとになんら影響を及ぼさなかった。わたしたち自身のなかにも、通常の生物学や心理学の法則の見地からはまったく説明のつかない「特異性」が存在するかもしれない。これが真実であることを証明できれば、未来のある時点において、高次の秩序にある精神性、それゆえに永遠的存在が生起する、かなり決定的な証拠が手に入るはずだ。しかし目下の所この問題は、人類的様態においてすら、わたしたちにはあまりに繊細すぎることが分かっている。わたしたちが人類的な精神性に成功裡に到達したという単純な事実には、なんらかの遠い未来からの影響がかかわっているのかもしれないのだ。いかなる精神であれ、かつてなした創造的前進のことごとくが、ことによると〈終焉〉前のある日に目覚めるコスモス精神との思わぬ協同作業であることすら考えられるのだ。

過去の個人を介して過去に影響を及ぼす方法が二つある。偉大な独創性と権力を持つ精神か、たまたまわたしたちの目的にかなう状況下にある普通の個人に作用を及ぼすことができればいいのである。独創的な精神の場合は、なんらかの非常に漠然とした直観を示唆するぐらいしかできないが、その直観をその個人自身がわたしたちの意図とはかなり異なってはいるものの、彼の時代の文化の一要素として実に強力ななんらかの形式へと「作り上げる」のである。一方、普通の精神を詳細な観念を伝えるための受動的な道具として利用することもできる。ただしそのような場合は、その個人は材料を彼の時代にふさわしい偉大で力強い形式へと仕上げることができない。

それにしても、わたしたちが過去になにを貢献しようとしているのかと、お尋ねになるかもしれない。わたしたちの優位な視点からは容易であるが、助けがない過去には不可能である真実や価値に対する直観を供与したいのだ。人間どうしが助け合うように、わたしたちは過去がそれ自体を最高のものにする手助けをしたいのだ。過去の個人や人類種の注意を、彼らの経験に暗示されながら助けがないと見逃されてしまう真実や美へと向けてやりたいのだ。

わたしたちがこれをやろうとするのは、二つ理由がある。過去の精神のなかに入り込むと、その精神を完全に知り尽くし、愛さずにはいられなくなり、それゆえに助けたくてたまらなくなる。選り抜いた個人に影響を与え、間接的に多くの人びとに影響を及ぼそうとする。ただし二番目の動機はかなり異なるものである。歴代の惑星故郷での〈人間〉の歴程を、わたしたちは非常に偉大な美の過程として見ている。実際には完全からほど遠いが、それは悲劇的な芸術の美を帯びてまことに美しい。このような美は過去のさまざまな時点でわたしたちからの作用により帰結することが今や明らかである。だからこそ、わたしたちは作用を及ぼすのだ。

不幸にして、わたしたちの最初の未熟な努力は悲惨だった。あらゆる時代の原始的な精神が、神、悪霊あるいは死者、いずれにせよ実体のない神霊からの影響によるものと考えがちであった妄言の数々は、わたしたちの最初の頃の実験に起因するものにすぎない。そしてこの本は、かなりよく出来ているとわたしたちは考えるのであるが、ほとんど屑にも等しい混乱のなかで、あなたたちの同時代人である作家の脳が生み出したものなのだ。

わたしたちが過去にかかわるのは、稀有な貢献をするだけでなく、主として二つのやり方によってでもある。

第一に、わたしたちは過去を、つまりは人間の過去を慈しむように隅から隅まで知り尽くすという大いなる事業に携わっている。言ってみれば、これは子孫としての孝心から来るわたしたちなりの至高の行為である。ある存在が別の存在に出会い愛するようになると、新しく美しいもの、すなわち愛が生み出される。コスモスはここに至ると、そんな出会いに高揚する。わたしたちは入り込んだ過去のあらゆる精神を知り、愛そうとする。たいていの場合、彼らが自らを知るよりもはるかに深い理解をもって知ることができる。もっとも劣位のものであっても、もっとも悪しき者であっても、理解と賞讃という、この大いなる事業から除外されることはない。

人類の過去にかかわるには、もう一つのやり方がある。わたしたちは過去からの助けが必要である。首尾よく自らの運命と折り合いを付けたわたしたちには、忘我的な瞑想ではなく、播種という絶望的で気の進まない仕事に最後の力を捧げるという義務がある。この仕事は、わたしたちにとってほとんど耐えがたいまでに不愉快なものである。わたしたちは自らの共同体と文化を美しく飾り、過去への敬虔な探索のために嬉々として最後の日々を費やす。それなのに、人工的な人類の種子を設計して大量生産し、星々へ射出するという不毛な労苦へと、わたしたちの世界の注意力のすべてを差し向けることが、生来の芸術家にして哲学者であるわたしたちにとっての義務となっているのだ。成功の見込みがあるのなら、かなり長期の物理的研究の計画に着手し、最終的には世界規模の製造体制を組まなくてはならない。この作業の完成を見る前にわたしたちの肉体の組織はとっくに損なわれ、共同体の解体がすでにはじまっているはずだ。今はこの政策の重要性を熱烈に確信しないことには、それをやり遂げることなどできるわけがない。過去がわたしたちの助けとなるのは、この点である。忘我的な運命愛という至高の技術を今や十分に会得したわたしたちは、神霊のもう一つの至高の達成、すなわち、死の勢力と闘う生命の勢力への忠誠心を学びなおすために、謙虚に過去へと赴くのだ。英雄的な、しばしば絶望に囚われる過去の冒険にさ迷い出ると、わたしたちはふたたび原始的な情熱で奮い立つ。それから自分の世界へと帰還すると、理解を超えた平安を心に抱きながらも、わたしたちは勝利だけに心を傾けるかのように闘うことができるのである。

3　エピローグ

わたしが今あなたたちに話しかけているこの時代は、この本の最前までのことを語っていた時点から約二万年は経っている。あなたたちのもとまで行くのはかなり難しくなっており、話しかけることはなおさら困難である。すでに〈最後の人類〉はかつての人類ではないからだ。

二つの大いなる事業はまだ終わっていない。人類の過去への探索は多くが中途半端なままであり、播種ははじまってもいない。その事業は思ったよりはるかに困難だった。太陽の放射に乗って運ばれる、何百万年にも及ぶ銀河横断の旅の諸条件にも耐えられるほど強固でありながら、生命と神霊的進化の潜在力を孕むほど精妙な、人工的人類のもととなる塵の設計に成功したのは、この二、三年のことにすぎない。今はこの播種物質を大量生産し、この惑星の軌道上の適切な地点で宇宙へと放出する準備をしている最中である。

太陽が崩壊の最初の兆候を示してから、すなわち、色合いがやや青へと変わり、続いて明るさと熱さが確かに大きくなりはじめてから、今や数世紀が経っている。近頃ではぶ厚くなる一方の雲を貫くように差してくる太陽が耐えがたく情け容赦のない輝きでわたしたちを襲い、迂闊に太陽を直視する者の視力を破壊する。今は普通となった曇りのときでさえ目は獰猛な紫色の輝きによって傷つけられる。保護用に設計された特製の眼鏡を掛けていても眼病はわたしたち全員を苦しめる。熱だけでも、すでに破壊的である。わたしたちは惑星の従来の軌道を少しずつ螺旋を描くように外へと押しやっているのだが、思ったようにやっても、気候は極地でさえますます破壊的になるのを防ぐことができない。両極地の中間地帯はすでに見限られている。赤道付近の海洋が蒸発したせいで気象全体が大混乱に陥っており、その結果、わたしたちは極地でも熱く湿気を帯びた暴風と信じがたい電気の嵐に苛まれている。これらが原因で巨大な建物はほとんどが打ち砕かれており、瓦解したガラス状の岩石が雪崩のように肥沃な地域全体を埋めることもある。

二つの極地共同体は、当初は電波による交信を保とうとしたが、南のわたしたちがより悲惨な状況の北の知らせを受け取って以来、今はしばし途絶えている。わたしたちにしても状況はすでに絶望的である。最近数百もの播種のための施設を建てたのだが、操業できるのは二十施設にも満たない。このような失敗は人手がますます足りなくなったのが主な原因である。異様な太陽の放射が洪水のように降り注いで人間の生体組織に悲惨な影響を及ぼしている。医療科学では克服できなかった悪性腫瘍(しゅよう)の流行は、南の人口を減少させて単なる残存集団へとおとしめたが、熱帯の人びとが南極に移住しても、こうなったのだ。しかも、わたしたちのひとりひとりが往時の自己の残骸でしかない。もっとも進化した人類だけが達成した高次の精神機能は、特殊な神経組織が破壊されたために、すでに失われるか変調をきたしている。人類的精神が消滅しただけでなく、性的集団も精神の一体性を失っている。亜-性団のうちの三集団は彼らの化学的性質を乱され、すでに消滅している。実際、腺分泌の不調は、非理性的だと知りながら克服できない不安や嫌悪でわたしたちの多くを分裂させた。「テレパシー」コミュニケーションの通常の能力さえも、かなり信頼できなくなったため、わたしたちは音声を介した象徴表現という古代の慣習へと後退せざるをえなくなっている。過去の探索は今や専門家に限られており、時間的経験を混乱させる可能性がある危険な職務となっている。

　高次神経中枢の衰退は、はるかに深刻で根の深い病、すなわち、以前ならありえないと思われていた神霊の全般的衰退をもたらしたが、わたしたちは自分たちが完全であると自信を持っていたのだ。非の打ち所ない冷静沈着な意思は何百万年もわたしたちにあまねく行き渡り、わたしたちの全般的な社会と文化の礎だった。それには生理的基盤があり、もしもその基盤が損なわれたら、もはや理性的な行動ができなくなることを、わたしたちはほとんど忘れていた。ところが、数千年ものあいだ星々からの独特の放射作用に曝されるため、わたしたちはしだいに冷静な崇拝のエクスタシーだけでなく、通常の公平無私なふるまいの能力までも失ったのだった。今や誰も彼もが、私的な人格として、仲間に敵対する者として、自分だけに好都合な、道理をわきまえない偏見に陥りがちである。私的な羨望や無慈悲、それどころか殺人や理由なき残虐行為すらも、かつては無縁であったのに、今やありふれたものになりつつある。はじめのうち人類がこれらの古代的衝動を自らのなかに認め出したときは、鼻で笑って抑え込んだものだった。ところが、高次神経中枢がさらに衰退すると、わたしたちのなかの獣性は旧に倍して手に負えなくなり、人類はいよいよ不安定になった。理性的なふるまいは、それからというもの、自発的によどみなく行われるものではなく、精力を消耗し低落させる「道徳的な格闘」を経てからでないとやれなくなった。いや、なお悪いことに、その格闘が勝利ではなく敗北に終わることがますます多くなったのである。そこで想像してもらいたい。これまでずっと狂気とみなしていた衝動に立ち向かう死に物狂いの闘争に誰もが追いやられていると気づいたときに、わたしたちを捕らえた恐怖と嫌悪を。わたしたちのひとりひとりが、愛する個人か誰かを救うだけのために、播種という至高の義務にいつなんどき背くかもしれないと分かるだけでも痛ましい話である。にしても、自分たちが隣人への普通の親愛の情すら持てなくなるほど低落したことに気づくことがあると、胸が張り裂ける思いに駆られる。ひとりの人間が友人や恋人よりも自分を大事にすることは、どう考えても、以前ならありえないことだった。それなのに今日では、わたしたちの多くが、傷ついた友人の目のなかに驚きに満ちた恐怖と憐憫の表情によって悩まされるのである。

この苦難の初期段階に精神病院が設立されたが、すぐにも収容超過となり、悩める共同体の重荷となった。そこで狂人らは殺害された。しかし昔の基準からしたら、わたしたちの誰もが狂っているのが明らかとなった。今や自分が理性的にふるまうと信じる者はいない。

そしてもちろん、相互信頼などはあるはずがない。欲望の不条理が蔓延したり、「テレパシー」交信の喪失にともなって生じた誤解があったりで、わたしたちはあらゆる不協和音へと陥っている。政治機構と法の体系は改正を余儀なくされたが、それによりわたしたちの窮状は悪化したように思われる。ある種の秩序が過重労働の警察によって維持されている。ところが、警察は今や官僚的な悪徳の権化となった専門の組織者たちの支配下にある。彼らの愚行によって、南極の諸国家のうち二国で社会革命が勃発し、その二国を壊滅させようと企んでいる狂気の世界-政府の軍に対峙しようと、今や軍備を整えている。その間に経済秩序が崩壊し、木星の食糧-工場に赴くことが不可能になったため、わたしたちの紛争に飢餓が上乗せされ、それが狡猾な狂人たちに他者を犠牲にした商売の機会を与えてしまったのだ。

命運の尽きた世界での、そして昔日の銀河の精華であった共同体での、この愚挙のすべて！　神霊の生活を気にかけるわたしたちは、腐敗がはじまる前に人類として慎ましく自殺を選ばなかったことを悔いる気になっている。しかし実際にはそれはありえなかった。手掛けられた仕事は成し遂げなくてはならなかった。〈種の散播〉は皆にとって至高の宗教的責務となっているからだ。その責務に背いて罪を犯し続ける連中ですら、これを人間の最後の務めと心得ている。だからこそ、わたしたちはこの時代になお留まり続け、他ならぬわたしたちが神霊的な地位から、人間が滅多に離れることがなかった獣性へと低落する様を見据えなくてはならないのだ。

それにしても、なにゆえにわたしたちは、この絶望的な労苦にこだわるのか。たとえ万が一、種子が運よくどこかの星に着生して繁栄するにしても、炎に焼かれ、押し寄せる霜との命がけの最終闘争において、速やかにではないにしても、必ずやその冒険に終止符が打たれるだろう。わたしたちの労苦はせいぜい死ぬために豊かな収穫の種を播くだけのことなのだ。かつてもっと開明的であった頃に構想された目標を闇雲に遂行することが合理的でないのであれば、それについて合理的な弁明などないように思われる。

しかし、実際わたしたちが以前は開明的であったかに確信が持てないのだ。今やかつての自己を振り返っても、それに驚くどころか理解もできず、疑念まで抱いてしまうのだ。人類的精神のもとでわたしたちひとりひとりに示顕すると思われた栄光を思い出そうとしても、ほとんどなにも浮かんでこない。かつて助けがなくても個人の器量の範囲内にあったもっと素朴な至福というか、あらゆる悲劇的な出来事への神霊からの応答になると思われた安らぎにすら至れないのだ。それはわたしたちからは失われてしまった。不可能となっただけでなく想い描くこともできない。今や私的な苦しみや公の災いがただただ恐ろしく映るのだ。成熟へのこれほど長きに及んだ闘いの果てに、狂人の気ばらしのために捕らわれたネズミのように生きて焼かれるのだ！　そこにいかなる美がありえようか。

とはいえ、これはあなたたちへの別れの言葉ではない。転落しはしたものの、過ぎ去った時から譲られてきたものが、未だにわたしたちのなかに残っている。盲目の弱者になりはしたが、そのことを認識しているからこそ、わたしたちは大いに努力するほかなかったのだ。まだそれほどの深みには沈んではいないわたしたちは、ついには播種に成功して死を許されるまで、真の人類的神霊を少しでも長く保たせるように励まし合うための友愛団を結成した。わたしたちは自らを〈裁かれし者たちの友愛団〉と呼んでいる。互いに対して、そして共通の事業に対して、さらにはもはや示顕することのないヴィジョンに対して忠実であろうとする。まだ死んではならない苦悶の人びとを残らず慰撫しようと誓う。播種にも誓う。そして最期まで神霊を澄明に保つと誓うのだ。

ときおりわたしたちは小さなグループや大きな集団を組んで寄り集まり、お互いの存在を確認し励まし合う。このような機会には、ただただ黙坐して慰めや活力を得ようとすることもある。話し言葉がここかしこから聞こえてきたり消えたりすると、それが灼熱世界のなかで凍てついている魂にほのかに明るいささやかな暖を吹きかけることもある。

けれど、わたしたちのなかに、あちらこちらと集団から集団へと動きまわる者がいる。皆が彼の声を聞きたがる。〈最後の人類〉の最後に生まれた若者である。わたしたちが人間の運命を知り、妊娠に完全な終止符を打つことになる前に孕まれた最後の子どもである。最後であった分、誰よりも高貴である。彼だけでなく彼の世代の若者たち全員に、わたしたちは敬意を表し、力を授かろうと思いを向ける。それにしても、その最年少の若者は他の若者とは違っている。神霊性へと目覚めた肉体に他ならない彼のなかの神霊は、わたしたちより長く太陽エネルギーの嵐にさらされても耐える力を持っている。太陽そのものが、この神霊の明るさで翳るかのようだ。人間の約束がついには彼のなかで一日だけ成就されたかのようである。他の者たちと同じく彼も肉体のなかで苦しむのだが、自らの苦しみからは超脱している。わたしたち以上に他者の苦しみを感じながら、自らへの憐れみからは超然としている。彼の慰めには不思議で優しげな揶揄（やゆ）があり、苦しみ喘ぐ者たちに自らの苦痛を微笑んで受け容れるようにと説く。わたしたちのこの若い同胞は、わたしたちともに死にゆく世界と、人間のすべての努力が頓挫することに思いが及んでも、わたしたちとは違ってうろたえることなく沈黙する。そのような沈黙のなかで絶望は平安へと目覚める。彼の理性的な言葉というか、ほとんど彼の声を聞くだけで、わたしたちの目はひらかれ、わたしたちの心は不思議にも歓喜に満たされる。とはいえ、たいていはその声は厳粛である。

　わたしではなく、彼の言葉でこの物語を締めくくるとしよう。

星たちは偉大ですが、それに比べると人間は取るに足りません。でも、人間は星によって孕まれ星に殺される美しい神霊なのです。人間はあの明るく輝く盲目の仲間たちよりも偉大です。星たちには莫大な力が潜んでいますが、人間にはささやかでも現実的な達成があるからです。どうやら、早すぎる終わりを迎えるのですが。しかし人間は終わりを迎えるにしても無ではないでしょう。これまで存在しなかったかのように無になるわけではありません。なぜなら人間は事物の不滅の形式のなかに潜む永遠の美だからです。

人間は希望を胸に羽ばたきました。自分のなかでは、この束の間の飛翔よりも遠くへ飛び立たなくてはならなかったのに、今や終わりを迎えます。人間はまさに〈万物の花〉になり、〈すべてを知る者〉や〈すべてを讃える者〉になろうと企てました。それなのに破壊される運命にあります。人間は山火事に襲われた雛鳥にすぎません。実に卑小で、実に単純で、実にちっぽけな洞察力しかありません。万物の巨大な天球についての知識は雛鳥の知識でしかありません。人間が讃えることは、自らの卑小な本性にとって心地よい事物を雛鳥として讃えることなのです。食べ物や食事の合図に喜んでいるだけなのです。天球の音楽が流れてきて人間の頭上をよぎり、身を通りぬけるのですが、なにも聴こえません。

それでも、それは人間を利用してきたのでした。そして今は人間の滅亡を利用するのです。〈全なるもの〉は偉大であり、畏怖すべきであり、まことに美しい。人間にとって最善なことは〈全なるもの〉に利用されることなのです。

しかしそれは、ほんとうに人間を利用するのでしょうか。〈全なるもの〉の美はほんとうにわたしたちの苦しみによって高められるのでしょうか。そして〈全なるもの〉はほんとうに美しいのでしょうか。そして美とはなんでしょうか。自らの全存在をとおして、人間は天球の音楽を聴こうと努力してきましたし、その楽句らしきものを、あるいはそれの全形式の暗示のようなものも、ときどきは捉えたように思ったのでした。それなのに、ほんとうにそれを聴いたのか、またそんな聴くにあたいする完全無欠の音楽が仮にも存在するのかさえ確信が持てないのです。それは避けられぬことです。なぜなら、それが存在するにしても、人間のために、人間の卑小さのなかにあるものではないからです。

それでも一つ確かなことがあります。少なくとも人間そのものが音楽、つまりは、壮大な伴奏、嵐や星たちを基盤にした音楽を形成する雄々しい主旋律なのです。人間そのものは、自らの地位に応じて永遠に事物の不滅の形式をまとった美なのです。人間であったとは、ほんとうにすばらしいことでした。ですからわたしたちは、心の底からの笑い、そして平安を胸に、過ぎ去った日々に、そしてわたしたち自身の勇気に感謝しつつ、ともに前進すればいいのです。どのみちわたしたちは、人間というこの束の間の音楽を美しく締めくくることになるでしょうから。

訳者あとがき

はじめに

本書はオラフ・ステープルドン『最後にして最初の人類』(国書刊行会、二〇〇四年)の改訳である。原文タイトルは、最初のメンシュエン社版(一九三〇年)では、*Last and First Men: A Story of the Near and Far Future* となっており、副題が付いていて、W. Olaf Stapledon と名乗られていた。この翻訳には、副題もW(ウィリアム)も省いたドーヴァー版(Dover Press, 1931)を用いたが、その方が他の邦訳版と揃うし、なによりもアメリカ版初版に寄せた「序」が載っているからだ。そして改訳となったのは、ちくま文庫版『スターメイカー』の場合と同じく、蓄積した関連資料や記事、伝記や評論を読み進め、幾度か訪れたリヴァプール大学シドニー・ジョーンズ図書館特別コレクション室で数々の新情報を得るうちに、訳文を再検討したいという思いに常にかられていたからである。

ステープルドンの生涯と作品については『スターメイカー』（ちくま文庫）の「訳者あとがき」に簡単な小伝と解説を付してあるので、それを参照していただき（もう少し詳しい関連情報は国書刊行会版『最後にして最初の人類』の「訳者あとがき」を参照）、今回は作品そのものに関連する事柄について私見を述べてみたい。本作品の内容については、未来地球において、そして金星、海王星への移住を余儀なくされ、二十億年にわたって十八期、数々の苦難と試練を切り抜けながら生物学的な変異と文明の興亡を繰り返し、結局は巨星化する太陽の道連れとなって絶滅する〈最後の人類〉のひとりが、わたしたち現行人類に、ある意図のもと、その歴史を語り聞かせる壮大な物語(サガ)である。想像力の限りを尽くした奇想の数々を縦横無尽に繰り広げた幻想譚は、ステープルドンとしては自らの積年の課題を表現するフィクション仕立ての哲学的試論ともなっていたように思われる。

作品に至るまで

作品に関係しそうな事柄を大雑把にたどってみよう。まずはオックスフォード大学ベイリオル・カレッジで「近代史」を専攻して学士号と修士号を取得し、在学中にダーウィン進化論やゴールトンの優生思想に心酔したこと。大学進学前に実験的な新教育を売りにしていたアボッツホルム校で心身の修練を重視する高校生活を送ったことも外せない。いずれも本作で言及される生体改造と神霊的目覚めを考える上でのヒントになるからだ。ちなみに、同校の同窓会誌に「輝かしき人類（The Splendid Race）」という、進化論と優生思想を取り上げたエッセイを寄せてもいる。

　大学卒業後、グラマースクールの教員、父親の海運会社の事務員（不向きだと悟ったのか、いずれも短期で退職）を経たのち、リヴァプール大学と労働者教育協会（ＷＥＡ）で文学や心理学、哲学、産業史などを講じた。幼い頃から星の観察や博物図鑑（七歳の頃の手作りの図鑑が残っている）などに親しんでいたことも忘れてはならない。学術と教育にかかわるこれらの経験がのちの作品になんらかの形で反映しているとは、ひとまず言えるだろう。

　もう一つ重要なのは、やはり第一次世界大戦（一九一四～一八年）である。開戦の年に、戦争と平和、宇宙と人間、神霊と瞑想などを題材に詩集『末日詩篇（*Latter-Day Psalms*）』を自費出版。義務に駆られて戦場に赴き、非戦闘員として友徒（フレンズ）救急隊（ＦＡＵ）に所属し、フランスの戦場から死傷兵をベルギーの国境の町フランドルにある救急哨所へ運ぶ救急車運転手の任に就いた。戦場で目撃した敵味方の戦闘の苛烈さと残虐性、哨所で苦しむ負傷兵たちの惨状、友徒隊での個性豊かな隊員たちとの交流と共同生活は、作品を特徴づける要素として欠かせない。そしてある夜、任務の合間にふとひとりになって戦争の大義について自問自答し、朝を迎えてある種の宇宙論的な目覚めのような経験をする。そのときのことは「救急哨所への途上で（The Road to the Aide Post）」（一九一六年）という小品にしたためられているが、その後もこのときの経験は、フィクションとノンフィクションを問わず形を変えて言語化されている。

最後に、本作品の中核にある共棲／共同体とのかかわりで忘れてはならないのは、のちに夫人となるアグネス・ミラー（当時、オーストラリア在住）の存在。戦地で過ごした長年月、二人は文通を絶やさなかった（*Talking Across the World: The Love Letters of Olaf Stapledon and Agnes Miller, 1913–1919*, edited by Robert Crossley, University Press of New England, 1987）。一九一六年に戦地からステープルドンは戦争の大義と円環思想について考察した小品「種と花（Seed and Flower）」（もともとのタイトルは「戦争と平和の物語」）をアグネスに送っている。戦後、アグネスはオラフのよき理解者としてステープルドン家に嫁ぎ、メアリとジョンの一女一男をもうける。よき夫よき父親として穏やかな日々を送るなか、哲学と心理学について論じた博士論文『意味（*Meaning*）』でリヴァプール大学より博士号を取得（一九二五年）。大学への就職活動をしながら『現代の倫理学（*A Modern Theory of Ethics*）』（一九二九年）を執筆。そしてほぼ同時期に、同じ執筆者によるものとは思われない「想像力の大瀑布（ナイアガラ）」と評される壮大なフィクションが静かに醸成されていたのである。

大作誕生——エピソード、そして反響

この大作の誕生については、ステープルドンとのインタビュー記事が創刊間もなかったＳＦ誌『サイエンティフィクション（略記）』（*British Scientifiction Fantasy Review* Vol. 1, no. 3 (June 1937), 8）に掲載されている。そのなかで「その本の構想全体は、アングルシー島の崖上からアザラシたちを観察していたときに突然ひらめいたものです」と言っているのだ。多くの研究者が言及する有名なエピソードである。アングルシー島とはアイリッシュ海に面するウェールズの北西岸に接する島。最初はアグネス夫人と二人で散歩したとき、そのあと家族旅行で赴いたとき、ステープルドンはアザラシの群れにただならぬ執着を見せたようだ。岩場で日向ぼっこをしていたアザラシたちが、冷たい海水がかかるたびに人間のような鳴き声を上げたことを夫人も回想している。

それにしても、ＳＦ史に残る先駆的着想の数々が、アザラシの群れをきっかけに、どのようにひらめき、ついにはいかにして遠い未来の人類種の数々の姿と文明の諸相を事細かに幻視するに至ったのか、実に心惹かれるエピソードである。まさか〈最後の人類〉にテレパシー憑依されていた（？）のではないだろうが、そのときのヴィジョンに手堅い知識で肉づけを施すに際しては、当時非常勤をしていたリヴァプール大学で知己

を得た同僚をはじめ専門家の助けが欲しかったのだろう。「そのあと科学者の友人たちから必要な情報を根気よく聞き出し、その上でじっくりと遠い未来に生きている一人間の観点から物語を書きはじめたのです」と言う。それから言葉を継いで「あいにくわたしはあなたたちと同じ立場から主題に取り組むことはありません。どちらかと言うと哲学に関心があり、最初の著作も専門的な哲学書です。フィクションを書くときは、幻想的な想像にもろもろ心を砕きはしますが、多少とも哲学的主題に関連する限りにおいてです」とも言っている。

思いもよらないジャンルから評価されたことに嬉しさを隠さないが、通常の哲学書では表現しきれない数々の洞察やメッセージを、たとえフィクションを介してでも広く伝える方法を模索していたので、本音では哲学的試論であることを評価してほしかったのだろう。それにしても、空間と時間、人間と事物世界、宇宙と信仰の意味における人間の立ち位置について、これほどのスケールでフィクション化しえたSF作品の類書を他に見つけることは難しい。SFというジャンルを知らなかったステープルドンの念頭にあったのは、神学的フィクションであるダンテ・アリギエリの『神曲』（そのためにイタリア語を学んだほど）やジョン・ミルトンの『失楽園』などの古典。本作の八十二年前に発表されていたエドガー・アラン・ポーの『ユリイカ』も熱心に読んでいたと言うが、十八期もの人類種の訪問記という体裁は、ジョナサン・スウィフトの『ガリヴァー旅行記』を思わせる。同時代人から受けた影響としては、バートランド・ラッセル（のちに互いの本を書評し合う）のエッセイ「自由人の信仰」（一九〇三年）、H・G・ウェルズの『世界史概観』（一九二三年）、J・W・ダンの『時間における実験』（一九二七年）、J・B・S・ホールデン（本書読了後、ステープルドンを自分の研究室に招く）のエッセイ「最後の審判」（一九二八年）——内容的にはステープルドンの圧倒的着想源だったと分かる——などが挙げられる。

他にも影響を受けた作家・作品はもちろん数多くある。しかし通常のSF専門誌や作家たちについてはほとんど無知で、SFというジャンルはまったく意識の外にあったようだ。このインタビューの前年にウエストカービーの住居を訪ねていたエリック・フランク・ラッセルによると、ジュール・ヴェルヌ、H・G・ウェルズ、エドガー・ライス・バローズなどは読んでいたと言う。SFの盛時をもたらすことになるパルプ・マガジン系の作品については、アイデアと質の高さに驚きを表明しつつも「概して、人間について、特に愛に関連することは、かなり粗っぽく感じます。ほとんどの作品が詰め込みすぎで、純粋に想像的な事柄とは釣り合いが取れていないように思います」（右記インタビュー）と少々手厳しい。

植民地経営による富が集中した十九世紀後半のヨーロッパに生を受け、グローバルな経済活動下、地球や人類が哲学的なテーマとして扱われるようになり、科学主義と機械信仰の凱歌が奏されていた時代に想像力の限りを尽くして創作したら、今でいうSFに該当する作品となったということだろう。ヨーロッパの文明が意気揚々と人類の未来を築くという楽観主義が蔓延していた時代であったが、そんな文化相のなかで育ったステープルドンが成人したあたりから、一転して今度は人類規模となった世界への危機感と悲観が深刻な影を落としはじめる。皮肉なことに、明るい未来を築くはずの科学が総力を尽くした史上初の世界的破壊活動、第一次世界大戦が勃発するのだ。殺戮と破壊が効率化と大規模化を遂げた戦場での、本作品に言う「自らの本性を制御できない〈第一期人類〉の無能さをまことに悲劇的に露呈した」（本書二七頁）大惨事と地獄の経験は、ステープルドン作品の誕生の決定的な動機となったことだろう。

一九三〇年にこの作品がメンシュエン社から刊行されると、先例のないスケール、ありきたりの評価を寄せ付けない熱量と独創性、そして驚異的な想像力、等々、ありったけの感嘆とともに、J・B・プリーストリー、アーノルド・ベネット、エルマー・デイヴィスなどの多くの批評家に驚きをもって迎えられ、詩人A・S・J・テシモンド、先述のホールデンの妹で小説家のナオミ・ミチソン、生物学者ジュリアン・ハクスリー、小説家L・H・マイヤーズなど、数多の著作家に激賞された。分野横断的にさまざまなジャーナルに採り上げられ、さらには国を超えてニューヨーク・タイムズをはじめとするアメリカの有力紙においても、その型破りな内容と著述スタイルに注目が集まった。

こうして一気に時の人となったステープルドンに、ＢＢＣからラジオドラマ版『最後にして最初の人類』のシナリオ依頼が来る。それを受けて書き下ろしたのが「はるかな未来からの声（Far Future Calling）」（拙訳「はるかな未来からの声――解説」。『明治大学教養論集』通巻五七五号、二〇二三年一二月）。このドラマでは〈最後の人類〉の男女がＢＢＣのスタジオで番組出演中の男優と女優の脳にテレパシー憑依し、十八期を数える未来人類の興亡について語り、そのなかから「金星の飛翔人類」と「巨大脳人類」のエピソードと、自分たち〈最後の人類〉と海王星世界についてラジオに耳を傾けるイギリス国民に紹介する。面白いのは、ラジオドラマ版では〈最後の人類〉からの一方的な語りではなく、驚異のテレパシー憑依能力によって〈最初の人類〉二人と〈最後の人類〉二人の計四人の人間で、これら遠未来の三つの人類種の生態と活動ぶりを観察し共有する、今で言うならメタヴァース内のアバター会談のような作りとなっている点である。無線電波の技術が各家庭のラジオとして普及しはじめた頃にしては、驚きの想像力というほかないが、その一方で作家デビューしたばかりの一哲学者のラジオ・シナリオは、登場人物の会話に無理に軽妙さを盛り込んだ感があり、そのわりに一家団欒の時間に届ける娯楽とは到底言えない難解な時間論を大真面目に展開しすぎたのが仇となったのか、結局お蔵入りになったのだった（ご関心の向きは、右記拙訳を参照あれ）。

ステープルドンは、宇宙、地球、人類、民族、文明など、大きなスケールの文脈のなかで大小の悲惨を学術書のように淡々と語る。普通なら神経を逆撫でする事柄でもさらりと描き、ためらいがない。戦争による民族／人類浄化、劣等人種への不妊と避妊の強制、生身の人間のモルモット化、優生学的見地からの生体改造と、すべてを「神霊的」進化の名のもとに肯定するかのような非道の数々を、サンプル展示のように列挙する。飛行機を操縦しながら新生児に対して行われる危険な誕生儀礼や、劣位の人類を生きたまま解剖する〈巨大脳人類〉の残虐な行為は、有能人種を選り抜くという優生思想を奇妙な信仰と混成させて実践する冷淡な理知的所業として描かれる。地球人類の入植地にするために大気や動植物層を含む一惑星（金星）を地球化するという途轍もない事業を繰り広げ、先住の金星人類が生存できない有毒な環境変化をもたらして絶滅へと追い込む――第一次世界大戦に用いられた毒ガス兵器を想起させる――大量殺戮など、他にも〈最後の人類〉に至るまでの各時代の人類種の善悪の基準を不明瞭にする残虐性を延々と書き連ねる。

優生思想に関しては、先述のように昔からのステープルドンの大きな関心事であるが、それは本書内でも繰り返される神霊的成就というかなり究道的な立場から、苦行をともなおうが、生体改造をしようが、心身に自虐的な負荷を与えようが、人間の解明的進化のためには、そして極限的な苦悶のなかに宇宙の目的と美を見いだすためには、通常の人倫を犯してでも許容されるかのような言説を繰り返すのであるが、これは読者を戸惑わせ誤解させがちな点でもある。

　こうした一見奇妙な倒錯ぶりは、既存の価値観への挑発として展開されることもある。たとえば、多様性をきらう、性別や性愛に寛容でない、偏見を抱いても疑問を抱かない善良な差別主義者は今日数多いるが、そんな差別的な人々の心の狭さを嘲笑うかのような〈最後の人類〉の容貌についての描写が面白い。〈最後の人類〉は、同じ人類種でありながら、一兆もの個人の外形がひとりひとり似ても似つかぬほど多種多様で、しかも色彩豊か、わたしたち現行人類からすると醜悪ですらある。体形がクマ、ウシ、ゾウ、有袋類（ゆうたいるい）、半人半獣（ファウヌス）などの獣類に似ていたり、モンゴル人、黒人、北欧人、セム人などの古代人種を復活させて混成したり、眼球がトパーズ、エメラルド、ルビーなど、幾千種類もの特徴を帯びていたり、ここまで違いが細分化すると互いに外形的な偏見や差別を抱きようがなくなるとでも言いたげであるが、本気ともパロディともつかない、訳者には悪意を込めたアイロニーにしか思われない。

　それは、ステープルドンが神霊的進化にからめて執拗に描く性‐愛についても言えることである。男女二つの性差は制度的なものであり、生物学的な根拠はそれほど明確ではないことを言うようになった現在でも、どこか社会的には因襲から逃れられずにいるわたしたちとは違って、彼らにとって性差は事実上消滅し、男女の性別も無限に細分化しており、性愛行動も種々雑多、ＬＧＢＴＱどころではない極限的な多様性を実現しているのである。一夫一妻は当然のごとく解体して多‐性集団を形成し、多夫多妻も普通にあり、それにもとづく恋愛も性行動も自由で、互いの神霊的成長のために積極的に性愛のパートナーを変えるなどしても真の愛の結びつきが揺らぐことはないとされる（この自由思想の信念に準じた浮気だったのか、ひょっとして本気だったのか、実はステープルドンは晩年に二度ほど不倫騒ぎを起こしている）。

一方、わたしたち現行地球人は、その顔形も表情も外見的に際立つ個性を実現しておらず、〈最後の人類〉からすると羊の群れのように似たり寄ったり、性愛関係は総じて単純きわまりない（ように思われてくる）。それなのに相互の心の断絶は著しい。彼らの場合は、わたしたちと同じように、全員が「直立二足」の姿体をしている以外は互いに少しも似ていないが、それでも互いを同じ人類同胞だと認知し合えるのは、ステープルドンの作品ではお馴染みのテレパシーによる意思疎通があるからだ。しかもこの能力で一兆の個人がテレパシー・ネットワークを形成する彼らは、各自で際立つ個性を培い確保しながら、脳細胞の電気信号ネットワークのように、その気になれば一種の人類脳

――集団的精神とか人類的精神とも言う――を生起させて宇宙や時間についての瞑想や考察を格段に向上させることができる。

テレパシーは本作品においては、地球、金星、海王星で興亡を繰り返す全人類種に潜在する「神霊」とも不可分の超物理的な能力である。それは宇宙の目覚めた全知性体が志向する神霊的成就のためのコミュニケーション・システムとして機能している。惑星移住を繰り返しながら存続した太陽系人類が、二十億年の年月を経て、ついに〈最後の人類〉において、個体的にも全人類的資質としても獲得した究極の能力なのである。本格的な科学SFを好む方たちからすると、単に非科学的で安易なごまかしに見えるかもしれないが、少なくともそれは、この驚異の物語を一等スジの通ったものにする、フィクションの作り込みにおいて欠かすことのできない創作上の仕掛けとなっていることは確かである。

ステープルドン作品の映画化

そんな『最後にして最初の人類』が映画化されたと知ったときは、驚いた。作品は二〇二〇年にベルリン国際映画祭にてプレミア公開されたもので、実は訳者は YouTube で偶然その予告編を観てはいたが、長大な未来年代記を実際どう作品化したのか、一分少々の映像では見当がつかずにいた。ちくま文庫版『スターメイカー』の改訳に取り組んでいた最中でもあったので、いずれDVDでも入手しようと思っていたら、映画配給会社シンカ（SYNCA）より本邦初公開にあたり翻訳者として字幕の監修をしないかと依頼が来た（字幕翻訳は安藤里絵）。全編動画を電子ファイルで送ってもらったら、通常のSF映画とは一線を画す新形式の音楽作品のような趣きがあり、監督はアイスランド出身の音楽家ヨハン・ヨハンソンだと言う。興味深く思った。ステープルドンは大の音楽好きだったからである（後述する）。

ヨハンソンは二〇一八年二月九日、本作品の完成を見る前に亡くなっていたが、映画化の前年（二〇一七年）には、マンチェスター・インターナショナル・フェスティバルにおいて、映像とともに女優ティルダ・スウィントンの朗読を流しながら、BBCフィルハーモニーがヨハンソン作曲の音楽を演奏するマルチメディア作品としてライヴ・パフォーマンスもされていたようだ。それを映画化するプロジェクトを友人たちが引き継ぎ、その二年後に公開の運びとなったのだった。映像的には、旧ユーゴスラヴィア時代に戦争記念として建てられた、ブルータリズム様式の綺想建造物の数々を、モノクロ映像で遠近さまざまなアングルから延々七〇分ひたすら映し続けたもの。〈最後の人類〉のひとりのナレーションを担当するスウィントンの声は厳かで、ヨハンソンの重厚な音楽と朗読の内容とともに宇宙詩のように観客の耳に鳴り渡る。ヨハンソンは「フィクシヨンとドキュメンタリーの間にまたがる映画」と言っているが、そうなる他なかっただろう。「SFの形式を借りて文脈を与えられるはるかな人類史的記憶と挫折したユートピアについての瞑想」（ヨハンソン）とも言っているが、それはそのままステープルドンの作品テーマに深くかかわるものである。

訳者は『惑星ソラリス』（原作はスタニスワフ・レム）のアンドレイ・タルコフスキー、あるいは幻の大作となった『デューン』（原作はフランク・ハーバート）のアレハンドロ・ホドロフスキーなら、これをどう映画化するだろうかと、かねがね想像を逞しくしていたが、はじめての映画化が一音楽家によるものとは、なんとも感慨深い。ちなみにヨハンソンは、この作品の前二〇一六年に、SF映画『メッセージ』（英語原題は Arrival）――原作は「あなたの人生の物語」、アメリカの作家テッド・チャンによる短編小説、監督はドゥニ・ヴィルヌーヴ――の音楽も手掛けている。遠い未来から謎の「メッセージ」を送ってきてわたしたち現行人類に戦争危機を回避させ現在と未来を護るという円環的な時間の物語となっている点では、ステープルドンとの類似性は隠れもない。他にも宇宙物理学者スティーヴン・ホーキングを主役にした映画『博士と彼女のセオリー』――英語原題は *The Theory of Everything*、いわゆる万物理論＝宇宙論――などの映画音楽を手掛けている。ステープルドンのヴィジョンはその音楽性ゆえにヨハンソンの資質にそぐうものであったのだろう。ひょっとしたら『スターメイカー』を映画化したかもしれないのだ。

映画化の話のついでに言及しておきたいのは、ヨハンソンの映画が完成した頃、サイコキネシスを扱った短編小説「現代の魔術師（A Modern Magician）」（『明治大学教養論集』通巻五六八号、二〇二二年一二月）の映画化が進行していたことである。二〇一九年三月に公開された同名映画の監督はマーク・ヘラー、主役のジャスティン・マクドナルドと相手役ケイト・ホジソンがプロデュースと脚本の共同執筆を担い、ロケ地はステープルドンの故郷ウィラル半島、そして終世暮した町ウエストカービー（訳者はネット上での全編視聴期間に気づくのが遅く見逃したが、予告編はYouTubeで視聴可能）。リヴァプール・フィルム・フェスティバル（二〇一九年十月三一日〜十一月三日）をはじめ数多くの映画祭に正式出品され、ナレーションを担当したブライアン・コックスが声優賞を受賞。こうした映像化の動きは、大いに歓迎したい（なろうことなら、『オッド・ジョン』か『シリウス』を映画館で観てみたいものだ）。

ステープルドン作品と音楽

ステープルドンはかなりの音楽愛好家で、妻アグネスと連れ立ってリヴァプールやその界隈で交響曲や室内楽のコンサートにひんぱんに出かけ、王立リヴァプール交響楽団の首席ヴァイオリニストとは交友関係にあったと言う。幼少期には声楽やヴァイオリンを教わっており、アグネスはピアノをたしなみ（実父はチェロを奏した）、ともに各種音楽協会の会員となり、たまに家庭の団欒に子どもたちと楽器（リコーダーなど）を分担して家庭音楽会をひらいた。愛息のジョンはプロの作曲家として自立しようと王立音楽大学で学んでもいる（途中、第二次世界大戦で召集され、頓挫。戦後プロになる夢は叶わなかったが、音楽には生涯向き合った）。その他さまざまな形で音楽とはいつでも身近に接する環境にあったわけで、それがステープルドンの創作活動に影響を及ぼしたことは想像に難くない。

音楽に関連する表現は、本作品では顕著である。福音を音楽的に表現する空中舞踊あり、音楽と数と幾何学の幼児教育あり、聴覚を異常に発達させた人類が音楽的な帝国を築いて音楽を宗教の理法にしたり、人類を無数の個人で編成された偉大な音楽に喩えたり、作中で幾度も宇宙音楽の調べと主題に言及したり、太陽系をはるかに超えた天球の音楽について論じる。十八期の人類の時代のそれぞれが「人間交響楽」の楽章に相当するとし、それはさらに「コスモス的冒険の全体を現に演奏中の交響曲」「音楽のように、星々の壮大な伝記」「現実の音楽は現われては消えていく、絡み合った主題のパターン」など、宇宙の全知性体と知的天体が神霊的成就へ向けて一途に前進する『スターメイカー』の主題にも直結しそうな音楽的審美性に裏づけられた崇拝と瞑想へと繋がる。この点に関するハイライトは、やはり〈最後の人類〉の最後に生まれた若者が「人間そのものが音楽、つまりは、壮大な伴奏、嵐や星たちを基盤にした音楽を形成する雄々しい主旋律なのです」と太陽系人類の音楽的特質を要約するかのように締めくくる場面だろう。一九三七年作の『スターメイカー』では宇宙期の一つに音楽的生命体が登場し、巨大空間のダイナミック音階構造を動きまわるが、それはまさに神霊を奏でる楽器や歌そのもののようである。その前年に書かれたとおぼしい、この章の習作を思わせる小品「音の世界（A World of Sound）」（拙訳『明治大学教養論集』通巻五四三号、二〇一九年）では、種々の音響的生命体が、調性、音高、音色、基音、倍音、音階などの要素から成る音楽的生態系のなかで弱肉強食の生を営む様子が描かれている。『オッド・ジョン』と『シリウス』でも肉声が宇宙音楽の主題にかかわることが暗示され、その他多くの作品の随所に音楽が潜んでいることは、少し意識して読むと確認できる。

「最後にして最初の〜」とは？

繰り返すが、語り手は二十億年後の未来の海王星在住の〈最後の人類〉の一市民。膨大な数の過去探索者のなかのひとりにすぎない。語られている各人類期の物語は、これらの探索者が各自で分担して見聞したものをテレパシーで共有して集約したもの、それを〈最初の人類〉のイギリス人作家ステープルドンに憑依して英語で執筆させ、それをわたしたち〈最初の人類〉の読者が読むという構図になっている。その語り口も人類学の調査記録のように淡々としており、フィクションには違いないが通常の小説や物語作品にはなりようがない。このジャンル分けの不明な作風も、この作家の比類なさの一つではあるだろう。

憑依対象である作家（ステープルドン）は、フィクションを書いているつもりでいるが、実はすべて事実なので真摯に受け止めてほしいと、遠未来の語り手は読者に懇請する。さらにこう言葉を継ぐ。「〈最後の人類〉であるわたしたちは、〈第一期人類〉であるあなたたちと心の底から意思疎通したいのだ。わたしたちはあなたたちを助けられるし、わたしたちもあなたたちの助けが必要なのである」（本書一九～二〇頁）。ちなみに、先述の映画版の字幕では「あなたたちを助けます……わたしたちも助けてほしいのです」となっている。「助ける」とは、興亡を繰り返しながら苦悶する未来人類の歴史を語り聞かせ、その上で〈第一期人類〉の置かれていた窮状——一九三〇年は大恐慌のまっただなかにあり、第一次世界大戦の記憶も消えやらぬまま経済的窮状の打開を掲げて軍国主義やファシズムが台頭しはじめ、新たな戦争が懸念されていた——を見据え、人類の前途に待ち受けるさらなる危機を多くの読者に伝えて戦争回避の気運と正気の理性を醸成することである。

一方、助けが必要なのは〈最後の人類〉も同様で、太陽の異常なふるまい（巨星化）によって絶滅する前に取り組むべきもう一つの事業——太陽系人類の胞子を人造し、大宇宙のどこかで根付かせるための工学的試み——宇宙スケールの「播種」という至難の事業——を成就するにあたって、人類の最期を前に退嬰的になりがちな気分を〈最初の人類〉の原始の活力で奮い立たせてもらいたいのである。〈最後の人類〉の最後の大事業は、その意味でも二つの人類種の共同作業となる。これはこの作品の根幹にも触れることなので、訳者なりにこの表題の日本語訳とのかかわりで、もう少し詳しく論じてみたい。

訳者がはじめて見た表題訳は『最後の、そして最初の人間たち』、世界SF全集『世界のSF（短篇集）古典篇』（福島正実、野田昌宏、伊藤典夫・編、早川書房、一九七一年）の故・福島正実による「解説」においてであった。もちろん、この訳に問題があるわけではない。一方、「最後にして最初の〜」の訳題は日本語として変だろうとか、語呂がいいからだろうとか、それに類した批判をかねてより受けていたが、さすがにそんな理由で大事な表題の訳を決めてはいない。この表題にするにあたって、まず押さえておきたいことは、繰り返すが、〈最後の人類〉のひとりが〈最初の人類〉である一作家の脳に「テレパシー憑依」し、その作家が英語で物語る地球人類の興亡史を同じ〈最初の人類〉であるわたしたち読者が読むという設定である。つまりは、一人類個体のなかにある意味二つの人類が共存し、言い換えるなら、ステープルドン作品の中軸概念の一つである「共棲」を体現する「〜にして〜である」存在様態になっていることだ。人類は幾度「最後」を迎えても奇跡の復活を遂げて文明化への歩みを再開して「最初」に立ち、改めて神霊的成就へ向けて歩みはじめるという意味においても「最後にして最初の〜」であり、そんな周期的循環を十八期も辿り、ついには〈最後の人類〉がテレパシーによって〈最初の人類〉に憑依して二十億年の未来人類史を円還的に繋ぐという意味でも「最後にして最初の〜」となる。

傍証となる例も挙げよう。本作の刊行から十八年経った一九四八年、ステープルドンは〈惑星間協会〉で宇宙工学の専門家たちを前にして講演を行った。当時事務局にいたアーサー・C・クラークに「宇宙旅行の想像的開拓者」に惑星間旅行について語ってもらいたいと懇請されて引き受けたのだった。そのなかでステープルドンは明らかに本作品を振り返りながら、こう話を締めくくる。「永遠の視座からすると、コスモスの目的は起源であると同時に時のはじまりでもあります。おそらく終局の花とはすべてが発芽する原初の種でもあるのです。……最後に達成されたものは、別の観点からすると、万物の源泉でもあります。いってみれば、はじめに万物を創造した神は、最後には自身が万物によって創造されるのです」（「『惑星間人類？』」、試訳と解題」。『明治大学教養論集』通巻四八八号、二〇一二年）。

右記文中の「終局の花とはすべてが発芽する原初の種でもある」は、若きオラフが戦場から許婚アグネスに送った小品「種と花」と同じテーマ、すなわち、花は次に咲く花を潜ませる種を孕むという比喩で謳われている円環思想の表明である。「自らが創造した万物に創造される神」とは、究極の花である〈スターメイカー〉――本作に暗示されている――の最高神霊としての存在様態を象徴するものに他ならない。〈最後の人類〉が過去へのテレパシー憑依の足掛かりにしていた超時間的な「永遠の視座」からすると、知性体が生起するいかなる時点も常に「最後にして最初の～」、言い換えるなら、最後も最初もない「永遠の視座」の別の表現にもなっている。

なぜ「最後の～」が「最初の～」の先に来るのかについては、語り手が〈最後の人類〉だからということでよいのではないか。なぜテレパシー憑依が二十億年の時のスパンを超えて可能なのかについては、大雑把な言い方になるが、地球、金星、海王星へと移住した太陽系人類の興亡は、すでに生起し終えた過去として永遠化されているので、これらの過去については永遠的視座を足場に順不同で好きな時点にアクセスできるはずだというのが、ステープルドンの見立てであるように思われる。〈最後の人類〉はテレパシー能力による〈時間投射法〉を行使する際に、どうやらこの永遠的視座を経由するようなのだ。

未来の〈最後の人類＝第十八期人類〉の語り手は「一人称複数（we）」を用い、その姿を見せることも個人としての素性を明かすこともない。〈最後の人類〉の強力なテレパシー能力によって膨大な数の最後の人間たち——なにしろ海王星の人口は一兆人！——の経験は、「集団的精神（group mind）」あるいは「人類的意識（racial consciousness）」となるので、語り手は確かにひとりでも、この人類種の一つの統合された一種の「人類脳」をバックにして語りかける。英文表題 *Last and First Men* 中の *Men* を「人間たち」や「人びと」ではなく統合体としての「人類」としたのは、そのような理由からである。そしてなによりも、この二つの人類を含めた十八期の人類種の長大な苦悶と歓喜の歴史が語りの本体であり、あらゆる時間点が「最後にして最初」になるという構図のなかで本書の主役らしい個人は存在しない。言うならば〈太陽系人類〉のすべてが主役だとしか言いようがないのである。

おわりに

『スターメイカー』を翻訳した翌年の一九九一年と、少し間をおいて二〇〇三年／五年の二度渡英する機会があった。そのときリヴァプール大学シドニー・ジョーンズ図書館スペシャル・コレクション室にアグネス・ステープルドン寄贈によるふんだんな資料を目当てに訪ねた。当大学図書館のＳＦコレクション（Science Fiction Hub: https://libguides.

liverpool.ac.uk/library/sca/sfhub を参照）は、訪問当時からヨーロッパ随一を謳っていて、ジョン・ウィンダムが目立っていたことを覚えている。オラフ・ステープルドン・コレクションの利用者は少ないという話で、初来訪の時に訳者がはじめての日本人だと言われた（訪問の記念にと国書刊行会版二書を寄贈したが、表題の日本語発音に長音記号を添えて渡したら目録に思わぬ表記になっていて面食らったが間もなく修正）。もちろん、イギリス国内や他国からの利用者は一定数いた。あるとき閲覧者のひとりに声を掛けられ、軽く言葉を交わしたことがある。名前は忘れたが歴史学者だと名乗ったので、なぜステープルドンかと問うと、〈最後の人類〉の時間探索者の空高くからの鳥瞰的視野と、地上に降り立ったときの個人的な接触（＝テレパシー憑依）、この二つのアプローチが文学ならぬ歴史の研究の参考になると言ってきたので、なるほど歴史学の著述法としてありなのかと納得した覚えがある。

渡英の機会には必ずロンドンの大手書店や古書店街（チャリング・クロスやセシルコート）をめぐり、四つの主著（前二作と『オッド・ジョン』と『シリウス』）以外の著書を探したが一度も見つけることはできなかった。日本国内からはイギリスの古書店から取り寄せたり、あるいは大学図書館に頼んで雑誌の記事や論説を入手できていたから、書店を巡り歩いたのは、彼のイギリス国内での認知度を確かめるためだった。その後幾度か渡英するたびに本棚を見てまわっても、ファンタジー・コーナーに主要四冊をばらばらに見つけるぐらいしかできなかった。リヴァプールの街中のある書店では、地元の作家のことならなんでも聞いてくださいと胸を張る店員に、ステープルドンの名を告げても「オラフ？　誰だって？」と言い返される有様で、ならばとウエストカービーの公立図書館に行っても同じ応答をされて辟易した。郊外のコールディヒルの終の住み家のすぐ近くにあったＢ＆Ｂに宿泊した折には、徒歩数分先の「ステープルドン森」を町に寄贈したオラフ・ステープルドンという作家について知らないかと、宿を経営する老夫婦に尋ねたとき「知らない」と言われたが、たまたま作家には関心がなかったのかもしれない。にしても、父親も含めて郷土の名士のひとりであるはずなのに、この稀有な作家の存在を知るものは、故郷でも少数なのかと、期待しすぎだったと思いながら少し落胆した。

それはそれ、ステープルドンに関する情報に関しては、今は特に不自由を感じることはなくなったのはありがたい。なによりもインターネット上で、各種ジャーナルの抜粋論文、エッセイ、ブログ記事、文献紹介、等々の形で、よりどりみどり参照・閲覧できるようになった。YouTubeでは電子化された原作英文の朗読を楽しむことができ、興味深いＢＢＣの特番や欧米のＳＦ評論家やファンによるコメント映像など、さまざまな角度からこの稀有な作家のプロフィールと作風を浮き彫りにする材料が急速に整いつつある。先述の二つの映画も、ステープルドンの知名度を上げるのに貢献したのではないだろうか。

長々と書いてしまったが、作品についての訳者の贅言は多面的な輝きを放つ作品全体の数カットに着眼しただけのものであり、しょせんは偏った理解や視点に曇らされて論じきれていない事柄は数多くある。たとえば、わたしたち〈第一期人類〉の国家どうしの戦争と地球文明の崩壊、AIと見まがう〈巨大脳人類〉の暴走など、今やよそごとのように読み過ごすことは難しい。残りは読者がそれぞれに自由に連想しながら感想を抱いていただけると、わざわざ改訳した甲斐があったというもの。この「訳者あとがき」を書くのに参照した情報は相当数あり、誰のどの箇所をどう参考にしたか、あまり気にせずに書き進めたので、今さら再チェックする猶予はない。ステープルドン作品の簡単な情報以外は特に参照図書や注を付記しなかったが、別に機会があればと言うことで、今回はこれにとどめたいと思う。編集の藤原義也氏には、今回も数々の指摘や有益な助言をいただいた。有能な編集者の存在なくしてこの翻訳を終えることはできなかった。多謝深謝あるのみだ。

これをもって、ハヤカワ文庫版『オッド・ジョン』『シリウス』からだいぶ遅れたが、ちくま文庫版『スターメイカー』、そしてこのたびの同文庫版『最後にして最初の人類』と、主要四作の文庫化がなった。そんな日が来ればと長く願ってはいたが、実際に実現するとは、ただただ感慨もひとしおである。これを機にさらに改めてステープルドンが注目され、未邦訳の他の作品にも関心が向けられることを心から願ってやまない。

二〇二四年四月　訳者　識

本書はオラフ・ステープルドン『最後にして最初の人類』(国書刊行会、二〇〇四年)の改訳再刊です。

編集=藤原編集室

スターメイカー
オラフ・ステープルドン　浜口稔 訳

宇宙の発生から滅亡までを壮大なスケールで描いた幻想の宇宙誌。１９３７年の発表以来、各方面に多大な影響を与えてきたＳＦの古典を全面改訳で。

夢みる宝石
シオドア・スタージョン　川野太郎 訳

家出少年ホーティーとはぐれ者たちによる、不思議な「夢みる」水晶をめぐる幻想冒険譚。愛と孤独の作家スタージョンの名作ＳＦ、新訳で待望の復刊！

氷
アンナ・カヴァン　山田和子 訳

氷が全世界を覆いつくそうとしていた。私は少女の行方を必死に探し求める。恐ろしくも美しい終末のヴィジョンで読者を魅了した伝説的名作。

アサイラム・ピース
アンナ・カヴァン　山田和子 訳

出口なしの閉塞感と絶対の孤独、謎と不条理に満ちた世界を先鋭的スタイルで描き、作家アンナ・カヴァンの誕生を告げた最初の傑作。（皆川博子）

オーランドー
ヴァージニア・ウルフ　杉山洋子 訳

エリザベス女王お気に入りの美少年オーランドー、ある日目をさますと女になっていた――4世紀を駆ける万華鏡ファンタジー。（小谷真理）

生ける屍
ピーター・ディキンスン　神鳥統夫 訳

独裁者の島に派遣された薬理学者フォックス。秘密警察が跳梁し、魔術が信仰される島で陰謀に巻き込まれ……。幻の小説、復刊。（岡和田晃／佐野史郎）

オシリスの眼
R・オースティン・フリーマン　渕上痩平 訳

忽然と消えたエジプト学者は殺害されたのか？　名探偵ホームズ最強のライバル、ソーンダイク博士が緻密なロジックで事件に挑む。英国探偵小説の古典。

ブラウン神父の無心
G・K・チェスタトン　南條竹則／坂本あおい訳

ホームズと並び称される名探偵「ブラウン神父」シリーズを鮮烈な新訳で。「木の葉を隠すなら森のなか」などの警句と逆説に満ちた探偵譚。（高沢治）

ブラウン神父の知恵
G・K・チェスタトン　南條竹則／坂本あおい訳

独特の人間洞察力と鋭い閃きでブラウン神父が逆説に満ちたこの世界の在り方を解き明かす。全12篇を収録。新訳シリーズ第二弾。（甕由己夫）

二人のウィリング
ヘレン・マクロイ　渕上痩平 訳

本人の目前に現れたウィリング博士を名乗る男は誰か。「啼く鳥は絶えてなし」というダイイングメッセージの謎をめぐる冒険が始まる。（深緑野分）

アンチクリストの誕生
レオ・ペルッツ
垂野創一郎訳

20世紀前半に幻想的歴史小説を発表し広く人気を博した作家ペルッツの中短篇集。史実を踏まえて花開く奔放なフィクションの力に脱帽。（皆川博子）

どこに転がっていくの、林檎ちゃん
レオ・ペルッツ
垂野創一郎訳

元オーストリア陸軍少尉ヴィトーリンは、捕虜収容所での屈辱を晴らそうと革命後のロシアへ舞い戻る。仇の司令官セリュコフを追う壮大な冒険の物語。

テュルリュパン
レオ・ペルッツ
垂野創一郎訳

17世紀パリ、リシュリュー枢機卿の企てを阻止するために運命により選ばれたのは、一人の町の床屋だった！　稀代の物語作家による伝奇歴史小説。

コスモポリタンズ
サマセット・モーム
龍口直太郎訳

舞台はヨーロッパ、アジア、南島から日本まで。故国を去って異郷に住む〝国際人〟の日常にひそむ事件のかずかず。珠玉の小品30篇。（小池滋）

昔も今も
サマセット・モーム
天野隆司訳

16世紀初頭のイタリアを背景に、「君主論」につながるチェーザレ・ボルジアとの出会いを描き、「政治人間」の生態を浮彫りにした歴史小説の傑作。

片隅の人生
W・サマセット・モーム
天野隆司訳

南洋の島で起こる、美しき青年をめぐる悲劇を、達観した老医師の視点でシニカルに描く。人間観察の達人・モームの真髄たる長篇、新訳で初の文庫化。

O・ヘンリー　ニューヨーク小説集
青山南＋戸山翻訳農場訳

烈しく変貌した二十世紀初頭のニューヨークへタイムスリップ！　まったく新しいO・ヘンリーの読み方。同時代の絵画・写真を多数掲載。（青山南）

O・ヘンリー　ニューヨーク小説集　街の夢
青山南＋戸山翻訳農場訳

なんと鮮やかな短篇集！　O・ヘンリーが20世紀初頭のニューヨークの街並と人生の一齣を見事に描き出した小説集第二弾。解説・カラー口絵も充実。

ザ・ロード
ジャック・ロンドン
川本三郎訳

無賃乗車の技術、刑務所でのサバイバル、極貧ホーボー生活……「短篇の名手」ジャック・ロンドンが10代のアメリカ大陸放浪を語る隠れた名作。

マッカラーズ短篇集
カーソン・マッカラーズ
ハーン小路恭子編訳
西田実訳

再評価が進むマッカラーズの短篇集。奇妙な片思いが連鎖する「悲しき酒場の唄」をはじめ、異質な存在とクィアな欲望が響きあう触発の物語8篇を収録。

ちくま文庫

最後にして最初の人類

二〇二四年六月十日　第一刷発行

著　者　オラフ・ステープルドン
訳　者　浜口稔（はまぐち・みのる）
発行者　喜入冬子
発行所　株式会社　筑摩書房
東京都台東区蔵前二―五―三　〒一一一―八七五五
電話番号　〇三―五六八七―二六〇一（代表）
装幀者　安野光雅
印刷所　明和印刷株式会社
製本所　株式会社積信堂

ISBN978-4-480-43954-3 C0197